Bayerisches Hausbuch

auf das Jahr 2022

Ein literarisch-landeskundlicher Gang durchs Jahr

Turmschreiber Verlag

Januar

1	Samstag	Neujahrst., Hochfest d. Gottesmutter Maria	
2	Sonntag	Basilius, Gregor v. Nazianz, Adelheid, Dietmar Odilo v. Cluny	
3	Montag	Genoveva, Enoch, Hermine, Gordius	1. Woche
4	Dienstag	Angelika, Isabella, Fritz, Roger	
5	Mittwoch	Emilie, Simeon	
6	Donnerstag	Hl. 3 Könige, Ersch. d. Herrn, Kaspar – Melchior – Balthasar	
7	Freitag	Raimund, Reinhold, Isidor, Sigrid	
8	Samstag	Severin, Erhard, Gundula, Heinrich, Gudrun	
9	Sonntag	Taufe des Herrn, 1. Sonntag im Jahreskreis Eberhard v. Schäftlarn, Julian, Martial, Berthold	
10	Montag	Agathon, Gregor X., Amalie, Wilhelm	2. Woche
11	Dienstag	Werner, Theodosius, Paulinus	
12	Mittwoch	Ernst, Tatjana, Hildae	
13	Donnerstag	Hilarius, Jutta, Gottfried	
14	Freitag	Felix, Traugott, Engelmar, Reiner	
15	Samstag	Paulus Einsiedler, Romedius, Maurus, Ida, Arnold	
16	Sonntag	2. Sonntag im Jahreskreis Marcellus, Gottfried, Otto, Theobald	
17	Montag	Antonius Einsiedler, Beatrix	3. Woche
18	Dienstag	Priska, Susanna, Odilo v. Bayern, Regina	
19	Mittwoch	Marius, Knut, Sara, Pia	
20	Donnerstag	Fabian u. Sebastian, Maria Ward, Ursula	
21	Freitag	Agnes, Meinrad, Patroklus	
22	Samstag	Vinzenz, Theodolinde, Walter, Elisabeth	
23	Sonntag	3. Sonntag im Jahreskreis Heinrich Seuse, Emerentia, Hartmut, Ildefons, Eugen	
24	Montag	Franz v. Sales, Bertram, Arno, Vera	4. Woche
25	Dienstag	Pauli Bekehrung, Wolfram	
26	Mittwoch	Timotheus, Titus, Paula, Polykarp	
27	Donnerstag	Angela, Gerhard, Dieter	
28	Freitag	Thomas v. Aquin, Karl d. Große, Manfred	
29	Samstag	Valerius, Martha, Arnulf, Radegund, Aquilinus	
30	Sonntag	4. Sonntag im Jahreskreis Martina, Adelgunde, Xaver, Diethild	
31	Montag	Johannes Bosco, Wolfhold	5. Woche

FEBRUAR

1	DIENSTAG	Ignatius, Brigitte, Sigbert v. Franken, Sabine	5. Woche
2	MITTWOCH	Darstellung des Herrn, Mariä Lichtmess	
3	DONNERSTAG	Blasius, Ansgar, Oskar	
4	FREITAG	Veronika, Hrabanus	
5	SAMSTAG	Agathe, Philipp, Adelheid, Alice	
		5. Sonntag im Jahreskreis	
6	**SONNTAG**	Dorothea, Amandus, Paul Miki, Reinhild	
7	MONTAG	Richard, Romuald	6. Woche
8	DIENSTAG	Hieronymus, Johann v. Matha, Salomon, Josefine	
9	MITTWOCH	Apollonia, Erich, Alto, Lambert	
10	DONNERSTAG	Scholastika, Wilhelm, Gabriel, Rüdiger, Sigurd	
11	FREITAG	Severin, Anselm, Maria von Lourdes, Dietbert	
12	SAMSTAG	Reginald, Eulalia, Anton	
		6. Sonntag im Jahreskreis	
13	**SONNTAG**	Herlinde, Castor, Adolf, Christian, Gisela	
14	MONTAG	Valentinstag, Cyrill u. Method, Kurt	7. Woche
15	DIENSTAG	Siegfried, Faustinus u. Jovita, Sigurd	
16	MITTWOCH	Juliana, Wilhelm	
17	DONNERSTAG	Servitengründer, Ebermut, Constantia, Mazelin	
18	FREITAG	Simeon, Bernadette Soubirous, Martin Luther	
19	SAMSTAG	Konrad, Helene, Hadwig	
		7. Sonntag im Jahreskreis	
20	**SONNTAG**	Benild, Isabella, Falko, Friedrich, Amata	
21	MONTAG	Petrus Damiani, Eleonore, Gunthilde	8. Woche
22	DIENSTAG	Petri Stuhlfeier, Marold, Isabella	
23	MITTWOCH	Polykarp, Romana, Sieghart	
24	DONNERSTAG	Weiberfastnacht, Unsinniger Donnerstag Matthias, Ida	
25	FREITAG	Rußiger Freitag, Walburga, Adelheid	
26	SAMSTAG	Mechthild, Gotthilf, Dionysius, Ottokar	
		7. Sonntag im Jahreskreis	
27	**SONNTAG**	Patrick, Leander, Markward	
28	MONTAG	Rosenmontag, Roman, Silvana	9. Woche

März

1	Dienstag	Faschingsdienstag, Albin, Bertram, David	9. Woche
2	Mittwoch	Aschermittwoch, Agnes, Karl d. Gute, Karoline	
3	Donnerstag	Kunigunde, Tobias, Bruno	
4	Freitag	Kasimir, Adrian, Humbert, Elsa	
5	Samstag	Friedrich, Dietmar, Eusebius, Gerda, Olivia	
6	Sonntag	1. Fastensonntag Friedolin v. Säckingen, Elvira, Kunissa	
7	Montag	Perpetua u. Felicitas, Volker, Reinhard	10. Woche
8	Dienstag	Johannes v. Gott, Philemon	
9	Mittwoch	Franziska, Bruno, Gregor	
10	Donnerstag	40 Märtyrer, Emil, Alexander, Gustav, Henriette	
11	Freitag	Theresia, Wolfrum, Ulrich, Rosina	
12	Samstag	Engelhard, Beatrix, Innozenz, Almud	
13	Sonntag	2. Fastensonntag Rosina, Gerald, Oswin	
14	Montag	Mathilde, Zacharias, Einhard	11. Woche
15	Dienstag	Klemens Maria Hofbauer, Luise, Lukretia, Longinus	
16	Mittwoch	Heribert, Cyriakus, Gummar	
17	Donnerstag	Patrick, Gertrud, Konrad, Diemut	
18	Freitag	Afra, Cyrill, Sybille, Anselm	
19	Samstag	Josef	
20	Sonntag	3. Fastensonntag Frühlingsanfang, Irmengard, Albrecht, Klaudia, Wolfram	
21	Montag	Elias, Christian, Axel	12. Woche
22	Dienstag	Leo, August, Reinhilde, Elmar	
23	Mittwoch	Eberhard, Turibio, Rebekka, Marbod	
24	Donnerstag	Katharina, Veit, Karin	
25	Freitag	Mariä Verkündigung, Luzia	
26	Samstag	Emanuel, Ludger, Kastulus, Larissa	
27	Sonntag	4. Fastensonntag / Beginn der Sommerzeit Hubert, Rupert, Heimo, Frowin	
28	Montag	Guntram, Malchus, Ingbert	13. Woche
29	Dienstag	Helmut, Berthold, Eustachius, Ludolf	
30	Mittwoch	Quirin, Roswitha, Amadeus	
31	Donnerstag	Benjamin, Guido, Achaz, Goswin	

April

1	Freitag	Hugo, Irene, Irma, Amalie	13. Woche
2	Samstag	Franz de Paula, Eustasius, Sandrina	
3	**Sonntag**	5. Fastensonntag Reinhard, Darius, Richard	
4	Montag	Ambrosius, Isidor, Konrad	14. Woche
5	Dienstag	Vinzenz Ferrer, Juliana, Kreszentia	
6	Mittwoch	Sixtus, Cölestin, Isolde, Andrea	
7	Donnerstag	Notker, Johannes Baptist de La Salle, Albrecht	
8	Freitag	Walter, Beate	
9	Samstag	Waltraud, Hugo, Demetrius	
10	**Sonntag**	Palmsonntag Engelbert, Daniel, Ezechiel, Gerold	
11	Montag	Stanislaus, Rainer, Leo	15. Woche
12	Dienstag	Julius, Zeno, Herta	
13	Mittwoch	Martin, Ida, Hermenegild	
14	Donnerstag	Gründonnerstag, Justinus, Tiberius, Lydia, Maximus, Karolina	
15	**Freitag**	Karfreitag, Anastasia, Hunna, Nidgar	
16	Samstag	Karsamstag, Benedikt Labre, Herwig	
17	**Sonntag**	Ostersonntag Anicet, Rudolf, Eberhard, Wilfried	
18	**Montag**	Ostermontag Pollonius, Wigbert, Werner, Florian	16. Woche
19	Dienstag	Gerold, Leo, Philipp, Friedrich	
20	Mittwoch	Adolar, Hildegund, Viktor, Odette	
21	Donnerstag	Konrad v. Parzham, Anselm	
22	Freitag	Soter u. Cajus, Wolfhelm	
23	Samstag	Adalbert, Gerhard, Jürgen, Georg	
24	**Sonntag**	2. Sonntag der Osterzeit, Weißer Sonntag Fidelis v. Sigmaringen, Herta, Marian, Egbert	
25	Montag	Markus, Erwin	17. Woche
26	Dienstag	Kletus u. Marcellus, Radbert, Anaklet	
27	Mittwoch	Petrus Kanisius, Zita, Origines	
28	Donnerstag	Peter Chanel, Vitalis, Paul	
29	Freitag	Katharina v. Siena, Robert, Sibylla	
30	Samstag	Walpurgisnacht David, Pius, Hildegard	

MAI

		3. Sonntag der Osterzeit	
1	**SONNTAG**	Maifeiertag, Josef	17. Woche
2	MONTAG	Athanasius, Sigismund, Boris	18. Woche
3	DIENSTAG	Philipp u. Jakob, Alexander, Viola	
4	MITTWOCH	Florian, Michael, Valeria	
5	DONNERSTAG	Gotthard, Jutta, Angelus	
6	FREITAG	Valerian, Markward, Britta, Dietrich, Gundula	
7	SAMSTAG	Maria – Patronin Bayerns, Gisela, Otto d. Große	
		Muttertag, 4. Sonntag der Osterzeit	
8	**SONNTAG**	Ida, Achatius, Klara, Ulrike, Desire	
9	MONTAG	Hiob, Volkmar, Ottokar, Therese	19. Woche
10	DIENSTAG	Antonius, Isidor, Bertrame	
11	MITTWOCH	Jakob, Ignaz, Gangolf	
12	DONNERSTAG	Pankratius	
13	FREITAG	Servatius	
14	SAMSTAG	Bonifatius	
		5. Sonntag der Osterzeit	
15	**SONNTAG**	Sophie, Sonja	
16	MONTAG	Johann Nepomuk, Ubald, Peregrin	20. Woche
17	DIENSTAG	Valerius, Walter, Dietmar, Bruno	
18	MITTWOCH	Johannes, Erich, Felix	
19	DONNERSTAG	Alkuin, Cölestin, Kuno, Ivo	
20	FREITAG	Elfriede, Bernhardin v. Siena, Johann Michael Sailer	
21	SAMSTAG	Konstantin, Hermann Josef, Wiltrud	
		6. Sonntag der Osterzeit	
22	**SONNTAG**	Julia, Renate, Rita, Helene	
23	MONTAG	Wigbert, Desiderius	21. Woche
24	Dienstag	Esther, Dagmar, Susanna	
25	MITTWOCH	Urban, Gregor, Beda, Maria Magdalena v. Pazzi	
26	**DONNERSTAG**	Christi Himmelfahrt, Philipp Neri, Alwin, Regintrud	
27	FREITAG	Augustin v. Canterbury, Bruno, Randolf	
28	SAMSTAG	Wilhelm, Germanus	
		7. Sonntag der Osterzeit	
29	**SONNTAG**	Erwin, Maximin	
30	MONTAG	Felix, Ferdinand, Jeanne d'Arc, Reinhild	22. Woche
31	DIENSTAG	Mechthild v. Dießen, Petronilla, Angela, Pilgrim	

Juni

1	Mittwoch	Justin, Magdalena v. Rottenburg, Nikodemus	22. Woche
2	Donnerstag	Erasmus, Blandina, Armin, Marcellinus u. Petrus	
3	Freitag	Klothilde, Eugen, Morandus	
4	Samstag	Herz Mariä, Franz, Ulrike, Christa	
		Pfingstsonntag	
5	**Sonntag**	Lukretia, Bonifatius, Reginald	
		Pfingstmontag	
6	**Montag**	Norbert, Benignus, Kevin	23. Woche
7	Dienstag	Robert, Adalar, Gottlieb	
8	Mittwoch	Helga, Medardus, Kilian, Giselbert	
9	Donnerstag	Ephräm, Diana, Hilde	
10	Freitag	Heinrich, Margareta, Oliva	
11	Samstag	Barnabas, Alice	
		Dreifaltigkeitssonntag	
12	**Sonntag**	Leo, Basilides, Isaak, Adalbert	
13	Montag	Antonius v. Padua, Bernhard	24. Woche
14	Dienstag	Hartwig, Modestus	
15	Mittwoch	Vitus, Lothar, Gebhard	
16	Donnerstag	Fronleichnam, Benno – Patron Münchens, Luitgard	
17	Freitag	Volkmar, Gregorius	
18	Samstag	Gervasius, Markus u. Marcellianus, Simplicius	
		12. Sonntag im Jahreskreis	
19	**Sonntag**	Romuald, Rasso, Juliane	
20	Montag	Adalbert	25. Woche
21	Dienstag	Sommeranfang, Aloisius Gonzaga, Alban, Radolf	
22	Mittwoch	Thomas Morus, Eberhard, Achaz, John, Paulinus	
23	Donnerstag	Edeltraud	
24	Freitag	Heiligstes Herz Jesu, Johannes der Täufer	
25	Samstag	Berta, Maximus, Odwin, Wilhelm, Eleonore	
		13. Sonntag im Jahreskreis	
26	**Sonntag**	Johannes u. Paulus, Vigilius, Jeremias	
27	Montag	Siebenschläfertag, Cyrill, Hemma	26. Woche
28	Dienstag	Irenäus, Leo, Ekkehard, Dietlinde	
29	Mittwoch	Peter u. Paul	
30	Donnerstag	Otto, Ehrentrud, Bertram	

Juli

1	Freitag	Kostbares Blut, Theobald, Dietrich, Oliver	26. Woche
2	Samstag	Mariä Heimsuchung	
		14. Sonntag im Jahreskreis	
3	**Sonntag**	Thomas, Horst, Hyazinth, Cornelius	
4	Montag	Ulrich v. Augsburg, Elisabeth	27. Woche
5	Dienstag	Anton Maria Zaccaria, Charlotte	
6	Mittwoch	Maria Goretti, Goar, Gotthild	
7	Donnerstag	Willibald v. Eichstätt, Tilman	
8	Freitag	Kilian v. Würzburg, Agilolf, Edgar	
9	Samstag	Veronika, Iphigenie, Eleonora	
		15. Sonntag im Jahreskreis	
10	**Sonntag**	Knud, Engelbert, Amalia	
11	Montag	Benedikt v. Nursia – Patron Europas, Olga, Oliver	28. Woche
12	Dienstag	Berta, Felix, Sigisbert, Natan	
13	Mittwoch	Heinrich u. Kunigunde, Eugen, Mildred	
14	Donnerstag	Ulrich, Roland, Kamillus, Karoline	
15	Freitag	Egon, Bonaventura, Wladimir, Columbus	
16	Samstag	Maria v. Berge Karmel, Irmengard v. Chiemsee, Ruth	
		16. Sonntag im Jahreskreis	
17	**Sonntag**	Alexius, Charlotte, Marina	
18	Montag	Arnulf, Friedrich, Radegund, Odilia	29. Woche
19	Dienstag	Vinzenz v. Padua, Bernulf, Rufina	
20	Mittwoch	Margarethe, Elias, Apollinaris	
21	Donnerstag	Laurentius v. Brindisi, Julia, Daniel, Arbogast, John	
22	Freitag	Maria Magdalena, Verena, Moritz	
23	Samstag	Hundstage, Birgitta v. Schweden – Patronin Europas	
		17. Sonntag im Jahreskreis	
24	**Sonntag**	Christophorus, Christina, Siglinde	
25	Montag	Jakobus d. Ältere, Thea	30. Woche
26	Dienstag	Joachim u. Anna – Patrone der Eheleute, Luise	
27	Mittwoch	Pantaleon, Bertold, Natalie	
28	Donnerstag	Viktor, Innozenz, Nazarius	
29	Freitag	Beatrix, Ladislaus, Martha	
30	Samstag	Ingeborg, Abdon, Petrus Chrysologus, William	
		18. Sonntag im Jahreskreis	
31	**Sonntag**	Ignatius v. Loyola, Hermann	

Öllerer

AUGUST

1	MONTAG	Petri Kettenfest, Makkabäische Brüder, Alphons	31. Woche
2	DIENSTAG	Portiunkula, Eusebius, Gustav	
3	MITTWOCH	Lydia, August, Josua	
4	DONNERSTAG	Johannes Maria Vianney, Dominikus	
5	FREITAG	Mariä Schnee, Oswald, Stanislaus	
6	SAMSTAG	Verklärung des Herrn, Sixtus, Berta v. Biburg	
		19. Sonntag im Jahreskreis	
7	**SONNTAG**	Afra, Nantwein, Kajetan, Sixtus	
8	MONTAG	Friedensfest in Augsburg, Dominikus, Cyriakus	32. Woche
9	DIENSTAG	Roman, Edith Stein, Altmann, Roland, Hanna	
10	MITTWOCH	Laurentius, Astrid	
11	DONNERSTAG	Klara v. Assisi, Susanne, Philomena, Nikolaus	
12	FREITAG	Radegund, Innozenz, Johannes	
13	SAMSTAG	Pontianus, Hippolyt u. Kassian, Wigbert	
		20. Sonntag im Jahreskreis	
14	**SONNTAG**	Maximilian Kolbe, Georg	
15	MONTAG	Mariä Himmelfahrt, Arnulf	33.Woche
16	DIENSTAG	Rochus, Alfred, Theodor, Stephan	
17	MITTWOCH	Hyazinth, Karola, Gerhard	
18	DONNERSTAG	Helena, Klaudia, Lambert	
19	FREITAG	Arnulf, Sebald, Emilia	
20	SAMSTAG	Bernhard v. Clairvaux, Samuel	
		21. Sonntag im Jahreskreis	
21	**SONNTAG**	Pius X., Balduin, Gert	
22	MONTAG	Maria Königin, Regina, Timotheus	34. Woche
23	DIENSTAG	Rosa v. Lima, Philipp, Zachus	
24	MITTWOCH	Bartholomäus	
25	DONNERSTAG	Josef v. Calasanza, Ludwig, Patrizia, Elvira	
26	FREITAG	Zephyrin, Egbert, Wulfila	
27	SAMSTAG	Gebhard v. Konstanz, Monika, Margareta	
		22. Sonntag im Jahreskreis	
28	**SONNTAG**	Augustinus, Elmar	
29	MONTAG	Johannes Enthauptung, Sabina, Beatrix	35. Woche
30	DIENSTAG	Heribert, Felix, Rebekka, Amadeus, Benjamin	
31	MITTWOCH	Raimund, Columba, Isabella, Paulinus	

September

1	Donnerstag	Sankt-Gilgen-Tag, Ägidius, Verena, Ruth	35. Woche
2	Freitag	Ingrid, Rene, Tobias, Nicolai	
3	Samstag	Gregor d. Große, Hildebold	
		23. Sonntag im Jahreskreis	
4	**Sonntag**	Irmgard, Rosa, Iris, Marinus	
5	Montag	Laurentius, Roswitha, Maria Theresia, Herkules	36. Woche
6	Dienstag	Magnus, Gundolf, Matthias, Otto v. Freising	
7	Mittwoch	Regina, Lazarus, Judith, Ralf	
8	Donnerstag	Mariä Geburt, Hadrian, Korbinian	
9	Freitag	Peter Claver, Theophil, Otmar	
10	Samstag	Edgar, Jodok, Pulcheria, Leonhard	
		24. Sonntag im Jahreskreis	
11	**Sonntag**	Probus u. Hyazinth, Felix u. Regula, Helga	
12	Montag	Mariä Namen, Eberhard, Degenhard	37. Woche
13	Dienstag	Johannes Chrysostomus, Notburga, Tobias	
14	Mittwoch	Kreuzerhöhung, Maternus	
15	Donnerstag	7 Schmerzen Mariä, Ludmilla, Jan	
16	Freitag	Cornelius u. Cyprian, Edith	
17	Samstag	Hildegard v. Bingen, Robert Bellarmin, Dolores	
		25. Sonntag im Jahreskreis	
18	**Sonntag**	Lambert, Richardis, Irene	
19	Montag	Januarius, Albert, Theodor	38. Woche
20	Dienstag	Eustachius, Susanne	
21	Mittwoch	Matthäus, Deborah, Jonas	
22	Donnerstag	Moritz, Emmeram	
23	Freitag	Herbstanfang, Linus, Thekla	
24	Samstag	Rupert u. Virgil, Mercedes, Hermann	
		26. Sonntag im Jahreskreis	
25	**Sonntag**	Nikolaus v. d. Flüe, Kleophas	
26	Montag	Kosmas u. Damian, Justina	39. Woche
27	Dienstag	Vinzenz v. Paul, Gotthelf	
28	Mittwoch	Wenzel, Lioba	
29	Donnerstag	Michael, Gabriel, Raphael	
30	Freitag	Hieronymus, Urs u. Viktor	

Oktober

1	Samstag	Theresia v. Kinde Jesu, Remigius, Giselbert	39. Woche
		27. Sonntag im Jahreskreis	
2	Sonntag	Erntedankfest, Schutzengelfest, Leodegar, Theophil	
3	Montag	Tag der Deutschen Einheit, Ewald, Candidus, Udo	40. Woche
4	Dienstag	Franz v. Assisi, Petronius	
5	Mittwoch	Placidus, Attila, Meinolf	
6	Donnerstag	Bruno, Friederike, Renatus, Adalbero	
7	Freitag	Markus, Gerold, Arthur	
8	Samstag	Demetrius, Gunther, Valeria	
		28. Sonntag im Jahreskreis	
9	Sonntag	Abraham, Dionysius, Justus, Johannes Leonardi	
10	Montag	Franz Borgia, Viktor, Kassius	41. Woche
11	Dienstag	Mariä Mutterschaft, Bruno, Huldreich, Johannes	
12	Mittwoch	Maximilian, Herlinde, Elisabeth	
13	Donnerstag	Koloman, Eduard	
14	Freitag	Kalixtus, Burkhard, Alan, Jakob	
15	Samstag	Theresia v. Avila, Aurelia	
		29. Sonntag im Jahreskreis	
16	Sonntag	Margarete Maria Alacoque, Hedwig v. Andechs, Gallus	
17	Montag	Ignatius v. Antiochien, Rudolf, Anselm	42. Woche
18	Dienstag	Lukas	
19	Mittwoch	Paul v. Kreuz, Isaak, Frieda	
20	Donnerstag	Wendelin, Vitalis, Karl	
21	Freitag	Ursula, Wolf, Elias, Hilarion	
22	Samstag	Cordula, Ingbert, Salome	
		30. Sonntag im Jahreskreis	
23	Sonntag	Johannes Kapistran, Severin, Gerhard	
24	Montag	Antonius	43. Woche
25	Dienstag	Krispin, Marcian	
26	Mittwoch	Amandus, Friedbert, Evarist	
27	Donnerstag	Wolfhard, Sabine, Lorenz	
28	Freitag	Simon u. Judas, Alfred	
29	Samstag	Ermelinde, Narzissus, Henri	
		31. Sonntag im Jahreskreis, Beginn der Winterzeit	
30	Sonntag	Alphons Rodriguez, Dietger, Dorothea	
31	Montag	Reformationstag, Wolfgang, Julia	44. Woche

NOVEMBER

1	DIENSTAG	Allerheiligen	44. Woche
2	MITTWOCH	Allerseelen	
3	DONNERSTAG	Hubert, Rupert Mayer, Pirmin, Silvia, Victorin	
4	FREITAG	Karl Borromäus, Claude, Charlotte	
5	SAMSTAG	Elisabeth u. Zacharias, Emmerich	
6	**SONNTAG**	32. Sonntag im Jahreskreis Leonhard, Gustav Adolf	
7	MONTAG	Willibrord, Engelbert, Karin	45. Woche
8	DIENSTAG	Gottfried	
9	MITTWOCH	Theodor, Roman, Emil	
10	DONNERSTAG	Leo d. Große, Probus	
11	FREITAG	Martinstag, Agnes, Heinrich	
12	SAMSTAG	Arsatius, Kunibert, Josaphat	
13	**SONNTAG**	33. Sonntag im Jahreskreis, Volkstrauertag Stanislaus, Wilhelm, Eugen	
14	MONTAG	Alberich, Sidonis	46. Woche
15	DIENSTAG	Albertus Magnus, Leopold	
16	MITTWOCH	Buß- und Bettag, Edmund, Otmar, Margarita	
17	DONNERSTAG	Gertrud, Gregor d. Wundertäter	
18	FREITAG	Odo Abt, Ludwig	
19	SAMSTAG	Elisabeth v. Thüringen	
20	**SONNTAG**	Christkönigssonntag, Totensonntag Korbinian, Felix v. Valois, Bernward	
21	MONTAG	Mariä Opferung, Johannes	47. Woche
22	DIENSTAG	Cäcilia	
23	MITTWOCH	Klemens, Kolumban, Felicitas	
24	DONNERSTAG	Herta, Flora, Modestus	
25	FREITAG	Katharina v. Alexandrien, Egbert	
26	SAMSTAG	Konrad u. Gebhard	
27	**SONNTAG**	1. Adventssonntag Valerian, Gustav, Oda	
28	MONTAG	Jakob, Rufus, Gunther, Berta	48. Woche
29	DIENSTAG	Friedrich, Radbod, Saturnin, Jutta, Kerstin	
30	MITTWOCH	Andreas	

Dezember

1	Donnerstag	Eligius, Natalie, Blanka, Rolf	48. Woche
2	Freitag	Pauline, Luzius, Bibiana, Aurelia	
3	Samstag	Franz Xaver, Emma, Kassian	
4	Sonntag	2. Adventssonntag Barbara, Adolf Kolping, Johannes von Damaskus	
5	Montag	Hartwig, Anno, Reginhard	49. Woche
6	Dienstag	Nikolaustag, Henrika, Dionysia	
7	Mittwoch	Ambrosius, Gerald, Urban, Agathe	
8	Donnerstag	Mariä Empfängnis, Edith	
9	Freitag	Petrus Fourier, Liborius, Richard	
10	Samstag	Eulalia, Angelina, Judith	
11	Sonntag	3. Adventssonntag Damasus, Tassilo, Arthur, Waldemar	
12	Montag	Johanna Franziska v. Chantal, Vicelin	50. Woche
13	Dienstag	Luzia, Jodo, Odilia	
14	Mittwoch	Johannes v. Kreuz, Berthold	
15	Donnerstag	Wunibald, Christiane	
16	Freitag	Adelheid, Dietrich	
17	Samstag	Lazarus, Brunhilde	
18	Sonntag	4. Adventssonntag Mariä Erwartung, Edgar	
19	Montag	Urban, Thea, Abraham, Konrad	51. Woche
20	Dienstag	Regina, Julius, Eugen	
21	Mittwoch	Winteranfang, Thomas, Anastasius, Dominik	
22	Donnerstag	Jutta, Marian, Florian, Demetrius	
23	Freitag	Dagobert, Viktoria, Anne	
24	**Samstag**	Heiliger Abend Adam u. Eva	
25	**Sonntag**	Christfest, Albert, Eugenia, Anastasia	
26	**Montag**	2. Weihnachtsfeiertag, Stephanus, Vincentia	52. Woche
27	Dienstag	Johannes Evangelist	
28	Mittwoch	Unschuldige Kinder	
29	Donnerstag	Thomas Becket, Jonathan	
30	Freitag	David, Margareta, Felix, German, Fest der heiligen Familie	
31	Samstag	Silvester Altjahrsabend	

Vom Handwerk und den Zünften

Alpenländische Wandmalereien

Helmut Hüfner

Vieles, was aus Jahrhunderten überliefert ist, wurde von Handwerkern geschaffen. Die Errungenschaften unseres Jahrhunderts sind selten ausschließlich Werke der Zeit, in der wir leben, sie basieren meist auf Erfahrungen und Kenntnissen früherer Generationen. Das im Hochmittelalter gebildete Zunftwesen der verschiedenen Handwerke war Voraussetzung für eine geregelte Marktordnung mit sozialen Sicherungen der Mitglieder, woraus Grundlagen entstanden für eine bis heute anhaltende Sozialentwicklung.

Ein unentbehrlicher Helfer im Alltagsleben

Zu den Personen, die das Gesicht eines Dorfes prägten, gehörten neben den Bauern, dem Lehrer und dem Pfarrer auch die Handwerker. Als auf dem Bauernhof zur Wasserversorgung noch ein Ziehbrunnen vorhanden war und der sonstige Bedarf möglichst aus eigener Produktion gedeckt wurde, stand der Handwerker mit seinen speziellen Fähigkeiten helfend zur Seite. Alles musste lange erhalten werden. Die Handwerker beschränkten sich dabei nicht nur auf den Ort, in dem sie wohnten, sie suchten ihre Kundschaft auch in der Umgebung auf; im Oberland gingen sie bis Anfang unseres Jahrhunderts „auf die Stöhr".

Ein Störhandwerker, auf den man immer gewartet hatte, war der Schuster. In seinem Rucksack hatte er alles Werkzeug für seine Arbeit dabei. Gewöhnlich gab es auf einem Hof mehrere Tage zu tun, bis das Schuhwerk der Familie und der Dienstleute in Ordnung gebracht war. Manchmal musste auch ein Paar neue Schuhe angefertigt werden.

Auch der Sattler ging auf die Höfe. Alle Zug-

tiere, voran die Pferde, wurden mit Kummet, Brustgeschirr und Bügel zum Führen ausgestattet. Dazu verstand er sich auch auf die Polsterei. Eine Spezialität war die Ausstattung von Kutschen, die ausgepolstert werden mussten. Allgemein benötigte ein Sattler neun Dörfer, um für sich und seine Gesellen genügend Arbeit zu haben. Obwohl es seit den 50er Jahren immer weniger zu tun gibt, kommt nun wieder Arbeit aus dem Freizeitsport.

Ein weit verbreitetes Handwerk war das des Schefflers, der auch Büttner oder Fassbinder genannt wurde. In einer Zeit, als die zahlreichen Landbrauereien und brauberechtigten Bauern das Bier noch in Holzfässern lagerten, konnte er sich über Auftragsmangel nicht beklagen.

Sonthofen, Heinrich Barth 1937

Der Seiler fertigte Seile aus heimischem Flachs und Hanf, die auf jedem Hof bei der Stall- und Feldarbeit benötigt wurden. – Der Gerber war Abnehmer der Viehhäute von den Bauern, aus denen er das Leder zur Weiterverarbeitung herstellte. – In der Zeit ohne Traktor, wo noch Pferde und Ochsen als Zugtiere im Stall standen, war einst der Hufschmied ein viel beschäftigter Mann. In der Werkstatt des Wagenschmiedes entstanden all die Wagen, die der Bauer in der Landwirtschaft brauchte. Vor allem die großen Leiterwagen für die Heu- und Getreideernte. Für kleinere Besorgungen stellte er allgemein einen weniger großen Stellwagen her, der, von einem Pferd gezogen, für die privaten Erle-

Unterammergau, Heinrich Bickel

Sonthofen, Heinrich Barth 1937

die Aussteuer, die eine Braut in eine Ehe mitbringen sollte, hatte sie alle Hände voll zu tun. Auf die Stör gingen auch Schreiner, Glaser, Spinnerin, Weber … Darüber hinaus kamen auf die Höfe wandernde Handwerker wie der Scheren- und Messerschleifer, Sägefeiler, Kesselflicker, Siebmacher und Korbflechter.

Mit der Zunahme des Tourismus und des Freizeitsports gegen Ende des 19. Jahrhunderts wurde vom Schneiderhandwerk auch spezielle Sport- und Reisebekleidung verlangt. 1878 führte dazu der Münchner Joh. Georg Frey den wasserdichten Loden in Deutschland ein. Einiges hat sich in den letzten Jahrzehnten verändert, manches Handwerk wurde überflüssig und von moderner Technik ersetzt. Doch auch weiterhin ist die Vielfalt im Alltag ohne das Handwerk nicht denkbar.

digungen genutzt wurde. Schubkarren, Pflüge, Schlitten, Eisstöcke, Nudelwalker, Holzrechen – die verschiedensten Holzgegenstände fertigte er an.

Auf jedem Hof gern gesehen war die Stör-Schneiderin, auch Naderin genannt. Als man Kleidung noch nicht fertig von der Stange kaufte, war sie stets sehr gefragt. Eine gute Näherin hatte ihre feste Kundschaft und kam auf Wunsch mehrmals im Jahr. Wie die anderen Störhandwerker blieb sie dann auf einem Hof mehrere Tage. Immer musste etwas ausgebessert werden, denn die Kleidung wurde abgetragen – nichts wurde weggeworfen, was noch brauchbar war. Neben Änderungen und Reparaturen bekam die Stör-Schneiderin manchmal auch einen Auftrag für Neuanfertigungen, vor allem dann, wenn eine Hochzeit ins Haus stand. Für

Schliersee

Die Zünfte

Allgemein waren die verschiedenen Handwerke seit dem Mittelalter in Zünften vereinigt, die strenge Verhaltensregeln vorschrieben. So durfte keine ledige „Natherin“ auf die Stör gehen, so sie der Zunft angehörte. Besonders für den Erwerb des Meistertitels verlangten die Statuten verschiedener Handwerke neben handwerklicher Qualifikation, dass niemand ledigen Standes das Handwerk betreiben und ein jeder Meister seinen eigenen Herd besitzen solle.

Reit im Winkel

Mit dem Entstehen und Aufblühen von Städten seit dem 13. Jahrhundert wurde das Handwerk neben den Kaufmanns-Gilden zum wichtigsten Gewerbe. Wo gebaut wurde und der Bedarf im täglichen Leben zunahm, da musste auch das Angebot vielfältiger werden. Auf den Märkten der Städte ließen sich die Waren wohlfeil anbieten. Dass nur Bestes aus der Werkstatt in den Handel kam, darüber wachten die Zünfte. Pfuschern und Schwindlern wurde mit strengen Maßnahmen gedroht. Die Zünfte der einzelnen Gewerbezweige, denen jeder Meister angehören musste, entstanden vor allem, um die wirtschaftlichen Verhältnisse zu regeln, zur Kontrolle des Marktes und zum Schutz der Mitglieder im alltäglichen Konkurrenzkampf. Schon die Vorschrift, dass kein Meister mehr als zwei oder drei Gesellen haben durfte, sollte die Arbeit vieler sichern. Es galt auch, den Standard der Ausbildung zu wahren.

Um als Meister einer Zunft angehören zu können, waren nicht nur Kenntnisse und Fertigkeiten vorzuweisen – neben gutem Leumund musste der Stand frei sein, den man sich mit dem Zuzug in die Stadt erwerben konnte.

Die Zünfte waren nicht nur Zweckverbände, sie stellten auch eine umfassende Lebensgemeinschaft dar. Sie nahmen im genossenschaftlichen Zusammenschluss eines Ortes religiöse und fürsorgliche Aufgaben wahr, mit sozialen Einrichtungen wie der Krankenkasse und der Betreuung Arbeitssuchender. Diese selbstständige Ordnung, die einen freien Bürger schuf, führte auch zur Mitwirkung politischer Entscheidungen in der Ratsherrenschaft.

Die Lehrjahre

Der Junge, der mit 14 bis 16 Jahren in die Lehre zu einem Meister kam, musste sich allen Regeln der Zunft unterordnen. Vorab stand die Bedingung der ehelichen Geburt „ehrlicher“ Leute. Mit der Übergabe des Geburtsbriefes musste auch ein Lehrvertrag zwischen den Eltern und dem Meister geschlossen werden. Vor allem wurden darin das Lehrgeld und die Lehrzeit vereinbart; je weniger Lehr-

Bayrischzell

geld gezahlt werden konnte, desto länger dauerte die Lehrzeit, obwohl ab dem dritten Lehrjahr Gesellenarbeit geleistet wurde. Vom Zeitpunkt an, da der Lehrling vor versammeltem Zunftaufgebot feierlich dem Meister übergeben wurde, waren die Rechte der Eltern eingeschränkt, er wohnte von nun an beim Meister, der ihm väterlicher Beistand war.

Dabei ist uns viel Lehrlingsleid überliefert; bevor er allmählich an die interessanteren Arbeiten herangeführt wurde, musste der Lehrling die schmutzigsten und lästigsten Arbeiten in der Werkstatt verrichten. Beistand war nicht zu erwarten, die Gemeinschaft mit den Gesellen war ausdrücklich verboten. Berufskenntnisse wurden nicht gelehrt, der Lehrling musste sie sich meist durch aufmerksames Beobachten aneignen.

Es war eine harte Prüfzeit des jungen Menschen, wobei die Anforderungen im sozialen Verhalten für das spätere Handwerkerleben ebenso notwendige Erfahrungen waren wie die Beherrschung des Berufes.

Die Lehrzeit dauerte allgemein drei bis sechs Jahre. Nach deren Abschluss wurde wieder vor dem Zunftaufgebot, ohne Gesellenstück oder eine besondere Prüfung, in heiterer, oft ausgelassener Zeremonie, der Lehrling in die Reihen der Gesellen aufgenommen. Voran ging das Lossprechen des Jungen im Kreis der Meister und Gesellen. Der Lehrmeister bestätigte, dass die Lehre ordentlich ausgestanden und der Junge gegen einige Groschen Gebühr in das Lossprechbuch eingetragen worden war. Er erhielt auch einen Lehrbrief. Im Mittelpunkt stand dabei die „Taufe“; derbe Rituale mit Spottversen versehen, bis zum Obszönen, welche jedem Theologen und gebildeten Christen als Gotteslästerung erscheinen mussten. Und doch entsprachen im zünftigen Handwerk die kirchlichen Gebote dem kleinbürgerlichen Alltag, denn strenges Verhalten und gute Arbeit sicherten einem Handwerker und seiner Familie die Existenz.

Törwang

Helmut Hüfner,
Poesie und Bilder
Alpenländische Wandmalerei
Husum Verlag, Husum

Der Bauernkrieg 1525

Lujo Deininger

Es sind in der Geschichtsforschung immer wieder Meinungen aufgetaucht, die bis in unsere Tage mit schlagwortartigen Vereinfachungen das falsche Bild eines völlig unterdrückten Bauernstandes geben, überhaupt das Bild des unterdrückten kleinen Mannes. So ist es nie gewesen. Die Schwere der Abhängigkeit hat sich immer nach den gegebenen Umständen gerichtet, die im menschlichen Zusammenleben immer vielgestaltig waren und sind. Es ist nie allen gleich schlecht oder gleich gut gegangen. Auch im 15. und 16. Jh. nicht.

Es ist ein Irrtum zu glauben, der große Bauernaufstand wäre die Verzweiflungstat ausgepresster, verelendeter Bauern gewesen – das Gegenteil war der Fall. Deshalb, weil aus den durch Pest und Wirtschaftskrisen verarmten Bauern nun wieder wohlhabende Hofbesitzer geworden waren; es ging also gar nicht um die Aufhebung wirtschaftlicher Not, sondern es ging um das Recht des Bauernstandes, der nun endlich auch ein Wörtlein bei der Bestimmung seiner Geschicke mitreden wollte. Das Selbstbewusstsein der Bauern war auch gewaltig genährt worden durch die Siege der Eidgenossen über Adel und Fürsten, als sie Karl den Kühnen 1476 in den Schlachten von Grandson und Murten besiegten, sowie die Siege der Bauernrepublik in der Schweiz am Anfang des 16. Jahrhunderts.

Es ist daher verständlich, dass die Bauern sich gegen den steigenden Steuerdruck und die ständig zunehmende Einschränkung ihrer Rechte wehren wollten. Die Landesfürsten hatten im Zug der Zeit ihre Hoheitsrechte immer mehr ausgebaut, um damit die Macht aller Stände zu schwächen. Am leichtesten erreichten sie dies bei den Bauern, die als Stand allein keine gültige Vertretung besaßen. So waren sie gezwungen, sich selbst um ihre Rechte zu kümmern und sie durchzusetzen. Sie wollten ihre alten Rechte wiederhaben, wie Wald- und Wassernutzung, Weide- und Gemeinderechte, aber hauptsächlich ging es um ihre Anerkennung als gleichberechtigte Bürger des Staates, um Anerkennung ihrer Menschenwürde. Nicht zu vergessen, dass die größeren Bauern und die bereits herrenmäßig lebenden Hofbesitzer sich nicht mit dem Status von Hörigen und Leibeigenen abfinden wollten. Sie hatten ja schon seit einiger Zeit ihre Kinder in Schulen schicken können, sie konnten lesen und schreiben, und hatten in der aufstrebenden Zeit des 15. und 16. Jahrhunderts ein entsprechendes Allgemeinwissen und geistige Selbstständigkeit erworben.

Ihre Forderungen, in einem Manifest von 12 Punkten festgelegt, gedruckt und verbreitet, waren dementsprechend berechtigt und in einem außerordentlich gemäßigten Ton vorgetragen. Die von den Reichsstädten angebahnte Vermittlung zwischen Bauern und Landesherren, sowie ein beabsichtigtes Bauernparlament in Heilbronn, in dem die soziale Gesamtordnung ausgearbeitet werden sollte, kamen zu spät. Den gemäßigten Kräften des Aufstandes wurde sehr schnell die Führung aus der Hand gerissen. Wie immer bei berechtigten Revolutionen wurde die eigentliche Absicht durch die radikalen Elemente bedenkenlos zunichtegemacht. Am 26. März 1525 brennt die Burg Schemmerberg in Schwaben als erste. Von der groben und gewissenlosen Masse der Bauern wird der Beschluss gefasst: alle Klöster und Adelssitze restlos auszutilgen. Die fränkischen Bauernhaufen brannten allein in Mainfranken 200 Burgen und 50 Klöster nieder, die Archive mit den Aufzeichnungen über Steuern und Besitzrechte wurden vernichtet; vorher wurde hauptsächlich „geplündert und gesoffen“. Am 16. April geschah in Weinsheim der erste Mord, als Graf Helfenstein zusammen mit seinen 23 Edelleuten und Reisigen durch Spießrutenlaufen zu Tode kamen. Dieser Mord blieb eine Ausnahme, kostete aber den Bauern jede Sympathie. Ende April loderte der Aufstand im Bamberger Bistum auf, sechs Klöster und 150 Burgen wurden angezündet und geplündert.

Der Schwäbische Fürstenbund, dem auch der Baiernherzog angehörte, hatte unterdessen mit einem Heer von 9000 Landsknechten und 3000 Reitern unter Truchseß von Waldburg seit Anfang April die schwäbischen Bauernhaufen vernichtend geschlagen und den Mord von Weinsheim blutig gerächt: Denn als 3000 schwere Rösser mit gepanzerten Reitern in breiter Front auf sie zurasten und die ersten Reihen niederritten, war es um sie geschehen – sie liefen in größter Panik nach allen Seiten davon.

Das Hauptquartier der Bauern aus Würzburg, zornig über die Niederlage, sandte einen zweiten, noch größeren Heerhaufen dem Fürstenheer entgegen; sie schworen als Rache jeden Reiter aufzuhängen, den sie erwischen konnten, und jedem Landsknecht die Kehle durchzuschneiden. Die Folge dieses unvorsichtigen Schwures war, dass bei dem Treffen am 4. Juni der Truchseß von Waldburg die Parole ausgab, keine Gefangenen zu machen. Wieder entschied der erste Angriff der Reiter auch diese Schlacht; über fünftausend Bauern fanden an diesem Tag den Tod, der Rest floh in wilder Hast und sammelte sich nicht wieder. Alle ihre Waffen waren nun in der Hand des Fürstenheeres.

Der Aufstand, in dem die Bauern mehr Lebensrechte erreichen wollten, war an ihrem eigenen Unvermögen gescheitert. Die Rache der Fürsten war in vielen Fällen sehr hart. Die Rädelsführer wurden hingerichtet.

Bisher ist noch kein einziges Wort über den Bauernaufstand in Baiern gefallen – genau an der Grenze Baierns hatte er aufgehört, selbst die Oberpfalz blieb von Unruhen verschont. Nur einmal haben die Aufständischen versucht, in Baiern einzufallen, als ein Haufen Allgäuer Bauern, man spricht von 10 000 Mann, eine Zahlenangabe, die nach alter Tradition sicher auch wieder stark übertrieben ist, also sagen wir, als ein größerer Haufen den Lech überquerte, nach Steingaden zog und dort das Kloster niederbrannte. Sie waren überzeugt, in den Baierischen Bauern Bundesgenossen zu finden. Aber da haben sie sich schwer getäuscht.

Dieser Einbruch der Aufständischen brachte den Herzog, der keine Truppen parat hatte, sie kämpften in Schwaben unter Waldburg, in einer äußerst schwierigen Lage – die Lechrainer Bauern aber nicht: die Bauern um den Peißenberg herum, denen es gar nicht passte, dass da ein fremder Haufen über ihre Grenze gekommen und mit Sengen und Brennen in Steingaden eingefallen waren, packten ihre Waffen und machten den Eindringlingen klar, dass sie hier nichts zu suchen hätten und *„den schwäbischen Bauern tun sie zu wissen, sie wollten bei ihrem gnedigen herrn von Baiern als irn landsfürsten bis in den tod bleiben, da sterben und genesen.“* Ohne sich auf ein Treffen einzulassen, zogen die Eindringlinge unter Hinterlassung der Klosterruinen wieder über den Lech zurück; ihre Hoffnung auf baierische Hilfe war gründlich enttäuscht worden.

Von den vielen aufgestellten Vermutungen, warum es in Baiern keinen Bauernaufstand gegeben hat, ist die richtige leicht zu finden: den Baiern ist es unter den Wittelsbachern nie so schlecht gegangen, dass sie Grund für

ein so radikales Aufbegehren gehabt hätten wie die Bauern in ihren Nachbarländern. Der Vorwurf, ihre schwerfällige Art, jedem Druck nachzugeben, habe sie am Aufbegehren gehindert, wird gerade in dieser Zeit durch die Peißenberger Bauern glänzend widerlegt, die hier so gar nicht schwerfällig reagiert haben!
Dass Baiern inmitten des Bauernaufruhrs – auch Tirol und Salzburg waren betroffen – eine so stille Insel geblieben ist, müsste uns eigentlich als selbstverständlich erscheinen, da wir unsere Erkenntnisse über unsere Wesensart, die wir im Laufe der Jahrhunderte gewonnen haben, auch hier im Bauernkrieg wieder bestätigt finden.
Die baierische Geschichte hat uns gelehrt, daran zu glauben, dass unsere angenehme Umgänglichkeit, einer der Grundzüge unseres Wesens, ein Erbe unserer Vorfahren ist. So müssen wir auch glauben, dass damals ebenso die Verhaltensweisen zwischen Herr und Knecht, Herrscher und Untertan, zwischen oben und unten in Baiern immer natürlicher und mit weniger Spannung belastet gewesen waren.
Wir haben bisher ohne Zweifel dieses Verhalten für ganz Baiern annehmen können, obwohl wir auch eine gegenteilige Einstellung der hohen Herren kennen. Aber es ist nicht daran zu zweifeln, dass eine allgemein gute Atmosphäre das Verhalten und Handeln der Bauern von Peißenberg verständlich macht.
Es gab in Baiern natürlich auch einen Teil der Bevölkerung, der sich auf die Seite der Rebellen stellte – da fielen in den Wirtshäusern beim Bier große Worte gegen die Obrigkeit, die von dieser ruhig hingenommen wurden; handelte es sich aber um das Auftreten fanatischer Hetzer, besonders um Protestanten, wurde auf Geheiß des Kanzlers außerordentlich scharf eingegriffen. Verurteilung zu Kerker war das Übliche; dass auch in Baiern Hinrichtungen von Ketzern stattgefunden haben, waren Zeiterscheinungen, geprägt vom Geist kirchlicher Unduldsamkeit und Folgen des allgemeinen falschen Rechtsempfindens, das gesetzlich verankert worden war.
Was uns im Rückblick auf den Bauernkrieg so schmerzlich berührt, ist das Zusammentreffen menschlicher Vernunft und Anstands, wie er in den Forderungen der Bauernschaft zum Ausdruck kommt, mit dem bornierten Unverständnis der fürstlichen und kirchlichen Herren, die nicht fähig gewesen sind, die eingefahrenen Denkweisen zu verlassen. Desto schmerzlicher das Misslingen eines ehrlichen Wollens, auch die drückenden und diffamierenden Lebensumstände der Bauern zu verbessern, wie es durch die Dummheit und Rohheit der Bauernhaufen geschehen ist; und dass sie damit dem fürstlichen Absolutismus die Wege geebnet haben, weil sie das verächtliche Bild, das dem Bauernstand bisher anhaftete, in den Augen der meisten Zeitgenossen nur bekräftigt hatten.
Sogar Aventinus, trotz seines Bemühens um Wahrheit und Gerechtigkeit, war nicht ganz frei von dem üblichen Gelehrtendünkel; er hat zwar den Baiern allgemein treffend geschildert, ihn ordentlich und gerecht genannt, aber den Bauern mit der Schilderung des „gemain mans“ nur negativ gezeigt, und das Positive außer Acht gelassen: *„säuft Tag und Nacht, gröhlt, singt, tanzt und spielt Karten – und spielt sich auf“* – ein Bild aus dem elterlichen Wirtshaus.
Aber da ja nicht alle Bauern und kleine Handwerker im Wirtshaus saßen, hat er gerade die wirklich Wichtigen vergessen, die baierischen Bauern, die immer noch nach den Liedern des Neidhart von Reuental tanzten und sangen, und Feste feierten aus purer Lebensfreude und Lebenslust, Hochzeiten und Wallfahrten, Märkte und Kirchweih, Sonnwend und Raunächte. Aus ihren Reihen stammen auch die dörflichen Malereien und Heiligen-

Kaiser Karl V. (1500–1558), Christoph Amberger

figuren in den Kirchen und Kapellen, die Bilder an Hauswänden, die bemalten Schränke und Truhen, die geschnitzten Treppengeländer und Hausgiebel.

Aber das Verhalten Aventins, das Verächtlichmachen des Bauern, war damals gang und gäbe. Es war ein Zeichen dieser Zeit, dass man den Bauernstand, der nicht rechtlich vertreten war, nicht als gleichwertig empfand; das ließ auch der Kanzler Leonhard von Eck deutlich merken; er schrieb am Anfang des Bauernkrieges im März 1525 an den Herzog Wilhelm:

„... wir werden den Bauern nicht nachgeben. Wir würden dadurch unsere Reputation verlieren wie alte Huren. Der Bauern brüderliche Liebe ist mir zuwider. Ich habe mit meinen leiblichen Geschwistern nicht gerne geteilt, geschweige denn, dass ich es mit Bauern täte.“

Die Offenheit des Baiern schreckt auch nicht vor persönlichen Geständnissen zurück! Diese Offenheit haben wir auch heute noch, wir werden sie hoffentlich auch weiterhin behalten: sie zeugt von Selbsterkenntnis, wir wissen, wie wir mit uns selbst dran sind.

Eck war ein ungewöhnlich heller Kopf und der geborene Politiker mit kühlem Kalkül und geschickter Taktik. Er stammt aus einer politisch geschulten Familie des alten baierischen Beamtenadels und war Ratgeber und wahrscheinlich auch Initiator wirtschaftlicher und kultureller Verbesserungen in seiner Amtsperiode. So gelang es ihm, gegen das alte Recht der Landstände der Steuerbewilligung und der Steuerverwaltung, sowie deren Recht eigene Steuern wieder durch den erhöhten Steuereinzug bei den Bauern auszugleichen, schon 1526 eine Steuer durchzudrücken, welche die Landstände nicht auf die Bauern abwälzen durften.

So gab es unter Herzog Wilhelm IV. die erste Schulordnung, wie auch Verbesserungen des Landrechts und Reformen des Strafrechts und des Steuerwesens.

Die außenpolitische Lage Baierns erforderte ein geschicktes Paktieren mit dem übermächtigen Österreich; ein Nachbar, dessen Grenzen zwei Drittel von Baiern umschlossen. Unter Kaiser Karl V. 1519–1556 bleibt Baiern im Schmalkaldischen Krieg gegen die Protestanten 1546–1547 neutral, liefert aber Waffen an die Österreicher.

Im Jahr 1555 wurde der Augsburger Religionsfriede geschlossen, von dem zwar die Reformierten ausgeschlossen blieben, aber die Augsburgische Konfession, die Protestanten, endgültig gleichberechtigt neben dem katholischen Glauben anerkannt wurde.

Das war endlich ein Fortschritt nicht nur auf politischer, sondern auch auf geistiger Ebene. Die Jahrhundertwende von 1500 kann man als den großen Schritt in die Neuzeit, in die Renaissance, annehmen.

Dass in diesem Zeitabschnitt die großen Entdeckungen das Weltbild erweitert hatten, war die Folge eines immer lebhafter gewordenen

Denkens, das sich besonders den Naturwissenschaften zugewendet hatte. Die Erforschung von Himmel und Erde hatte schon im 15. Jahrhundert zu den erahnten Erfolgen geführt; so wurde Afrika umsegelt, Amerika 1492 entdeckt und 1499 von der Ostseite Afrikas aus Indien erreicht.
Diese Entdeckerfahrten hatten zu dem enormen Aufschwung des europäischen Handels beigetragen. An ihm im hohen Maß beteiligt war das Haus Fugger in Augsburg, deren Handelshäuser sich auf ganz Europa erstreckten; Jakob Fugger (1459–1525) hat den Fugger-Konzern aufgebaut, der sich in seinen Ausmaßen im europäischen Bereich leicht mit den Konzernen weltweiten Umfangs von heute messen konnte. Seine Faktoreien dehnten sich bis nach Russland und Schweden aus; die bedeutendsten befanden sich in Antwerpen, in Madrid, Venedig und Florenz, in London, Danzig und Thorn und Erfurt.
Der Glanz des Fuggerschen Reichtums ist im 17. Jahrhundert erloschen. Nur die geschickte Vorsicht der frühen Fugger, das Privatvermögen der Familie in großen Grundbesitz anzulegen, hat den Fuggernachkommen ihren persönlichen Ruin erspart.
Die menschliche Haltung der Fugger, die ja als Geschlecht dem baierischen Schwaben entstammen, können wir heute noch bewundern; da ist die Ausführung einer wahrhaft menschenfreundlichen Idee: die „Fuggerei“ in Augsburg. Jeder kann sich mit eigenen Augen davon überzeugen, mit welcher praktischen Klugheit diese Idee verwirklicht worden ist. Noch heute ist das gute Wollen und die Anständigkeit des Erbauers fühlbar: für Arme und Bedürftige angenehme und kostenlose Lebensbedingungen zu schaffen.
Wir suchen vergebens bei Aventinus darüber ein anerkennendes Wort. Er, der doch die Blütezeit der Fuggerschen Macht miterlebte, lässt auch kein einziges Wort über den frühen

Porträt des Jakob Fugger, Albrecht Dürer

Kapitalismus, noch über eine so bemerkenswerte Figur wie Jakob Fugger fallen; er bleibt immer irgendwie in bäuerlichen Grenzen, was die engere Heimat betrifft, trotz Bildung und politischem Weitblick. Die Macht des Kapitals sah er nicht, wohl aber die Bedrohung des europäischen Westens durch die Expansionsgelüste der Türken, vor denen er mit ernsthaft erhobenem Zeigefinger in seinen Schriften warnt.
Aventinus, ständig mit seiner Baierischen Chronik beschäftigt, war anscheinend so sehr in die geschichtliche Vergangenheit versunken, dass er an verschiedenen anderen Zeiterscheinungen wenig oder gar keinen Anteil nahm.

Lujo Deininger,
Bayern ganz anders
Turmschreiber Verlag

Hoamatliab

Ponzauner Wigg

Du kloans Fleckerl Welt,
Wo i leb, wo i bi,
Hab dir's oft scho erzählt:
Gern hab i di!

Bist im Winter voll Schnee,
Bist im Frühjahr voll Blüah,
Bist im Sommerglanz schö,
Bist im Herbst voller Müah.

Hast als Kind mi scho g'freut,
Ob i g'woid (geweint), ob i g'lacht,
Hab mei sorgenfreie Zeit
Mit'm Spuin da verbracht.

Wia i größer bin word'n
War's ma oft koa leicht's Doa,
Oamoi Liab, oamoi Zorn,
Hab oft g'moant, bist ma z'kloa.

Hat mi nauszog'n in d' Welt,
Hat mi hoamzog'n zu dir,
Hat mir drauß'n was g'fehlt,
Was i eiwendig g'spür.

So leb i bei dir
Zwischen Rackern und Rast
Und moa oft fast schier,
I war bloß dei Gast.

Und i gspür's scho ganz mächtig,
's Leb'n geht bergo,
Drum bitt i andächtig,
Herrgott, lass mi do!

Lass mi do in da Hoamat
I habs ja so gern
Und lass mi, wenn's gar is,
A Hoamaterd werd'n.

Stilles Glück

Elisabeth Schinagl

Die Morgensonne lacht durchs Fenster
unten zieht der Fluss vorbei.
Eine Nacht ohne Gespenster
keine Sorgen, kein Geschrei.

Auf der sanft gekrausten Fläche
spiegelt hell das Sonnenlicht –
dieser Tag ist mir gegeben,
alles andere frag' ich nicht

Aber hübsch war es doch

Franziska zu Reventlow

Henryk war auch über Weihnachten fortgefahren und noch nicht zurück. So lebte Ellen die nächste Zeit fast ausschließlich in ihrer Arbeit, die war und blieb doch das Erste und Größte und das, worin sie Ruhe fand vor allem, was in ihr stritt und wogte. Und darin wollte sie Reinhard keinen Schritt weichen. – Wenn er ihr auch noch so viel Freiheit zugestand, ehe sie wirklich imstande war, allein weiterzukommen, würde sie nicht von München fortgehen. Ellen hatte ihm deshalb auch ängstlich verschwiegen, wie es mit ihren Mitteln stand. Schon seit dem Herbst aß sie nur noch ein oder zweimal in der Woche in einer kleinen Garküche zu Mittag, die andern Tage konnte man sich mit einem Stück Brot behelfen. Sie legte sich dann, wenn alle fort waren, auf dem Modellpodium schlafen, da merkte man es kaum, ob man etwas im Magen hatte oder nicht. Zufällig kam Zarek einmal herunter und fragte, warum sie nicht zu Mittag fortginge. Von da an teilten die beiden sich in eine Portion um vierzig Pfennige, die vom Wirtshaus herübergeholt wurde.

Von Woche zu Woche musste sie auf neue Ersparnisse sinnen, nahm sich ein ganz kleines Zimmer, wo kaum das Bett Platz hatte, der kostspielige Morgenkaffee wurde abgeschafft, denn beim Onkel gab es ja schließlich immer Tee und Brot, wenn sie in der Pause hinaufkam. Ellen war überzeugt, dass sie sich ganz gut auf diese Art noch ein paar Jahre durchschlagen könnte; es waren ja manche unter ihren Bekannten, denen es ebenso ging, und keiner klagte darüber; sie lachten nur, wenn sie am Monatsende ihre leeren Taschen umkehrten und abends im Café zusammenkamen, um bei einem Glas Bier stundenlang wenigstens Licht und Wärme zu haben. Wieder und wieder sprach Reinhard in seinen Briefen davon, dass er die Heirat jetzt endgültig auf Anfang des Sommers festsetzen möchte, und jedes Mal schrieb Ellen zurück, sie könnte vorläufig noch nicht daran denken, sie brauchte noch Zeit, um nur sich selbst zu leben. Wollte er das nicht, so müsse er sie freigeben und ihren Weg gehen lassen. Er warf ihr den grenzenlosen Egoismus vor, mit dem sie ihrer beider Glück gefährdete, und hielt dennoch fest, in der sicheren Überzeugung, dass sich alles ganz wie von selbst ändern würde, wenn Ellen erst bei ihm war.

Aber in ihr hatte sich seit dem weihnachtlichen Beisammensein vieles gewandelt – das unbedachte Hineinleben in all die brausende Lebensfreude, die der erste Rausch und das erste Aufatmen in voller Freiheit mit sich gebracht hatte, war zur unerbittlichen Leidenschaft geworden. Seit sie nach wochenlanger Trennung zum ersten Mal wieder in Henryks Armen lag, wusste sie, dass sie ihn liebte und dass es kein Entrinnen mehr gab. Sie wusste jetzt auch, dass die Liebe kein Sommerglück sein konnte, kein jubelndes Aufgehen in dem andern – nichts von alledem, was sie früher darin finden wollte – nein, die Liebe war eine blinde, wütende Sturmflut, die alle Dämme niederbrach, und da gab es kein Fragen mehr, kein Überlegen, was mit fortgerissen und was gerettet werden konnte. Es kam ihr nicht in den Sinn, Henryk für sich besitzen zu wollen, sein Leben mit ihm zu teilen; er war kein Mann, mit dem man an „Glück“ hätte denken können. Das sah sie alles und wusste es wohl, aber ihre Liebe dachte nicht an Fragen und Verlangen. – Dabei lernte sie immer tiefer in ihn hineinsehen, fühlte all das zerrissene Schwanken, das auch in ihm war. Er konnte andern geben, was er selbst nicht hatte, wonach er in ewiger Unruhe rang und jagte.

Oft fuhr er mitten in der Nacht auf: „Jetzt muss ich arbeiten!“ Dann stand sie ihm Modell, stundenlang – er arbeitete wie ein Wahnsinniger und sprach von seinen Werken, die er schaffen wollte – mit immer glühenderer Fantasie. – Es war etwas Sinnloses, Ausschweifendes in seiner Art zu malen. Wenn er über die Skizze hinauswollte, fing er an: „Diesmal soll es etwas werden, ich lasse nicht nach, bis es wird.“ Dann wollte er malen, wie noch kein Mensch gemalt hatte, in unerhörten Farben – und es gelang nicht, gelang nie – immer wieder begann er von Neuem.

Wurde er schließlich müde, so gingen sie zusammen ins Café. Dort war im Nebenzimmer ein Klavier, und da spielte er endlos – manchmal wild und leidenschaftlich, dann wieder ganz leise, traurige Melodien. Ellen saß auf dem harten Ledersofa, in eine Ecke gedrückt, die Töne klangen in ihrer Seele nach, und sie sah ihn an – er wurde fast schön, wenn er spielte. Sie lebte alles mit ihm durch, zitterte um jedes Bild und war still glücklich, dass er das mit ihr teilte, sie in seinem Höchsten mitleben ließ.

Inzwischen kam sie viel mit den anderen Freunden zusammen, es gab Stunden, wo sie all der stürmischen Gefühle müde wurde und nur einmal lachen wollte. War sie nicht bei Henryk, so traf sie den Zarekkreis in seinem Stammlokal. Es gab kaum eine Nacht, wo man vor drei Uhr heimkam, und wollte Ellen einmal zu Hause bleiben, um auszuschlafen, so erschien gewiss die ganze Bande noch um Mitternacht unter ihrem Fenster, oder sie schickten den Pikkolo vom Café, dem sie ihren Signalpfiff beigebracht hatten. Und sobald Ellen den hörte, war es aus mit ihren guten Vorsätzen, sie fuhr rasch in die Kleider und war in ein paar Sätzen die Treppen hinunter.

In ganz München tobte jetzt der Karneval, und sie brannten alle darauf, etwas zu unternehmen. Aber keiner von ihnen hatte Geld – Künstlerfeste und Redouten waren unerschwinglich, so gingen sie nur eines Nachts ins Café Luitpold. Ellen hatte sich ein Clownkostüm geliehen, die Russin war auch maskiert, die Übrigen alle in ihren gewöhnlichen Kleidern. Für Ellen war es alles ganz neu, und sie stürzte sich Hals über Kopf hinein. Henryk war nicht mit, sie vergaß ihn, vergaß alles, trieb hierhin und dorthin und war völlig willenlos vor Freude. Ein paar Mal fing Zarek sie wieder ein und brachte sie an den Tisch zurück. Aber da war es heute langweilig, Max und der Onkel gerieten immer wieder in erboste Kunstgespräche und betrachteten das ganze Treiben nur vom malerischen Standpunkt aus, das eine Paar saß weltvergessen in einer Sofaecke, das andere zankte sich – der Fritz wich nicht von Ellens Seite und suchte sie vor allen Anfechtungen zu behüten, wenn andere Masken herankamen.

„Seid ihr alle oberflächlich“, klang plötzlich Zareks raue Bassstimme. „Karneval ist abscheulich, gehen wir heim zu mir und machen Tee. Will ich euch Hamlet lesen.“ Die andern schwankten nach, und Ellen erklärte, dass sie dann alleine dableiben wollte – als eine Horde weißer Pierrots auf sie eindrang und sie mit fortziehen wollte. Zarek und Fritz hielten sie jeder von einer Seite fest, da sah der eine von den Weißen sie aufmerksam an.

„Ah, du bist’s – ich hab doch gleich gesagt, dass ein Mädel drinsteckt.“

Ellen wurde neugierig. „Lass mich, Onkel, der gefällt mir.“

„Was hast du denn da für einen Onkel?“

„Gefällst du mir gar nicht", sagte der. „Lass ihr – muss ich hüten bezechtes Kind."
„Nein, ich will mit, weg da, Fritz!"
„Auch noch ein Fritz, mein Gott, bist du aber gut behütet."
Ellen war schon auf den Tisch gestiegen und flog in seine Arme.
Gegenüber hatte sich ein Trupp Italiener niedergelassen mit Gitarren und Mandolinen, es war ein ohrenbetäubender Lärm. Ellen tanzte mit ihrem Pierrot um die Tische und dann oben auf dem Billard zwischen den Kaffeetassen, bis der Wirt kam und sie vertrieb. Dann brachte er sie an seinen Tisch: „Seht mal, was ich da gefangen hab – ist das nun ein Bub oder ein Mädel?"
Die drüben brachen auf und winkten ihr.
„Bleib du nur bei uns", sagte einer, „der Johnny lässt dich doch nicht wieder her."
„Ja, Johnny, ich bleib bei dir, die andern wollen heimgehen und Hamlet lesen."
Er schüttelte sich vor Lachen. Dann kam Zarek mit ernstem, verantwortungsvollem Gesicht und wollte sie mitnehmen. Aber Ellen lag in Johnnys Armen, er hielt ihr das Sektglas an die Lippen und ließ sie trinken: „Bezechtes Kind bleibt bei uns, geh du nur deinen Hamlet lesen."
Ellen blieb und trank Sekt und Freude bis in den Morgen hinein mit vollen Zügen. Allmählich wurden die Räume des Cafés immer leerer, die Kellnerinnen standen gähnend herum zwischen umgestürzten Stühlen und verwüsteten Tischen, hier und da saßen noch vereinzelte Paare und umarmten sich immer bewusstloser. Johnny schlug vor, man sollte mit ihm auf sein Atelier gehen und dort Kaffee trinken, aber unterwegs fiel einer nach dem andern ab, sie waren alle müde und hatten genug. Ellen fiel jetzt erst ein, dass Zarek ihre Schlüssel eingesteckt hatte und sie nicht in das Haus hineinkonnte. So gingen sie langsam durch den weichen Schnee, der über Nacht gefallen war, die Straße hinauf, wo die Laternen noch müde in der Dämmerung flackerten, und saßen dann in Johnnys Atelier mit den vielen gemütlichen Ecken vor einem kleinen Tisch, auf dem die gelb umschleierte Lampe brannte und die kupferne Kaffeemaschine summte. Johnny zog sich im Nebenzimmer um und wickelte dann Ellen in einen schweren Seidenmantel – es war eine Atmosphäre von Behaglichkeit, die sie lange nicht mehr gewöhnt war, und sie dehnte sich vor Wohlgefühl.
Nun musste sie ihm erzählen, wie sie lebte, manchmal lachte er, dann wieder schüttelte er den Kopf: „Ich habe das ja alles selbst durchgemacht, aber glauben Sie mir, die Boheme kriegt jeder einmal satt und Ihre Gesellschaft da gefällt mir nur halb. – Aber das allerverrückteste finde ich doch, dass Sie heiraten sollen."
Es war jetzt heller Tag, und sie berieten, wie Ellen in ihrem Clownkostüm nach Hause kommen sollte – er brachte alle möglichen Dinge herbei, steckte sie zuletzt in einen Regenmantel von sich, schnürte ihr ein Paar unförmliche Bergstiefel an die Füße und drückte ihr einen Schlapphut ins Gesicht. Dann stand er da und wollte sich totlachen.
So wateten sie wieder durch den Schnee zu einer nahen Badeanstalt, nahmen Zelle an Zelle ein Brausebad unter vielem Lachen – es war alles so lustig und morgenfrisch und dabei wie ein leichtes Spiel, das sich immer an der Grenze bewegte.
„Ich habe wirklich allen Respekt vor mir", sagte Johnny, als er sie im Fiaker nach ihrer Wohnung brachte, „nicht einmal um einen Kuss habe ich Sie gebeten, seit wir uns wieder in normale Menschen verwandelt haben – warum sind Sie auch verlobt? –

Franziska zu Reventlow,
Ellen Olestjerne
Husum Verlag

Der Preis für die Schönheit: ein Leben in der Fremde

Elisabeth Schinagl

Roveredo, 14. Januar 1704. In dem kleinen Ort, der zum italienischsprachigen Teil Graubündens gehört, wird Giovanni Domenico als drittes von zehn Kindern der Eheleute Bartolomeo und Eufemia Barbieri geboren. Wieder ein Esser mehr in der Familie. Der Vater ist als Kaufmann nicht sonderlich erfolgreich, er kann die Familie kaum ernähren. Schon früh müssen die Kinder zum kargen Broterwerb beitragen. Der junge Domenico wird so bald wie möglich als Viehhirte eingespannt. Bis weit in den Oktober hinein ist er barfuß mit dem Vieh in den Bergen unterwegs und leidet wegen der großen Kälte häufig an heftigsten Bauchschmerzen. Die Schule bei den Kapuzinerpatres kann der intelligente Junge nur vom Spätherbst bis ins Frühjahr besuchen. Ein Glück nur, dass ihm der Großvater zusätzlich noch einiges beibringen kann. Eigentlich wäre der Junge für eine höhere Schulbildung begabt, aber die finanziellen Umstände der Familie lassen es nicht zu. Der Vater benötigt seine Arbeitskraft. Schließlich bestimmt er, dass sein Sohn das Maurerhandwerk erlernen soll. Eine folgenschwere Entscheidung, denn sie bedeutet für den Jungen, dass er seine Heimat verlassen muss.

Dem armen Graubündner Tal entstammten seit Generationen viele berühmte Baumeister und Architekten, die in der Fremde, in Bayern, Österreich, ja sogar in Polen ihr Glück machen: Giovanni Antonio Viscardi beispielsweise, der u. a. die Wallfahrtskirche Mariahilf im bayerischen Freystadt erbaute, oder Enrico Zuccalli, Vollender der Münchner Theatinerkirche und Erbauer von Schloss Nymphenburg, oder der in Ansbach und später in Eichstätt wirkende Gabriel de Gabrieli. In Gruppen ziehen die Graubündner Bauleute über den San Bernardino dorthin, wo ihre Arbeitskraft und ihr Können gefragt sind: nach Wien, München, Augsburg – und einige, darunter auch Barbieri, auch ins kleine Fürstbistum Eichstätt. Zehn Tage dauert der Fußmarsch aus dem Misoxtal über den San Bernadino nach Eichstätt, in die Fremde. Der 16-jährige Barbieri spricht kein Wort Deutsch, als er am 6. Februar 1720 dort ankommt. Auf seiner ersten Baustelle ist er der einzige der sogenannten welschen Bauleute. Er fühlt sich einsam und verzweifelt, oft plagt ihn Heimweh, doch eine Rückkehr in seine Heimat scheitert am Geld. Was auch immer er erübrigen kann, schickt er nach Hause, um die Familie so gut es geht zu unterstützen. Trotz aller widriger Umstände lässt er sich nicht unterkriegen. Er begreift, dass er lernen muss, wenn er vorankommen will, und bringt sich selbst die fremde Sprache bei, indem er Wörter aus Büchern abschreibt.

Er ist tüchtig und zuverlässig: Schon in seinem zweiten Lehrjahr vertraut man ihm die Aufsicht über die Arbeiter an, schließlich wird er im Verlauf der Jahre der engste Vertraute des berühmten Hofbaumeisters Gabriel de Gabrieli und dessen „rechte Hand". Gabrielis Sohn Wilhelm, an der Ruhr erkrankt, stirbt in den Armen des jungen Barbieri, einige Jahre später – am 21. März 1747 – dann

Schweiz Graubünden AK Roveredo Ticino, Ortsansicht

auch Gabrieli selbst. Barbieri kümmert sich um dessen Nachlass und die Ausführung seines Grabmonuments, das noch heute auf dem Eichstätter Friedhof zu sehen ist.

Auch wenn viele seiner Bauten Eichstätt und seine Umgebung heute noch optisch prägen, kann sich Barbieri mit der Berühmtheit vieler seiner Landsleute nicht messen, er gehört sicher nicht zu den ganz Großen der Architekturgeschichte. Aber er hat den großen Meistern etwas voraus, was ihn für uns heute noch interessant macht: Barbieri hat eine Art Tagebuch hinterlassen, das uns sehr genaue Einblicke in sein Leben gewährt. Beginnend mit seiner Ankunft in Eichstätt lässt uns Barbieri darin über vier Jahrzehnte, von 1720 bis 1763, an seinem Leben teilhaben.

Seine Aufzeichnungen geben uns Auskunft darüber, wie ein Hofmaurermeister im Fürstbistum Eichstätt des 18. Jahrhunderts lebte, mit welchen Schwierigkeiten er zu kämpfen hatte, über welches Einkommen er verfügte, wofür er Geld ausgab. Sie bieten damit in einer Zeit, in der der Adel gesellschaftlich tonangebend ist, einen äußerst selten Blick in das Leben eines einfachen Mannes. Barbieris Leben ist geprägt vom Konkurrenzkampf zwischen den Bauleuten, Hungersnot, Krankheiten und Kriegswirren. Er heiratet zwar eine Frau aus seiner Graubündern Heimat, doch ist die Familie meist getrennt. Allenfalls in den Wintermonaten, wenn die Baustellen ruhen, kann er in die Heimat reisen. Kriegsbedingt kommt er zeitweise sogar über viele Jahre nicht nach Hause, obwohl ihn ein Leben lang die Sehnsucht nach seiner Graubündner Heimat quält. Nicht einmal seine letzte Ruhestätte ist ihm daheim vergönnt: Er stirbt 1764 im Alter von 60 Jahren in Eichstätt und ist auch dort beerdigt. Sein Grabmal zeigt ein Bildnis der Baukunst, der Barbieri sein Leben lang gedient hat.

Fotografie

Kurt Wilhelm

Sogar die wenigsten Einheimischen wissen: Der Welt erste Fotos auf Papier zeigen die Frauentürme und andere Münchner Bauten. Die Erfinder des Verfahrens waren zwei damals Dreißigjährige: August Steinheil, gebürtiger Elsässer, und Franz Kobell aus München.

Gleichzeitig (genaue Daten sind nicht bekannt) gelangen in Frankreich Monsieur Nièpce erste Bilder auf Metallplatten, und der Maler Daguerre tüftelte ein Verfahren aus, bei dem Jodsilber auf Silberplatten in einer Lochkamera ohne Linsen belichtet wurde, in Quecksilberdämpfen entwickelt und fixiert mit Natron und einer erwärmten Goldlösung. Er meldete dies der Französischen Akademie am 19. August 1839. Die beiden Münchner waren früher dran. Sie präsentierten ihre „Sonnendiebstahlsmalerei" vier Monate vorher, am 13. April 1839. Wie so oft bei Erfindungen wusste keiner vom anderen.

Steinheil war Techniker, Astronom und Optiker. Später baute er den ersten Zeigertelegrafen, wobei er die Erdung als Rückleitung einführte. Er gründete eine optische Fabrik, von der man heute noch weiß. Er war's, der die Apparate bastelte.

Die eigentliche Erfindung des Fotografierens, die chemischen Grundlagen, gelangen dem Mineralogen Kobell.

Dieses Rundum-Talent entstammte der berühmten Malerfamilie Kobell. Stammvater Ferdinand und sein Bruder Franz waren Maler. Sie kamen mit dem Kurfürsten Karl Theodor aus Mannheim nach München. Sohn Wilhelm avancierte zum Hof- und Schlachtenmaler in offizieller Position. Lieber malte er aber Landschaften, Veduten und Idylle. Sie sind heute gesucht, berühmt und schrecklich teuer.

Sein Neffe Franz, der Fotoerfinder, war ein wahres Musenopfer an Vielseitigkeit der Begabungen. Schon als Kind dichtete er, verfasste Theaterstücke, sang und musizierte. Unsicher, welcher seiner Neigungen er folgen solle, studierte er zunächst Jus, dann Chemie und fand schließlich sein eigentliches Gebiet: Mit 21 Jahren wurde er Doktor und Professor für Mineralogie an der Universität München. 1834 begleitete er als wissenschaftlicher Entwicklungshelfer den jungen König Otto nach Griechenland, hielt's vor Heimweh nicht aus, kam zurück und setzte seine Forschungen und Entdeckungen fort. Er fand und bestimmte Grundlegendes in seiner Disziplin, darunter ein Mineral, das ihm zu Ehren „Kobellit" benannt wurde. Auf die Erfindung der Fotografie hat er nicht zielstrebig hingearbeitet. Sie war ein Nebenprodukt seiner umfassenden Versuche. Die Lichtempfindlichkeit der Silbersalze war seit 1727 bekannt. Der Fachmann Kobell fand absichtslos die rechte Mischung und die Tricks, mit denen Papier sich lichtempfindlich beschichten ließ.

Warum die beiden Münchner in der Geschichte der Fotografie nirgends genannt sind? Ganz einfach: Sie werteten ihre Trouvaille nicht aus. Sie zeigten sie nur dem König und den Gelehrten und legten sie dann ad acta. Die Franzosen entwickelten daraus flugs eine rasch aufblühende Industrie. Kobell nutzte seine Ergebnisse lediglich für eine neue Erfindung, die Wiedergabe von Bildern im Druck, die Galvanografie. Dafür bekam er 1841 auf drei Jahre ein so genanntes Privileg erteilt, aber auch das beutete er nicht kom-

Franz von Kobell

merziell aus. Andere griffen es auf und verdienten sich krumm. Kobell war das wurscht. Er arbeitete weiter wissenschaftlich und kümmerte sich nicht um Geschäfte.
Er hatte einen narrischen Humor, liebte Geselligkeit, lebte mit Künstlern und Wissenschaftlern in Gaudi-Vereinen und war ein enger Freund des Königshauses, vor allem des späteren Max II. Als ein passionierter Jäger verfasste er ein Grundlagenwerk über die Jagd, „Wildanger", das heute noch bekannt ist und von Fachleuten als gültig bezeichnet wird.
Seinen bleibenden Ruhm verdankt er einem Hobby. Er schrieb bayrische Gedichte voll Humor, Niveau und philosophischem Tiefsinn. Keine „Auffi auf d' Alm"-Reime, sondern Lyrik, mit der er bewies, dass es sich in der bayrischen Sprache trefflich, schmiegsam, musikalisch und gescheit dichten lässt. So ist er zum Stammvater der wahren bayrischen Poesie geworden. Und auch der pfälzischen! Seine Familie stammte ja von dort. Er beherrschte den westbayrischen Klang ebenso makellos wie den altbayrischen.
Er kam hoch zu Ehren. Lyrik wurde damals noch geschätzt, ein Dichter konnte auf Achtung rechnen. Seine Verse und Geschichten wurden in Schulen gelehrt. Kobell wurde berühmt und, ob seiner fröhlichen Geselligkeit, äußerst beliebt bei Alt und Jung, Hoch und Niedrig.
Im Alter (1871) schrieb er eine Erzählung in bayrischer Sprache: „Die Gschicht vom Brandner Kasper". Sie erschien 1871 in den „Fliegenden Blättern", illustriert von Kobells Freund, dem „Kasperlgrafen" Pocci, der nebenbei Puppenkomödien verfasste. Später wurde sie mehrmals dramatisiert und lebt als bayrischer Klassiker unverwelklich bis auf den heutigen Tag. Das Staatstheater München spielte die jüngste Version ab 1975 vor ausverkauftem Hause als ein Kultstück bayrischer Weltanschauung, in achtzehn Jahren an die 750 Mal.
Als der alte Kobell gefragt wurde, worauf er am stolzesten in seinem Leben sei, auf die Wissenschaft oder die Poesie, antwortete er: „Dass i 363 Gämsen g'schossen hab. Des war vielleicht an Arwat."
In einem seiner Gedichte hat er seine Lebenseinstellung umrissen:

„Nix hon i, und do leb i halt, mit Gottes Gnad.
Und's Lebn oft oan nit besser gfallt, der ebbes hat.
Viel Habn, viel Sorg, es is scho g'wiss.
Wie leicht ho's i. Grad dass mei Nix
oft z'weni is, des irgert mi.
Und dengerscht: 's hat mir Gott ja gebn
a fröhlichs Bluat.
Und fragst, wie stehts mit Leib und Lebn,
sag allzeit: Guat!"

Kurt Wilhelm,
Wo Gott auf Erden leben würde
Turmschreiber Verlag

Der vergessene Garten

Elisabeth Schinagl

An einem Hang oberhalb der viel befahrenen Bundesstraße B 13 erstreckt sich in der oberbayerischen Bischofsstadt Eichstätt ein vergessener Garten, sozusagen ein Garten im Dornröschenschlaf. Vielleicht sollte ich besser sagen, es sind die Spuren eines Gartens, nicht leicht zu entdecken. Die Faszination dieses Ortes erschließt sich zugegebenermaßen nicht unbedingt auf den ersten Blick. Das ungeübte Auge erblickt zunächst wahrscheinlich nur einen bewaldeten, etwas lieblos verkommenen Hang, dessen rauer Charme durch den von unten heraufdringenden Verkehrslärm massiv beeinträchtigt wird.

Ein bisschen verhält es sich mit diesem Garten wie im Märchen vom Froschkönig. Man muss den garstigen Frosch erst küssen, sprich, sich auf diesen Ort einlassen, bevor er nach und nach seine Geheimnisse preisgibt. Es ist das Verdienst der Eichstätter Künstlerin Li Portenlänger, dieses lange vergessene Juwel wieder ans Licht und ins Bewusstsein gebracht zu haben.

Von dieser Kirche führt die Straße auf den schönen und kostspieligen Graf Kobenzlischen Garten, der rechts der Altmühle liegt ... Diesem geschmack- und einsichtsvollen Herrn war es vorbehalten, aus Nichts etwas zu machen und einen steilen, unfruchtbaren Berg in einen englischen Park umzuschaffen. So würdigt der Bibliothekar Andreas Strauß im Jahr 1791 den Garten in seiner Beschreibung der Residenzstadt Eichstätt. Er berichtet von den zahlreichen Obstbäumen, darunter auch fremde Sorten, die Cobenzl dort pflanzen ließ, von den Wegen, die den Park durchzogen, einem Bienenhaus, künstlich angelegten Grotten mit Sitzgelegenheiten, einem sogenannten englischen Haus mit Balkon, von dem aus man die Aussicht ins Tal und auf den Fluss genießen konnte, und sogar von einer Kegelbahn. In anderen Quellen ist von einem prächtigen Rosengarten die Rede, den Graf Cobenzl anlegen ließ, sowie von diversen Ruheplätzen, an denen Tische und Lehnsessel aus Baumstämmen herausgearbeitet waren. Zur Anlage gehörten auch ein Schlösschen und ein Pavillon, die noch heute Cobenzls Namen tragen.

Während ich auf den Spuren der terrassierten Wege von einst spaziere, ersteht vor meinem geistigen Auge dieses Gartenparadies neu. Graf Cobenzl, Dompropst im Fürstbistum Eichstätt, hatte es nicht nur zu seinem Privatvergnügen anlegen lassen. Ganz im Gegenteil: Der Park sollte ein Ort der Geselligkeit sein und er sollte allen offenstehen, Bürgern ebenso wie Adeligen, Männern wie Frauen. Zu einer Zeit, in der die Standesgrenzen noch klar definiert waren, war dies eine geradezu revolutionäre Neuerung. Es ist gut möglich, dass Ludwig mit dieser Anlage dem Vorbild seines älteren und erfolgreicheren Bruders Philipp, Diplomat und Staatsmann im österreichischen Dienst, folgte. Dieser hatte nur wenige Jahre zuvor, 1776, ein Gelände auf dem Reisenberg bei Wien erworben, die dort bestehenden Häuser zu einem Schloss umbauen und einen Garten im sogenannten englischen Stil anlegen lassen. Im Park befand sich eine berühmte Grotte – die Höhle im Eichstätter Garten mag ein Pendant dazu gewesen sein. Ebenfalls wie in Eichstätt war auch der Wiener Garten mit zahlreichen

Ruhesitzen, die aus bemoosten Stämmen geschnitten waren, und mit Steinsitzen versehen. Auch Philipp machte sein Anwesen der Öffentlichkeit zugänglich. Es war Treffpunkt zahlreicher Künstler, darunter auch Mozart, der sich von dem Ort stark inspiriert fühlte. Doch so stark die Parallelen bei der Gestaltung und Zielsetzung auch gewesen sein mögen – das Schicksal der beiden Anlagen nahm einen völlig unterschiedlichen Verlauf.

Philipps Garten bei Wien wurde so populär, dass er im Volksmund bald nur noch Cobenzl genannt wurde. Unter dieser Bezeichnung ist das Gelände noch heute in Wien bekannt.

Auch der Garten in Eichstätt dürfte sich zunächst einiger Beliebtheit erfreut haben. Doch Ludwig war die Freude an seinem neu angelegten Garten nicht lange vergönnt. Er starb bereits 1792, etwa sechs Jahre nach Erwerb des weitläufigen Grundstücks. Die Pläne zum Umbau und zur Erweiterung des Schlösschens, die er beim fürstbischöflichen Hofbaumeister Maurizio Pedetti in Auftrag gegeben hatte, wurden nicht mehr realisiert. Nur wenige Jahre später aber ließ ein nachfolgender Besitzer, Fürstbischof Joseph von Stubenberg, die Anlage sofort und von Grund auf, im wortwörtlichen Sinne mit Stumpf und Stiel, vernichten. Anstelle der Obstbäume und des Rosengartens traten Hopfen- und Kartoffeläcker. Die Sitzbänke in der Grotte wurden ausgehauen, ein Teil der künstlich angelegten Höhle wurde zugeschüttet. Nichts sollte mehr an den einstigen Park erinnern.

Was war geschehen? Woher rührte diese scheinbar sinnlose Zerstörungswut? Warum sollte das Andenken an Cobenzl und seinen Garten derart radikal gelöscht werden?

Um das zu verstehen, muss man sowohl die Persönlichkeit des Dompropstes als auch die politische Lage jener Zeit genauer betrachten. Allzu viel ist über Ludwig nicht bekannt. Die Spurensuche erforderte von den wenigen, die diese Mühe auf sich genommen haben, fast detektivisches Gespür.

Geboren wurde er am 9. Februar 1744 in Laibach, dem heutigen Ljubljana. Er studierte in Salzburg, bevor er als Domizellar, der untersten Dignitätsstufe, ans Eichstätter Domkapitel berufen wurde. Da war er gerade einmal 17. Das Amt war in erster Linie eine Versorgungsstelle und mit wenig Verpflichtungen verbunden. Stimmberechtigter Domkapitular wurde er dann gut zwölf Jahre später, 1773. Nach dem Tod von Fürstbischof Graf von Strasoldo kandidierte Cobenzl für das Amt – jedoch vergeblich. Immerhin wurde er kurz danach zum Dompropst ernannt. Alles in allem kann man seinen beruflichen Werdegang aber wohl als eher unspektakulär bezeichnen.

Es ist vor allem ein Umstand, der uns diesen Mann noch nach Jahrhunderten interessant erscheinen lässt und der sein Tun prägte: Ludwig Graf Cobenzl war ein führendes Mitglied des Illuminatenordens.

Obwohl dieser Geheimbund zumindest als Begriff auch heute noch weltweit im kollektiven Gedächtnis verankert ist, wissen doch die allerwenigsten Zeitgenossen, was es mit dem ominösen Geheimbund tatsächlich auf sich hatte. Lassen wir deshalb kurz einige Fakten Revue passieren:

Am 1. Mai 1776 gründet der Universitätsprofessor Adam Weishaupt mit fünf Studenten in Ingolstadt einen kleinen geheimen Kreis, die Keimzelle des späteren Illuminatenordens. Die Mitglieder tragen Ordensnamen, die meist der Antike entlehnt sind. Das macht die Identifizierung einzelner Personen bis heute schwierig. Weishaupt selbst nennt sich zunächst Spartacus, später Philo; aus Cobenzl wird Arrian. Auch die Ortsnamen werden getarnt. Eichstätt erhält den Codenamen Erzerum. Der Orden ist dem Weltbild der Aufklärung verpflichtet und hat die Verbesserung und Vervollkommnung der Welt, der Gesellschaft, aber auch jedes einzelnen Mitglieds zum Ziel. Konkret bedeutet das neben dem Bildungsideal auch die Aufhebung der bisherigen Standesgrenzen zwischen Adel und Bürgertum – eben ganz so, wie es Philipp Graf Cobenzl, den sein jüngerer Bruder ebenfalls für die Illuminaten gewinnen konnte, und Ludwig in ihren Gartenanlagen praktizieren.

Der Erfolg des geheimen Ordens scheint anfangs überschaubar. Zehn Jahre nach ihrer Gründung hat die Vereinigung gerade einmal 60 Mitglieder. Neben Ingolstadt und Eichstätt, wohin Weishaupt über seine Frau verwandtschaftliche Beziehungen hatte, konnten die Illuminaten zwar auch in der bayerischen Residenzstadt München Fuß fassen, die Organisation scheint allerdings chaotisch und auch nicht gerade konfliktfrei. Das ändert sich, als 1780 Adolph Freiherr von Knigge für den Geheimbund gewonnen werden kann. Seinem Organisationstalent ist es zu verdanken, dass sich der Orden in den Folgejahren im ganzen Reich ausbreiten kann und hunderte Mitglieder gewinnt. Lange währt der Erfolg jedoch nicht. Knigge verlässt nach einem Zerwürfnis mit Weishaupt den Orden bereits 1784 wieder und – noch wesentlich schlimmer – die Illuminaten geraten zunehmend in den Verdacht, Ketzerei und politischen Hochverrat zu betreiben. Erste Verbote gibt es bereits ab dem Jahr 1784. Adam Weishaupt muss aus Bayern fliehen. Herzog Ernst II. von Sachsen-Gotha-Altenburg, ebenfalls Mitglied der Illuminaten, gewährte ihm in Gotha Asyl, wo Weishaupt von 1786 an mit dem Titel und der Pension eines Hofrates lebte.

1790, also ein Jahr nach der Französischen Revolution, kommt es noch schlimmer. Bayern geht systematisch und mit aller Strenge gegen Illuminaten und Freimaurer vor, Mitglieder werden verhaftet und in die Verbannung geschickt.

Zurück ins beschauliche Fürstbistum Eichstätt, alias Erzerum, und zu Ludwig Graf

Cobenzl. Eichstädt ist das elendste Nest, worin jemals ein teutscher Bischof nistete. Schon der Anblick erweckt Widerwillen. So beschreibt der Aufklärer Carl Ignaz Geiger in einer seiner Schriften die Stadt und kaum schmeichelhafter äußert sich Knigge in seinem autobiographischen Roman meines Lebens: Das ist ein verzweifelter Ort – Oh Pfaffenregiment ... der allgemeine Ton von päbstlicher Unterdrückung – die Leute haben nicht das Herz frey Athem zu holen.

Und doch meint Knigge, hier ein paar wackere, aufgeklärte Männer angetroffen zu haben. Zu ihnen dürfte zweifelsfrei Cobenzl gehört haben, mit dem Knigge auch in Briefkontakt stand. Einen Vorteil hatte das „verschlafene" kleine Fürstbistum für die Illuminaten zumindest: Im Gegensatz zu Bayern gab es hier keine Verfolgung und ein Verbot trat offiziell erst 1787 in Kraft. So lässt sich vielleicht erklären, weshalb Cobenzl 1784 überhaupt noch den Mut zu seinem Gartenprojekt hatte. Auch an anderer Stelle setzte er die Ideale der Aufklärung so gut als möglich um: Er bot nicht nur mit seinem Garten einen Treffpunkt ohne Standesgrenzen, er stellte auch seine beachtliche Bibliothek, die immerhin die stattliche Zahl von rund 4000 Bänden aufwies, darunter sehr viele philosophische und naturwissenschaftliche Werke, jedem Wissbegierigen zur Verfügung.

Der Orden erhoffte sich viel von Cobenzl, doch konnte er offenbar nicht alle in ihn gesetzten Erwartungen erfüllen. Wie gesagt kandidierte er 1781 für den Eichstätter Bischofsstuhl. Seine Wahl schlug allerdings fehl. Die Gründe dafür kennen wir nicht, doch ist nicht ausgeschlossen, dass bereits zu diesem Zeitpunkt sein Liebesverhältnis mit einer Zinngießerstochter und ein gemeinsames uneheliches Kind dabei eine Rolle spielten. In seinem Testament neun Jahre später bedenkt er jedenfalls besagtes Kind mit der stattlichen Summe von tausend Gulden. Für die Illuminaten aber war die verlorene Wahl eine herbe Enttäuschung.

Cobenzl starb mit nur 48 Jahren sehr plötzlich nach einer mehrtägigen Krankheit. Seine sozialen und bildungspolitischen Ideale wirkten jedoch auch über seinen Tod hinaus fort. In seinem Testament bedenkt er das Eichstätter Armeninstitut mit 1000, die erst wenige Jahre zuvor gegründete Normalschule mit 1500 Gulden.

In meinem historischen Kriminalroman Francobaldi, der im Umfeld der Eichstätter Illuminaten spielt, habe ich diesem bemerkenswerten Mann und seinem Garten ein kleines literarisches Denkmal gewidmet:

Die Auffahrt zu Cobenzls Sommerresidenz war prächtig illuminiert, der Dompropst wie immer ein aufmerksamer Gastgeber. Mochte das Palais auch klein sein, es herrschte eine angenehm heitere Atmosphäre darin. Das Gebäude lag erhöht und von der Terrasse aus hatte man einen prächtigen Blick auf den Fluss und die Parkanlagen der fürstbischöflichen Sommerresidenz. Ich stand mit Cobenzl dort und genoss die Aussicht.

„Ihr könnt es jetzt vielleicht noch nicht so erkennen, lieber Francobaldi, aber in ein paar Wochen solltet Ihr Euch noch einmal bei Tageslicht her bemühen und die Parkanlagen ringsum genauer betrachten. Ich habe sie im modernen englischen Stil anlegen lassen, der die freie Natur nachahmt. Sie bildet damit einen interessanten Kontrast zur Anlage seiner Exzellenz mit ihren gestutzten Hecken und geometrischen Figuren im französischen Stil. Hier kann man gewissermaßen frei atmen. Mensch und Natur können sich ungezwungen entfalten, so wie es ihrem wahren Wesen entspricht, ohne Einengung durch die Etikette – oder, im Falle der Pflanzen, ohne das Zurechtstutzen mit der Gartenschere.

Die Retterin der Stadt

Eine Nördlinger Sage

Es war im Beginn der Fastnacht des Jahres 1440. Stille, friedsame Nachtruhe waltete über der freien Reichsstadt Nördlingen im Schwabenlande, und alle seine Einwohner schliefen bereits den festen Schlaf des Gerechten. Nur in einem kleinen, ärmlichen Hause einer öden Seitengasse war die süße Schlafesruhe noch nicht eingekehrt – obwohl der Wächter schon die zehnte Stunde ausgerufen hatte –, und die Bewohner desselben waren von Sorge und Kummer erfüllt.

„Da hast du es jetzt, Bärbel", sagte eben im Tone des Vorwurfes der Hausvater, Hans Daußer genannt, zu seiner schluchzenden Ehehälfte, „da hast du's jetzt, das ist der Lohn für deine Unvorsichtigkeit und deinen Leichtsinn! Hättest du das Hoftürlein abends beim Betläuten richtig geschlossen, so hätte es nicht davonlaufen können, und wäre noch da – unser liebes, schönes, einziges Schweinchen, und wir hätten's gar aufziehen können und mästen bis Lichtmess und hätten dann ein schönes Geld dafür gelöst am nächsten Markttag! Aber so ist's mit euch Weibervolk! – Da hast du gewiss wieder erzählen müssen und plaudern und plaudern mit Müllers Käthe und mit Schneiders Grete und hast darüber aufs Schweinchen vergessen und auf die Wirtschaft und auf alles!"

Die letzten Worte hatte aber Meister Daußer, ohne es zu bemerken, schon ungehört gesprochen, denn Frau Bärbel hatte bereits den besten Entschluss gefasst, der bei jedem Verluste zu fassen ist, und war aus der Stube fortgerannt, um das verlorene Schweinchen noch einmal allenthalben zu suchen. „Ach du liebes Herrgottle! Jetzt wird's Tor auch schon gesperrt sein!", klagte die Arme halblaut vor sich hin, als sie eiligen Laufes bereits bis vor die sogenannte Deiningerpforte gekommen war. Wie sie nun aber – um es eben doch zu probieren – an das schwere, eisenbeschlagene Tor prüfend drückte, siehe da, da gab dieses, nur leicht zugelehnt anstatt geschlossen, sofort dem Drucke ihrer Hand nach, und Frau Bärbel wäre ihrer Besorgnis enthoben gewesen und hätte freien Durchgang gehabt. Doch ein neues und noch größeres Bangen als vorher um das Los ihres Schweinchens bemächtigte sich nun des Weibes bei dem seltsamen und verdächtigen Anblick des offenen Stadttores in so später Stunde der Nacht. Von unerklärlicher Ahnung erfüllt, dass hier etwas Wichtigeres auf dem Spiele stehen könne als der Verlust eines Schweines, läuft sie eilig zurück zu ihrem schmollenden Manne und teilt ihm besorglichen Eifers mit, was sie soeben durch Zufall in Erfahrung gebracht hat. Dem Manne kommt die Kunde gleichfalls gar seltsam und bedenklich vor, und eiligen Schrittes verlässt er das Haus, eilt zum Bürgermeister und meldet, nachdem er ihn mit Mühe aus dem Schlafe erweckt hatte, den absonderlichen Vorgang. Der Bürgermeister, ein gar kluger und fürsichtiger Mann, wittert sogleich was Arges dahinter und dass hier ein Verrat im Spiele sein müsse, lässt eilig Alarm schlagen und die herbeigeeilten Stadtknechte zu den fünf Toren der Stadt abgehen, welche dieselben, gleich dem Deiningertore, alle nur zugelehnt trafen. Die Torwächter wurden sofort ergriffen, und diese legten das Geständnis ab, dass sie von drei in der Nähe hausenden, vieler Räubereien und Streifzüge übel berüchtigten Rittern durch eine Summe Geldes bestochen worden seien, diesen in der heutigen Nacht die Tore offen zu lassen und ihren räuberischen Einfall in die Stadt, der auf die Mitternachtsstunde festgesetzt war, dadurch zu begünstigen. Nach Verschluss sämtlicher Stadttore ward nun auch die bereits unter Waffen getretene Bürgerschaft von Nördlingen auf die Wälle verteilt und die Stadt so gut wie möglich in Belagerungszustand gesetzt. Und als nun die Mitternacht herangenaht war, da sah man vom nahen Walde her sich's alsbald regen und tummeln und vernahm den Hufschlag vieler Rosse und das Klirren von Waffen. Sobald die räuberische Schar jedoch im hellen Mondlichte die Geschütze auf den Wällen der Stadt schussfertig aufgepflanzt sah, da entwich ihr der Mut, den Angriff zu wagen, und sie war, nach kurzer Unterredung ihrer Führer, so still, wie sie herangerückt, war auch wiederum abgezogen und den Blicken der Nördlinger entschwunden.

Nördlingen, beim Deiningertor

Tags darauf wurden nach kurzem Gerichte die fünf treulosen Torwächter zum Tode verurteilt; Hans Daußer aber war gerühmt und belobt als der Erretter seiner Vaterstadt, und der hohe Rat gab ihm als Zeichen des Dankes das Versprechen, dass „wenn er oder einer seines Stammes jemals in Armut oder hohes Alter geriete, er im großen Spitale der Stadt eine genügende Versorgung haben solle".
Auch Frau Bärbel blieb nicht hinter der allgemeinen Freudenbezeugung gegen ihren gestrengen Eheherrn zurück und rüstete folgenden Tags eine festliche Mahlzeit, bei welcher auch ein köstlicher Schweinsbraten nicht fehlte, zum Gedächtnis an den verlorenen Pflegling, der ja doch eigentlich der Urheber all dieser Ehren und Freuden gewesen war. Und nachdem die sonntäglich geputzte Hausfrau den lieblich duftenden Braten auf den Tisch gestellt hatte, da trat sie, die Arme stolz in die Hüften gestemmt, mit schalkhaft ernster Miene dicht vor den hochvergnügten Gemahl und sprach: „Hans! Weißt du nun aber auch, wem du deinen Ruhm und diese Ehren eigentlich zu verdanken hast? – Mir, mir, deiner unvorsichtigen, leichtsinnigen Bärbel, die über dem Erzählen und Plaudern und Plaudern das Schweinchen und die Wirtschaft und alles vergessen hat!"
„Recht hast du, Alte! Dafür sollst aber auch du jetzt hochleben und das verlorene Schweinchen daneben!", erwiderte der lachende Eheherr und stieß mit seinem vollen Kruge an das Glas seiner Ehehälfte mit schallendem Lachen kräftig an. Zum ewigen Gedächtnis dieser Errettung der Stadt aber ward noch viele Jahrhunderte hindurch alljährlich am Sonntag nach dem Feste der Heiligen Drei Könige eine Predigt gehalten und diese Historie darin erzählt. So war durch ein verlorenes Schwein die Stadt Nördlingen vor großer Gefahr und vielem Schaden bewahrt.

Das Gendern

Walter Rupp

Wenn Jugendliche heute ein mit englischen Begriffen durchsetztes Neudeutsch sprechen, erliegen sie einer Versuchung, der schon ihre Vorfahren erlagen: ihre Muttersprache gering zu schätzen. Schon die Gebildeten des Mittelalters dichteten lieber in Latein, weil sie Deutsch für ungeeignet hielten. Friedrich d. G. sprach flüssiger Französisch als Deutsch. Und Karl V., Kaiser des Heiligen Römischen Reiches, empfahl: mit Männern französisch zu reden, mit seiner Geliebten italienisch, mit seinem Gott spanisch und deutsch mit seinen Pferden. Viele große Denker werden nie gelesen, weil sie ihre beachtlichen Werke in einem ungenießbaren Deutsch geschrieben haben. Wir Deutschen zeigen heute eine Vorliebe für Anglizismen: Wir jobben, canceln, pflegen Connections und finden alles entweder easy oder cool: den Lehrer, das Fahrrad, das Essen, die Freundin oder reden pseudo-akademisch vom Nachhaltigkeitsfaktor, Befindlichkeitspegel oder von der Alibifunktion. Wenn der Deutsche sich nicht müht, im Wortschatz seiner Muttersprache zu graben, wird sein Deutsch bald kümmerlicher als sein Englisch sein.

Eine neue Mode, das Gendern, macht zurzeit Karriere. Das Wortkonstrukt „geschlechtersensibel" aus dem Wortschatz des allermodernsten Soziologenjargons ist eine Erfindung der Gleichstellungsbeauftragten. Es wurde gegen alle Einwände von Sprachforschern, Germanisten oder Schriftstellern von den Amtstuben der Rathäuser, den Ordinariaten und manchen Redaktionen kritiklos übernommen. Sprachklempnerinnen reden uns ein, das Wort „Studentenwerk" enthalte etwas Frauendiskriminierendes, und verlangen, Studenten durch Studierende – beide Worte sind leider maskulin – zu ersetzen. Partizipien drücken eine Tätigkeit aus, Studenten aber studieren nicht immer. Schon wurde aus dem Duden, der keine Sprachpolizei sein sollte, eine „Dudin". Sie hat mit der Feminisierung der Sprache eine Lawine losgetreten, die alle maskulinen Begriffe zuschüttet, aber den Frauen damit nicht nützt. Denn wer eine Schriftstellerin „eine der bedeutendsten Schriftstellerinnen" nennt, lobt sie weniger, als wenn er äußert, sie sei eine „der bedeutendsten Schriftsteller". Dann überragt sie nicht nur Frauen, sondern auch Männer. Wer an die Sprache rührt, löst eine Kettenreaktion von Problemen aus: Soll ein Mann seine Frau nicht mehr ‚Schatz' nennen dürfen, weil ein Sensibelchen das als diskriminierend empfinden könnte? Und wann und warum soll man die Muttersprache nicht auch Vatersprache nennen, damit die Gleichberechtigung gewahrt bleibt?

Wer gendert, stellt für die Sprache Verkehrsschilder auf, macht die Sprache, die in viele Richtungen weist, zur Einbahnstraße und drängt den Hörer oder Leser in eine Fahrtrichtung. So nimmt er ihm die Freiheit, eine Aussage in seinem Sinn zu deuten. Er gängelt ihn. Sprachreinigung ist die Methode, mit der Diktaturen das große Aufräumen beginnen, um Einfluss auf das Denken zu gewinnen. Unliebsame Wörter werden aus dem Sprachgebrauch verdrängt, indem man sie als Unwörter diffamiert und alte Begriffe durch neue, mit Ideologie gefüllte Begriffen ersetzt: mit Nazi-Parolen, Marx-Slang, 68er-Vokabular oder mit einer Plansprache, einem ‚geschlechtersensiblen' Esperanto.

Der Eingriff in die Sprache ist immer der Versuch, die Deutungshoheit zu erzwingen. Weder der Staat noch eine Partei noch die Medien dürfen sie dem Bürger rauben, sonst ist es um seine Freiheit geschehen. Die Forderung, dass alle eine Sprache sprechen, engt sie ein. Sie muss vieldeutig bleiben. Als der Jesuit Mario von Galli von den Nazis auf Lebenszeit aus Deutschland ausgewiesen wurde, brachte er den Richter mit der Frage in Verlegenheit: Auf wessen Lebenszeit? Ein Hörer ist kein Befehlsempfänger. Er soll das Recht behalten, die Gedanken eines anderen – wie ein Dolmetscher – in seine Gedankenwelt zu übersetzen, sonst entmündigt man ihn. In Dolf Sternbergers ‚Wörterbuch des Unmenschen' steht der kluge Satz: „Der Verderb der Sprache ist der Verderb des Menschen. Worte und Sätze können sowohl Gärten sein wie Kerker, in die wir, redend, uns selbst einsperren." Der Sprach-Missbrauch, den sich die Diktaturen erlaubten, sollte uns abschrecken vor jedem Eingriff in die Sprache.

Wir brauchen keine neue Sprache und keine Regieanweisungen, wie wir zu reden und zu denken haben. Wörter, die man einer kosmetischen Operation unterzieht, werden nicht gesünder, sondern arg entstellt. Das Umbenennen eines Altenheims in Seniorenstift ändert für die Insassen nichts. Es bleibt ein tristes Ambiente. Der Mensch hat sich so wenig wie sein Knochengestell die Grammatik seiner Sprache ausgedacht. Sie entwickelt sich, wie alles Lebendige, organisch. Die Überproduktion von Sätzen und der pausenlose Wortausstoß in unserer Medienwelt haben schon so viel Schaden angerichtet, dass wir endlich daran gehen sollten, Schopenhauers Forderung nach einem Zensor, der „Sprachverhunzungen" mit Geldstrafen belegt, umzusetzen und über die Antwort eines Geisteskranken nachzudenken, von dem C. G. Jung berichtet, er habe auf die Frage nach dem Grund seines jahrelangen Schweigens gesagt: Weil ich die deutsche Sprache schonen wollte. Sie wurde arg ramponiert und bedarf dringend der Erholung.

Auf Teufel komm raus

Helmut Zöpfl

Ich erinnere mich noch gut an ein Gespräch mit meinem Freund Gerhard Polt, in dem er so beiläufig meinte: „Dass die modernen Theologen den lieben Gott abgeschafft haben, würde ich ihnen ja noch verzeihen, dass sie aber auch dem Gangerl (Bayrisch für Teufel, Satan) keine Daseinsberechtigung mehr geben, nehme ich ihnen echt übel." Diese Feststellung beschäftigt mich immer wieder, wenn ich mir unsere Sprache anschaue und konstatiere, was es bedeuten würde, auf den Teufel ganz und gar zu verzichten. Nur ein paar Beispiele. Sagen wir nicht fast so häufig wie z. B. „Gott sei Dank" auch beiläufig gerade auf bayrisch „Pfui Deife" = „Pfui Teufel"? Welches Wort soll in Zukunft einen gewissen Ekel zum Ausdruck bringen, wenn wir als eifrige Zuseher des Dschungelcamps mitansehen müssen, wie die ehemalige Miss Germany die Aufgabe vorgesetzt bekommt, mit Krötenzungen garnierte Nashornhoden zu essen? Wie

drücke ich es besser aus, wenn es geht, etwas Schwieriges anzufangen, gab es da nicht den schönen Spruch in „Dreiteufelsnamen"? Was ersetzt die Feststellung, dass etwas „mit dem Teufel zugehen müsste"? Wohin soll sich einem frommen Wunsch nach jemand „scheren", wenn der Teufel als Zielpunkt ausscheidet? Was steckt einem Spruch zufolge „im Detail"? Welches Verbum ersetzt in Zukunft ein „verteufeln", welcher Begriff den „Teufelskreis"?
Auch in der Literatur entstünden Probleme, wenn z. B. Zuckmayers „Des Teufels General" plötzlich alleine dastünde. Was wird aus dem bekannten Faustzitat von Goethe: „Der Teufel spürt das Völklein nicht. Und wenn er es am Kragen hätte"? Was wird aus einem gelernten Exorzisten, wenn der Gegenstand seiner Bemühungen nun als nicht existent gilt?
In der Biologie stünde das größte Insekt Europas, die sogenannte „Teufelsanbeterin", ohne Namen da. Auch der Teufelsrochen oder die Teufelskralle müssten nach einer neuen Bezeichnung suchen. Was ist in Zukunft für den bekannten „Teufelsritt" im Münchner Dom verantwortlich, die der bekannte Krypto-Apokalyptiker Fritz Fenzl in den Mittelpunkt der von ihm entdeckten unheimlichen magischen Orte gestellt hat? Wem widmen wir weiter in Zukunft die böse Verwünschung „Der Teufel soll ihn holen"? Heinrich Böll hat sich in einem meisterlich von Dieter Hildebrand vorgetragenen Essay bekanntlich damit befasst, wie man das wissenschaftlich so fragwürdige Wort „Gott" ersetzen könnte, und hat vorgeschlagen, das durch „jenes höhere Wesen, das wir verehren", zu tun. Würde es Sinn machen, das Wort Teufel etwa als „Widersacher des Guten" zu umschreiben?
Und am Schluss noch ein in der Geschichte wohl kaum beachtetes Gender-Problem, das im Nachhinein einer gewissen Aufarbeitung

bedürfte. Wie kann es sein, dass seit unendlich langer Zeit das Wort Teufel wieder einmal eine Domäne einer maskulinen Weltsicht war, der eine feste Stelle als „Höllenfürst" hatte? Mir ist weder eine Geschichte noch ein Bild bekannt, in dem ein Teufel mit weiblichen Attributen dargestellt wurde. Da hatte in dem Märchen „Der Teufel mit den drei goldenen Haaren" allenfalls seine Großmutter eine gewisse Daseinsberechtigung.
Man darf überzeugt sein, dass unsere engagierten Gender*innen, auch wenn es eine gewisse Zeit erfordern wird, Lösungen in dieser schwierigen Lage der Entteufelung finden werden. Ein großes Problem aber sehe ich für eine Traditionseinrichtung des Münchner Oktoberfestes, dem ich in meiner Kindheit herrliche Stunden verdanke. Was wird in Zukunft mit dem Teufelsrad werden? Ich bezweifle sehr, dass ein Schaugeschäft auf der Wiesn mit dem Namen „Rad des Widersachers des Guten" eine Chance hätte. Hat Nietzsche also doch mit seinem Satz recht: „Gott ist widerlegt, der Teufel nicht." So bleibt am Schluss die Erkenntnis: Den Teufel ganz aus der Welt zu schaffen, ist eine verteufelt schwierige Aufgabe.

Gedanken zum Tag
Das Wahre, Schöne und Gute

Helmut Zöpfl

Sie kennen vielleicht den so schönen Satz von Erich Kästner: „Es gibt nichts Gutes, außer man tut es." Das ist gleichzeitig eine Aufmunterung, ja fast eine Aufforderung, nicht nur über das Gute nachzudenken oder über es bloß zu reden, sondern Hand anzulegen, hinzulangen und da zu sein, wenn uns jemand braucht. Die Verdeutlichung dieses Satzes finden wir am schönsten im Gleichnis vom barmherzigen Samariter.
Neben dem sog. Wert des Guten gibt es bekanntlich auch den des Schönen. Gibt es da eine ähnliche Aussage? Ist das Schöne ein ganz und gar überzeitlicher, ewiger Wert, den wir betrachten oder auch verwirklichen können? Ist etwa Schönheit etwas, das unabhängig von uns da ist? Ein gescheiter Astrophysiker stellt einmal die Frage, ob es das Schöne auf unserer Erde eigentlich schon gegeben hat, als der Mensch noch nicht die Füße auf sie gesetzt hatte und sie hauptsächlich von Sauriern besiedelt war. Zweifelsohne finden wir gerade in der Natur, so wie sie sich uns zeigt, immer wieder Schönes, ja Schönheit schlechthin. Aber der Mensch ist auch in der Lage, selber Schönes hervorzubringen, zu gestalten im Malen, in der Musik. Und nicht nur die größten Maler, Bildhauer, Komponisten und Musiker sind dazu fähig. Ein wichtiger Teil jeder Erziehung sollte es, was ja auch in unserer Verfassung steht, sein, Augen und Ohren, aber auch unsere Herzen für das Schöne zu öffnen, Kinder zu ermuntern, immer wieder auf Entdeckungsreisen nach ihm zu gehen. Vor einiger Zeit war es große Mode, dass man Kinder auf sog. Pokémon-Jagd geschickt hat. Man unternahm Exkursionen, um diese aus den japanischen Zeichentrickfilmen stammenden Gestalten, über deren Schönheit sich wirklich streiten lässt, im Gang durch die Natur da zu finden, wo man sie versteckt hatte.
Ich bin überzeugt, man ging vorbei an wunderbaren Blumen, Bäumen, hörte nicht auf das Singen der Vögel, bemerkte nicht ein freundliches Gesicht der uns Begegnenden. Wie wichtig ist es in der Erziehung, nicht nur diese Aufgeschlossenheit dem Schönen und Guten gegenüber zu verlangen, sondern Kinder von früh an sensibel dafür zu machen, sich am Schönem zu freuen und selber Schönes zu schaffen. Ich bin immer wieder glücklich, wenn ich in Schulen noch Zeichnungen sehe und Lieder höre und wenn man versucht, ihnen den so schönen Satz von Christian Morgenstern nahezubringen: „Alles ist schön, was wir mit den Augen der Liebe betrachten."

Ich Weißbier, du weißt Bier …

Josef Fendl

In der bairischen Mundart lassen sich sogar Hauptwörter konjugieren, was normalerweise nur bei Eigenschaftswörtern möglich ist, wie z. B. Kriegerkind, Fahrweg oder Schwimmfest: Ich krieg a Kind, du kriegst a Kind; ich fahr weg, du fahrst weg …; ich schwimm fest, du schwimmst fest …; ich Magnet, du magst net …; ich Denkmal, du denkst mal …; ich Magdeburg, du magst de Burg …; ich Weißbier, du weißt Bier …

In der gesprochenen Sprache kann es für den des Dialekts nicht Mächtigen zu Konstellationen kommen, die nicht so ohne weiteres zu durchschauen sind. Als in einer Vaterschaftsklage der Richter die finanzielle Seite ansprach, sagte der betroffene Bauernbursch: „Dowillinixdafürdöshabigerngmacht!"

In solchen Sätzen wird meistens auch noch die Klangfülle des Bairischen demonstriert, wie etwa in der Aussage: „I geh ja eh aa oj! (Ich gehe ja ohnehin auch hinunter!)" oder in dem Auftrag: „Tuadennerschtdenbleamistockdowegdodadiatada! (Stell doch den Blumenstock etwas weiter weg, da vertrocknet er dir!)"

Weitere Beispiele wären die besorgte Frage: „Hat dir ebba ebber ebbs do? (Hat dir vielleicht einer etwas getan?)" oder der an einen Jodler erinnernde Satz: „Hoeahehojjohrolleoaroj! (Habe ihnen ohnedies alle Jahre alle Eier hinuntergetragen!)"

Apropos Eier! Es ist natürlich schon ein beträchtlicher Unterschied zwischen Oarschmojz und Ohrnschmojz. Während das Eine „eingeschlagene Eier" (also Omeletts) bedeutet, versteht man unter dem zweiten Begriff einen Propfen im Ohr.

Auch der Aufruf eines bayerischen Lokalpolitikers gehört in diese Rubrik: „Wählts wen s wellts, aber wenns wählts, wählts mi!"

Eine häufig zu findende Stammtisch-Tafel trägt die (für einen Nicht-Bairisch-Sprechenden) kaum entzifferbare Aufschrift DOHOGGANDEDODEOIERWEIDOHOGGAN (Übersetzung: Da hocken die hier, die immer hier hocken.)

In seinem Dialog ‚Der Radfahrer' tritt Karl Valentin mit dem lediglich aus Konsonanten bestehenden Namen Wrdlbrmpfd auf.

Ein bayerischer Mesner hatte einmal schon etwas über den Durst getrunken, als der Pfarrer schnell auf einen Versehgang wegmusste und deshalb der Mesner die Allerheiligenlitanei weiterbeten sollte. Weil aber die Buchstaben im Gebetbuch schon recht lustig Ringelreihen tanzten, sagte er nur jedes Mal „Heiliger Hoaßterwiaermog!", und das biedere Kirchenvolk soll fleißig nachgebetet haben: „Bitt für uns …!"

Einer seiner Kollegen hatte in einer Wallfahrtskirche mit dem Klingelbeutel durch die Reihen der Gläubigen zu gehen, überall vernehmlich sein „Vergelts Gott!" schnarrend. Aber dort, wo ihm offensichtlich zu wenig eingeworfen wurde, soll er statt des „Gelts Gott!" ein lautlich ähnlich klingendes „Geizkragn!" erwidert haben.

Sprachspielereien sind in Bayern seit Jahrhunderten beliebt. Bereits 1878 stand in den Fliegenden Blättern zu lesen:

In der Post
gibts a Kost,
wer die kost,
nimmt die Post.

Ein Sommerfrischler erzählte von seiner Reise in den Bayerischen Wald:

denn wenn S net richtig san,
nachher san S richtig,
san S aber richtig,
nachher san S net richtig.
Haben S mi ... ?"

Der nächste Satz ist sowohl sprachlich als auch logisch völlig in Ordnung: Weil der Sommerfrischler der Kuah d Schelln gnommen hat, hat eahm d Sennerin a Schelln gebn. A Schelln ist nämlich in Bayern nicht nur eine Glocke zum Umhängen, sondern auch eine saftige Watschn (hochdeutsch: Ohrfeige).

Ja, ja, manchmal hat man schon sein Kreuz mit den Leuten, wie auch die folgende kurze Spielszene zeigt.

Der Bauer und sein Knecht

Der Bauer (B) stapft auf der Bühne auf und ab. Er ist grantig, hat die Fäuste in den Hosentaschen vergraben und schimpft die ganze Zeit vor sich hin. Da kommt der Knecht (K) mit einem Korb Heu vorbei.

B.: Hast d Ross scho gfuadert?
K: D Ross? Freili han i dö scho gfuadert.
B.: Heut am Feiertag hättst eah a bissl mehr er gebn derfa!
K: s is heut eh a bissl mehrer gwen.
B.: Heut hättst eah scho a Guatteil mehr er gebn derfa, weil Pfingstn is.
K.: Es is heut eh a Guatteil mehrer gwen.
B.: Heut hättst wirkli net sparn braucha mit m Fuader.
K: I hob heut eh net gspart damit.
STILLE

„Als ich nach Cham kam,
war der Zug nach Furth furt,
dann fuhr ich im Regen über Regen[1],
in einem Bogen nach Bogen."

Eine Bauernregel sagt vom März:

Geht er einer wej a Lampi,
geht er außi wej a Wolf;
geht er owa einer wej a Wolf,
geht er außi wej a Lampi.

Und von der Wurst weiß man:

Sie schmeckt erst,
wenn s no net schmeckt;[2]
schmeckt s scho,
nachher schmeckt s nimmer.

Etwas vertrackter ist das nächste Beispiel:

„Bin i da richtig?"
hat dersell an Pförtner
von der Irrenanstalt gfragt.
„Afjedn Fall", hat der gsagt,

B.: No ja, so vuj hättst eah nachher aa wieder net gebn braucha!
K: Es is heut eh net so vui gwen.
B.: Du hättst eahna heut durchaus amol a weng wenger gebn derfa, sonst werdn s z dick.
K: I glaub, es is heut asoa weng wenger gwen.
STILLE
B. (aufbrausend): Heut hättst eahna eigentlich no gar nix gebn braucha. Dö langa vo gestern no!
K. (gelassen): – nachher is saso grad recht, Bauer, i hab s eh no net gfuadert ...
Vorhang

Die Freude am Skurrilen und am Spiel mit der Sprache schlägt auch bei einem Lied des Roider Jackl durch:
Auf der Wiesn draußd habn mer droschn,
und in der Tenn drin habn mer gmaht,
in der Dachrinn habn s Fuada gschnittn,
dös Gsood hats dir draht.
Mit der Spitzkirm habn mer g'ackert,
und mit der Heukirm habn mer g'eggt,
und mit m Stiafiziagher habn mer s Kraut eigschnittn,
dös hat uns gschmeckt!
Die Kunst des Reimens, meint mancher, sei gar nicht so schwer. Auch das bairische Volkslied greift die Frage auf: Spielmann, Jungfrau, Wildsau – wie reimt sich das zusamm'? und gibt gleich die Antwort: Der Spielmann spielt zum Tanzl auf, die Jungfrau setzt ihr Kranzl auf, die Wildsau rollt ihr Schwanzl auf – so reimt sich das zusamm'!
Dass solche Wortspielereien in Bayern Tradition haben, zeigt auch die folgende (von Hans Reimann zitierte) lateinische Grabinschrift für einen Gewürzhändler:
P. P. P. (Piper peperit pecuniam,
P. P. P. pecunia peperit pompam,
P. P. P. pompa peperit paupertatem,
P. P. P. paupertas peperit pietatem).
Übersetzt: Der Pfeffer brachte ihm Geld, das Geld Prunksucht, die Prunksucht Armut, die Armut Frömmigkeit.
Normalerweise ist aber der Bayer ziemlich genügsam und sagt von sich selbst:
Dös, was i brauch, dös hob i,
dös, was i muaß, dös kann i,
dös, was i kann, dös gfreut mi,
und nix davon reut mi!
Von Maurern und Zimmerleuten weiß der Volksmund zu berichten:
Oa Stund mauern s, oa Stund lauern s,
oa Stund messn s, oa Stund fressn s,
oa Stund schaun s, oa Stund verdaun s ...
Bei den Ehhalten (Dienstboten) auf dem Land ist es nicht viel anders:
Lustig san die Bauernleut,
wenn ma eah zum Essn schreit;
aber wenn ma von der Arbert sagt,
do san s verzagt!
Aber aa
d jaager und d Hund
fressn zu jeder Stund!
Selbst die moderne Zeit produziert entsprechende Beispiele:
In der Früah stehst af,
als wenn s di gstroaft hätt,
überwindst den Widerstand
gegn d Arbert,
probierst im Betrieb
gegn an Strom z schwimma
und kriagst womöglich
oane gwischt,
dass d Funkn fliagn sieghst ...
Bua, da wirst vielleicht gladn!
Am Feierabnd hoam wia der Blitz,
– und na kimmt a Film
ohne a bisserl a Spannung,
und bei deiner Hulda
springt aa nix über.
Koa Wunder,
dass dir a mit der Zeit
d Sicherung durchhaut.
Und nachher stehst da,
vojkommen isoliert!

Andere wieder scheinen das glatte Gegenteil zu sein:

„I bin fleißig wia a Imp,
schuft wia a Ochs,
racker wia a Ross,
und bin af d Nacht
hungrig wia a Wolf
und müad wia a Hund!“
„Moanst net, du sollterst
amol zum Tierarzt geh?“
hat sei Kollege gsagt.
„Es schaught nämli aus,
als waarst a Schaf oder
am End gar an Esl ...!“

Beliebt sind in Bayern auch die sog. Beitlgstanzl (hochdeutsch: Schüttelreime):

Wenn oaner wo a Kindl findt,
na nennt ma dös a Findlkind.

*

Man staunt, dass Gottes Schöpferkraft
in Öst'reich so vuj Kröpf erschafft.

*

Heut hat a jeder Lackl
a so a neues Lederjackl.

*

Dem Gschäftsmo is die liaber Kundschaft,
die net vuj redt und jedn Schund kaaft.

*

„Mei Liaber, ohne Drittn san ma
halt z wenig füa a Sittndrama!“

*

Sie kroch in die Matratzen keck
und fand sie voller Katzendreck.

*

I muaß jetz in den Birkenwald,
denn die Tabletten wirken bald!

*

Denn grad die größtn Fachgelehrten
san oft schlechte Lachgefährten.

Und von einem ungetreuen, liebestollen Mesner dichtete man:

Bloß zwengs der schiachn Katz
vergriff er sich am Kirchenschatz.

Ein Schüttelreim steckt auch in der Scherzfrage: „Was is für a Unterschied zwischn dem drittn Teil einer Rose und dir?“ Antwort: Dös erste is a Rosendrittel, und du bist a Riesentrottel!

Lautmalerei versucht der Volksmund mit einem schallnachahmenden Vers über die ‚Bockerlbahnen‘ im Bayerischen Wald:

„Lumperbande, Lumperbande,
schiabts an, schiabts an!
Geht scho besser, geht scho besser ...
Ejtz gehts, ejtz gehts,
lassts aus, lassts aus!
Brauch enk nimmer, brauch enk nimmer.
Dankschön, dankschön ...“

Auf ähnliche Weise soll einmal ein Pfarrer das Geläut seiner Kirchenglocken mit jungen Weibern verglichen haben:

die Kleine (mit den 16- bis 21-Jährigen):
„Grad den oan, grad den oan ...!“
die Mittlere (mit den 21- bis 25-Jährigen):
„Den oder den? Den oder den ...?“
und die Große (mit den über 25-Jährigen):
„Is gleich, was für oaner, is gleich, was für oaner ...!“

Bekannt ist auch das sog. Regensburger Geläut (das ebenfalls im entsprechenden ‚Glockenton‘ gesprochen werden sollte):

„Hendl und Antn, Hendl und Antn ...“
„Wer liefern? Wer lieferts?“
„Bauern, Bauern, Bauern ...“
„Wer frissts? Wer frissts?“
„d Domherrn, d Domherrn ...“

1 Im Vergleich der benachbarten Städte Regen und Zwiesel kommt Letztere besser weg, denn in Zwiesel kann es regnen, aber in Regen nicht Zwieseln!
2 „schmecken“ hat im Bairischen zwei Bedeutungen: „munden“ und „(verdorben) riechen“.

Josef Fendl,
Von der göttlichen Grobheit unserer Mundart
Bairische Sprachbilder
Turmschreiber Verlag

Gefangen im Schnee

Herbert Schneider

Alle Winter gelingt es einigen Urlaubern, ihren Ferienort so günstig auszuwählen, dass sie darin eingeschneit oder die Zufahrtsstraßen von Lawinen blockiert werden.
Die Folge: Sie können nicht mehr rechtzeitig an ihren Arbeitsplatz zurückkehren. Mir selber ist dieses Glück noch nie zuteil geworden: einmal trennten mich 14, ein anderes Mal nur drei Tage von dem schadenfrohen Telegramm an die Firma:
„Rückkehr von hier zur Zeit wegen Unpässlichkeit der Passstraßen nicht möglich, siehe auch Tagespresse. Auf frohes Wiedersehen wahrscheinlich Mitte März."
Das Leben als Eingeschlossener stelle ich mir in etwa so vor:
Um acht Uhr morgens klopft das Zimmermädchen an meine Tür. Ich bin gerade dabei, meinen Koffer zu packen. Der Urlaub ist zu Ende. Sie lacht übers ganze sommersprossige Gesicht und sagt: „Sie brauchen noch nicht heimfahren, können ruhig noch eine Woche dableiben!"
„Sie kennen meinen Alten nicht, Fräulein Rosi", entgegne ich. „Der würde toben!"
„So toben kann der gar nicht wie der Schneesturm heute Nacht. Haben Sie denn nichts gehört?"
„Nein, gar nichts. Ich hab doch drei Jagertee und vier Latschenmaß gehabt!"
„Ja dann glaub ich's scho! Stellen Sie sich vor: Die Straße zu uns rauf ist total zu. Unter meterhohem Schnee begraben. Da kommt keine Maus mehr durch. Das kann eine Woche dauern, bis da wieder was geht!"
Ein hoffnungsvolles Lächeln huscht über mein Gesicht. „Aber wie steht's mit der Verpflegung?", frage ich. „Und mit den Biervorräten?"
„Küche und Keller sind bis oben voll", werde ich beruhigt.
Einen Tag lang fällt der Sessellift aus, aber das Hallenschwimmbad ist auf, die Sauna und die Kegelbahn.
Die Köchin gibt ihr Bestes, um uns den verlängerten Urlaub zu versüßen. Diese Schupfnudeln, dieses Kalbsgeschnetzelte, dieses Wiener Salonbeuscherl! Und zum Nachtisch Malakofftorte, offenbar uralter russischer Adel! Wir trinken Lagrein Kretzer, Terlaner, Magdalener, Traminer, Schreckbichler, Blauburgunder, Kalterer See. Welcher der Beste ist? Je nach Abend!
Am dritten Tag landet ein Hubschrauber. Er bringt Post. Mein Arbeitgeber hat mir auch geschrieben. Er drückt mir sein Beileid aus. Ob ich nicht versuchen könnte, eventuell unter Einsatz meines Lebens, mit Skiern das Gebirge zu überqueren und auf der anderen Seite wieder Anschluss ans europäische Verkehrsnetz zu finden?
Der Hubschrauber bringt nun jeden Tag Frisches vom Supermarkt aus Innsbruck. Und er fliegt jedes Mal sogenannte VIPs aus. VIPs, wer das nicht wissen sollte, sind very important persons, also sehr wichtige Personen, bei deren längerer Abwesenheit der Betrieb, dem anzugehören sie die Ehre haben, zusammenbrechen würde.
Bescheiden, wie ich bin, trage ich mich natürlich nicht in die Liste der Ausflugswilligen ein, maße mir keine Sekunde lang an, ein VIP zu sein. Außerdem lasse ich auch nie und nimmer mein Auto im Stich, das sich schon seit Tagen nicht mehr vom Fleck rührt und bloß noch dumpf vor sich hinröchelt.
Nach einem Langläuferl setze ich mich viel-

mehr an die Hotelbar, bestelle einen Campari-Soda und konzipiere einen Brief an meinen Abteilungsleiter: Ich schreibe: „Nach einem verzweifelten Versuch, mit der Schneeschaufel des Hausmeisters einen Tunnel durch die ungeheuren Schneemassen zu graben, bin ich nach 15 Stunden ermattet zusammengebrochen und liege nun mit hohem Fieber zu Bett. Hier gibt es leider keine Arzneien mehr, auch der Kunsthonig geht schon langsam zur Neige. Ihr verzweifelter Mitarbeiter …"

Je mehr Urlauber ausgeflogen werden, desto gemütlicher wird es in unserem abgeschnittenen Dörferl. Das Häuflein der letzten aufrechten Ausharrer wird regelrecht verhätschelt. Rosi, das Zimmermädchen, hat einen seltsamen Glanz in den Augen, wenn sie mein alleinstehendes Bett macht. Ihr Verlobter, ein Malergeselle in einem 30 km entfernten Marktflecken, kann sie nur noch telefonisch erreichen.

Bei der Köchin, obwohl schon über 50, muss der Fall ähnlich gelagert sein. Abends, im Fernsehraum, sitzt sie unversehens neben mir, schiebt mir ein riesiges Stück Wiener Apfelstrudel zu, schaut mir innig in die Augen und sagt: „Weilsd as du bist, Buale!"

Die schönsten Aussichten eröffnen sich mir, aber diese verdammten technischen Ungetüme von Schneeschleudern und Wühlraupen machen von einem Tage zum andern alles zunichte!

Am nächsten Morgen ist die Straße frei, ein Mechaniker macht – ein Unglück kommt selten allein – mein Auto in wenigen Minuten wieder flott, und weil die Nachricht von unserer Befreiung bereits durch den Äther schwirrt, bleibt mir nichts anderes übrig, als meine Koffer endgültig zu packen und bewegt Abschied zu nehmen.

Leb wohl, Rosi, leb wohl, Traudl (das ist die Köchin), lebt wohl ihr Berge, ihr Speckknödelsuppen, ihr Schlutzkrapferl, ihr Südtiroler Weine und du mein Zipfer Bier!

Ja, so und nicht anders stelle ich's mir vor, vom Schnee eingeschlossen und viel zu schnell wieder befreit zu werden. Ob es mir wohl je einmal gelingen wird? Ich glaub nicht mehr so recht daran!

Wer redt denn von dir!

Weiß Ferdl

Der Heimerl Berti, ein Privatier, war krank, aber er hat es überstanden und fühlt sich wieder wohl. Ein Stammtischfreunderl besucht ihn und fragt, wie es ihm geht.

„Gut", sagt der Berti, „jetzt bin i wieda a so beinand, i glaub, i werd neunzig Jahr alt."

„Mir waar's gnua", brummte seine Frau, „wo du jetzt allweil scho so grantig und zwida bist, dass ma's net aushaltn kann!"

Ganz verwundert fragt der Berti: „Ja willst denn du aa neunzig Jahr alt werdn?"

Boimerlweich am Boimsonndog

Gerhard Walter

Am Boimsonndog, dem Sonndog vor Ostern, werdn bei uns in Bayern Boimkatzl gweicht. Dazua werdn a poor Boimkatzlzweigerl mit a poor Buchszweigerl zo am kloana Buschn zsambundn und in Kircha trogn zom Weicha. Meist san de Kinder zom Weicha ganga; do hod dann jeds Kind ganz stoiz sein kloan Boimbuschn trogn.

I bin ois kloana Bua aa jeds Johr zom Boimerlweicha ganga. Aber leider ned bloß mit oam kloana Boambuschn sondern glei mit mehra Boimbuschn, weil mia selber mehra braucht ham und mei Großmuatta aa für a poor Baurn im Nachbardorf Boimbuschn bundn und aa no weicha lassn hod. Des hoaßt, weicha lassn hob s' ja dann i.

Do hob i dann den kloana Boimbuschn ghabt vo uns, den vo meiner Großmuatta und drei große, dicke Boimbuschn für de drei Baurn im Nachbardorf. Außerdem is dann aa no a kloana dabei gwen von a ra Freindin vo meiner Großmuatta, weil de dann selber ned geh hod miassn und i ja sowieso zur d' Weich ganga bin und weil 's ja – aus dera ihra Sicht – auf des kloane Streißerl aa nimmer drauf okemma is.

Weil i de sechs Boimbuschn ned in da Hand trogn hob kinna, hod s' ma mei Großmuatta in d' Einkaufstaschn neigsteckt; grod hoid, dass oisam neiganga san. Sie hätt s' zwar aa in an scheena Einkaufskorb doa kinna, aber naa, de oid Einkaufstaschn hod 's sei miassn.

Mei bin ma i vielleicht oiwei bled vorkema mit dera Einkaufstaschn vo Boimbuschn. Und oi andern Kinder mit eanere kloana Boimbuscherl ham mi saubled ogschaugt.

Und noch da Weich, wenn i dann aus da Kircha rausganga bin, do war dann scho wieder a so a oide Mährn dogstanna, de selber koa Boimbuscherl ghabt hod, hod mi aufghoidn und gsagt, „geh gib mia a poor Boimzweigerl, du host ja so vui, so vui brauchst du ja gor ned". Und scho war s' mit ihre Bratzn in meiner Einkaufstaschn drin, hod an Boimbuschn rausghoid und a poor Boimerl aus dem Buschn rauszogn. Dabei hod s' dann den Boimbuschn darupft und a poor Boimkatzl obgrissn, de dann an Bodn higfoin san. Dazua hod s' gmoant, dass des ja nix macht, weil i ja eh so vui hob. Außerdem hod s' dann no gmoant, dass a bisserl an Buchs aa no braucht und hod se aa no a Buchsstreißerl rauszogn. Und dann hod des Gezupfe a andere oide Mährn aa gseng und se aa wos rausgrupft. Ois Kind host de ja domois ned dagegn wehrn kinna.

Glückseligerweis bin i dene oidn Weiber dann doch amoi auskema und über an Schleichweg abghaut, dass s' ma ned olle Boimzweigerl stehln ham kinna. Aber de Boimbuschn ham ganz schee darupft ausgschaugt, bis es dahoam ghabt hob.

Seit i aus de Kinderschuah drausgwachsn bin, bin i nimma zua Boimweich ganga, weil des, wos i ois Kind do oiwei erlebn hob miassn, des hod für a ganz Lebn glangt. Und aa mein Buam hob i nia mit a ra Einkaufstaschn voi Boimbuschn zom Weicha gschickt.

Strenger Fastdog

Gerhard Walter

Der Sepp, des war a braver Bua
mit seine grod moi siebzehn Johr,
hod meistns do, wos d' Muatta sagt
und hod sei Muatta nia recht plogt.
Es war an am Gründonnerstag,
do sogt da Sepp „Muatta, i mog
heit obnd amoi ins Wirtshaus geh,
mong friah, do muaß i ned aufsteh,
Karfreidog is, i konn lang schlaffa,
drum mecht i heit a Bier mia kaffa".
De Muatta sogt, „recht host du Bua,
de ganze Wocha arbat's d' gmua,
do konnst aa ru(h)ig amoi furtgeh
mit deine Freind, des werd ganz schee".
Der Sepp, der is zom Dorfwirt ganga,
hod drei, vier Hoibe gmiatlich trunga,
und is nachad ganz staad und sacht
hoam ganga kurz noch Mitternacht.
Er hod se denkt, „I hob guat zecht,
und iatza waar a Brotzeit recht".
Er hod an Kühlschrank glei aufgrissn,
a Wurst rauszogn und einibissn.
Und wia er grod so gmiatlich kaut,
hod d' Muatta bei der Tür reigschaut
und sigt de Wurst und sigt an Sepp,
und sogt zo eam, „wos machst du Depp?
Heit is doch Fastndog, Karfreida,
do gibt 's koa Wurst, kau bloß ned weida.
Du konnst heit glei in oller Friah
in d' Kircha Beichtn geh mit mia".
Da Sepp, der denkt, „wos der eifoid,
zom Beichtn bin i doch scho z' oid.
Bei meine Freind werd i zom Gspött,
zom Beichtn geht do koana ned".
De Muatta nimmt am Sepp d' Wurst weg
und hod s' wieder in Kühlschrank glegt.
„Du gehst ins Bett", sogt sie zom Bua,
„und Wurst und Kühlschrank lasst d' in Ruah".
Und wia da Sepp war scho im Bett,
do hod de Muatta überlegt,
„wos mach i bloß, dass mei Bua ned
am Fastndog an d' Wurst higeht?".
Auf oamoi foid ihr ebbas ei,
und des hod s' nachad gmacht ganz scheij.
Sie hod se denkt, „dir helf i, Bua",
und pappt eam d' Kühlschranktür glei zua
mi' m Isolierband, des guat hoit,
damit am Buam des glei auffoid,
dass heit a strenger Fastdog is
und er ned wieder d' Wurst zsamfrisst.
Da Sepp is heit a gstandna Mo,
doch jedes Johr tuat d' Muatta no
karfreidogs und am Aschermigga
de Kühlschranktür ganz fest zuapicka,
ned, dass da Bua aus Zuafoi bloß
am Fastndog a Wurst verkost,
weil grod am Fastdog, do vareck,
a Wurst am ollerbessern schmeckt.

Rhabarber

Alexander Bálly

Es gibt einen ganz einfachen Trick, um Rhabarberkompott zu verbessern: Man ersetze den Rhabarber durch Erdbeeren. Das habe ich schon mehrfach angewandt. Es funktioniert zuverlässig.
Ja, ich mag Rhabarber nicht. Die herbe Säure und das Bittere der Stangen haben mich nie kitzeln können. Im Gegensatz zu meiner Mutter. Die mochte das Stangenobst sehr gerne. Sah sie im frühen Sommer beim Marktgang oder beim Gemüsehändler Rhabarber, dann schlug sie zu. Ich kann sie leider nicht mehr fragen, doch Vorlieben des Geschmacks haben ja allzu oft mit Erinnerungen zu tun. So vermute ich, dass ihre Anhänglichkeit an dieses Knöterichgewächs mit Kindheitserinnerungen zusammenhängt, die sie in den vierziger Jahren des letzten Jahrhunderts in einer ruhigen Wohnsiedlung verlebte. Dort pflegte meine Großmutter, wie damals üblich, einen kleinen Nutzgarten.
Auch an den Rhabarber in meiner Jugend erinnere ich mich noch sehr lebhaft. Wenn meine Mutter ein Bündel Stangen nach dem Marktgang heimbrachte, konnte ich sicher sein: Zum Nachtisch würde es Rhabarberkompott geben und später taglang Rhabarberkuchen. Das Kompott war trotz allem Zucker so sauer, dass mir jedes Mal die Gesichtszüge entgleisten, und so herb, dass es mir die Zunge beizte. Ich mochte es nicht, mit Sahne noch weniger, und auch Experimente, es mir mit Vanilleeis schmackhafter zu machen, scheiterten. Auch beim Kuchen war mein Urteil kaum milder. Das Backen und der süße Rührteig milderten die Säure und er war insgesamt milder, aber jeder andere Obstkuchen wäre mir weitaus lieber gewesen.

Als ich sechzehn Jahre alt war, zogen wir ins Allgäu und dort hatte meine Mutter endlich einen vernünftigen Garten. Zwei nette Blumenbeete wurden angelegt und manch schöner Kaffeeklatsch fand auf der Terrasse statt. Die Rasenpflege aber wurde zu meiner Obliegenheit. Und dann pflanzte meine Mutter in einem Winkel des Gartens eine Rhabarberstaude, deren Wachsen ich fortan mit Argwohn beäugte. Würde der gut gedeihen, drohte mir noch mehr Saures in Form von Kuchen und Kompott.
Der Standort war leider recht gut gewählt. Er war sonnig und der Boden dort nicht zu trocken. Das Allgäuer Wetter tat sein übriges. Er gedieh. Im ersten Jahr war die Pflanze noch dürftig, doch als im zweiten Frühjahr aus der ausdauernden und frostresistenten Wurzel erneut die riesigen Blätter sprossen, mehr und kräftiger denn je, sah ich meine Mutter schon von Rhabarbersorbets und herbsüßer Eiscreme träumen, sogar das Stichwort Rhabarber-Semmelauflauf fiel. Um das drohende Unheil nicht ausufern zu lassen, frisierte ich die Staude regelmäßig seitlich mit dem Rasenmäher und stutzte sie so ein wenig zurück, damit die mütterlichen Ambitionen in vernünftigem Rahmen blieben.
Der Knöterich gedieh trotz meiner Misshandlungen weiter und sein Rhizom trieb im nächsten Lenz nur noch kräftiger aus. Wieder hemmte ich ihn mittels Rasenmäher, doch er wuchs ungestüm weiter und schenkte meiner Mutter nur umso kräftigere und fleischige Stangen in zunehmend beunruhigender Anzahl. Es gab nun immer öfter Kuchen aus eigener Ernte. Im nächsten Jahr war es ähnlich und es war mein Feind sogar auf den Frühstückstisch geklettert, in Form von selbstgemachter Marme-

lade. Die verdammte Staude wurde mir zum ernsthaften Ärgernis und ich schmiedete erste Mordpläne, die über den Winter reiften. Im kommenden Jahr gönnte ich es meiner Mama noch, ein Dutzend Stangen zu ernten, dann aber schlug ich zu. Ich ließ es wie einen Unfall aussehen.

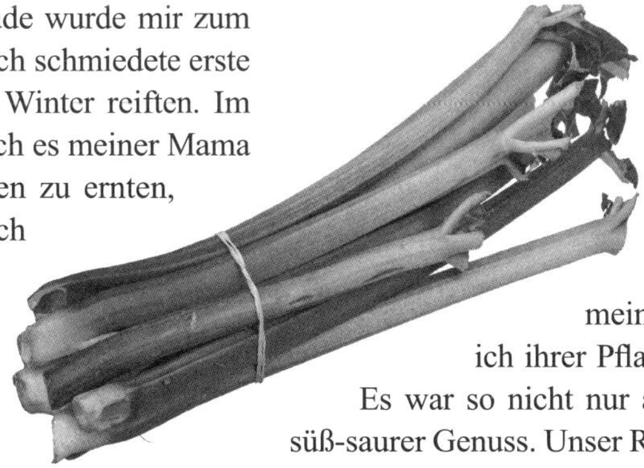

Die offizielle Version lautete, dass ich beim Mähen unter Zeitdruck ganz kurz nicht aufgepasst hatte, ebenso wenig wie im Biologieunterricht, als man mich lehrte, Unkraut von Nutzpflanzen zu unterscheiden. So war es nur ein Moment der Unachtsamkeit und eine simple Verwechslung, der dazu führte, dass mein Mäher über die Staude fuhr. Erst als es sehr „lecker" roch, „bemerkte" ich meinen „Irrtum", doch da war es schon geschehen. Zu meinem Glück kam nie ein Spurensicherungteam, um den Vorfall zu untersuchen. Die hätten wohl festgestellt, dass einige Mühe und mehrfaches Überfahren nötig war, um solch einen stattlichen Rhabarber zu schreddern. Ein paar heimliche Stiche mit dem Spaten ins unterirdische Herz des Feindes … ich wäre dumm, solch einen Mord tatsächlich zu gestehen, so dass ich es der Fantasie des Lesers überlassen muss, sich das Gemetzel auszumalen. Der Rhabarber aber trieb im kommenden Jahr nicht mehr aus und meine Mutter musste fortan für ihren Kuchen auf gekaufte Stangen zurückgreifen.

Zunächst lebte ich gut mit meiner Schuld und wenn ich heute nicht immer ruhig schlafe, dann aus anderen Gründen. Und doch verfolgt mich die Untat noch, auch nach all den Jahren. Ja. Ich bereue heute, was ich tat, und würde es wohl nicht wieder so machen.

Inzwischen, meine liebe Mutter deckt inzwischen der Rasen, haben wir einen eigenen Garten und darin fanden wir beim Einzug eine Rhabarberstaude. Ich ließ sie unbehelligt und meine Frau buk fortan zweimal im Jahr mit den gartenfrischen Stangen Kuchen. Noch immer liebte ich ihn nicht, doch er erinnerte mich stets an meine Mutter und was ich ihrer Pflanze angetan hatte.

Es war so nicht nur auf der Zunge ein süß-saurer Genuss. Unser Rhabarber hatte leider keinen guten Standort. Der Apfelbaum warf zu viel Schatten, es mag auch dem Ungeziefer im Untergrund geschuldet sein, ich selbst musste diesmal nicht mehr Hand anlegen. Er starb ohne mein Zutun.

Seither ist unser Garten frei von den violettgrünen Stangen. So soll es auch bleiben. Ich bin immer noch kein Freund dieses Geschmacks. Und doch es ist seltsam. Es mag damit zusammenhängen, dass der Geburtstag meiner Mutter in die Rhabarberzeit fällt und ich im Sommer vielleicht noch ein wenig öfter an sie denke. Einmal im Jahr habe ich nämlich herzhaften Appetit auf – Rhabarberkuchen. Ausgerechnet ich! Das Gelüst bezieht sich auf ein Stück, nicht auf ein ganzes Blech. und so esse ich ihn meist im Café oder kaufe ihn beim Bäcker und erinnere mich mit jeder Kuchengabel an die Rhabarberkuchenschwemme meiner Jugend. Dann denke ich auch zurück an diese Pflanze, meine persönliche Nemesis, die ich meinte, töten zu müssen.

Ich würde es nicht wieder tun. Inzwischen tut es mir sogar leid. Immerhin … mit dieser Geschichte entreiße ich diese eine spezielle Rhabarberstaude aus den Achzigern in einem Garten im Allgäu dem Orkus des Vergessens. Welche Gartenpflanze kann dies von sich sagen? Wenn ich den ermordeten Rhabarber meiner Jugend nun mit meinen Mitteln unsterblich mache, dann ist es vielleicht Sühne und eine verspätete Entschuldigung bei meiner Mutter.

Die Moritat von der Kutsche im Nebel

Monika Pauderer

Einer meiner Großväter war Gastwirt, Metzger – und ein Urviech. Ich habe ihn leider nicht mehr kennengelernt, aber die Geschichten über ihn und seine nie böswilligen Streiche sind Legende. Infolge seiner beruflichen Tätigkeit war er viel unterwegs, Schlachtvieh einkaufen, Getränke besorgen und auch aus eigener Lust am Fortfahren, Unterwegssein, Unter-Leute-Kommen. Sein Fahrzeug war zumeist ein leichter Einspänner, auch Gäuwagerl genannt, gezogen von einer munteren Fuchsstute – die ihren Weg, zumindest den Heimweg, genau kannte. Denn mein Großvater war nicht nur Wirt, sondern auch recht gerne Gast, wovon seine nicht gerade knappe Leibesfülle beredtes Zeugnis ablegte. Einem guten Essen ist er sicher nie aus dem Weg gegangen und kräftig nachgespült hat er bestimmt auch nicht ausschließlich mit klarem Quellwasser. So kam's also schon ab und zu vor, dass er sich nach seinen Überlandfahrten auf den Instinkt und Heimkehrwillen seines Füchsl verlassen musste und auch konnte. Dass das Rössl auf dem Rückweg ab und zu vor einem Wirtshaus anhielt, eine Weile abwartend stehenblieb und erst dann, wenn sein Fahrgast und Lenker keinerlei Anzeichen zu erkennen gab, dass er abzusteigen wünsche, wieder anzog und weitertrottete, könnte man vielleicht dahingehend interpretieren, dass das Pferd gegen eine Extraportion Hafer, die es ja eventuell bei so einem Halt bekommen würde, schon damit ihm die Wartezeit nicht langweilig wurde, nichts einzuwenden gehabt hätte. Vielleicht war es auch müde und wollte ab und zu ein wenig rasten, nicht mehr angetrieben durch munteres Peitschenknallen, höchstens durch etwas undeutlichen, aber doch frohen Gesang in tiefster Tonart … „I bin hoit a Fuhrmo, a schwaarer, steh auf in da Fruah und schrei höh …“ oder „I führ zwaa harbe Rappen …“ Als nun einmal dieser Großvater, der damals noch gar kein Großvater war, sondern ein lebensfroher Mann im besten Alter, guad gstellt, sowohl körperlich als auch finanziell, behaglich auf seinem Kutschbock thronend, die Zügel leicht in der Hand, die Peitsche in den Schaft eines Stiefels gesteckt, durch einen Frühsommermorgen fuhr, die Sonne blinkte auf der goldenen Uhrkette, die sich über seinen Bauch spannte, dachte er nicht daran, dass er abends sehr verändert heimkehren würde.

Die Geschäfte waren gut gegangen, er hatte günstig eingekauft, hatte sich auch im letzten Wirtshaus noch zwei Portionen Spanferkel mit Sauerkraut und fünf Knödeln genehmigt, vom Bier und dem Verdauungsschnapserl nicht zu reden, und war eigentlich rundrum mit sich und der Welt zufrieden. Hinten im Wagen lag auch das neue Seidenkleid für seine Frau, das er bei der Schneiderin in der Stadt abgeholt hatte. Für die Tochter hatte er auf dem Jahrmarkt ein buntes Tuch und eine Tüte Lebkuchen gekauft. Er kam nie nach Hause, ohne für seine Lieben etwas mitzubringen. Und für den Sohn, der später mein Vater werden sollte, hatte er eine besondere Gabe erstanden: eine Drehleier.

Musikalisch war er, mein Großvater, nicht nur, dass er gerne sang oder bei Spiel und Gesang zuhörte, seinen Kindern ließ er Klavierunterricht geben, was für seinen Berufsstand ungewöhnlich war. Auf dem Jahrmarkt in der Kreisstadt, den er besucht hatte, faszinierte ihn ein dunkellockiges Kind, das auf eben jener Drehleier spielte, die er nun im Wagen hatte. Es waren seltsame, fremdländische Töne gewesen, die der Junge dem Zupfinstrument mit der Kurbel entlockte, und es sah so einfach aus, dieses Ding zu spielen, dass mein Großvater sogar mit dem Gedanken liebäugelte, darauf selbst Musik zu machen, falls seinem Sohn, der ja Klavier und Geige spielte, das Spielzeug zu gering wäre …

Das dunkle, ärmlich gekleidete Kind gab das Instrument nur widerwillig aus der Hand, aber seine Mutter, die daneben irdene Töpfe verkaufte, redete ihm flüsternd zu, so dass es schließlich nachgab und es zögernd dem dicken Mann reichte, der sogleich in die Westentasche griff, ein wenig darin herumklimperte und ihm dann ein Geldstück reichte, nach dem die Mutter gierig langte. Als es dem Großvater sogar gelang, der Leier ein paar Töne zu entlocken, hatte er dem Kind noch einen braunen Lebkuchen in die Hand gedrückt und sich dann zum Weitergehen gewandt, ohne zu sehen, dass ihn hinter dem Geschirrstand brennende Augen verfolgten.

Nicht nur Augen hatten ihn verfolgt, ein schlanker Mann hatte sich auf ein Pferd geschwungen und war lautlos, schattenhaft, immer mit einigem Abstand hinter ihm und später auch hinter seinem Wagen hergeritten.

Abends zog Nebeldunst aus der Flussniederung, die Wiesen, die Straße, die Bäume hüllten sich in weiße Schleier, die immer dichter wurden. Es war ungewöhnlich um diese Jahreszeit, und der Großvater hatte keine Laterne mit, die er hätte anzünden können. Weit war sein Weg ja nicht mehr und auf seine Friedl konnte er sich verlassen. Außerdem war um diese Tageszeit, oder besser Nachtzeit, sowieso kaum noch jemand unterwegs, und wenn er laut sang, konnte man ihn schon von weitem hören …

Auf einmal spürte er zwei heiße Hände, die sich um seinen Hals legten. Er wollte sich aus dieser Umklammerung befreien, nach der Peitsche greifen, aber es war, als würde ein Schraubstock zugedreht werden. Er röchelte, als er hinterrücks über den Kutschbock gezogen wurde. Ein Stofffetzen wurde ihm in den Mund gezwängt, mit seiner Peitschenschnur wurden ihm die Hände umwickelt. Dann suchten flinke Finger in seiner Westentasche, knöpften Uhr und Kette ab, wühlten in den Paketen, die im Wagen verstaut waren, er hörte, wie alles auf die Straße fiel. Als eine Steige mit Hühnern auf das Pflaster krachte, zerbrachen die Holzstäbe und das Federvieh floh kreischend in die Nacht. Dann sprang jemand leichtfüßig ab, gab dem Pferd einen Schlag auf die Kruppe, so dass es sich in Bewegung setzte. Ein kurzer, schnalzender Laut, gedämpfter Hufschlag und der Spuk war vorbei.

Heimgekommen ist mein Großvater dank seiner Friedel. Als das Pferd vor seinem Stall stehengeblieben war, niemand es ausspannte, niemand in die volle Gaststube kam, obwohl man in der Küche die Ankunft gehört hatte, ging der Hausknecht hinaus und fand seinen Herrn gefesselt und geknebelt im Wagen.

Wieder befreit, bleich, den Schrecken noch in den Gliedern wankte mein Großvater in die Gaststube. Geld, Uhr, Seidenkleid, die Geschenke für die Kinder und die Hühner waren gestohlen. Nur die Drehleier war noch im Wagen gelegen. Das Spielzeug, um dessentwillen er überfallen worden war. –

Seinen gesunden Humor hat er bald wiedergefunden, den Verlust verschmerzt, „'s hätt' ja auch mehr kosten können", wurde bald zu seiner stehenden Redensart, „und außerdem nimmt man einem Kind sein Spielzeug nicht weg!"

Die Drehleier hat mein Vater übrigens nie bekommen, die hat der Großvater selber gespielt und dazu die Moritat von der Nebelkutsche gesungen, von Mal zu Mal dramatischer ausgeschmückt.

Monika Pauderer,
Von heut und selbigsmal
Turmschreiber Verlag

Stoßseufzer

Emerenz Meier

Hätte Goethe Suppen schmalzen,
Klöße salzen,
Schiller Pfannen waschen müssen,
Heine nähn, was er verrissen,
Stuben scheuern, Wanzen morden,
Ach die Herren,
Alle wären
Keine großen Dichter worden.

's Vögerl

Emerenz Meier

Drob'n im Gipferl
Aufm Asterl
Sitzt a Vögerl
Als wia g'mal'n;
Putzt sei' Flügerl,
Wetzt sei' Schnaberl,
Singt a Liaderl,
Hat mir g'fall'n!

Wilde Balsaminen

Emerenz Meier

Wilde Balsaminen blühen
Tief im Wald an kühlem Ort;
Wenn, berührt, die Früchte sprühen,
Haucht der West den Samen fort.

Herz, du gleichst den Balsaminen:
Erst wenn Leid dich rauh berührt,
Regen Lieder tief sich drinnen,
Die, befreit, der Wind entführt.

Unverbesserlich

Emerenz Meier

Der Vater verbot mir das Dichten,
Das Mütterchen stimmte mit ein:
Ich soll nach dem Stande mich richten,
Die Bücher dem Backofen weih'n.

Wohl hab' ich es heilig versprochen,
Zu tun, was ihr Wille gebeut,
Das Wort hundertmal doch gebrochen,
Das Schwören noch öfters bereut.

Doch gestern, zu Tränen gerühret,
Erneut' ich es nochmals bei Gott,
Durch Bitten und Drohen verführet
Und weiter durch peinlichen Spott.

Ich ging in die dunkelste Kammer,
Hielt über die Verse Gericht,
Verfasste dann in meinem Jammer
Verstohlen ein Klagegedicht.

Zwischen Wachen und Schlafen

Emerenz Meier

Aus leichtem Traum war ich erwacht, –
Der Mondschein blinkte nieder;
Die Burschen sangen durch die Nacht
Die alten, weichen Lieder.

Der nahe Wald barg rauschend sich
In neblige Gewande –
Und wieder fand ich träumend mich
Im stillen Schlummerlande.

Die Schnecke

Emerenz Meier

Kleine Schnecke,
An der Hecke,
Spitzend aus des Häuschens Tor, –
Sag ich dir mein Zaubersprüchlein
Aus der Kindheit Einfaltsbüchlein,
Streckst du gleich die Hörnchen vor.

Ich berühr' dich.
Und empfindlich
Fliehst du scheu ins enge Haus.
Sieh, da bin ich deinesgleichen;
Rohe Neugier macht mich weichen, –
Geh' nicht mehr aus mir heraus.

Die schönste Musik

Emerenz Meier

Welche Musik mir die liebste sei? –
Aus Burschenkehle ein Jauchzer frei,
Ein Lied, wie's der wilde Vogel singt,
Ein Laut, der von Muttermund erklingt,
Des munteren Bergbachs Brausen
Und des Tannwalds heiliges Sausen.

Emerenz Meier,
Gesammelte Werke
Hrsg. von Hans Göttler
Morsak Verlag

Und so was nennt sich eine Schreibmaschine

Franz Schrönghamer-Heimdal

Im bayerischen Wald steht die Pemperlmühle in wildromantischer Lage am rauschenden Waldbach nebst einer kleinen Pemperlsäge.
Der sie betreut und betreibt, ist der Pemperlmüller, mein alter Freund, der einst im Kampfe lag mit den großen Buchstaben. Er hat sie nie gelernt, obwohl ich mir als sein Freund die größte Mühe gab, ihm wenigstens die Anfangsbuchstaben seines Namens großgeschrieben beizubringen. Es gelang einfach nicht. Seine damals schon klobigen Bubenfinger versagten ihm den Dienst, und so schrieb er auch seinen Namen klein, aber dafür umso kräftiger und markiger.
Und doch hat es das Schicksal gefügt, dass der Name des Pemperlmüller heute ganz groß geschrieben wird. Und das kam so:
Bis von jenseits der bayerischen Landesgrenzen her fanden die Scharen der Hamsterer in den Hungerjahren nach dem Zweiten Weltkrieg den Weg zur Pemperlmühle. Sie hinterließen dem Pemperlmüller gegen manchen Sack Mehl fünf Nähmaschinen, dreißig Bügeleisen, Tausende von Drahtstiften und zehntausend Rasierklingen. Alles wertbeständige Tauschware!
„Der Pemperlmüller macht sich!“, staunten die Waldleute. „Gar jetzt, wo das Holz so hoch im Preis steht. Sogar mit zwei Anhängern kommen die Lastzüge und reißen ihm die Bretterstapel von seiner Pemperlsäge weg. Der schwimmt jetzt im Geld, obwohl er nicht einmal seinen Namen richtig schreiben kann!“
So suchte ich ihn nach langer Zeit selber wieder auf in seiner alten Pemperlmühle, wie ich meinte. Aber da stand jetzt eine neumodische Kunstmühle, und das Wohnhaus war aufgestockt wie ein Herrensitz.
„Da schaust!“, klopfte mir der Pemperlmüller auf die Schulter. „Ja, mir geht es jetzt prima! Sogar ein Bankkonto hab ich schon. Und eine Buchführung hab ich auch, eine doppelte sogar. Eine für mich und eine fürs Finanzamt. Die muss ich dir zeigen.“
Er führte mich in die Sägkammer. Da hatte er, wie einst die alten Babylonier auf Ziegelsteinen, seine Einnahmen und Ausgaben mit einem derben Zimmermannsstift auf Bretterabfällen keilschriftartig verzeichnet. Der Stapel links enthielt die Buchführung für das Finanzamt, der Stapel rechts seine eigene.
„Alles war recht“, stöhnte er, „wenn nur die

verflixte Schreiberei nicht wäre. Da möchte man ja hintersinnig werden mit lauter Schreiben!"
„Schaff dir doch eine Schreibmaschine an, dann hat alle Not ein Ende!"
„Ja, schreibt denn die Schreibmaschine auch die großen Buchstaben?"
„Aber selbstverständlich!"
Da ging ein erlöstes Lächeln über die mannhaften Züge des alten Freundes.
„Du", sagte er, „bestelle mir eine Schreibmaschine in Passau. Und lass sie mir per Nachnahme schicken. Kostenpunkt Nebensache."
Ich ließ dem Pemperlmüller eine Schreibmaschine schicken, eine noble, um mehr als sechshundert Mark.
Na, denk ich, jetzt kann er wenigstens auch seinen Namen einmal mit großen Buchstaben schreiben!
Nach vierzehn Tagen erhielt ich vom Pemperlmüller einen Brief, aber nicht mit der Schreibmaschine, sondern höchst eigenhändig und mit kleinen Buchstaben geschrieben, wie er's in der Schule gelernt hat: „liber freind! du sauhund! nichts für ungut! du hast mich schön ausgeschmiert mit der Schreibmaschine! ich habe sie gleich an die kraftleitung angeschlossen, aber sie hat weder einen großen noch einen kleinen buchstaben von sich gegeben, das luder schreibt überhaupt nicht! und so was nennt sich eine Schreibmaschine! nichts für ungut! es hat mich nämlich der gerechte zorn überwältigt, ich habe den mühlschlegel genommen und das blecherne luder in tausend trümmer zerdeppert. nichts für ungut! die trümmer habe ich in den mühltümpel geworfen, also nichts für ungut! es grüßt dich freundlichst bis aufs nächste Wiedersehen alois mutz, pemperlmüller in pemperlmühle."

Umweltbewusstsein

Josef Fendl

„Ihr seids vielleicht so Flaschn!"
hat dersell anonym
im Landratsamt angruafa,

„Vor ei'm halbertn Jahr
hob i mei alts Motorradl
in Wald einigworfa,

und wia i neuli mein kaputtn
Kühlschrank außibracht hab,
is mir als ersts afgfalln,

dass ös Sprüchmacher
mei Maschin allerweil
no net abgholt habts …!"

Bloß a kloans Verseh'n …

Monika Pauderer

„Also, Claudia, jetzt horch ma amoi zua!" Werner Hager fühlte, wie er bei diesen Worten, die an seine zehnjährige Tochter gerichtet waren, rot wurde, und er ärgerte sich darüber. Hatte er das nötig, sich wie ein Schuljunge zu schämen, vor seinem eigenen Kind? Unwillig schüttelte er den Kopf und wurde doch die leise Beklemmung nicht los, die ihn vor dem ‚aufklärenden Gespräch' erfasst hatte.

„Du woaßt, dass d' Mamma jetzt scho seit drei Jahr' tot is." Aufmerksam sah ihn Claudia an. So dumm war sie auch nicht mehr, um das nicht zu wissen. Und wie sehr ihr die Mama abging, das konnte der Papa gar nicht wissen! Sieben Jahre war Claudia damals alt gewesen, als es geheißen hatte: „Die Mamma kommt nimmer zu uns, sie is jetzt im Himmel."

Claudia hatte gar nicht verstehen wollen, warum der liebe Gott ausgerechnet ihr die Mutter genommen hatte! Er hatte doch selber eine, warum ließ er ihr dann nicht die ihre? –

Aber seitdem war der Papa sehr lieb zu ihr gewesen, hatte sich wirklich bemüht, die Mutter zu ersetzen, dem Kind alle Liebe zu geben, die es nötig hatte. Eigentlich lebten sie ganz gut zusammen, Claudia und ihr Vater, und darum war das Mädchen jetzt hellhörig geworden, nach dieser beinahe feierlichen Einleitung.

„Du woaßt, dass d' Mamma jetzt scho seit drei Jahr' tot is", wiederholte sich Werner Hager. „Und mia san ja aa ganz guad z'recht kemma, mia zwoa", setzte er schnell hinzu. Claudia nickte, betrachtete ihren Vater mit schief geneigtem Kopf. Was würde da kommen?

„I hab vor am halben Jahr a Frau kennag'lernt, damois, wia i a Woch' g'schäftlich in Düsseldorf war. Und i kannt ma vorstelln, dass mia, ois mia drei, wieder a Familie werden kannten." So schwierig hatte sich Werner Hager das nicht vorgestellt, seine Tochter mit dem Gedanken vertraut zu machen, dass er wieder heiraten wollte!

Claudia hatte noch immer nichts gesagt, sah ihn nur an. Und eine Spur von Traurigkeit ließ ihre dunklen Augen noch ein bisschen dunkler werden. „Woaßt, Spatzerl", fuhr Hager hastig fort, „i wui ned ohne di entscheiden. I möcht', dass s' dir aa gfoid, dei neue Mutter."

„I wui koa neue Mutter", fuhr Claudia auf, „i hab a Mamma ghabt, und mei Mamma konn neamads ersetzen!"

„Ja, vielleicht no ned glei", begütigte Hager, „aber vielleicht gfallt s' da doch, und du konnst as ois so a Art ‚Freundin' akzeptieren?"

„I brauch koa Freundin. Da hab' i de Marlene, die Gitti und die Gundel."

„I moan ja aa ned so direkt ois Freundin. Ois Vertraute vielleicht …" Mei, war des bluadig hart mit dem Deandl.

„Da hab i di."

„Ja, da hast mi, und des möcht i aa oiwei für di bleiben. Aber vielleicht schaugst da s' doch amoi o, de Ines?"

Claudia musterte ihren Vater. War das wirklich nötig, dass sich eine fremde Person in die kleine, zugegeben unvollständige Familie einschlich? Hatten sie es nicht auch so gut miteinander? Die Arbeit untereinander aufgeteilt, jeder sein Aufgabengebiet, das Claudia sehr wichtig nahm. Nie hatte sie bemerkt, dass ihrem Vater etwas fehlte. Sie hatte sich bemüht, ihm die Frau zu ersetzen, wie er sich bemüht hatte, ihr die Mutter zu ersetzen, und nie hatte sie daran gedacht, dass ihm etwas fehlen würde, genauso, wie ihr etwas fehlte. Dass ein Mann mehr brauchte als warme Hausschuhe, wenn er nach Hause kam …

„Ines Mayer kommt morgen zu uns zum Kaffee. Sie is heut' mit dem Zug kemma und wohnt im ‚Schuhbräu'. I möcht', dass du hingehst und ihr an Bleamestrauß bringst. Du sollst s' herzlich willkommen heißen und für morgen ei'laden."

„Kimmt sie aa, wenn i dees ned mach'?"

„Sie kimmt aa, wenn du dees ned machst. Aber i wünsch' mir des von dir. I möcht', dass du sie, dass sie di vorher kennenlernt."

„Hm", sagte Claudia, „und wenn s' ma ned gfoid?"

Ihr Vater zögerte. „Oiso, wenn s' da ned gfoid, na überleg' i mir de Sach' no."

„Abg'macht?"

„Abg'macht! Aber zum Kaffee kimmt s' trotzdem, schließle hab i s' ja eing'laden!"

„Wo san na de Bleamen?", fragte Claudia.

Ihr Vater atmete auf. Halb war die Sache schon gewonnen. „De muaßt b'sorgen, drunten beim Gärtner. An Strauß, der dir g'fallen tät'! I gib dir 's Geld. Und den bringst dann ins Hotel, an die Rezeption, und sagst, für Frau Mayer, mit am schönen Gruaß und einer herzlichen Einladung, morgen um halb drei zum Kaffee. Kannst dir des merken?"

„I bin doch koa Kind mehr!", antwortete Claudia, schob den Zwanzigmarkschein ein und schlüpfte in ihren Mantel.

Margeriten. Margeriten würde sie besorgen. Mamma hatte Margeriten immer so gern g'habt. Und die würde sie auf der Wiese pflücken! Nicht, dass sie das Geld unterschlagen wollte! Ihr Papa würde den Schein wieder zurückbekommen. Aber wer keine Wiesenblumen mochte, der kam als ‚Mutter' nicht in Frage!

Mit einem großen Strauß stand Claudia kurz danach an der Rezeption des Hotels ‚Duschlbräu'. „I hab da Blumen für Frau Mayer, mit einem schönen Gruß und einer herzlichen Einladung morgen zum Kaffee", sagte sie zu dem goldbetressten Portier. Der sah in seinem Buch nach. „Mayer? Ja, Bettina Meier. Zimmer 126. Willst du die Blumen nicht selber hinaufbringen?"

„Nein", sagte Claudia und drehte sich auf dem Absatz um. „I bin ned neugierig." Sie wusste, dass ihr Vater es nicht so gemeint hatte, aber der Trotz regte sich in ihr. Was brauchte sie eine neue Mutter? Sie würde die Frau, die diese Stelle einnehmen sollte, morgen noch früh genug kennenlernen!

Zu Hause fragte sie der Vater: „Hast den Bleamestrauß abg'liefert?"

Was dachte er von ihr! „Freilich! Bettina Meier im ‚Duschlbräu'. Zimmer 126."

„Aber Claudia, i hab' dir doch g'sagt, Ines Mayer im ‚Schuhbräu'! Sofort gehst hi und bringst de Sach' in Ordnung!"

Claudia trottete zum ‚Duschlbräu', verlangte die Blumen zurück. Bettina Meier kam selber damit herunter, und für einen Augenblick leuchteten Claudias Augen auf. Das war ja beinah die Mamma! Die gleichen haselnussbraunen Augen, das gleiche Lächeln um die Lippen, die weichen Haare, die halblang das Gesicht umschmeichelten. Bettina beugte sich zu Claudia: „Da, deine Blumen. I hab' mir's glei denkt, dass de ned für mi sei könnan. I kenn' ja niemand da in dera Stadt. Wer sollt mi zum Kaffee einladen?"

„Es tuat ma leid", sagte Claudia, und sie meinte das ganz anders, als es Bettina auffasste …

Ines Mayer im ‚Schuhbräu' gefiel Claudia ganz und gar nicht. Ein spitznasiges, aufgetakeltes Wesen, das die Blumen mit Spinnenfingern entgegennahm: „Margeriten", sagte es abfällig, genauso gut hätte es ‚Brennesseln' sagen können.

Einer plötzlichen Eingebung folgend, nahm Claudia den Strauß wieder an sich. „Entschuldigung, des is a Versehen", und sie rannte zurück zum ‚Duschlbräu', hinauf auf Zimmer 126.

„I hab mi doch ned vado! Kommen S' morgen zum Kaffee zu uns!"

Bettina lächelte. „Na guad, wennst moanst, aber bloß, weil i Margeriten so gern mog!"

Claudia deckte den Kaffeetisch besonders liebevoll. Werner Hager war ein Stein vom Herzen gefallen, dass seine Tochter die Frau, die er ihr als neue Mutter zugedacht hatte, anscheinend so bedingungslos zu akzeptieren schien. Er hatte so seine Bedenken gehabt. Er war mehr als erstaunt, als er nach dem Läuten die Tür öffnete. Draußen stand Hilde, seine Hilde, die er vor drei Jahren so unerwartet und schmerzlich verloren hatte! Nein, sie war es nicht, natürlich nicht, aber sie hatte doch eine große Ähnlichkeit mit ihr, das gleiche warme Lächeln, als sie jetzt sagte: „Claudia hat mi zum Kaffee eing'laden. Des is sicher a Versehn, aber i wollt dem Kind de Freud' ned verderben. I geh aa glei wieder, wenn i stör'!"

„Sie störn ned", sagte Werner und fühlte, dass ihm schon wieder die jugendliche Röte in die Wangen schoss. „Wenn Claudia Sie eing'laden hat, dann hat des scho sei Richtigkeit."

Es wurde eine sehr lustige Kaffeerunde, und davon, dass Ines Mayer sehr ungehalten aus dem ‚Schuhbräu' abrauschte, weil sich, entgegen allen Abmachungen, niemand um sie kümmerte, merkte keiner der drei etwas.

Monika Pauderer,
Von heut und selbigsmal
Turmschreiber Verlag

Gartengäste

Elisabeth Schinagl

Im Garten steht ein Futterhaus
dort fliegen Vögel ein und aus.
Sie picken hier, sie picken dort
Verweilen kurz – schon sind sie fort.

Mein Garten ist ein Tummelplatz
für Amseln, Finken, Specht und Spatz.
Sie piepsen, flattern, fliegen munter
ein Zweiglein rauf, ein Zweiglein runter.

Ich schaue mir ihr Treiben an,
genieße es, hab Freude dran
und in so manchen trüben Stunden
hab ich dabei schon Trost gefunden.

Ein Bauerndichter, sein „Baofazeitn" und mein verlorener Mantel

Hans Göttler

An Bauerndichtungen hat es im Bauernland Bayern im Verlauf seiner langen Geschichte keinen Mangel gegeben. Speziell im zwanzigsten Jahrhundert fanden sich da berühmte und klangvolle Namen: Ludwig Thoma und Lena Christ etwa, Oskar Maria Graf, Wilhelm Diess und Max Peinkofer, um nur die bekanntesten Verfasser zu nennen. Bauerndichter dagegen – Autorinnen und Autoren also, die neben dem bäuerlichen Beruf noch über eine dichterische Berufung verfügten –, solche schreibenden Bäuerinnen und Bauern sind in der bayerischen Literaturgeschichte, gerade auch in der niederbayerischen, eher rar. Zu denken wäre da wohl an Emerenz Meier aus Schiefweg bei Waldkirchen im Bayerischen Wald, an Jakob Ertl aus Augrub bei Regen, aus unserer Zeit etwa auch an Sofie Zellner aus Gstein bei Iggensbach.

Für das Rott- und Inntal, wo ich herstamme, gab es dabei seit den 1970er-Jahren nur einen Namen, der aber durch seine Bücher und seine Rundfunk- und Fernsehaufnahmen auch über die Grenzen seiner engeren Heimat hinaus bekannt geworden ist: Ich meine den „Ponzauner Wigg", den Bauern und Mundartdichter Ludwig Gruber aus Oberponzaun bei Hebertsfelden, Pfarrei Niedernkirchen im gesegneten Rottal. Im Dezember 2005 haben wir ihn dort zu Grabe tragen müssen. Und heuer hat er seinen 100. Geburtstag. Seinem Andenken sind die folgenden Zeilen gewidmet.

Ludwig Gruber

Es war ihm wohl nicht an der Wiege gesungen worden, dass er einmal als Bauerndichter bekannt werden sollte, wenn auch seine Ankunft auf der Erde gleich recht ungewöhnlich vor sich ging. „An Wiggal hat da Sturmwind bracht", hieß es später in einem seiner Gedichte, da sich seine Geburt kurz nach einem schweren Unwetter mit gewaltigem Sturm ereignete. Ludwig Gruber – so hieß er laut Geburtsurkunde – wurde am 15. August 1922 als dritter Sohn von insgesamt sieben Geschwistern auf dem Ponzauner Hof geboren. Schon seit vielen Jahrhunderten ist der Hof im Familienbesitz – bis zum Jahr 1592 lassen sich die Ponzauner lückenlos auf dem Hof nachweisen, während der Hof selbst in der Chronik bereits 1436 erwähnt wird. Auch heute noch sitzen die Gruberischen auf ihrem angestammten Sach, schon längst hat Flori, ein Sohn vom Wigg, den Hof übernommen. Feriengäste aus aller Welt bevölkern inzwischen Jahr für Jahr den „Ponzauner"!

Über die Erlebnisse seiner Kindheit und Jugend auf dem elterlichen Hof hat der Ponzauner Wigg später einige kleinere Geschichten geschrieben, die einen guten Einblick in die damalige Zeit geben. Auch wenn diese Geschichten von der Arbeit der Bauernkinder, ihren Freuden und Leiden meist zum Schmunzeln oder auch zum Lachen Anlass geben, im Rückblick verklärt wird diese Zeit nicht, denn auch der Wigg wusste: „Ja, ja, die gute alte Zeit ist bei Gott nicht so gut gewesen, wie manche glauben." Gerecht, wie der Wigg aber nun mal war, vergaß er auch die schönen Seiten dieser Zeit nicht zu erwähnen, etwa die Freude am Gesang und Tanz, die er zu Hause erleben durfte. Schon von jeher wurde auf dem Ponzauner Hof gerne gesungen. Dabei kam der junge Ludwig Gruber bereits in seiner Jugendzeit mit dem Volkslied und der Mundartdichtung in Berührung. Und es dauerte nicht lange, bis auch der Wigg als noch junger Bauernbursche, inmitten seiner Freunde im frohen Hoagartn (= Heimgarten), die ersten kurzen Verse niederschrieb und vortrug.

Nach dem Zweiten Weltkrieg – Ludwig Gruber machte ihn von 1942 bis zum Ende mit und wurde dabei zweimal verwundet – konnte der Ponzauner Wigg auch seine Tätigkeit als Prograder (= Hochzeitszeremonienmeister) verstärken, sodass er bald überall im Rottal bekannt war. Er wurde ein gefragter und beliebter Verslschreiber, der für alle Gelegenheiten, zu Hochzeiten, Jubiläen, Primizen, Richtfesten und Vereinsfeiern, treffende und lustige Reime zu schmieden wusste.

Im Hauptberuf war und blieb er aber Bauer. 1950 übernahm er nach der Heirat mit Frau Annemarie den Hof. Vier Kinder – Flori, Christl, Wolfgang und Ludwig – stellten sich ein. Viele Posten und Ehrenämter kamen im Laufe der Jahre hinzu, Vizebürgermeister seiner Heimatgemeinde etwa oder – was er mit besonderer Leidenschaft und großem Sachverstand betrieb – Hauptorganisator des Leonhardi-Umritts in seinem Dorf, eine Aufgabe, die er fünfzig Jahre ganz vorzüglich erfüllte.

Um 1970 herum wurde dann so nach und nach aus dem einfachen Verslschreiber ein echter Bauerndichter! Wesentlichen Anteil an dieser Entwicklung hatte dabei der Buchdrucker und Verleger Rudolf Vierlinger aus Simbach am Inn, selbst ein profunder Kenner und Erforscher seiner Heimat. Er stellte das erste Buch vom Ponzauner Wigg zusammen, und im Dezember 1974 erschien es in seinem Verlag, versehen mit dem richtungsweisenden Titel „Herzhaft g'sagt. Von was Oidn und was Neuern aus Niederbayern". In dem über neunzig Seiten starken Bändchen malte uns der Ponzauner Wigg in heiteren, aber auch ernsten Mundartgedichten ein lebendiges Bild vom niederbayerischen Hügelland zwischen Rott und Inn.

Kurz darauf hat der dichterische Buch-Erstling von 1974, der inzwischen neun Auflagen erlebt hat, auch schon mehrere Geschwister bekommen, die alle im Simbacher Verlag von Rudolf Vierlinger eine Heimat erhielten: 1976 erschien die „Niederbayerische Weihnacht", die Weihnachtsgeschichte in niederbayerischer Mundart, die sich sehr wohl mit Ludwig Thomas „Heiliger Nacht" messen lassen kann. Drei Jahre später, 1979, folgte sein Buch „Bei uns dahoam. Wias uns g'foid, vom Inn zum Woid. Niederbayerisch im Reim". Die zahllosen Gelegenheitsgedichte des Ponzauner Wigg enthielt sein 1982 herausgekommenes Buch „Für Feste und Feiern in Niederbayern". Nach weiteren fünf Jahren, 1987, legte der Ponzauner Wigg seinen ersten Prosaband vor. „Unter uns g'sagt" – so der Titel – erzählt, was der Wigg „dalebt und dalust" hat. 1990 erschien „Grüaß Gott beinand. Heiliges, Unheiliges und Scheinheiliges aus Niederbayern". Gerade dieses Bändchen zeigt deutlich die Entwicklung des Bauerndichters auf, die er seit seiner ersten Veröffentlichung genommen hat. Neben den heiteren Versen, den lustigen Begebenheiten, den originalen und originellen Gestalten und den auftrumpfenden Geschichten sind es immer mehr die leisen, besinnlichen, oft auch traurigen Themen, die den Wigg nun zum Schreiben drängten. Sie zeigen überdeutlich, dass hier ein tief gläubiger Mensch mit seiner Zeit ringt, einer, der innerlich stark bewegt ist vom Lebensrecht seines Standes, des Bauernstandes, dem er sich treu verbunden weiß, auch wenn er sich nun schon einige Jahre als Bauer im Austrag befand. Viele dieser Gedichte klingen pessimistisch, stellen letzte, kritische Fragen. Ein besonderes Kleinod in diesem Buch ist seine „Bayerische Passion", die er oftmals in der Fastenzeit vortragen musste. In dieser schönen Aufgabe durfte ich inzwischen sein Nachfolger werden, eine Arbeit, die verpflichtet, aber auch eine große Freude ist.

1994 legte der schreibende Bauer aus dem Rottal sein siebentes und – wie er im Vorwort ahnungsvoll schrieb – „auch sein letztes Bücherl" vor. Es trägt den Titel „Bauernbrot" und enthält auf 208 Seiten Kindheits- und Jugenderinnerungen in Prosa sowie Reime zu Zeit und Jahr und ist wiederum im Verlag Rudolf Vierlinger, Simbach am Inn, erschienen. Als besonders interessant erwies sich darin das Kapitel über die Jahre 1933–1945 in seinem Dorf.

„Bauernbrot" wurde wirklich das letzte Buch vom Wigg, aber die Jahre bis zu seinem Tod blieben weiter angefüllt mit vielen Auftritten, Gstanzlsingen, Hoagartn und besonderen Festreden, etwa wenn er gebeten wurde, im Beisein von Minister, Landrat und sonstiger Prominenz in Bad Füssing alljährlich im Frühjahr die gesundheitsbewegte Grillsaison zu eröffnen. Im Anschluss daran hat er mich meistens besucht, zu einem Ratsch und einer Brotzeit in unserem Salettl. Gegrilltes gab es da allerdings nicht!

Im Sommer 2005 hab ich den Wigg zum letzten Mal gesehen. Ich durfte im schönen Bauernhofmuseum in Massing an der Rott eine Wilhelm-Diess-Lesung bestreiten, ganz besonders musikalisch umrahmt vom aus Niederbayern stammenden Mundharmonikatrio Sigl aus München-Grünwald. Der Wigg war unter den Zuhörern, hellwach wie eh und je, mit lustigen Augen! Bei der herzlichen Begrüßung hat er mir eine Bitte ins Ohr geflüstert: „Les fei aa s' Leichenbegängnis"! Das ließ ich mir natürlich nicht zweimal sagen und las zum Abschluss die köstliche Geschichte von der letzten Fahrt der Wimmerbäuerin aus dem Rottal, Wilhelm Diess' geradezu klassisch zu nennende Erzählung, aus der man so viel über Land und Leute in Niederbayern erfahren kann. Beim Abschied haben wir zwei uns „händtisch abpfüat", gesagt haben wir gar nicht viel, denn unter Freunden versteht man sich auch ohne viele Worte! Dieser Händedruck war ein Abschied für immer, zumindest in der irdischen Welt!

Im Advent hab ich dann bei allen meinen Lesungen immer wieder vor allem seine Geschichten und Gedichte gelesen, besonders aus seinem wunderschönen Buch „Niederbayerische Weihnacht". Es war fast so, als hätte ich sein baldiges Sterben vorausgeahnt.

Am Samstag, 10. Dezember 2005, las ich abends in der Stadtbücherei Pocking seine Weihnachtslegende in niederbayerischer Mundart, die der Wigg dreißig Jahre vorher gedichtet hatte. Das Werk kam bei den Zuhörern so gut an, dass ich gebeten wurde, doch auch noch einige Gedichte vom Wigg zu lesen. Ich las dabei auch die Verse von der „Hirta-Freud", die ich allerdings nicht so genau vorbereitet hatte. Und wer gedruckte Dialekttexte schon einmal laut vorgelesen hat, weiß, was einem da alles passieren kann. Es gibt halt – Gott sei Dank! – keinen „Duden" für die Mundart. Im Text geht's darum, dass sich die Hirten auf den Weg zum Christkind machen und „a Weisats" für den Erlöser, aber auch Geschenke für Vater und Mutter, also Josef und Maria, suchen. Die entscheidende Stelle lautet: „A Lamperl für's Kind zum Spuin, / Fürn Vatern an Baofazeitn, / A Mili für d'Muatta no, / Daß 's Kinderl fuadan ko." Beim „Baofazeitn" kam ich ins Straucheln! Was ist das? Wie spricht man das in der Rottaler Mundart aus? Ich wusste nicht weiter, bat die Zuhörer um Mithilfe, es konnte aber niemand weiterhelfen! Und so vertröstete ich die Leute und

sagte: „Do muas i an Wigg sejm fragn! Und im nextn Jor sog is eich!“
Genau in dieser Stunde ist der Ponzauner Wigg zu Hause in seinem Hof in Oberponzaun friedlich eingeschlafen und uns ins Jenseits vorausgegangen. Er hatte die letzten Wochen zwar etwas gekränkelt, aber dass ihn der Tod schon bald abholen würde, ahnte niemand. Am Montag brachten Rundfunk und Presse die Trauernachricht! Den Wigg persönlich konnte ich also nicht mehr fragen, was ein „Baofazeitn“ ist. Alle Leute, die ich am Montag fragte, konnten mir nicht weiterhelfen. Erst der Findl Richard, der 1. Bürgermeister meiner Heimatstadt Simbach am Inn, wusste die Lösung: Bei der Weihnachtsfeier der Stadt, wo ich wiederum Wigg-Texte vortrug, hat mir das Stadtoberhaupt die richtige Sprechweise des Wortes erklärt und vorgemacht und mir damit zum Verständnis verholfen. „A Baofazeitn“ ist auf Schriftdeutsch ein „Backofenzelten“, ein einfaches Fladenbrot, hergestellt im bzw. auf dem Backofen, aus den Resten des Brotteiges, aus dem die Brotwecken/Brotlaibe geformt wurden. Und wenn man den „Baofazeitn“ richtig mit „-zejn“ ausspricht, dann passt das auch zum vorhergehenden Reimwort „Spuin“, was man allerdings auch als „Spejn“ ausdrücken muss! Danke, lieber Findl Richard, für deinen Beitrag als Bairisch-Experte!
Es war eine selbstverständliche Freundespflicht für mich, an Wiggs Beerdigung in seinem Heimatdorf Niedernkirchen teilzunehmen. Der Abschied von ihm wurde zu einer „schönen Leich“, die seiner würdig war: eine prall gefüllte Kirche, viele mussten im eiskalten Freien stehen, drei Pfarrer als Zelebranten, also „dreispannig“, Blasmusik, Volksmusik, Sänger, politische Prominenz (stv. Landrat, Abgeordnete, Bürgermeister), Dichterkollegen, Rosserer, Leonhardireiter, die örtlichen Vereine – alles war da, was Rang und Namen hatte, und natürlich so viele „einfache Leute“, wobei einfach hier heißt, dass diese einfach den Wigg begleiten wollten auf seinem letzten Weg.
Und was wurde das für ein großer letzter Weg! Nach der Aussegnung trug man den Sarg nicht einfach gleich zum geöffneten Familiengrab, nein, man stellte ihn auf den alten Niedernkirchner Leichenwagen, ein wunderschönes Stück, verziert mit schwarzen Spitzenvorhängen, einem Kutscher auf dem Bock und gezogen von zwei Rössern! Der Leichenzug nahm seinen Weg durch das Dorf über die Feldwege des Ortes, eine verdiente Ehre für den Wigg, den verstorbenen „Macher“ des Leonhardiumritts. Der Leichenwagen war vor Jahrzehnten zum letzten Mal im Einsatz, als man den alten Pfarrer zu Grabe trug. Vielleicht saß damals sogar der Wigg auf dem Kutschbock? Unter Glockenklang und Musik nahm der lange Zug seinen Weg durch die winterliche Landschaft, hügelauf, hügelab; und da etwas Schnee lag und der Weg vereist war, hab ich schon – trotz aller Trauer – etwas für mich schmunzeln müssen bei dem Gedanken, ob uns vielleicht beim Leichenzug Ähnliches passieren würde wie den Leidtragenden in der Wilhelm-Diess-Geschichte „Leichenbegängnis“, die ja alle auf abschüssiger Straße gehörig ins Rutschen kamen. Sicherlich hätte der Wigg aus dem Himmel herab auch etwas geschmunzelt, wenn etwas passiert wäre!
Aber: Es passierte nichts, wir kamen sogar ohne Gefahr und ohne Probleme beim dampfenden Misthaufen neben der Kirche vorbei! Es folgten die Gebete am Grab, die Einsegnung, die Abschiedsworte der vielen örtlichen Vereine, der Ehrensalut für den Kriegsteilnehmer – kurz alles, was zu einer schönen Leich dazugehörte. Inklusive Leichentrunk!
Dazu versammelten sich alle beim Kirchenwirt gleich daneben: unten die Vereine, oben im Saal die Verwandtschaft, die Prominenz und die Freunde. Wie es sich für ein echtes bayerisches Wirtshaus gehört, standen Brezen und Semmeln auf jedem Tisch, das Bier kam schnell, und wohl jeder dachte beim ersten Schluck an den Wigg! Der Mesner hat das

Tischgebet vorgebetet, dann kamen das köstliche Essen, die Nachspeis, der Kaffee und danach nochmals ein Gebet für den Verstorbenen.
Es war schon am späteren Nachmittag, als die Trauergesellschaft aufbrach. Wir verabschiedeten uns von der Familie Gruber, dankten für deren Großzügigkeit und dachten im Gespräch noch ein bisserl an den Verewigten. Dann suchte jeder seinen Mantel – und ich suche ihn heute noch!!! Natürlich hatte ich bei einer solchen Leich meinen besten Mantel dabei, einen schönen Lodenmantel, ein gutes Stück, das während des Leichentrunks unter vielen anderen in der Garderobe hing. Als ich den Saal verlassen und gehen wollte, hing auch noch ein ähnliches Exemplar – Lodenmäntel sehen ja irgendwie immer alle gleich aus! – einsam und verlassen am Haken: Aber – es war halt nicht der meinige! Da mir das Überbleibsel nicht so recht gefiel, teilte ich der Frau Wirtin mein Malheur mit, und sie versprach, mich sofort zu verständigen, wenn mein gutes Stück wieder bei ihr auftauchen sollte. Dazu ist es bis heute noch nicht gekommen. Die Wirtin und ich haben mehrmals telefoniert, aber immer hieß es: „Da oid hängt oiwei nu do!" Und dort hängt er heute noch! Bzw. jetzt nicht mehr, da das Wirtshaus inzwischen leider zugesperrt ist. Meine Hoffnung ist es nun, dass der Niedernkirchener Mantelvertauscher vom 13. Dezember 2005 auch ein Freund der bayerischen Literatur ist, dieses Buch und diese meine Geschichte liest und dabei bemerkt, dass der Mantel, der unbesehen seit 2005 vielleicht in seinem Auto liegt, gar nicht ihm gehört, und darauf reagiert! Meine Bitte also: Lieber Mantelfreund, trenne dich wieder von meinem besten Stück, leg meinen Mantel still und heimlich dem Wigg auf sein Grab! Die Familie des Wigg wird mich verständigen! Und wenn du dann für den Wigg noch ein Vaterunser betest, dann sei dir alles verziehen! Und ich helfe dir auch, dass du deinen Lodenmantel wiederkriegst! Bis zum heutigen Tag hat sich aber leider in dieser Sache noch nichts getan.

Ponzauner-Hof, Niedernkirchen

PS 1: Am Faschingssonntag 2006 hab ich im Kloster Aldersbach eine Mozart-Lesung mit Musik veranstaltet. Dabei ist mir ein zweiter Mantel auf ähnliche Weise wie der erste „abhanden" gekommen! Auch da hoffe ich inständig auf eine Rückgabe (Klosterbrauerei Aldersbach 08543/9604-46)! Leider bisher auch ohne Erfolg! Für die Zukunft hab ich selbst nun schon vorgesorgt: Ich benenne bei jeder Lesung vorher einen Mantelwächter bzw. eine Mantelaufseherin und schließe mit den betreffenden Personen auf die Schnelle einen sog. „Manteltarifvertrag" ab. Bisher lief alles ohne Probleme ab; nur ein Sitzkissen wurde mir da einmal bei einer Lesung entwendet. Das war aber natürlich auch nicht manteltarifvertraglich abgesichert.
PS 2: Alle Bücher vom Ponzauner Wigg habe ich inzischen in der Edition Töpfl (Tiefenbach) neu herausgegeben (info@druckerei-toepfl.de).

Hans Göttler,
Wirtsbuam-Turmschreibereien
Turmschreiber Verlag

Der verfressne Postbot

Ponzauner Wigg

Das sind halt noch Zeiten gewesen, als die Landpostboten per Fuß oder Fahrrad ihre strapazierlichen Postgänge machen mussten. Meistens waren sie noch aufgepackt wie Tragesel, und wenn so eine Runde oft 20, 30 Kilometer lang war, dann hat der Magen ganz schön geknurrt. Kein Wunder, dass die meist freundlich gereichten Stärkungen dankend angenommen wurden. Vor allem die Jungpostler haben bei ihren Botengängen oft einen Mordskohldampf bekommen. So war's auch selbiges Mal beim Bachhuber Anton, welcher eigentlich besser unter dem Spitznamen „Donsch" bekannt war.

Neunzehn Jahre ist er jung gewesen und ein temperamentvoller und allseits gern gesehener Postler. Aber an jenem Tag war er schon ziemlich am Ende seiner beschwerlichen Runde, und niemand dachte an seinen Hunger. Kein Wunder, dass er auf dem Luhberger Hof, wo eine äußerst freigiebige Bäuerin regierte, die Sache diplomatisch anpackte. Als er die Post zur Küchentür reinsteckte, sagte er recht danschig: „Grüaß dö Good, Nanö! Herrschaftseitn, schmeckt's bei dir herin heit guad." „Ja mei", hats gsagt, „Küachön bacha hab i grad, magst eba oan?" „Ja freilö", sagt der Donsch drauf, „heit hab i eh scho an sauban Hunga beinand." „No", hat die Nanni gsagt, „nachat sitz dö a bissal nieda und probier meinö Küachön." Sie schob ihm die gegupfte Schüssel voll Krapfen vor die Nase und meinte: „Mach ma koanö langa Pflanz. Kost glei von da Schüssl außanehma. I muaß schnell ins Hoiz abögeh, weil da unsre Leit drunten san bei da Arbat und anscheinend d'Hausglockn net ghört ham, dass zum Essn waar." Also ist der Anton mit seinem Heißhunger und der Schüssel voll Gebackenem allein gewesen. Grad gschmeckt hat's ihm, und alle paar Beißer ist wieder ein Küachl weniger in der Schüssl gewesen. Weil er sich auf dem Luhberger Hof schon immer recht heimisch gfühlt hat, öffnete er auch noch das Glas eingeweckte Kirschen, welches auf der Anrieht gestanden ist. Nun stimmte die Mischung – wirklich. Immer wieder ein paar Löffel voll Kirschenbrüh zur Verdauungsförderung hinter den Krapfen her, und kein Mensch störte ihn dabei, denn die Nanni ist ziemlich lange ausgeblieben. Und so aß und aß er, bis auf einmal die Schüssel leer gewesen ist. Justament in dem Augenblick geht die Nanni zur Küchentür rein und fragt: „No, Anton, ham dir meine Küachön gschmeckt?" „O mei, Nanni", sagt der Donsch treuherzig, „guad is da gar koa Ausdruck nimma für deinö Küachön!" Drauf sagt d'Nannö: „Jetz san unsrö Leit aa da zum Essn, hoffentlich hab i vui gnua hergricht." Wie sie aber die leere Schüssel sah, sagte sie scherzhaft: „Na, der Postbot is a Schlankl, hat der mir pfeilgrad meine Küachön vosteckt." Jetzt ist dem Donsch erst bewusst geworden, wie viel er gegessen hatte, und er sagte treuherzig: „O mei, Nanni, dö hab i oisant zamgessn." „Geh Postbot", sagt die Nanni, „du mechst mi bloß foppn. Sag, wo hast as den hiegramt?" „Ja, oisant in mein Ranzn einö", meinte der Donsch drauf, „dö san so vui guad gwen, dass is gar nimma gspannt hab, wias mit öahna dahieganga is." „Dös gibts ja gar net", meint die Nanni, „is a solchanö Schüssl voi gwen." „Leider gibt's dös do", sagt der Donsch kleinlaut, und wie er aufstehen will, merkt er tatsächlich, dass dort, wo erst ein knurrender Magen war, jetzt ein übervoller Ranzen gewesen ist. „Macht nix", sagt die Nanni, „d'Hauptsach is, wenns dir gschmeckt ham." Sie hat dann für die Holzknecht schnell eine Portion Pfannenkuchen gemacht, so sind auch diese noch richtig abgefüttert worden. Der Donsch aber war so vollgefressen, dass er nicht mehr aufs Radl gekommen ist, sondern dieses die restliche Strecke bis Linden hat schieben müssen.

Die schlaue Theres

Ponzauner Wigg

Theres Stummer hat sie sich geschrieben, aber im Volksmund war sie überall bloß die „Stummer Ress". Ihr Personenstand war ledig, und ein Original war sie allzumal, die Ress. Ihr Dauerproblem war eine nach ihrer Meinung zu kleine Wohnung im Markt Gangkofen. So war sie hartnäckiger Dauergast beim damaligen Landrat, Ludwig Ostermeier. „Und kemma dua i solang zu dir", sagte die Ress, „bist ma a größanö Wohnung zuabringst." „O mei, Ress", zog sich der Herr Landrat immer aus der Schlinge, „i dua ja eh wos i ko. Aba i find hoid a nix passats." Im Landratsamt amüsierte man sich jedes Mal über ihren Aufzug und ihre originellen Redensarten. Immer war sie mit drei Handtaschen ausgerüstet, welche um den Hals hingen und über ihrem übergroßen Busen baumelten. So kam sie wieder einmal zum Landrat und stellte ein Ultimatum. „Eiso, jetz pass auf", sagte sie. „Boidst ma bis in oana Wocha koa größanö Wohnung net zurabringst, nochat fahr i in Landtag und beschwer mi üba di!" „Ress", sagte der Landrat, „dös duast!" Dass der Landrat auch „Ress" zu ihr sagte, das wurmte sie schon narrisch. Tatsächlich fuhr die Therese nach München und verschaffte sich Zutritt zum Landtag. Der Erste, welcher ihr in die Hände lief, war der wohlbekannte Minister Hundhammer. Wortgewaltig trug sie ihr Wohnungsproblem vor, und der Minister versprach, sich der Sache schnell anzunehmen, noch dazu, wo der Landrat Ostermeier, welcher die Ress, wie sie meinte, bloß zum Narren hielt, kein Schwarzer, sondern ein Bayernparteiler war. Aber weil die Ress nun schon im Landtagsgebäude war, wollte sie gleich Nägel mit Köpfen machen. So stöberte sie auch noch die Fraktion der Bayernpartei auf und beschwerte sich über ihren weißblauen Landrat. „Und dass ös glei wissts", sagte die Ress, „und dös müaßts öahm aa schreibn, an Ostermeier Ludwig, wenn er no oamoi Ress zu mir sagt, noachat sag i zu öahm a bloß no Luggi!"

Ponzauner Wigg,
Rottaler Bauernbrot
Neu herausgeg. von Hans Göttler
Edition Töpfl

Auf Dichter

Fritz Müller-Partenkirchen

Als ich in das Dorf zog, fragte mich der Moosrainer: „Was bist d'?"
„Ein Schriftsteller."
„So, so, a Schriftsteller?", tat er sachverständig. „Wo hast nacha dein' Apparat?"
„Apparat? Meinst du meine Bücher oder meinen Kopf?"
„A was, den Apparat, mit dem d' Buchstaben giaßt. Meinst d', i kenn mi net aus."
„Ich gieße keine Buchstaben, Moosrainer, ich schreibe Buchstaben."
„Bloß? Und des werd nacha druckt, gell, i kenn mi aus?"
„Ja, das wird gedruckt."
„Und nacha, was musst d' da dafür zahln, dass des druckt werd, was d' schreibst, han?"
„Nichts, Moosrainer."
„Was, umasinscht drucken s' des, was d' schreibst?"
„Nicht nur, Moosrainer, sondern ich kriege was bezahlt dafür."
„Jetzt lügst!"
„Ich lüge nicht, Moosrainer."
„No ja", meinte er gutmütig, „mir derfst es scho sagn – meinst d', i wisset net, dass des no a jeder, der wo herzogn is, im Anfang grad so g'macht hat."
„Was gemacht hat?"
„Dass er aufdraht hat. Mit der Zeit gibst d' s' Lüagn scho billiger – pfüat di Good."
Ich gab es nicht billiger. Aber der Moosrainer, der niemals Briefe kriegte, hatte den Postboten abgefangen und ihm in der Stube, in die ich von der meinigen hineinsehen konnte, ein Stamperl Schnaps vorgesetzt. Auch der Postbote kannte sich aus:
„Möchst was wissen, gell?"
„Scho."
„Tuat mir leid, Moosrainer, aber wir haben ein Postgeheimnis."
„I möcht ja nix von mir wissen, nur von dem da drübn", sein Daumen machte eine langsame Vierteldrehung, „dem neien Stadtfrack, woaßt."
„So, nacha is 's was anders. Was möchst denn wissen?"
„Gell, der kriagt an Haufen Briaf?"
„Ziemlich."
„Oft glei jeden Tag oan?"
Der Postbeamte sah in seine Tragtasche: „Heute sind es drei", sagte er amtlich.
„Ja, Naarr, o Naarr, drei Briaf! – Wo kemma denn die her, han?"
Der Postbote sah wieder nach: „Von die Zeitunga und so."
„Aha, wo er sei' Schriewischreiwi drucka lasst, und wos des kost't, des zahlt er bei enk auf 'm Postamt ein, gell?"
„Da zahlt er nix, da kriegt er was – schaug her." Er hielt eine Postanweisung in die Höhe: „Die zahl i eahm jetzt aus."
„Jetzt da schaug her – also hat er do net g'logn. Aber dergebn werd's halt net, die paar Pfennig, die er da dafür kriagt, gell?"
„Da brennst di aber, mei Liaber, des macht, wenn ma's im Monat zusammenzählt, bereits mehra, als was der Schullehrer kriagt."
Dem Moosrainer riss es das Maul auf: „Mehra als wia der Schullehrer! Und für was? Für des bisserl Buchstabnschreibn!"
„Ja mei, der Lehrer schreibt Buchstabn an d' Tafel, und dei Nachbar schreibt s' in d' Zeitung – des is g'hupft wia g'sprunga – und da dafür werdn s' zahlt, des is amal so."
„Is denn des aa no a Gerechtigkeit – und unsereiner derf si plagn wiar a Hund!"
„No, plagn werd si der da drübn aa, glaub i."

„Geh zua, des is nacha a Plag, an ganzen Vormittag stampert er über de Wiesen oder hockt im Wald umanand und halt't sein Kopf, als wenn der an Zentner wiegn tat, und am Nachmittag macht er a bissel a Schriewischreiwi – is denn des jetzt a no an Arbeit, han?"
„Ja, weißt, Moosrainer, des verstehn mir vielleicht net a so. Manchmal is sei Einnahm gar net so sicher, und Kopfweh hat er aa öfter."
„Kopfweh, von was?"
„Vom Denka, denk i – hast du nie a Kopfweh?"
„Na, i bin net für des neimodische Zeigs – aber mehra wia der Lehrer, mehra wia der Lehrer? Des braucht Überlegn."
„Wegn was?"
„Wegn mein' Schorschl. Woaßt, der ist von der Arbeit aa koa Freind, und da hab i mir halt denkt …"
Was sich mein Nachbar gedacht hatte, erfuhr ich andern Tags, als er, ohne zu klopfen, in mein Zimmer stolperte: „I waar der Schorschl vom Moosrainer, und i mecht aa a Schriftsteller werdn."
Ich schaute mir die langhaxeten zwölf Schorschljahre an – nein, die würden meine Antwort nicht verstehen.
„Sag deinem Vater, er soll selber kommen."
Er kam. Ich sprach rücksichtsvoll mit ihm: Vor allem sei es noch zu früh.
„Zum Lerna is 's nia z' früh, und du brauchst bloß z'sagn, wia dass er auf Schriftsteller studieren muss, oder moanst eppa, es war no besser, er studiert auf – wia ham S' jetzt glei g'sagt – ja, ja, auf Dichter woaßt?"
„Lieber Moosrainer, auf Dichter kann man nicht studieren."
Er sah mich misstrauisch an: „Und du nacha?"
„Ich habe auch nicht auf Dichter studiert."
„Was warst nacha z'erst?"
„Kaufmann, dann Lehrer."
„Warum bist d' es dann net bliebn – ham s' di da net braucha könna, dass d' na' Dichter worden bist?"
Es war eine Prüfung auf Herz und Nieren. Beim Moosrainer hab ich nicht bestanden. Bald wurde es mir zugetragen, wie sich der Moosrainer über mich ausgelassen hatte: „Abraten tuat er mei'm Schorschl, sagn tuat er's net, wia ma auf Dichter lernt, und warum sagt er's net? Wegn der Konkarrenz – sehngn kann er's net, dass an anderer aa was verdeant, a Neidhammel is's – und jetzt lass i mein' Schorschl grad extra auf Dichter studiern in der Stadt, und des is mir gleich, was's kost't …"
Ich überlegte. Der Moosrainer arbeitete schwer. Übriges Geld hatte der nicht. Ich musste ihn auf eine andere Art bewahren.
Als ich in seine Stube trat, grinste er: „Aha, hat dir 's Gewissen g'schlagn – sagst mir jetzt, wia ma studiert auf Dichter, han?"
„Ich komme wegen etwas anderem, Moosrainer: Ich möcht auf Bauer lernen."
Die Augen quollen ihm heraus, es schüttelte ihn nur so – so gewaltig und nachhaltig habe ich noch nie einen Menschen lachen sehen. Nach einer Viertelstunde hatte er wieder Luft. Er wischte sich die Bauerntränen aus den Augen: „Also auf Bauer mechst studieren – o mei, damischer Deifi, damischer, wennst sonst koan Schmerzen hast –"
„Doch, ich habe noch einen: Wenn ich auf Bauer studiere, siehst du, Moosrainer, das hat ganz genau denselben Sinn, als wenn dein Schorschl auf Dichter studiert, nimm es mir nicht übel."
„Übel nehma? Freili nimm i dir's in übi – jetzt hab i scho an Brief in d' Stadt nei g'schriebn wegn dem Studieren – die Müah und Kosten hättst mir leicht dersparn könna, wennst d' glei deutsch gwesen waarst wia i zu dir."
„Wie deutsch?"
„Wennst net so saudumm freindli daherg'redt hätt'st, 's erschtmal."
„Wie denn sonst?"
„Wennst glei ‚damischer Deifi!' zu mir g'sagt hätt'st, damischer Deifi, damischer!"

Auto, 50 Mark, Telefon …

Alexander Bálly

Von Zeit zu Zeit entdecke ich beim Zeitungsstöbern Kleinanzeigen mit geradezu lächerlich sparsamen Texten: Suche Frau für alles, was Spaß macht. Oder: Abzugeben: Kinderbadewanne. Gesucht: gebr. Hochdruckreiniger. Wenn ich das lese, muss ich schmunzeln. Das, was ich heute bin, verdanke ich einer ähnlich dürftigen Annonce.

Es war etwa ein Jahr vor meiner Reifeprüfung. Ich war jung, leichtsinnig und autoverrückt, sehr zum Leidwesen meiner Mutter. Als Witwe mit drei Kindern und sehr geringem Einkommen hatte sie ihre liebe Not, über die Runden zu kommen. Auf meine automobile Verrücktheit konnte sie da keine Rücksicht nehmen. Wichtiger war ihr natürlich, für die Zukunft von uns Kindern zu sorgen. Zum Studieren konnte sie mich nicht schicken. Doch sie hatte es geschafft, mir trotz meiner nicht gerade berühmten Noten eine Lehrstelle bei einer überregionalen Bank zu verschaffen. Über innerbetriebliche Weiterbildung und Fachstudium sollte ich nach ihrem Plan mein Glück selbst in die Hand nehmen. Ich weiß nicht, ob sie damals ahnte, wie wenig mich diese Zukunft reizte. Ich wollte nur zweierlei: Endlich Auto fahren und Architekt werden.

Monatelange hatte ich für meine Fahrstunden Nachhilfe gegeben und Rasen gemäht, dann endlich hielt ich meinen Führerschein in Händen. Die nächsten Wochen zeigten aber, dass es ein nutzlosen Stück grauer Pappe war, wenn man nicht auf einen fahrbaren Untersatz zurückgreifen konnte. Ein Auto besaßen wir nicht und dass die wenigen meiner Freunde, die ein Auto besaßen, mich bereitwillig mit ihrem fahren ließen, war natürlich ein Trugschluss.

In dieser Situation sprang mich die Anzeige in der Tageszeitung an: Sie war nur einzeilig und bot kaum Information: Auto, 50 Mark sowie eine Telefonnummer in unserer Kleinstadt. Ich besaß noch etwa 80 Mark, einen fast vollständigen Satz Gabelschlüssel und viel Optimismus. Solange der Wagen nur halbwegs fahrtüchtig, war das die Chance auf Freiheit, auch wenn ich die Freiheit möglicherweise mehr unter dem Wagen genießen würde als darin.

Kurzentschlossen rief ich an. Eine sympathische Frauenstimme meldete sich am anderen Ende. Leider konnte sie mir nur wenig helfen. Der Wagen sei noch zu haben. Nein, sie wisse nicht, wann der TÜV fällig sei, und am Telefon wolle sie keine näheren Auskünfte geben. Am liebsten wäre ihr, ich käme nachmittags vorbei.

Es war ein herrlicher Sommertag, ich war jung und leichtsinnig. Statt mich im Chemiesaal im Unterricht zu langweilen, machte ich einen ausgiebigen Spaziergang. Zur vorgeschlagenen Zeit war ich an der angegebenen Adresse. Sie lag in einer noblen Wohngegend. Das Bild war geprägt von schmalen Straßen mit breiten Gehwegen. Wo bei uns rostige Maschendrahtzäune oder Staketen die Grundstücke einfassten, waren es hier Gartenmauern oder adrette Lattenzäune mit adrett manikürten Ziergehölzen dahinter. Tief in den Gärten versteckten sich niedrige Häuser, meist Bungalows. Hier wohnten keine armen Schlucker. Wie passte das mit der Anzeige zusammen? Wollten sie eine Schrottmühle nur nicht selbst entsorgen? Bei diesen Leuten waren 50 Mark eine lächerliche Kleinigkeit, doch für mich war es viel Geld. Ich musste elf Nachhilfestunden dafür geben oder in fünf großen Gärten Rasenmähen. Dabei war die eigentliche Arbeit nicht das Problem, als vielmehr bei meinen Noten genügend Schüler zu finden – oder genügend vernachlässigte Gärten. Ich konnte mir keinen Reim darauf machen.

Um mein gutes Geld wollte ich mich nicht betrügen lassen. Also dachte ich über die Bedingungen nach, zu denen ich bereit sein würde, den Wagen zu kaufen. Was konnte ich wohl bei diesem Preis erwarten? Es rang der gesunde Menschenverstand mit meinem Wunsch nach automobiler Unabhängigkeit. Ein Wagen, wie elend es auch sein mochte, erschien mir beinahe so wichtig wie die Luft zum Atmen. Endlich hatte ich mich zu drei Punkten durchgerungen, die der Wagen erfüllen musste.

1. Er sollte mindestens sechs Wochen TÜV haben.
2. Der Tank sollte dicht und wenigstens halb voll sein.
3. Er sollte anspringen und fahrbereit sein, wobei ich mit dem Begriff „fahrbereit“ eher großzügig umzugehen bereit war.

Schließlich war ich am Ziel und mit etwas Herzklopfen klingelte ich. Eine blonde Frau, etwas jünger als meine Mutter und wesentlich besser angezogen, öffnete mir und bat mich herein. Ich folgte ihr durch eine Diele, größer als unsere Wohnstube, in ein Zimmer mit offenem Kamin, riesigem Perserteppich und antiken Möbeln hinaus auf die Terrasse. In meiner nicht mehr ganz sauberen Jeans und dem einfachen T-Shirt kam ich mir angesichts dieser Pracht sehr armselig vor. Die Dame des Hauses aber war so liebenswürdig und zuvorkommend, wie man es sich nur wünschen konnte. In wenigen Augenblicken waren Kaffee und Kuchen auf dem Tisch. Doch was heißt da Kuchen? Eine halbe Torte aus einem Dutzend Lagen Biskuit und Buttercreme, nicht selbstgemacht, sondern, wie die dezenten Marzipanherzchen verrieten, beim besten Konditor unserer Stadt gekauft. Ich fürchtete insgeheim, wenn ich mehr als mein Stück äße, würde von den geforderten 50 Mark kein nennenswerter Rest mehr bleiben.

Das Kaufgespräch war sehr eigenartig. Meine Gastgeberin erklärte mit einer Geste der Hilflosigkeit, sie verstünde nur sehr wenig von Autos und könne deshalb nur wenig zum angebotenen Wagen sagen. Je mehr sie erklärte, umso mysteriöser wurde die Sache.

Sie verkaufe das Auto nur im Auftrag. Alle Papiere seien vorhanden, sie lägen im Auto. Bedauerlicherweise könne ich weder die Unterlagen noch das Fahrzeug vorher sehen. Sie wisse auch nicht, was für eine Marke es sei. Sie glaube, es sei ein italienisches Auto, aber genau wisse sie es nicht. Autos kämen ihr alle so ähnlich vor, sie habe aber die Seriennummer. Wie alt er sei, wisse sie auch nicht, aber er wäre blau. Die letzte Hauptuntersuchung läge etwas mehr als ein halbes Jahr zurück. Nein, der Wagen sei dabei nicht beanstandet worden, soviel sie wisse. Wie viele Kilometer er auf dem Tacho habe? Sie habe keine Ahnung. Auch wisse sie nicht, ob der Wagen versteckte oder offene Mängel habe. Und ja, es sei ein richtiges Auto für den Straßenverkehr, kein Modell oder Kinderspielzeug.

Ich zögerte: Sollte ich 50 Mark riskieren und am Ende mit einem schrottreifen Fiat 500 dastehen, den ich dann auch noch zum Schrottplatz bringen musste? Was sollte ich mit der Bemerkung anfangen, soweit sie wisse, sei er fahrbereit und zuletzt problemlos angesprungen? Das schloss möglicherweise einen kapitalen Motorschaden auf der letzen Fahrt mit ein. Doch meine Gastgeberin, auch wenn sie mir nur wenig Hilfreiches sagen konnte, war so ruhig, freundlich und so vollkommen gelassen, dass ich mir kaum einen Akt der Hinterlist bei ihr vorstellen konnte. Warum sollte gerade sie versuchen einen armen Schüler zu übervorteilen?

Sie drängte mich nicht. Nach langem Zögern zahlte ich also fünfzig Mark und unterschrieb bangen Herzens einen Kaufvertrag über ein Auto ohne genauere Angaben mit Ausnahme einer Seriennummer und verzichtete auf irgendwelche Garantien oder Zusicherungen. Dann wurde ich endlich zu einem überbreiten Garagentor geführt. Mit schweißnassen Händen durfte ich öffnen und begriff zunächst nicht. Es stand nur ein Wagen drin, doch der konnte unmöglich gemeint sein. Ansonsten war die Garage leer. Nicht einmal ein Motorroller stand darin. Fragend wandte ich mich an meine Gastgeberin.
Sie lächelte: Ja das sei der Wagen. Es war ein Auto, von dem ich nicht einmal als Modellbausatz zu träumen gewagt hatte. Schon damals war er ein Klassiker: ein Lamborghini Miura, einer der elegantesten Sportwagen seiner Zeit: kaum mehr als einen Meter hoch, chromblitzend und mit seinen eleganten Kurven verführerisch wie ein Pin-up-Girl. Aus Autozeitungen wusste ich, dass hier in einem Aluminiummotorblock in knapp vier Litern Hubraum etwa 350 Pferdestärken entfesselt werden konnten, und zwar so brachial, dass sie dieses Geschoss in weniger als sechs Sekunden über 100 Stundenkilometer schnell machten.
Wie in Trance setzte ich mich hinein und strich andächtig über das Lenkrad, das Armaturenbrett und die Schalter. Dann holte ich tief Luft und drehte den Zündschlüssel. Röhrend sprang der Zwölfzylindermotor an, mit einem Klang, den man mehr in der Brust spürte, als dass er sich über die Ohren mitteilte.
Das konnte nicht wahr sein? Wo war nur der Haken? Ich stellte den Motor ab und stellte die Frage laut. Lachend erklärte mir meine Geschäftspartnerin, es gäbe nur den einen Haken: Es sei der Wagen eines Ehebrechers. Ihr Mann, ein sehr erfolgreicher Zahnarzt, sei mit seiner Sprechstundenhilfe durchgebrannt, um irgendwo unter Palmen in Übersee ein neues Leben zu beginnen. Im Rahmen der Scheidungsverhandlungen seien ihr das Haus und die Kinder sowie ein Großteil des Vermögens zugesprochen worden. Der Anwalt ihres Mannes habe sie nun gebeten, ihres Mannes zweitliebstes Spielzeug, den Sportwagen, zu verkaufen und ihm das Geld zu überweisen. Mit dem Erlös wolle er in der Karibik eine Zahnklinik eröffnen. Ob-

wohl ihr Lächeln immer noch freundlich wirkte, wurden ihre Augen auf einmal stahlhart, als sie meinte, gleich morgen früh wolle sie ihm den gesamten Erlös des Verkaufs überweisen.

Ich konnte mein Glück nicht fassen. Für fünfzig Mark war mir einer der gesuchtesten Traumwagen in die Hände gefallen, ohne jeden Makel, bestens gepflegt und in Topzustand. Wenige Wochen später hatte ich ihn verkauft und konnte mehr als 120.000 Mark bei der Bank anlegen.

Das Geld hat mir Glück gebracht. Ich konnte studieren. Ich wurde Architekt. Ein recht guter sogar, wenn ich das von mir selbst behaupten darf. Auch meine Ehe war eine glückliche Fügung: Ich konnte in ein renommiertes Architekturbüro einheiraten, habe inzwischen eine fürsorgliche Ehefrau und zwei fabelhafte Kinder. Dass uns in unserer Ehe keine heiße, leidenschaftliche Liebe verband, sondern eher Kameradschaft und Respekt, war uns beiden von Anfang an klar. Ich fragte sie nie, ob sie einen Liebhaber hat, und sie sah stets über meine kleinen Affären hinweg, meist mit jungen Praktikantinnen. Diese kleinen Abenteuer waren ohnehin bedeutungslos. Es war wie ein Ausflug mit einem geliehenen Sportwagen. Man genießt es, aber kehrt doch für den Familienalltag wieder zum gemütlichen Kombi mit der großen Heckklappe zurück.

Apropos Sportwagen: Vor einem halben Jahr übrigens konnte ich mir einen lange gehegten Wunsch verwirklichen: Ich konnte einen schön restaurierten Lamborghini Miura finden und auch kaufen. Natürlich zu einem Vielfachen des Preises, den ich damals erlöst hatte. Er hat mich ein kleines Vermögen gekostet. Um nun wenigstens an der Versicherung zu sparen, ist er auf den Namen meiner Frau zugelassen. Ihn zu kaufen war zwar ein wenig unvernünftig. Ich glaube aber irgendwie, ich schulde es noch dem Wagen, den ich vor mehr als zwei Jahrzehnten verkauft habe, um mein Glück zu machen. Alles, was ich heute bin, verdanke ich meinem ersten Lamborghini. Warum also sollte ich mir nun nicht den Spaß erlauben und endlich genießen, worauf ich damals verzichten musste.

Das gilt auch in anderer Beziehung. Die Kinder sind inzwischen groß und meine Familie ist gut versorgt. Ich bin froh, dass meine Frau so vernünftig reagiert hat, als ich ihr von meinen Plänen erzählte, noch einmal neu zu beginnen. Meine technische Zeichnerin erwartet ein Kind von mir und ich will mich nicht vor meiner Verantwortung drücken. Außerdem leben wir zwischenzeitlich unser Leben kaum mehr gemeinsam, sondern eher parallel. Das meine ich nicht bösartig oder abwertend, doch es ist nun einmal so: Meine Frau lebt ihr Leben mit Reitpferden, Hunden und ihren Freundinnen und ich lebe meines. Sie ist materiell voll abgesichert. Ich glaube nicht, dass sie mich noch braucht.

Ich aber habe nun die einmalige Chance, in einer neuen Partnerschaft aufzugehen und gebraucht zu werden. Natürlich will ich meiner Frau nichts wegnehmen. Das Haus und die Wohnung im Tessin, das Boot, alles andere soll sie ruhig behalten. Nur den Wagen möchte ich haben. Notfalls wird er, wie schon sein Vorgänger, mein Leben finanzieren. Sie war natürlich nicht begeistert, doch unsere Ehe beruht auf Freundschaft und Respekt. Inzwischen hat sie es gut angenommen. Als wir gestern beim Notar die Aufteilung des Vermögens fixierten, wünschte sie mir sogar viel Glück.

Glück habe ich, da bin ich sicher. Ich habe doch immer Glück gehabt, seit ich damals diese Kleinanzeige gefunden habe.

Sie sah fast genau so aus wie diese hier: Auto, 50 Euro, nur hier ist eine Chiffre angegeben …

Anekdoten um Ludwig Thoma

Gesammelt und erzählt von Gerd Thumser

Die Gestalt Ludwig Thomas war schon zu seinen Lebzeiten von Anekdoten und Legenden umrankt. Der kraftvoll-stämmige Mann mit den scharfen Augen hinter Brillengläsern, der zeitlebens Knallfrösche platzen ließ, die Spießer schockierte und schonungslos bloßstellte, ragte weit aus seiner Umgebung heraus, wurde bekämpft, bewundert und verehrt.

Genau genommen war schon der Lausbub Thoma eine legendäre Gestalt. Von der Tugend des brav und bieder gehorchenden Musterknaben hielt er nichts. Seine Zeugnisse, die er in Bayern und der Pfalz einsammeln konnte, sprechen ausnahmslos von seiner Begabung und seiner Intelligenz. Sie verheimlichen auch nicht jene Eigenschaft, die ihm später so viele Beschwerden, aber auch so viel Ruhm einbringen sollte: die Rauflust, den Eigensinn und den Unfug, den das Hirn des kleinen Mannes so reichlich ersann.

Als eifriger Studiosus der Forstwissenschaften und der Rechte legte er den Grundstock für sein späteres Wissen, aber auch die Schach- und Winkelzüge, mit denen man den Fährnissen des Lebens zu begegnen hatte. Besonnenheit stellte sich ein, die Rauheiten der Jugend milderten sich. Diese unruhige Zeit sollte dann in den „Lausbubengeschichten" ihren eindrucksvollen Niederschlag finden. Sie machten ihren Autor zum Klassiker der Jugend-Literatur, wobei der Begriff Jugend auf alle Altersschichten zwischen siebzehn und siebzig angewendet werden will.

Ludwig Thoma war in eine Zeit des Aufbruchs hineingeboren worden, die Umwälzungen mit sich brachte, die heute noch nachwirken. Sein Temperament stieß auf einen Zeitgeist, der sich von verstaubten Konventionen abwandte, der versuchte, Neues und Besseres hervorzubringen. Der Kristallisationspunkt, an dem sich diese geistige Explosion vollzog, war das München der Jahrhundertwende. In der freien und liberalen Luft trafen sich Feuerköpfe wie der junge Verleger Albert Langen, der Schriftsteller Frank Wedekind, die Zeichner Thomas Theodor Heine, Bruno Paul, Olaf Gulbransson und Ferdinand von Reznicek. Thoma, der sich eben als junger Rechtsanwalt in Dachau niedergelassen hatte, stieß bald zu diesem Kreis und stieg zu seinem Oberhaupt auf. Er trat in die Redaktion des „Simplicissimus" ein; dort konnte man ihn in der Redaktion in der Schackstraße Tag für Tag hinter seinem Schreibtisch beobachten. Viel war nicht von

ihm zu sehen, denn sein Quadratschädel war von dichtem Pfeifenrauch umgeben. Brummig und granteInd, ein typischer Altbayer, trat er seinem quicken Verleger Langen gegenüber. Dessen clevere, übermäßig geschickte Art missfiel dem stämmigen Thoma zunächst, der seine Pfeile aus einem ganz anderen Winkel abschoss. Erst im Lauf der Jahre besserte sich das Verhältnis zwischen den beiden gegensätzlichen Kampfhähnen, die sich in den Zielen gleichwohl immer einig waren.

Albert Langen starb viel zu früh, und nach seinem Tod erkannte Thoma dessen Großzügigkeit und menschliche Wärme erst voll an. Der Kreis der Zeichner, Dichter und Freunde des „Simpl" zerfiel.

Dort begann nun die romantische Zeit im Leben dieses Dichters. Draußen in Weickertshofen bei Dachau besaß Thoma viele Jahre mit Langen eine Jagd, dorthin fuhr er sein Leben lang mindestens einmal die Woche. Am Tegernsee tauchte er nun völlig in diese Welt ein.

Der „Damma", wie ihn seine Bauern und Jäger nannten, wurde hier zu seiner eigenen Legende. Die Zahl der Jagdgeschichten über ihn lässt sich gar nicht mehr feststellen. Hier, zu Füßen des Riederstein, erlaubte sich dieser „Damma" auch einen der größten Späße seines bewegten Dichterlebens: Er vergab hierher eine Uraufführung. Es war in der „Überfahrt", wo der Dengg Michel Ludwig Thomas „Erster Klasse", seinen urigen Bauernschwank, aus der Taufe hob. Aus ganz Deutschland kamen Kritiker und Theaterleute angereist und Viktor Barnowsky, der Intendant des „Kleinen Theater Unter den Linden" in Berlin, war auf den Dichter richtig wütend. Nicht nur, weil er erst vor wenigen Jahren die „Moral" uraufgeführt hatte, sondern, weil man ihm die weite Reise aus dem fernen Berlin hierher zu den „Gscherten" zumutete.

Bei der Premiere schmolz der Groll des Theatermannes, denn der Abend wurde eine bayerische „Pfunds-Gaudi". Die Zuschauer bogen sich förmlich vor Lachen, und als sich Thoma am Schluss auf der Bühne zeigte, brach der Saal im Beifallssturm fast zusammen.

Der Kreis in München war zerfallen, aber auch die kleine, heile Welt am Tegernsee sollte nur wenige Jahre bestehen. Der Krieg brach aus und mit ihm versank die Epoche, deren Kind Thoma war – trotz aller Kritik und trotz allem Aufbegehren gegen die herrschende Ordnung.

Die Sommergäste blieben aus, es wurde still im Tegernseer Tal. Thoma meldete sich freiwillig, wie so mancher seiner Altersgenossen; nach einigem Hin und Her kam er zu einer Sanitätskolonne im Westen. Man verlegte die Abteilung bald nach Osten. Eine schwere Ruhr war für Thoma die Folge. Bald war er glücklich, wieder daheim zu sein. Die Wälder waren noch da, das Haus stand noch oben auf der Höhe: es war eine Rückkehr aus einer zerrissenen Welt.

Wieder und noch einmal lebte die Jagd auf, wieder ging es hinaus auf die Felder.

Aber die Krankheit erwies sich hartnäckiger als angenommen. Die Pfeife schmeckte mit einem Mal nicht mehr, der über alles geliebte Kaffee war schal. Es blieb nichts anderes übrig, als sich einer Operation zu unterziehen. Ihr Ergebnis ging weit über das hinaus, was die Ärzte befürchtet hatten. Es war unheilbarer Krebs. Wenige Tage danach starb er in seinem Haus am Tegernsee.

Bauern und Jäger geleiteten ihn mit Ehrengästen aus München und dem ganzen Land auf seinem letzten Weg. Maidi von Liebermann, die Gefährtin seiner letzten Jahre, die ihm Glück und Hoffnung gegeben hatte, trat das Erbe an und hat das Dichterhaus bis heute erhalten.

Die Welt der Bauern und Jäger, in der Thoma sich so wohl gefühlt hatte, ist mit ihm versunken. Der Weltkrieg hatte Umwälzungen gebracht, die bis in die letzten Bereiche des Lebens hineinreichten. Eine neue Zeit brach an, die die Dinge anders sah. Doch merkwürdig, das literarische Werk Thomas hatte Bestand. Aber man sah ihn bald nur noch als den Mann des Landvolkes, als den Weidmann und Heimatdichter. Vor allem den Kulturwarten des Dritten Reiches kam diese Seite in Thomas Schaffen sehr gelegen. Sie stempelten ihn zum Blut- und Bodendichter und fälschten seine „Filserbriefe" gar zu einem Todesurteil des Parlamentarismus um. Dass Thoma mit diesen Briefen und mit vielen seiner bissigen Gedichte nur bestimmte Erscheinungen aufs Korn genommen hatte – wen bekümmerte das jetzt noch?

Sieht man genauer hin, haben sich die Ziele seiner Kritik, Verlogenheit, Phrasedrescherei, Pomp und verfehlte Politik in den letzten Jahrzehnten kaum geändert. Gerade der Satiriker Thoma ist das, was man aktuell nennen muss.

Thoma zählte wahrlich zu den „großen Unbequemen, denen man sich am besten durch Verharmlosung erwehrt", wie Walter Abendroth bemerkt hat, und so wird es nicht überraschen, dass an die Stelle des aggressiven Zeitkritikers in der Vorstellung der Nachwelt bald der Heimatdichter in der Krachledernen trat. Es entstand ein Klischee, das Thoma als ein humoriges Urviech stilisierte. Literaturhistoriker nahmen diese Vorstellung auf und katalogisierten ihn als „harmlosen Bauernmaler". Vor diesen einseitigen Vorstellungen sei an dieser Stelle ausdrücklich gewarnt.

Unsere Epoche hat sich um ein neues Thoma-Bild mit aller Macht bemüht. Mit seiner herzhaften Menschlichkeit ragt er kraftvoll in unsere pluralistische Zeit herein. Er gehört zu jenen seltenen Dichtern, die uns über die Schwierigkeiten des Daseins hinauszuheben vermögen, die uns heiter und traurig sein lassen, die uns wärmen. Denn auch das vermag Thoma. Hinter der Fassade des Raubeins steckte eine weiche, empfindsame Seele. Wer seine „Heilige Nacht" kennt, wird es verstehen.

Empfindsam bis zur Selbstaufgabe, raubeinig, „g'schert" und grob polternd, das alles war Ludwig Thoma. Er war aber auch treu und beständig, was die große Zahl seiner Männerfreundschaften zeigt, die der glückliche Mann im Lauf seines kurzen Lebens schloss. Die, die ihn umgaben, waren kraftvolle Typen wie er selbst. Es waren keine Dutzendmenschen, sondern Kerle, widersprüchlich, gescheit, herzlich und beständig. Da steht der warmherzige Freund Ganghofer, da sind die Verleger Hirth und Langen, da ist der pfiffige Bajuware Georg Queri, da sind die Theaterleute Michl Dengg, Konrad Dreher, Weiß Ferdl und Kiem Pauli, da die bizarren und heute längst klassischen Zeichner Wilke, Gulbransson und Thöny, da Slezak und da der feine Ignaz Taschner.

Sie alle betreten in dem vorliegenden Buch eine idyllische Szenerie und agieren mit dem Dichter in seinem Lebensspiel. In den Anekdoten spiegelt sich so sein Leben, Handeln und Denken in einzigartiger, heiterer Weise wider. Sie zeigen Thoma und seine Welt erst ganz und werden so zum plastischen Abbild seines trotz allem glücklichen und reichen Lebens.

Albert Langen

Ludwig Thoma

Im Herbste 1897 war mein erstes Buch „Agricola“ erschienen, und durch Bruno Paul, der es illustriert hatte, war ich mit den Künstlern des „Simplicissimus“ bekannt geworden. Wir saßen damals fast allabendlich im Café Heck mit den Mitarbeitern der „Jugend“ zusammen und glaubten an unsere alles Veraltete verdrängende Bedeutung. Ich hörte öfter von Albert Langen erzählen als von einem smarten, über reiche Mittel verfügenden Verleger. Ihn selber lernte ich erst ein halbes Jahr später kennen, als ich ihn auf seine Einladung hin in der Redaktion des „Simplicissimus“, zu jener Zeit in der Schackstraße, besuchte.

Wir gefielen einander bei diesem ersten Zusammentreffen nicht.

Er war etliche Jahre jünger, aber viel gewandter wie ich, sehr schick angezogen, ein bisschen absichtlich pariserisch aussehend mit seinem kurz gehaltenen, wohlgepflegten Vollbart.

Er sprach rasch, fragte viel und gab sich gleich selber die Antworten; dabei musterte er mein Äußeres, das bei weitem nicht so pariserisch war und in dem sicherlich allerhand gegen sakrosankte Regeln verstieß.

Ich fürchte, dass er mich sehr bajuwarisch-bürgerlich einschätzte und mir höchstens eine gewisse einseitige, für Weltliteratur nicht in Betracht kommende Begabung zutraute. Wenn er mir überhaupt etwas zutraute.

Ich nahm ihn für einen verwöhnten reichen jungen Mann, der Allüren hatte, mit denen ich innerlich auf einem grimmigen Kriegsfuße stand.

Kurz, wir befremdeten einander, und das sickerte auch in dem kurzen Gespräche durch. „Hören Sie mal, Herr Thoma ... Sagen Sie mal, Herr Thoma ...“

Das klang so von oben herab und verletzte mich.

Ich konnte mich über jeden Bauern freuen, der mich duzte, aber hier erschien mir das Weglassen des Doktortitels als Absicht, die es keinesfalls war. Es entsprach einer rheinländischen Gewohnheit, die ich nicht kannte.

Obendrein erregte Langens Vorschlag, ich solle ihm für den „Simplicissimus“ die Reproduktion der Paulschen Illustrationen ohne Entgelt gestatten, auch nicht mein Wohlgefallen. Er kam mir allzu smart vor. Ich sagte ihm, dass das Sache des Verlegers sei, und dass man es diesem kaum zumuten könne. Wir nahmen höflich auf ziemlich lange Zeit Abschied voneinander.

Im „Simplicissimus“ erschienen wohl ab und zu Beiträge von mir, über die ich aber nur mit Korfiz Holm als Chefredakteur verhandelte. Und obwohl ich täglich mit Wilke, Paul, Thöny, Reznicek zusammenkam, sah ich Langen, der nicht ausging, fast ein ganzes Jahr nicht mehr. Kurz vor seiner Flucht in die Schweiz, die er nach dem Erscheinen des Wedekindschen Gedichtes über die kaiserliche

Palästinafahrt ergriff, traf ich ihn mehrmals und ärgerte mich stets über seine sprunghafte Art, zu denken und zu sprechen. Meine Warnung vor dem Erscheinen der Palästinanummer beachtete er nicht, und er gab mir als kleinem Rechtsanwalt zu verstehen, dass er sich darüber denn doch von einer Autorität – dem alten Rosenthal – Rat erholt hätte.

Die Sache kam, wie sie unschwer vorauszusehen war. Der „Simplicissimus“ wurde damals in Leipzig gedruckt. Die sächsische Staatsanwaltschaft griff mit gewohnter Schärfe ein und zitierte Langen nach Leipzig. Er reiste sehr rasch nach Zürich ab in die Verbannung, die fünf Jahre währte und ihm viele Sorgen bereitete.

Ein Jahr später trat ich in die Redaktion des „Simplicissimus“ ein. Noch im Sommer 1899 hatte mir Langen aus Paris geschrieben, dass ich ihm zu ausgesprochen süddeutsch und auch politisch nicht einwandfrei erschiene. Er halte mich für einen Anti-Dreyfusard. Diese Abwertung eines Deutschen von einem Deutschen war echt und recht bezeichnend für die törichte und kindische Art, Politik zu treiben, an der man in Deutschland krankt.

Bei uns hat jener ekelhafte Prozess, über den in jeder Zeitung, auf jeder Bierbank und in jedem demokratischen Debattierklub das gleiche dumme Zeug geschwätzt wurde, die Gemüter nur darum erregen können, weil dem Allerweltsmichel Takt und politischer Verstand fehlten.

Es war das gleiche plappernde, sein eigenes Interesse nie verstehende Pack, das sich jahrzehntelang für die Polen begeistert hatte, und das sich nunmehr über die internste französische Schweinerei unglücklich gebärdete.

Ich hatte Langen gegenüber kein Hehl daraus gemacht, wie dumm und verächtlich mir die deutschen Spießbürger vorkämen, die monatelang die Namen Henry, Picquart, Esterhazy, Labori und Worte wie bordereau nicht mehr aus den ungewaschenen Mäulern brächten, und ich hatte ihm eröffnet, dass mir jeder Zwetschgenbaum in Deutschland unendlich interessanter sei wie ein Pariser Prozess.

Die Tatsache, dass der Franzose von Zeit zu Zeit die Bestie spielen müsse, könne man auf jedem Blatte seiner Geschichte finden.

Aber Langen lebte in Paris, lebte im Umgange mit Björnson, der die oberste Revisionsinstanz in Sachen Dreyfus war, und so wirkte die Erinnerung an meine Ketzerei bei ihm nach.

Im März 1900 brachten es die Verhältnisse mit sich, dass ich mit Geheeb die Leitung der Redaktion übernahm.

Vorher fand große Beratung im „Anker“ zu Rorschach statt, wohin Langen von Paris aus gereist war. Sie begann gemessen, ernst und feierlich, nahm aber bald, wie sichs für junge Leute schickte, einen fröhlichen Verlauf.

Dabei gefiel mir Langen gleich besser, als ich ihn sorglos und heiter sah, und gar, als ich erfuhr, dass er ziemlich leichtsinnig seine Sache auf nichts gestellt hatte.

Die Erzählungen von seinem großen Reichtum waren Märchen, über die er herzhaft lachen konnte.

Woher war das eigentlich gekommen, dass ganz München in ihm einen Krösus sah?

Zuletzt doch nur von seiner eleganten Kleidung. Er selber meinte, dass seine „chaussure“ viel dazu beigetragen habe. Man sieht den Menschen viel mehr auf die Stiefel, als sich's harmlose Gemüter träumen lassen. Und Langen trieb einen wahren Kultus mit elegantem Schuhwerk.

Kam nun der Kredit davon, oder von was anderm, jedenfalls war er sehr nützlich und half dem jungen Verleger nicht viel weniger als ein großes Vermögen. Mich aber berührte es sympathisch, als ich sah, dass Langen tapfer und sorglos ein Unternehmen, das doch für viele etwas bedeutete, angefangen hatte.

Es kamen gefährliche Momente, bei denen unser gemeinsames Schiff sehr hart an Klippen vorbeigesteuert wurde. Aber es ging.

Bei unsern Schweizer Kongressen, die bis 1903 regelmäßig im Frühjahr und im Herbste zu Zürich im Hotel „Baur au Lac" stattfanden, drängten sich zuerst mancherlei Bedenken auf, die aber rasch einem festen Vertrauen und einer unbekümmerten Heiterkeit wichen.

Am Ende war es in diesem Kreise von jungen Künstlern, die Vertrauen auf sich haben durften, nicht anders möglich.

1902, nach der ersten Preiserhöhung, gewannen wir schon hohe See und waren über die schlimmsten Untiefen weg.

Hotel Baur au Lac in Zürich

Langen feierte den Anbruch einer besseren Zeit durch einen Ausflug an den Vierwaldstätter See. Als wir in Altdorf auf dem Bahnhofe standen, um nach Zürich zurückzukehren, wurde gerade der Gotthard-Express gemeldet. Ein fragender Blick? Das wäre doch fein, durch den Gotthard an den Lago Maggiore fahren! In der nächsten Minute stand Langen am Schalter und löste die Billette nach Locarno. Ohne Gepäck, ohne Wäsche, so, wie wir waren, hinein in den Speisewagen des eleganten Schnellzugs, der eben angelangt war.

Das war reizvoll, so unbekümmert ins Land der Sehnsucht hineinzufahren! Eine laue Frühlingsnacht in Locarno, ein fröhliches Suchen nach Quartieren, Freude an allem, was man sah, und Freude an uns selber. Am nächsten Morgen fuhren wir über den blauen See; die Sonne brannte herunter, bunte Farben überall, weiße Häuser zwischen immergrünen Büschen. Auf Isola bella blühten die Blumen.

Wie war das schön!

In irgendeinem Neste, ich glaube, es hieß Laveno, mussten wir Texte zu einigen Zeichnungen finden, die sofort nach München geschickt wurden.

Es war eine heitere Redaktionssitzung beim Chianti.

Vor der Osteria tanzten Mädchen zu den Klängen eines Orgelklaviers.

Am Abend, als die Sonne auf den Gletschern des Mont Cenis verglühte, stiegen wir in den Zug, der uns am nächsten Morgen nach Zürich zurückbrachte.

Auf dieser Fahrt, der schönsten in meiner Erinnerung, lernte ich Langen als heiteren, guten Kameraden kennen. Ich reiste mit ihm nach Paris und war zwei Monate sein Gast.

Im täglichen Verkehr lernte ich ihn erst recht schätzen.

Er war ein kluger Mensch, den allerlei Erlebnisse etwas misstrauisch oder nervös gemacht hatten.

Dazu bedrückte es ihn schwer, dass er jetzt im Aufblühen und Wachsen seines Unternehmens zuletzt doch untätig oder hilflos in der Fremde weilen musste. Wie viele Pläne hatte er geschmiedet, wie viele hatte er als zwecklos wieder aufgeben müssen! Ingrimmig erfuhr er, dass der Leipziger Staatsanwalt alle sechs Monate die Verjährung der Strafverfolgung durch irgendeine Maßnahme verhinderte, und einmal kam er auf eine groteske, echt Langen'sche Idee.

Er wollte sich nach Norwegen auf das Gut seines Schwiegervaters Björnson zurückziehen und von dort aus die Meldung von seinem Tode verbreiten lassen. Er ließ sich verunglücken, in einem Fjord ersaufen, von einem Berge abstürzen, die Zeitungen sollten es ausführlich melden, und außerdem hätten Todesanzeigen in Kölner und Münchner Blättern erscheinen sollen.

Gegen den verstorbenen Albert Langen würde dann der eifrige Sachse in drei Teufels Namen die Verfolgung aufgeben. Er lebte sich in die Idee ein, gab den abenteuerlichen Plan aber zu guter Letzt doch auf und verzehrte sich weiter in Sehnsucht nach der Heimat und nach der schönen anregenden Tätigkeit.

So, wie er war, jeden Tag mit neuen Vorhaben beschäftigt, litt er immer schwerer unter dem unfreiwilligen Aufenthalte in Paris.

Endlich schlug die erlösende Stunde.

Ein einflussreicher Herr aus Sachsen, der mit der Familie Björnson befreundet war, vermittelte die Einstellung des Verfahrens. Langen musste dreißigtausend Mark erlegen und durfte nach Deutschland zurückkehren. Das war im Frühjahre 1903.

Er lebte auf und erschien mir nach kurzer Zeit gänzlich verändert.

Keine Spur mehr von Aufgeregtheit; sein lebhaftes Wesen, das er beibehalten hatte, wirkte erfrischend, und er, der nie Sinn für behagliches Stillsitzen gehabt hatte, war ein ruhiger, jede gute Stunde mit Geschmack genießender Mann geworden.

Etwas Sprunghaftes behielt er in seinen Ideen und Vorschlägen bei, aber niemand konnte darüber herzlicher lachen als er selbst, wenn man ihn mit Humor widerlegte. Auch das Konferenzenabhalten hatte er sich nicht abgewöhnt. Es war ihm nie wohler, als wenn er am Vormittag rasch in sein Büro eintretend alle Mann an Bord rief, Projekte machte, dies, das und jenes zur beschleunigten Ausführung anordnete oder mit übereinandergeschlagenen Beinen im Klubsessel sitzend die Meinungen der andern anhörte.

Es musste immer was los sein. Was schon begonnen und in der Ausführung begriffen war, lag sofort hinter ihm, und er musste wieder Neuem zusteuern. Stets war er auf der Jagd nach aufstrebenden Talenten, wollte anregen, fördern, gründen.

Auch als das Geschäft sehr einträglich geworden war, hat er sich nie eine Sparbüchse angelegt. Sein Geld rollte. Wenn man etwas vorhatte und ihm einen Plan unterbreitete, griff er lebhaft zu, spann die Idee aus, und nie hörte ich ihn kleinliche oder ängstliche Bedenken entgegenhalten.

Auch äußerlich hatte er sich verändert.

Der schöne Pariser Bart war weg, und das glatt rasierte Gesicht zeigte Energie, Klugheit und einen stark ausgesprochenen Zug von Humor.

Das Beste an ihm war, dass er keine Hinterhältigkeit kannte, dass er nichts nachtrug, immer gerecht, ja großzügig blieb und vieles, was er hätte übelnehmen können, mit wirklicher Heiterkeit hinnahm.

Als er „Hidallah“ gelesen hatte, ein Stück, in dem es allerlei Hiebe gegen ihn absetzte, konnte er gerade darüber herzlich lachen, und er blieb gegen meinen Widerspruch bei seiner nach meinem Dafürhalten übertriebenen Wertschätzung Wedekinds.

Daran änderte auch „Oaha“ nichts. Im Gegenteil, ich erinnere mich wohl an sein schallendes Gelächter, als er las, wie er und Björnson darin geschildert waren.

Ich bat ihm im Stillen manche ungünstige Meinung ab, zuweilen auch offen im behaglichen Zwiegespräch.

Dann schilderte er mir, wie unsicher seine Anfänge in München gewesen seien, wie er mehr als einmal nicht gewusst habe, ob er die nächste Nummer des „Simplicissimus“ noch erscheinen lassen könne.

Dass wir davon nichts gemerkt hatten, ist ein schönes Zeugnis für ihn.

Auch die letzte und schwerste Probe hat er gut bestanden. Er sah dem Tode, der viel zu früh an ihn herantrat, mannhaft entgegen.

Er war erst neununddreißig Jahre alt, als er starb, und hatte noch viel zu geben, viel zu gründen und zu unternehmen.

Der Herzerlzehner oder A Dog im Lebn vo am Zehneuroschein

(a bairisches Märchen)

Gerhard Walter

Der Manfred hod se an am Samsdog in der Bank vom Geldautomatn hundert Euro ghoid. Der Automat hod eam an Fuchzger, zwoa Zwanzger und oan Zehner ausgebn. Wia der Manfred des Geld in sein Geldbeitl neisteckt, do sigt er auf dem Zehneuroschein auf der Seitn zwoa Herzerl, jeds mit am Pfeil durch d'Mittn, de irgendwer, der den Schein vorher in der Hand ghabt hod, do neizeichnet hod.
„Nett", hod se der Manfred denkt.
Er is dann in Bäckerei ganga und hod Brezn und Semmeln für 's Frühstück kafft. Do hod er dann mit dem Herzerlzehner zoid.
Noch eam is a Frau in de Bäckerei kema, de aa koa Kloageld ghabt hod und mit 'am Zwanzger zoid hod. De Verkäuferin hod ihra mi'm Wechslgeld den Herzerlzehner wieder rausgebn.
De Frau is dann in Wochamarkt ganga und hod a Gmias kafft. Am Gmiasstandl hod s' mit dem Herzerlzehner zoid.
Do is iatz der Herzerlzehner a Zeitlang in da Kasse liegn bliebn. Andere Zehner, mit dene zoid wordn is, san auf eam draufglegt wordn. Doch mit der Zeit san de ganzn Zehner wieder ois Wechslgeld rausgebn wordn und der Herzerlzehner is wieder obnauf glegn.
Boid drauf hod a Mo am Gmiasstand eikafft, mit am Zwanzger zoid, und de Standlfrau hod eam den Herzerlzehner ois Wechslgeld rausgebn. Der Mo is anschließnd in an Tabaklodn mit Lotto-Annahmestell ganga, hod sein Lottozettl aufgebn und mit dem Herzerlzehner zoid.
Noch dem Mo is a Frau in Tabaklodn kema, de Zigarettn und Zeitschriftn kafft hod, und de hod den Herzerlzehner wieder rausgebn kriagt. De Frau is dann hoam ganga, und der Herzerlzehner war dann lange Zeit in sein'm Geldbeitl gsteckt.
Spät nochmittogs hod zo dera Frau sei Mo gsagt, „du Frau, i geh iatz ins Vereinsheim, Bundesliga oschaung. Host du a Kloageld für mi? I hob bloß an Hunderter und mit dem mecht i ned in d' Wirtschaft geh."
Sei Frau hod eam a Kloageld gebn und do war aa der Herzerlzehner dabei.
Der Mo is ins Vereinsheim ganga zom Bundesliga oschaung. De ganze Wirtschaft war gsteckt voi. Wia dann de Fuaßboispui im Fernseh aus gwen san, hod der Mo sei Zech mit dem Herzerlzehner zoid. Die Bedienung hod den Zehner in sein'n Bedienungsgeldbeitl gsteckt und is an den nächstn Tisch ganga, wo d'Leit aa zoin wuidn. Oana vo de Männer hod ihra an Zwanzger gebn und sie hod eam den Herzerlzehner ois Wechslgeld wieder raus gebn. Der Mo hod den Zehner ogschaugt wia 's achte Weltwunder, bis 'n a anderer gfragt hod, „hä Manfred, host ebba a Foischgeld kriagt, weilst den Zehner gor so scharf oschaugst?"
„Naa", hod der Manfred gsagt, und den Zehner in d' Höh ghobn, „aber sigst du de zwoa Herzel auf dem Zehner? Genau den Zehner hob i heit da Friah vom Geldautomatn in der Bank kriagt. Und iatz hob 'en wieder kriagt. Wer woas, wos der für an Weg heit zruckglegt hod."

Der Graf aus Amerika

Kurt Wilhelm

1784 gab's noch Abenteurer von Format. Kam da eines Tages einer nach München, trug sich bei der Torwache ein als Benjamin Thompson aus Massachusetts, 31 Jahre alt, logierte in einem Gasthof und ersuchte um Audienz beim Kurfürsten Karl Theodor. Erzählte, er sei Fachmann für Militär, Wissenschaften, Organisation und Gartengestaltung. Als das den Tölpel Theodor nicht animierte, gestand er hinter vorgehaltener Hand, er sei als Alchimist dem Geheimnis des Goldmachens auf der Spur. Das verfing. Benny kriegte eine Alchimistenküche in der Residenz. Dafür, dass ihm nichts gelang, hatte er viele Ausreden. Dies oder jenes Arkanum müsse erst gefunden, eine Essenz langwierig destilliert werden.

Er hatte Charme. Man verzieh ihm, dass er sich in alles Mögliche einzumischen begann. Er fand, zum Beispiel, die bayrische Armee sei nicht auf dem neuesten Stande. Er erkenne ihre Schwächen, er habe an anderen Fürstenhöfen bereits reformierend gewirkt. Das stimmte. Was er nicht sagte, war, dass er stets nach kurzer Zeit wieder fortgejagt worden war. Karl Theodor machte ihn zu seinem Flügeladjutanten. Benny organisierte alles um, führte einen anderen Helm ein, gruppierte und bewaffnete neu und recht vernünftig.

Ständig kam er mit neuen Ideen daher. In Bayern lungerte viel Gesindel. „Man muss diese Tagediebe, Kriminellen, Armen und Bettler von der Straße kriegen, unterstützen und resozialisieren", sagte er. Mit allerhöchster Vollmacht richtete er im ganzen Lande Arbeitshäuser ein, schlichte Werkstätten, wo auch Ungelernte arbeiten konnten und so in Lohn standen, solange sie etwas taten. Doch damit nicht genug. Er hatte auf seinen abenteuerlichen Wegen durch die Welt den Hunger kennengelernt. „Man muss den Armen von Staats wegen nahrhaftes und billiges Essen geben. Eine Armenspeisung.

Wir haben in Amerika ein wunderbares Nahrungsmittel, die Kartoffel. Was? Essen die Leute nicht? Das werden wir sehen!"

Er braute eine Suppe aus Potatoes, Gerste und allerlei Zutaten und siehe da, sie wurde nicht nur bei den Armen sofort zum Schlager.

Besichtigung des Englischen Gartens durch Kurfürst Karl Theodor und Lagebesprechung mit Benjamin Thompson und Friedrich Ludwig von Schkell, dem Gartenarchitekten

Die „Rumfordsuppe“ kam auf alle Speisezettel aller Schichten. Rumford? Benny hatte den Kurfürsten so bezaubert, dass er ihn zum Reichsgrafen ernannte. Den Namen Rumford hatte Benny sich selber ausgesucht. Er verdiente eine solche Ehrung gewiss mehr als so mancher Zeitgenosse.

Das Allroundtalent wurde unentbehrlich. Weil er das Ohr des Herrschers hatte, konnte er eine Menge Gutes tun in dieser wirren Zeit, da in Frankreich die Revolution zu gären begann. Vielleicht hat er geholfen, einen Aufstand in Bayern zu verhüten, denn das Volk mochte ihn, weil dank seiner viel für die Armen geschah. Vom Goldmachen war nicht mehr die Rede. Seine physikalischen Versuche aber brachten einige nützliche Entdeckungen. So war er einer der Ersten, die erkannten, dass Wärme Bewegung sei.

Sein Tun krönte er, wie man sich heute noch überzeugen kann, indem er dem Kurfürsten einen sogenannten „Englischen Garten“ einredete. Nach seinen Plänen wurde der Sumpf in der Hirschau trockengelegt und, als Kontrast zu den strengen Barockgärten, so bepflanzt, dass alles organisch gewachsen zu sein schien, die Baumgruppen, die großen Wiesen und die Sträucher am Wegesrand. In diese gestaltete Naturlandschaft ließ er den flachen Kleinhesseloher See graben, den Eisbach einleiten und das Ganze durch ein paar romantische Lustbauwerkchen krönen: ein kleines Schlössl, eine Schwaige und einen chinesischen Turm aus Holz mit Glöckchen dran.

Als Karl Theodor 1799 starb und Napoleon durch Europa fegte, verschwand der Graf aus München. Er starb 1814 in Auteuil bei Paris. In München bekam er ein Denkmal aus Bronze in der Maximilianstraße und eine Straßenbenennung nahe der Isar. Zu Recht. Die Amerikaner, die später nach Bayern kamen, haben nicht so viel für das Land getan. Gut, 1945 waren andere Zeiten, aber Denkmal kriegen sie keins. Oder nur ganz kleine. Manche haben sie selbst geschaffen. Die sind kaffeebraun und reden bayrisch.

Kurt Wilhelm,
Wo Gott auf Erden leben würde
Turmschreiber Verlag

Grenzerkundungen

Fotos: Achim Sperber

Eine Grenze besonderer Art wurde die Zonengrenze, auch innerdeutsche Grenze genannt. Sie lief von der Ostsee südwärts, überquerte die Elbe, stieg hinauf zum höchsten Berg Norddeutschlands und wandte sich danach südostwärts zur tschechischen Grenze hin. Über tausend Kilometer mitten durchs deutsche Herz.

Die in diesem Buch wiedergegebenen Fotografien zeigen nicht die Grenze, die bis Ende 1989 Bestand hatte, sondern das Neue, das danach entstanden ist. Ihre Botschaft lautete: So friedlich und grün können Grenzen sein. Die Schreckensbilder der Vergangenheit können wir uns schenken. Man muss sie suchen, die Zeugnisse der deutschen Teilung. Ein Radwanderweg folgt auf mehr als tausend Kilometern von der Ostsee bis Tschechien, teilweise unmittelbar auf dem früheren Todesstreifen, dem alten Grenzverlauf. Nach dreißig Jahren ist das geschundene Land der Natur zurückgegeben, es entstand wieder eine grünende Landschaft. An die Vergangenheit erinnert hier und da ein Museum oder der Gedenkstein für einen Toten. Im Dickicht tauchen die Reste eines Wachturms auf, die an den Uhlandvers erinnern:

„Noch eine hohe Säule
zeugt von verschwundener Pracht,
auch diese, schon geborsten,
kann stürzen über Nacht.“

Arno Surminski
(aus dem Vorwort)

Feste Coburg

Von 1945 bis 1990 herrschte auf beiden Seiten des Landes eine innerdeutsche Abgrenzung mit pathologischen Folgen. Hier Kapitalismus, dort Sozialismus, hier die „freie Welt“, dort das „Neue Deutschland“. Und so gewöhnte man sich an den Zustand. Die Grenze wurde von der Mehrzahl der West-Bürger bald nach dem Mauerbau 1961 akzeptiert, irgendwie beiseitegelegt, zum Alltag.

Grenzmseum Probstzella, unten Amtsstube

Was im DDR-Sperrgebiet mit den Menschen passierte, ihre Zwangsaussiedlung und die dauernde Bedrängnis der Verbliebenen, gelangte kaum in die westdeutsche Öffentlichkeit oder wurde schnell wieder vergessen. Mit der „Sicherung der Staatsgrenze“ im Osten wurden Menschenrechtsverletzungen begangen, gegen die kein Betroffener im Grenzgebiet klagen konnte. Wer dort schon seit Generationen wohnte, stand unter Generalverdacht und verlor mitunter binnen Stunden sein Haus oder Hof. Der Thüringer SED-Funktionär Otto Funke scheute sich 1952 nicht einmal davor, im Nazi-Jargon von der „Beseitigung des Ungeziefers“ zu sprechen, womit er dort lebende „Kirchgänger“ oder Menschen bezeichnete, die das DDR-System kritisiert hatten. Weg mussten alle, die „eine Gefährdung der antifaschistisch-demokratischen Ordnung darstellen“, hieß es in einer SED-Direktive. „Wir fühlten uns weniger wert als der Dreck unter den Schuhen“, erinnert sich Edith Fehringer, Schneiderin aus dem thüringischen Streufdorf und eine von mehr als 8300 Zwangsumgesiedelten der „Aktion Ungeziefer“. Selbst bei den nach 1961 in andere Teile der DDR Verschleppten wurde den neuen Nachbarn noch erzählt, es handele sich um „Kriminelle“.

Mit den Folgen der deutschen Trennung, die vor der eigenen Haustüre existierte, durfte sich im Osten nicht befasst werden, im Westen tat es freiwillig kaum jemand. Die Rechten brauchten die DDR als Feindbild, die Linken trauten sich kaum, den realen Sozialismus zu kritisieren. Die Industrie benutzte die DDR als Billiglohnland: Möbel, Bettwäsche und Kleidung wurden für westdeutsche Versandhäuser sogar in Gefängnissen produziert, die Pharmakonzerne ließen neue Medikamente an kranken DDR-Bürgern günstig testen, west-

30 Jahre danach, Sonneberg-Neustadt

deutsche Städte und Kommunen freuten sich über die Entsorgung ihres Giftmülls in den Osten – für schmutzige Geschäfte standen die Tore in der Ost-West-Grenze immer weiter offen. Selbst die Terroristen der „Roten Armee Fraktion (RAF)“ fanden praktischerweise eine Art Vorruhestand in der DDR. Bei Helmstedt versenkten Bundesrepublik wie DDR große Teile ihrer radioaktiven Abfälle im gleichen Salzstock beiderseits der Grenze, in Morsleben und der Asse.

Die Kehrseite der Bonner Entspannungspolitik kritisierten DDR-Oppositionelle um die Ost-Berliner Untergrundzeitschrift „radixblätter“ Ende der achtziger Jahre sehr heftig, weil die Politiker im Westen am Status Quo von Grenze und Mauer festhielten, ohne die Folgen der dauerhaften Abgrenzung im Inneren der DDR zu sehen. Der Ost-Berliner Mathematiker Ludwig Mehlhorn diagnostizierte damals die Schäden in der DDR-Gesellschaft durch die auferlegte Abgrenzung: „Erkrankung des gesellschaftlichen Lebens, Isolation der nachwachsenden Generation von ihrer internationalen Mitwelt, Nährboden für Feind- und Zerrbilder, Enge des Alltagslebens, Verhinderung der Vertrauensbildung.“ Sein Mitstreiter Reinhard Lampe fand 1986, die DDR- Bürger seien „Langzeitgeschädigte in einer gespaltenen Gesellschaft. Die Grenze geht wirklich durch die Köpfe, sie hat uns deformiert, sie isoliert die Menschen voneinander, weil sie sich nicht kennen. Es geht (dabei) um mehr als Reisefreiheit: nämlich Mündigkeit.“

Und dann kam der Mauerfall. Ein kurzes, aber heftiges Glücksgefühl. Die Menschen beiderseits des Grenzstreifens konnten sich gegenseitig wieder besuchen. Durch die Trennung voneinander entfremdete Menschen lagen sich in den Armen. Der Osten hatte sich selbst befreit, ganz ohne westdeutsches Zutun. Hunderttausende waren mutig auf die Straßen gegangen und hatten das alte System zum Abtritt gezwungen, die Grenzen hinweggefegt. Doch die Freude über die deutsche Vereinigung verflüchtigte sich wie der Duft der Trabis. Die Hoffnungen auf eine rasche ökonomische, kulturelle und soziale Belebung der Grenzregion waren übergroß. Vor allem sollte all das möglichst schnell kommen, wovon die Menschen seit Jahrzehnten ausgegrenzt waren und was sie entbehrt hatten. Doch hinterm neuen Horizont ging es meist nicht hier, sondern woanders weiter: die jahrzehntelang in der Mitte Deutschlands zum Randgebiet degradierten Landstriche mussten erneute Abwanderungen zu den schneller wachsenden Metropolen hinnehmen. Förderungen wurde beschnitten und schließlich eingestellt.

Der Dornröschenschlaf des Zonenrandgebietes ließ sich auf beiden Seiten bis heute nicht so leicht beenden. Mancherorts ging es aufwärts und abwärts zugleich. Mancher Ort siecht dahin, woanders wurden Häuser renoviert, Straßen instand gesetzt, abgeschnittene Verbindungen wiederhergestellt. Anstelle des Dorfladens und der traditionellen Dorfkneipe entstand ein neuer Supermarkt mit „Gastro-Eck". Florierende neue Nachbarschaftsläden leuchten gleich neben verwaisten Geschäften, Kunst an der alten Grenze neben Trabi-Friedhöfen, alte DDR-Alleen neben Bundesstraßen. Hier und da singt ein gemeinsamer Ost-West-Chor, woanders bleiben Ost und West noch immer am liebsten unter sich. Und manche als „Ungeziefer" verdrängte Familie hat sich mit gemischten Gefühlen in ihrer alten Heimat wieder niedergelassen.

Die Zeit heilt viele, aber nicht alle Wunden. In der Mitte Deutschlands ist eine 1400 Kilometer lange und 50 Kilometer breite Narbe. Anders als bis 1989 ist aber ihre Zukunft von den Menschen gestaltbar. Wo, wenn nicht hier, können Ost- und West-Deutschland zusammenwachsen?

Achim Sperber hat jetzt den Stand der Vernarbung dieser großen Verletzung erkundet, mit der Kamera, mit dem Rad, zu Fuß. Was er einst nur westlich der Grenze erforschen konnte, erschloss sich ihm nun auf beiden Seiten. Dabei war er ein Staunender.

Erste Pause in Freiheit, Autobahnraststätte Rudolphstein

Veste Coburg

Es ist eine Deutschlandreise der besonderen Art geworden.
Wir können mit ihm gemeinsam bestaunen, welche Spuren der Geschichte von Abgrenzung und Teilung immer noch zu finden sind. Seine Bilder sind wie ein Heranzoomen auf das deutsch-deutsche Narbengewebe. Es offenbaren sich Träume und Alpträume, Erinnerungen und Verdrängtes von Ost wie West. Die Vergangenheit hat das Leben vieler Menschen in dieser Region bestimmt. Darum zeigen einzelne Bewohner mit privaten Gedenkorten und Kleinstmuseen, die dringend der Förderung bedürfen, wenn sie Bestand haben sollen, dass für sie die Vergangenheit wichtig bleibt, denn sie wollen ihre Erfahrungen an Kinder und Enkel weitergeben.
Über die ehemaligen Grenzstreifen ist Gras gewachsen. Im Lauf der Zeit sind die Schrecken der Innerdeutschen Grenze verblasst und eine neue Generation ist aufgewachsen. Sie wird das Gesicht des einstigen Zonenrandgebietes neu gestalten. Weil sie es kann!
Vielleicht braucht sie dazu aber auch mehr Solidarität und noch mehr Interesse am eigenen Land – aber vor allem ein gleichberechtigtes Miteinander in Ost und West auf Augenhöhe.
Weil es ohne Grenze geht! Peter Wensierski

Achim Sperber, Arno Surminski,
Peter Wensierski,
Grenzerkundungen
Von der Ostsee bis Bayern
Verlag der Kunst, Husum

Brezenknödel mit Hopfazupfasalat

für 4 Personen

300 g Mehl, 3 Eier, Salz, kalte Milch, 4–5 Brezen vom Vortag, 1 Semmel.

Aus Mehl, Eiern, 1 TL Salz und kalter Milch einen etwas dickeren Teig anrühren. Brezen und Semmel klein würfeln und unterrühren, mindestens 30 Minuten ruhen lassen, dann die Knödel in kochendes Wasser einlegen, 20–30 Minuten ziehen lassen. Dazu passt ein Hopfazupfasalat.

1000 g festkochende Kartoffeln, 1 Endivienstaude, etwa $^1/_2$ l heiße Brühe, Weinessig, Salz, Zucker, Pfeffer, 3–4 EL Rapsöl.

Kartoffeln in der Schale kochen, heiß schälen, in Scheiben schneiden. Mit Brühe angießen, pikant abschmecken. Endivien in feine Streifen schneiden und unter den Kartoffelsalat heben.

Ernst Krammer-Keck,
Hopfazupfasalat und Obatzter
Husum Verlag, Husum

Bratapfelkuchen

Bratäpfel sind eine traditionelle Wintersüßspeise, preiswert und einfach herzustellen. Große, säuerliche Äpfel eignen sich dafür am besten. Nach dem Waschen entfernt man das Kerngehäuse und füllt in die so entstandene Öffnung eine Mischung aus Honig oder Marmelade mit Nüssen, Rosinen, Zimt und einer Prise Nelkenpulver.
Bei diesem Rezept werden Bratäpfel als leckere Kuchenfüllung verwendet – eine überraschend andere Art, diese winterliche Süßspeise zu servieren.

Oberbayerischer Bratapfelkuchen

Für den Teig: 200 g Mehl, 1 TL Backpulver, 100 g Zucker, 1 Pck. Vanillezucker, 150 g weiche Butter, Semmelbrösel und Butter für die Form.
Für die Füllung: 11 Äpfel, 3 Becher Schlagsahne, 100 g Zucker, 1 Pck. Vanillepuddingpulver, 1 Pck. Vanillezucker, Puderzucker zum Bestreuen.

Alle Zutaten für den Teig verrühren, den Boden und den Rand einer gefetteten und mit Semmelbröseln bestreuten Springform damit auslegen, Ränder gut miteinander verdrücken. Äpfel schälen und entkernen. Die ganzen Äpfel auf den Teig stellen, 8 rundherum, 3 in die Mitte. Sahne, Vanillezucker, Zucker und Vanillepuddingpulver aufkochen und die Masse über die Äpfel geben.
Bei 200 °C ca. 75 Minuten backen.
Auskühlen lassen und mit Puderzucker bestreut servieren.

Birgit Ringlein,
Bayerische Backstub'
Husum Verlag, Husum

Marinierte Schweinerückensteaks

4 Stücke Schweinerückensteaks (je 80 g), 6 Austernpilze, 4 Frühlingszwiebeln, 2 große Kartoffeln (für 2 Personen).
Für die Quarkcreme: 120 g Quark, 2 EL Sauerrahm, 1 EL Schnittlauch, 1/2 EL Petersilie, 1 Knoblauchzehe, Jodsalz, 2 Thymiansträußchen, Pfeffer.
Für die Marinade: 4 EL Pils, 1 1/2 TL mittelscharfer Senf, 5 EL Olivenöl, Salz, Pfeffer, Petersilie, Thymian, 1 Prise Paprika edelsüß, 1 Prise Curry, 1–2 Prisen Knoblauch, Oregano gerebelt.

Für die Marinade: Petersilie und Thymian waschen, fein hacken und mit Öl, Senf und Bier mischen und mit den Gewürzen abschmecken. Die Marinade entfaltet ihr ganzes Aroma am besten, wenn das Fleisch über Nacht darin eingelegt und kühl gestellt wird.
Für die Quarkcreme: Petersilie, Schnittlauch säubern, fein schneiden; Knoblauch schälen, fein pressen. Quark mit Sauerrahm, Gewürzen und Kräutern gut vermengen und mit Jodsalz und Pfeffer würzen. Frühlingszwiebeln säubern, Grün abschneiden. Austernpilze trocken tupfen, Strunk ausschneiden. Kartoffeln waschen, trocknen und in Alufolie wickeln. Kartoffeln im Ofen bei 200 °C ca. 25 Minuten backen. Fleisch, Austernpilze, Frühlingszwiebeln auf dem Grill beidseitig auf den Punkt rösten, danach würzen.
Kartoffeln aus dem Ofen nehmen, einen Kreuzschnitt machen, mit beiden Daumen und Zeigefingern aufdrücken.
Kartoffeln mit Quark-Kräutercreme füllen und zusammen mit den anderen Zutaten auf Tellern anrichten.

Birgit Ringlein, Susan Dentel,
Bierspatzen und Brauergulasch
Husum Verlag, Husum

Die Lederhose
Von der Standeskleidung zur Jagd- und Gesellschaftskleidung

Franz J. Grieshofer

Die Lederhose verdankte ihre Aufnahme bei den führenden Gesellschaftsschichten sicher deren Jagdleidenschaft. Diese Passion brachte die Herrschaften in engen Kontakt zum Volk und lehrte sie die Vorzüge dieses praktischen Beinkleides schätzen. Die Übernahme der ortsgebundenen Standeskleidung durch die Habsburger und Wittelsbacher blieb jedoch nicht ohne Auswirkungen. Sie rief bei der Landbevölkerung ein neues Selbstbewusstsein, eine Wertschätzung der eigenen Kleidung hervor, die sie veranlasste, diese zu bewahren. Zum anderen erlangte sie durch den Adel einen neuen Stellenwert, der die Lederhose nun auch in gehobenen Sozialschichten standesgemäß machte. Hier müssen vor allem Ludwig Ganghofer und Ludwig Thoma genannt werden, die beide Lederhosenträger waren und sicher weite Kreise für die „Lederne" gewannen.

Den Durchbruch schaffte die kurze Lederhose aber erst nach dem Ersten Weltkrieg, als die zahllosen Touristen ihre Neuerwerbung nicht nur im Ferienort, sondern auch in der Stadt anzogen. Mit dem Erfolg der Operette „Im weißen Rößl" gelang ihr der Sprung vom Wolfgangsee über das große Meer und zu einer weltweiten Verbreitung. Damit scheint das Postulat von der Stammestracht zunächst ad absurdum geführt. Was die Grenzen des bajuwarischen Territoriums überschreitet, kann freilich keinen Anspruch auf Echtheit erheben. Es handelt sich dabei nämlich um jenen grauen, überaus kurzen, mit aufgebogenen Stulpen und einem Schlitz versehenen Ableger der Lederhose, der unter der Bezeichnung „Sepplhose" firmiert und von den Gebirgstrachten-Erhaltern streng verpönt war. Mit der grauen Hose wurde ja auch nicht mehr Traditionspflege und Heimatbewusstsein verbunden, sondern Jugendlichkeit, Gesundheit und Wanderlust. Die „Sepplhose" wurde zur Tracht der verschiedensten Jugendbewegungen und blieb es auch, als sich die Farbe des Hemdes in braun verwandelte. Doch die Lederhose überstand selbst diese Pimpfenzeit. Nach dem Zweiten Weltkrieg waren die Eltern froh, wenn sie ihre Kinder in eine Lederhose stecken konnten, zunächst noch die Vierzehnjährigen, später nur mehr die Vorschulpflichtigen. In Erinnerung an die eigene Kindheit hielt man an der „Lederhosenpose" fest und sei es nur, um diesen wichtigen Lebensabschnitt für das Familienalbum auf Zelluloid zu bannen.

In allen übrigen Lebensbereichen wurde die Lederhose weitgehend von den Bluejeans aus dem Feld geschlagen. Zum Trost für die Lederhosenfans sei jedoch erwähnt, dass die aus strapazierfähigem blauen Leinen hergestellten

Hosen die Erfindung des aus Bayern nach San Franzisko ausgewanderten Levi Strauss sind.

Die Geschichte der Lederhose ist damit aber noch nicht zu Ende. Abgesehen davon, dass sie in ihren Stammlanden nach wie vor in ihrer traditionellen Art erhalten blieb, erinnert man sich auch wieder der Kniebundhose, nicht etwa der Knickerbocker mit ihren weiten und überfallenden Beinteilen, sondern der engen, weiß oder grün ausgenähten, wie Erzherzog Johann sie trug. Die Propagandisten dieser Hose rücken damit bewusst das adelige Vorbild in den Vordergrund, da sie erkannten, dass sowohl die „Sepplhose" als auch die durch folkloristische Exhibition zu einseitig fixierte „Kurze" für ein breites bürgerliches Publikum nicht mehr zeitgemäß erscheint. Mit der Kniebundhose wurde von der Trachtenpflege aber eine Möglichkeit geschaffen, auch außerhalb der Trachtenvereine, Musikkapellen und Schützenkompanien eine Lederhose zu tragen. Die Betonung ihrer Exklusivität, an der besonders wieder die Wittelsbacher großen Anteil haben, trägt wesentlich zur zunehmenden Verbreitung bei. Damit wird man gegenwärtig Zeuge eines Vorganges, wie er sich ähnlich bereits am Ausgang des 18. Jahrhunderts zeigte. Damals begann nämlich die enge Kniebundhose die weiten und schweren Pumphosen der Bauern zu verdrängen. In der Perücken- und Zopfzeit war die „culotte" in der Herrenmode ja längst bekannt. Nun erlangte sie aber durch die Übertragung der modischen Form auf das heimische Leder volkstümliche Verbreitung. Von der seidenen „culotte" übernimmt die „Lederne" den Hosenlatz und von ihrer reichen und verspielten Auszier die seitlichen Knöpfe bzw. Bänder. Wegen dieser Elemente, die man ohne sichtbare Notwendigkeit auch auf der kurzen Lederhose feststellen kann, glaubte man den Schluss ziehen zu können, auch die „Kurze" hätte sich aus der „culotte" entwickelt, umso mehr, als vor 1800 noch kaum Zeugnisse für die kurze Lederhose zu finden sind; kurz danach ist sie aber bereits voll ausgeprägt.

Andererseits gibt es bereits in der Vorgeschichte Hosen aus Leder und es hat daher nicht wenige Stimmen gegeben, die die Lederhose den Germanen zuschreiben. Im Gegensatz zu den Kulturvölkern des Mittelmeergebietes bevorzugten die Männer in den kälteren Regionen ausgeprägte Beinkleider in Form von Langhosen und Beinumwicklungen. Das gilt freilich noch nicht für die Bronzezeit, sondern erst für die spätere Eisenzeit, in der es zu einer einschneidenden Klimaverschlechterung kam. Moorfunde aus dieser Epoche geben Kunde von Beinwickeln aus Lederstreifen und Hosen mit Beinteilen, die sich bis in die Zehenspitzen fortsetzen, so dass sie eine Art Strumpfhose bilden. Sie ist im germanischen Bereich eine Neuerung, die bei den eurasischen Reitervölkern, den Thrakern, Skythen und Persern, schon längst in Verwendung stand. Unser Wissen über die germanische Beinkleidung wird besonders durch die römischen Bildsäulen bereichert. Auf ihnen werden die gefangenen Germanen stets in langen Hosen, gleichsam mit dem Stigma der Barbaren, dargestellt. Die Hosentracht lernten die Römer vor allem aber bei den Galliern unter der Bezeichnung „braca" kennen. Wegen ihrer Herkunft war sie in Rom zunächst verachtet, doch als man sie im römischen Heer einführte, setzte sie sich allgemein durch. Während die „braca" von den Kelten und Germanen sowohl mit kurzen als auch langen Hosenröhren getragen wurde, gestalteten sie die Römer zu einer engen, knapp über das Knie reichenden Hose um. Es ist interessant, dass die Erinnerung an die keltisch-germanische „braca" noch in der norwegischen Bezeichnung brok, im Englischen breeches und im Deutschen als Bruch (ahd. pruoh, mhd. brouch) erhalten blieb. Die Bruch meinte vormals also das, was wir heute als Hose bezeichnen, während das althochdeutsche hosa eine strumpf- oder gamaschenartige Umhüllung des Unterschenkels darstellte, die wie die Bruch aus Leder, Wollstoff oder Leinwand bestehen konnte. Vergegenwärtigt man sich diese wohl bis in karolingische Zeit übliche und aus Bruch und Hosen bestehende Beinkleidung, so könnte man darin bereits die Urform unserer Lederhosentracht erblicken, zumal die gamaschenartigen Umwicklungen der Waden (engl. hose = Strumpf, franz. houseaux = Gamaschen) frappant an die gestrickten „Beinhöseln" der Tiroler und Bayern erinnern. Andererseits trug man, wie eine Rekonstruktion ergab, zur Zeit der bayerischen Agilolfinger fast ausschließlich Langhosen, die man entweder beim Knöchel, um das Knie oder mit einer Umwicklung an die Wade festband. Noch um 800 erscheint der Mäher auf dem Julibild des Salzburger „Bauernkalenders" barfuß in einer langen offenen Hose. Das ist ein krasser Gegensatz zur mittelalterlichen Tracht, die nur die engen, langen trikotartigen Beinlinge kennt, die an eine kurze, schwimmhosenförmige Bruch angenestelt oder mit dieser fest verbunden werden. Obwohl man diese Beinlinge ebenfalls als Hosen bezeichnete, liegt ihnen jedoch eine andere Entwicklung als den Gamaschen zugrunde. Sie entstanden nämlich aus den Socken, worunter die Römer zunächst eine Art Pantoffeln verstanden. Aus diesen „soccus" – die bei uns noch in den als „Zokkeln" benannten Holzschuhen weiterleben – wurden dann im Lauf der Zeit hohe, bis an die Waden reichende Stiefel, daneben aber auch solche aus Filz und Wollzeug, die immer länger wurden, um schließlich sogar die Oberschenkel zu bedecken. Diese stets in der Mehrzahl oder auch als „ein Paar Hosen" bezeichneten Beinlinge waren im Mittelalter aber noch nicht gestrickt, sondern je nach Stand aus verschiedenem Material. Bei den Bauern überwogen wohl Leinen, Loden und Leder („Irch"). Je länger nun aber die Beinlinge im Laufe der Gotik wurden, umso kleiner wurde die eigentliche Hose, die Bruch, bis sie schließlich überflüssig wird, als die Beinlinge bis an die Hüften reichen. Der Schritt blieb dabei zunächst noch offen, wurde aber geschlossen, als das körperbetonende Wams sich derart verkürzte, dass es den Unterkörper nicht mehr bedeckte. Um den Schritt zu verbessern, erfand man dazu die Schamkapsel, die Braguette. Als bequem konnte man diese prall sitzende Beinkleidung dennoch nicht bezeichnen, weshalb man sie in der Folge an den Beugestellen wiederum aufzuschlitzen begann. Für die Arbeit war diese Hose offensichtlich überhaupt nicht zu gebrauchen, denn die Bauern nestelten die getrennten Beinlinge noch bis ins ausgehende 15. Jahrhundert an die Bruch. Sie trugen ja auch kein Wams, sondern weiterhin den um die Mitte gegürteten Überrock, das „Hemat". Neben den „parhosen" tauchen im 16. Jahrhundert neue Bestandteile der Beinkleidung auf. In einem Inventar des Hans Viechter, Müller zu Kitzbühel vom Jahr 1560, sind zu „ain rots Par Hosen" noch ein „lidren Gesäss" und weiters „1 alts lidres Par Hosen mit ainem praunen Übergesäß" verzeichnet. Gsaß, Plodergsaß und in der Folge auch Gsaßhosen markieren ab der 2. Hälfte des 16. Jahrhunderts eine neue Art der Beinkleidung, die für die weitere Entwicklung der Hose bestimmend wird. Bei der als Gsaß bezeichneten Kleidung handelt es sich nämlich um eine Oberschenkelhose, die über die Beinlinge angezogen wird. In der Oberschicht werden die Pluderhosen unter dem Einfluss der spanischen Mode zu mächtigen Ballons, den „spanischen Heerpauken" auswattiert, von den deutschen Landsknechten hingegen geschlitzt, mit bunten Stoffen unterlegt und zu gewaltigen Bauschen aufgepufft. Die straffen Beinlinge aber, die beim Steigen ohnehin sehr unbequem waren, schnitt man oberhalb des Knies ab, so dass nur mehr Hosenstümpfe üb-

rigblieben. Diese „Stimpfe“, aus denen sprachlich unsere Strümpfe hervorgingen, fertigte man wie die bis zum oder auch über das Knie reichenden Gsaßhosen in Tirol und Bayern weiterhin aus Loden und Tuch, vor allem aber auch aus verschieden gefärbtem „irchenen“ Leder. Die „geschmitzte“, d. h. schwarz gefärbte Lederhose setzte sich von Tirol ausgehend erst ab 1700 auch in der Steiermark und in Bayern durch. Mit der Trennung des Beinkleides in einen Strumpf und in ein ledernes Gsaß, das mit der Verkürzung der Beinlinge allmählich auch deren ursprüngliche Bezeichnung als Hose übernimmt, ist nun jenes Stadium erreicht, das als Ausgangspunkt für die Entwicklung unserer kurzen Lederhose bezeichnet werden kann.

Während die niederländische Mode mit ihrer weit über das Knie fallenden Schlumper- oder Pumphose bis zur Ablöse durch die französische „culotte“ das Bild der bäuerlichen Tracht prägte, scheint die spanische Mode im alpinen Bereich nachhaltiger wirksam geblieben zu sein. Die Zillertaler liefern dafür ein gutes Beispiel. Sie verteidigten ihre überkommene Tracht nicht nur gegen die geistlichen Behörden, die sie als zu unzüchtig befanden, sondern riskierten auch, dass man ihre Kleidung „für eine Faschings-Tracht zu einen gelächter, und gspött“ ansah, weshalb man schon „solich beclaidten Personen sogar den Eintritt in frembdes Land würklich verbotten hat.“ Der Grund des Anstoßes wird in dem Kommissionsbericht gleich mitgeliefert: „Die Mannbilder pflögen so kurze, aber ser weite gefaltete Hosen zu tragen, das unterhalb soliche nur bis auf die Kniehe reichete, und zwischen Strumpf und der hosen der blosse Fuess gesechen wurde.“ Sie langten nicht einmal bis an die Hüften und standen, wogegen man besonders zu Felde zog, vorne ein, zwei bis drei und noch mehr Finger weit auseinander. Joseph Anton Kapeller (1761–1806) und Johann Georg Schädler (1777–1866) schufen dazu präzises Anschauungsmaterial. Ihre Darstellungen von jungen Alphirten, Kraxentragern und Schützen zeigen die niederen, plodrigen Hosen, die oberhalb des Knies mit einem Band zusammengezogen sind. Die Abbildung einer vorne offenen Hose findet man in der „Beschreibung der fürstlichen Grafschaft Tirol“ von Franciscus Nigrinus aus dem Jahr 1703. Sie zeigt einen „Duchsser“ mit einer knapp über das Knie reichenden, nicht abgebundenen Hose, die ebenfalls nur bis an die Hüfte geht. Verschieden lange Beinkleider sieht man auch auf einem Kupferstich von Elias Beck, der 1704 drei zur Defension aufgebotene Tiroler Scharfschützen abbildete. Sie erscheinen in einer relativ engen, kniefreien Hose, in einer das Knie halb bedeckenden und in einer Kniebundhose, womit der Künstler wohl auch die Sozialstellung der Landesverteidiger ausdrücken wollte.

Die weiten plodernden Hosen waren jedenfalls ein bewusst beibehaltenes Standeszeichen der Tuxer und Zillertaler Öltrager und Handschuhverkäufer, die mit ihrer Tracht den Wert der angebotenen Ware zu unterstreichen

Altbairische Lederhosenherrlichkeit: Prinz Luipold von Bayern (der spätere Prinzregent) in oberbayerischer Gebirgstracht. Um 1855.

wussten. Die „weithoseten Tyroler“, die singend und handelnd überall hinreisten, waren, wie August Lewald schreibt, in ganz Deutschland bekannt genug. Es wundert daher nicht, wenn man in Berichten und Darstellungen über die Gebirgstracht in Bayern immer wieder auf Tiroler Einflüsse stößt. Am deutlichsten hat Felix Dahn diese Wechselwirkung erkannt und in der „Bavaria“ dargelegt: „Ungefähr seit 1820 begannen ledige Burschen und Knechte daselbst die uralte Tracht der tyrolischen Holzarbeiter, die neben ihnen in Arbeit standen, nachzuahmen, insbesondere das alte Lodenhemd, von ihnen Juppe oder Joppe genannt, in seiner ächten Form ohne Kragen, vorne offen und glatt, ohne Knopf und Knopfloch, am Rücken mit einer Handlang zusammengenähten Gegenfalte, mit Ärmeln ohne Aufschlägen; der Stoff wie der des Zillerthalerhemdes von Loden oder grauem Tuch, am Halse und an der Brust mit einem 2 Zoll breiten Tuchstreifen. Zu diesem Oberkleid gehörte dann ein schwarzer Flor um den Hals, grüne Hosenträger, eine gestickte Leibbinde um die Hüften, kurze, zierlich ausgenähte Lederhosen bis an ’s Knie, an das sich Beinhöseln oder Lofeln schlossen, und auf dem Kopf der Miesbacher Hut oder auch der Täubling, dunkelgrün mit niederem Gupf und breitem allerorts gebogenen Rand. Die ganze Tracht ist duxerisch. Es waren nun zuerst die Jäger, welche diese Kleidung, weiter ausgeschmückt, annahmen; sie setzten an das Lodenhemd den grünen Kragen, an die Aermel grüne Aufschläge und später noch an die Brust Knöpfe und grüne Überschläge und die so umgebildete Jäger-, Miesbacher- oder Tegernseer- Joppe begann nun das allgemeine Gewand der bayerischen Gebirgsbauern zu werden.“ Bemerkenswert erscheint, dass die kurze Lederhose, die ein wesentliches Kriterium der gebirglerischen Tracht darstellt, zunächst nur von Holzknechten, Jägern, von den Sennen und Knechten, kaum jedoch von Bauern getragen wurde. In Schliersee, in der Jachenau und im Gericht Auerberg und Aibling tritt sie bereits um 1800 mit reicher ornamentaler Verzierung auf.

Konig Ludwig III. von Bayern bei einem Jagdausflug in Berchtesgaden. 1913

Die Lederhose
Kleine Kulturgeschichte des alpenländischen Beinkleids
Zusammengestellt von Christian Brandstätter und Franz Hubmann
Husum Verlag

Das letzte Jahr meiner Mutter

Hans Göttler (al. Geddla Hans)

– Nacherzählt am 21.4.21, ihrem 91. Geburtstag –

Am Samstag, 14. März 2020, hab ich beim „Weißbrai Geddla" in Simbach am Inn, d. h. also in meinem Elternhaus, meinen offiziellen Abschied von der universitären Bühne in Passau „gefeiert". Die Gschicht hätt eher größer ausfallen sollen, aber: Corona zeigte sich schon um diese Zeit recht ungnädig, und so hab ich gleich eine radikale Kontaktreduzierung vornehmen müssen! Außer mir waren „bloß" anwesend: Mein alleroberster Dienstherr Herr Wissenschafts- und Kunstminister Bernd Sibler – ein ehemaliger Student von mir –, meine unmittelbare Dienstvorgesetzte Frau Universitätspräsidentin Prof. Dr. Carola Jungwirth und mein allererster Gymnasium-Deutsch-Student und -Praktikant aus dem WS 1983/84 Stefan Rammer, inzwischen Dr. phil., Schriftsteller, „Heimatglöckner" und Zeitungsschreiber aus Passau, mit seiner Frau Edwina! Den Stefan hab ich natürlich auch gebraucht „zwengs da Zeidung!" Aber, ich schwöre ohne bairische Ableitung: Er hätt – als mein Freund – auch kommen dürfen – wenn er bloß Deidsch-Lehra worn waar! Ährlich!

An diesem denkwürdigen Tag hab ich meine Mutter Irma Göttler (*am 21. April 1930 beim „Leitner-Wirt" in Griesbach im Rottal) zum letzten Mal herunten im Wirtshaus sehen und erleben dürfen, also an dem Ort, an dem sie seit ihrer Hochzeit mit meinem Vater Hans Göttler (1923–1978) fleißig, tapfer, unermüdlich und ohne Klagen und Jammern gewerkelt hat, auch wenn da natürlich nicht immer alles so schön und idyllisch war, wie man sich das im Rückblick oft selber einbildet. Meine Mutter war stets vor solchen Einbildungen gefeit! Ihr Kommentar bei etwaigenTiefpunkten des Lebens lautete stets: „In Gott's Nam, wead scho wieda wean!"

Bei ihrem – für mich – letzten Wirtshaus-Auftritt agierte meine Mutter wie all die 68 Jahre vorher, wenn sie im Gastzimmer herinnen war: Angetan mit ihrem weißen „Kuche-Schiazl", ihrem sog. Staats-Ornat, ging sie von Tisch zu Tisch, begrüßte die Gäste herzlich und freundlich, die ihr bekannten und auch die ihr unbekannten. Sie verblüffte die Leute mit ihrem phänomenalen Gedächtnis und ihrer Namenskenntnis und war damit die authentische bairische Version ihrer Geburtstagskollegin Queen Elisabeth (*21.04.), allerdings ohne Hut und ohne Prinzgemahl Philip im Schlepptau.

Am 14. März 2020 fungierte natürlich der Herr Minister als der große Star beim Begrüßungszeremoniell; meine Mutter war so hohe Gäste ja inzwischen längst gewohnt: Kardinal Ratzinger, Altbischof Eder waren schon mal da gewesen, oder auch Josef Fendl und Monika Pauderer von der Mingara Turmschreiberzunft u. v. a. – Helmut Kohl war zwar nie beim Geddla gewesen, dafür aber mal sein Sohn Walter. Auch andere Bundeskanzler kommen ja eher selten nach Simbach; Söder wäre da evtl. eine Ausnahme geworden! Aber …!!!

Die fesche, hirschlederne Kurze des Ministers oder seine naggadn Kniascheim hatten es meiner Mutter besonders angetan, weil sie gleich fragte, ob der hohe Herr auch ein Messer dabei habe. Als Sibler bejahte, erzählte die Mutter eine Anekdote über ihren eigenen Vater, der einst Land- und Gastwirt in Griesbach im Rottal gewesen war. „Dees Wichtiga bei am

Mannsbuid", so mein Großvater Leitner-Wirt, „is oiwei, dasa Mañ a Messa dabei håd! Und wanna ins Bett geht, muasa dees Messa griffbereit aufs Nächtkastl hileng! Wei ma ja need woaß, ob need sWeiwaleid daneem bei da Nacht amoi rebellisch wiad?" – Die Erzählung meiner Mutter kam bei uns allen gut an, erst später fiel mir auf, dass ich bei der sexistisch-frauenfeindlichen Aussage meines Opas von anno dazumal eigentlich nicht hätte lachen dürfen! Der Rammer-Stefan hat davon aber auch gleich gar nix in seinen Zeitungsbericht hineingeschrieben, und so blieb uns allen ein fürchterlicher „Shitstorm" erspart. Gott sei Dank! Aber: ich bin ja eh nicht bei den un-sozialen Medien!

Ein paar Tage später war diese lustige Feier dann aber auch schon wirklich Vergangenheit! Meine Mutter hatte plötzlich Bronchitis, die sich aufs Herz schlug; ein kleiner Schlaganfall kam dazu, der ihren rechten Arm in der Folgezeit beeinträchtigte; Gichtanfälle tauchten auf; zum ersten Mal in ihrem langen Leben musste sie beim Gehen einen Rollator einsetzen; sie brauchte Hilfe beim Aufstehen, Waschen u. dgl. Der 1. Stock war von heut auf morgen ihr alleiniges Rayon geworden, das Wirtshaus unten blieb für sie verschlossen. Allerdings: ihr Mundwerk, die wichtigste Kommunikations-Ausstattung einer guten Wirtin, ihr Hirn, ihr Gedächtnis – all diese körperlich-seelisch-geistigen Werkzeuge, die halt den Menschen ausmachen, blieben bis zum Schluss intakt und waren stets voll im Einsatz, abgesehen von ein paar wenigen Tagen in diesem letzten Jahr, wenn starke Medikamente ihren Geist vorübergehend etwas einschränkten. Aber auch in solchen Situationen blieb sie ihrem Metier treu: So erzählte sie einmal der Gerti, dass ein Gast aus dem Biergarten herauf bei ihr zum Fensterln heraufgeklettert war und ein ganz großes und volles Weißbier-Glasl auf ihr Wohl geleert hatte.

Ein kleines, aber wichtiges Beispiel für Mutters immer noch wachen Geist hat mir meine Schwester Gerti im Laufe des Sommers 2020 einmal berichtet. Die Biergartensaison war schon im Gange, wenn auch im Corona-Schon-Gang. Das Schlafzimmerfenster meiner Mutter ging ja auf die Gastgartenseite hinaus; wenn das Fenster geöffnet war, konnte meine Mutter das Geschehen wenigstens akustisch mitverfolgen. Und so lautete ihre Frage zu der Gerti einmal: „Du, Gerti, ist da leicht iatz da xy kemma? I moan, den håb i an seina Stimm kennt, wiara beim Einageh gschmaddsd håd!" Und natürlich hatte die alte Wirtin wieder mal richtig gehört und war voll informiert!

Am 21. April 2020 hatte Irma Göttler ihren 90. Geburtstag. Und die o. g. „Kwien Liesl" in London bzw. Windsor drüben ihren 94. Immer wieder hatten wir an jedem 21. April unsere Mutter damit „aufgezogen", ob sie nicht mal zum Geburtstag zur Queen hinüberfahren sollte. Sie hat – bestens informiert über die britischen Wetterlagen – dann stets darauf verwiesen, irgendwann einmal beim offiziellen Feiertagstermin der Queen im Juni zu fahren; „Trooping the colour" mit Lillibeth, das war's halt gewesen! Aber die Mutter hat das dann doch nie gemacht: „Im Juni hamma unsa mehras Garten-Gschäft! Då kann i need fürt! sGschäft gähd dennaschd fia!"

Und das war in ihrem letzten Jahr genauso wie die fast sieben Jahrzehnte vorher! Das Geschäft war die Nummer 1! An einem Corona-Samstag oder -Sonntag, als im Parterre viel los war – es war gerade mal kein ganz so strenger Lockdown – hat die Mutter einmal recht spät ihr Mittagessen in den 1. Stock geliefert gekriegt. Die Gerti, die sich in besonders aufopferungswilliger Weise um die Mama das ganze Jahr über Tag und Nacht kümmerte – ich bin meiner lieben Schwester dafür zu ewigem Dank verpflichtet – entschuldigte sich für die lange Wartezeit! Ant-

wort: „Dua de need owe! DHauptsach is, dass dLeit eana Sach kriang. Bei mia bressiat's nimma! Owa iatz gfreia me do aufs Essn!"
Ich selbst war bei der Mutterbetreuung mehr für das kulturelle Bei-Programm im Einsatz, also zum Ratschn und Schmaddsn und Via-Lesn! Zu schwerer körperlicher Arbeit ist ein nach 44,55 anrechenbaren Dienstjahren ausranschierta Schui-Lehra natürlich eh nimmer fähig! Jeder Beamte / jede Beamtin a. D. weiß aus eigener leidvoller Erfahrung, wovon ich rede!
Bei meinen Besuchen haben wir uns stets recht gut unterhalten, meine Mutter und ich! Ich erzählte von dahoam, von den Kindern und vom Ur-Enkelbuben Michi in Dresden, sie berichtete von ihren Erlebnissen im 1. Stock und v. a. gern von den Erzählungen der Simbacher Ur-Enkelin Johanna, die sich stets rührend und „gschaffde" als drei Jahre junges Diandl um die bettlägrige „Uri" kümmerte. Ich las der Mutter aus der Tageszeitung vor, besonders die Todesanzeigen interessierten sie! Oft waren ja leider Gottes ehemalige Gäste, Bekannte, Freunde unter den Verstorbenen. Fast zu jedem wusste sie eine Geschichte: „Woaßd, dea war oiwei midm xy då, meistens am Dienstag auf dNacht!" – „De Frau sowieso, de had jedn rundn Geburtstag bei uns gfeiert! Då wernma aa an Leichndrunk hamm! Hoffentlich!" – „Dem sei Su håd bei uns gheirat!" usw. usf. Wenn die Toten ihren Geburtstag vor ihrem Geburtsjahr 1930 hatten, war der Kommentar der 90 Jahre alten Austragswirtin: „Dass dLeid heid soo oid wean! Dess glaubst fast need!"
Und so vergingen Frühling und Sommer 2020 und es kam der Oktober. Ende des Monats hieß es plötzlich: „dMuadda kãn nimma ausn Bett außa!" Der Pflegedienst Zebhauser kam nun zweimal am Tag und leistete hervorragende Dienste; die Frau Doktor Sickinger musste öfter „vorbeischauen" und sorgte sich in vorbildlicher Weise um die Patientin, die ja schon seit 1967 „beim Sickinger" war, damals noch vom ganz jungen Herrn Dr. med. Josef Sickinger aus der Nachbarschaft, Pfarrkirchner Straße 14 (früher Dr. med. Kaspar Pinzl) bestens versorgt, sowie alle Geddlarischn. Geistig aber war die Mutter immer noch voll da, interessiert an allem Zeitgeschehen, am Betrieb, an der Familie, den Verwandten, Freunden und Bekannten.
Anfang Januar 2021 wurden die starken Schmerzen von Tag zu Tag mehr. Die üblichen Mittel reichten bald nimmer aus; man brauchte Morphium, zuerst noch in Tropfenform. Die Betreuung der Patientin wurde zusätzlich noch von der „Palliativ-Ambulanz" des Landkreises Rottal-Inn übernommen. Die Pflegeschwestern und die Ärzte dieser lobenswerten Einrichtung leisteten hervorragende Dienste in diesen letzten Lebenswochen unserer Mutter! Man kann dafür nicht genug danken!

Am Montag, 1. Februar 2021, erhielt die Mutter nachmittags die Morphium-Schmerzpumpe angelegt; der Herr Doktor aus Eggenfelden kommentierte dieses Vorgehen mit den Worten: „Gell, Frau Göttler, dees braucht's nicht, dass Sie Schmerzen haben müssen!" Die Antwort lautete: „Naa, dees braucht's wiaggle need! Schauma amoi, dann sengmas scho!"
Am Dienstagnachmittag, Maria Lichtmess, konnten wir uns noch gut mit der Mutter unterhalten! Beim Abschied sagte sie zu mir: „Auf Wiedersehen! Danke für Deinen Besuch!" Das waren ihre letzten Worte, die sie bei Lebzeiten an mich richtete, interessanterweise formuliert in der Schriftsprache.
Am Mittwoch, dem „Blasal-Tåg", wie die Mutter sonst zum Namensfest des Hl. Blasius am 3. Februar immer sagte, konnte sie nicht mehr sprechen; sie lag still und ohne Regung, wohl auch ohne Schmerzen in ihrem Bett.
Am Donnerstag, 4. Februar 2021 kam der Tod als Erlöser zu ihr, am Nachmittag zwischen 14 und 15 Uhr. Meine Schwester Gerti sagte noch zu ihr: „Gej, Mama, i leeg mi iatz aa no a bissl hü ‚sEssn to-go-Gschäft' is guad vobei! Hernach kimm i wieda zu Dia!" Als Gerti um 15 Uhr bei der Mutter nachschaute, war diese bereits entschlafen, hinübergegangen in ein besseres Jenseits, in den weißblauen Wirtshaus-Himmel, wie wir hoffen und wünschen! Nein: wie wir es wissen!
Als ich um ca. 16.00 Uhr zum üblichen Besuch in Simbach eintraf, kam mir meine Schwester entgegen und sagte mir traurig: „D Muadda håd's scho iwastandn". Die Frau Doktor war auch dabei, sie hatte der Mutter bereits den für gerade Verstorbene üblichen Kopfverband angelegt. Als ich das Sterbezimmer betrat, lag die Mutter friedlich in ihrem Bett; die weißen Mullbinden ließen sie wie eine Klosterfrau aus früheren Zeiten ausschauen. Ich streichelte ihre immer noch schön dunklen und buschigen Augenbrauen – die sie mir genetisch vererbt hat – und nahm Abschied von ihr. Geweint habe ich nicht, das hatte sie schon vor Jahren verboten! „Wenn a so an oids Leid stirbt und oiss guad iwastandn had, da braucht wiaggle koa Mensch drenzn, da muass ma frouh sei, dass oiss vobei is!" Ich gehorchte!
Am Montag, 8. Februar 2021 haben wir unsere Mutter am Nachmittag – wegen Corona still und leise – auf ihrem letzten Weg in die Familiengruft auf dem Simbacher Friedhof begleitet. Ihre Todesanzeige am nächsten Tag in der PNP enthielt den Satz: „Sie war eine Wirtin mit Leib und Seele, ihr ganzes Leben lang, und uns die beste Mutter, Oma und Uroma, die man sich wünschen konnte."
Ich glaube, dass dieser Satz die Summe ihres Lebens gut und schlüssig zusammenfasst! Mehr Worte braucht es da nicht! Der Rest sei Schweigen, Erinnerung und tiefe Dankbarkeit! „Vergelt's Gott, Mutter!" und „Ruhe in Frieden!"

San Cucino

Alexander Bálly

Dies ist ein ganz besonderer Heiliger und gewissermaßen ein Müncher Kindel.
Alles begann im Jahre 1972, als Prof. Rudolf Seitz, Leiter der Kunstakademie in München, mit einem Festmenü kämpfte. Die Ente in Rotwein drohte schwer zu misslingen. Darum rief in seiner Not der Professor einen befreundeten Geistlichen an. Ich nehme an, aber überliefert ist es nicht, dass dieser geistliche Herr auch ein Held am Herd war. Ob er der Ente helfen konnte, kann ich nicht sagen. Der zweite Teil des Gespräches ist aber überliefert. Prof. Seitz wollte wissen, ob es einen Heiligen gäbe, der für solche Notlagen in der Küche anzurufen wäre. Trotz intensivem Nachdenkens musste Hochwürden dies verneinten. Der Rat fiel darum ein wenig flapsig aus: „Erfinde doch einen!"
Und das tat Prof Seitz. San Cucino, Helfer bei allen Nöten in der Küche, ward geboren. Doch so ein Heiliger allein ist zu abstrakt. Es wurde ihm darum flugs eine Legende erdichtet: So weiß man inzwischen, dass er als Domenico Pentola 1411 als Sohn in eine Weinbauernfamilie hineingeboren wurde. Mama lehrte ihn Kochen, Papa die Geheimnisse des Weinbaus. Mit 17 trat er in das Kloster San Francesco alle Herbe ein, wo er bald berühmt war für seine kraftvollen Predigten und hervorragenden Speisen.
Er wirkte lange Jahre höchst segensreich im Kloster, widerstand den Versuchen des Papstes Famixtus III., der ihn gerne als Leibkoch in den Vatikan gelockt hätte, und trug mit der Erfindung der Farfalle und der Minestrone sowie manchen anderen Genussschöpfungen wesentlich zum Ruhm der italienischen Küche bei.
Wunder aber wirkte er zu Lebzeiten keine, wohl aber verhinderte er eines. Es war wohl Milch auf dem Herd, als er sich noch kurz im Garten Küchenkräuter suchen wollte. Frater Brunello, der indes den Topf hüten sollte, wurde dort Zeuge einer höchst wundersamen Milchvermehrung. Immer höher stieg die Milch im Topf und aufs Höchste entzückt rief der fromme Topfwart „Miraculo, miraculo!" Der herbeieilende San Cucino war weit weniger entzückt, riss den Topf vom Feuer und setzte so dem Wunder ein Ende. Dies tat aber seiner Wertschätzung keinen Abbruch.
Hochbetagt und ebenso verehrt verschied der Gottesmann 1495. Schon ein Jahr später wurde er heiliggesprochen.
Lieber Leser, bemühe Dich nicht. Prof. Rudolf Seitz hat schon selbst eine Anfrage an den Vatikan gestellt, und die erzbischöfliche Auskunft erhalten, dass weder die 12 Bände der Bibliotheka Sanktorum noch die Märtyrerakten oder die Acta Sanktorum einen Hinweis auf die Existenz dieses zum Leitbild gewordenen Menschen enthalten. Er ist also ganz und gar ein unoffizieller Heiliger.
Verehrt wird er dennoch. Und dies von sehr vielen Menschen, darunter auch manche Berühmtheit. Karl Weizecker, Alfred Biolek, Herbert Rosendorfer und viele andere bekennen sich zu ihm, rufen ihn in Küchennöten – aber auch in anderen – an und beteuern, er habe geholfen. Sogar eine Knochenreliquie von ihm ist aufgetaucht. Sie wurde zusammen mit überliefertem Original-Küchengerät und anderem auf einer Ausstellung zu seinen Ehren 1995 im Schloss Neuburg (Klein Dürrnitz) ausgestellt und in vielen Küchen hängt sein Bild. Es zeigt ihn meist mit Weinglas

und Löffel. Manchmal auch mit dem Topf des verhinderten Wunders.
Als Heiliger hilft er bei Notfällen in der Küche, aber auch bei Verdauungsproblemen und Erkrankungen des Verdauungstrakts.
Was lehrt uns nun San Cucino über uns Menschen und über die Verehrung von Heiligen allgemein? Der aufgeklärte Mensch in mir möchte sich die Haare raufen, der Märchenonkel ist entzückt.
Offenbar glauben wir Menschenkinder leidenschaftlich gern. Und offenbar suchen wir immer wieder entweder einen Schuldigen oder einen Helfer und Retter. Um einen Schuldigen für verstopfte Nasen zu haben, haben meine Frau und ich „Christine" mit ihrer kleinen Kelle erfunden. Eine winzige, fiese Fee, die nächtens auf einem Hexenbesen ins Schlafzimmer fliegt und uns die Nasen zuspachtelt. Wo wir Hilfe suchen, nutzen wir Menschenkinder offenbar gerne Heilige als Projektionsfläche. Dabei ist es sogar völlig egal, ob die Figur historisch ist, zu Teilen oder gar zur Gänze erfunden und auch eine amtskirchliche Offizialisierung ist völlig unnötig. So spinnen sich binnen kürzester Zeit Geschichten um diese Figuren und auch Andenken und Reliquien sind rasch gefunden. Wir wollen diese Idole offenbar in der stofflichen Welt verankern, selbst wenn wir wissen, dass es eigentlich Unfug ist.
Bei San Cucino mag es ein fröhliches Spiel sein, doch im Zusammenhang mit anderen Reliquien wird dieses Spiel deutlich ernster: Wie viele Tote, von denen man nicht mehr wusste als den Namen, wurden von eifrigen Mönchen zu Märtyrern erklärt und aus den Katakomben entnommen? Wie viele Hundertschaften frisch erklärter Heiliger wurden rasch mit einer fragwürdigen Legende ausgestattet und als gegenreformatorisches Verehrungs- und Anschauungsmaterial nach Deutschland gebracht? Wie kommt in Turin der Abdruck des wahren Christus auf das mittelalterliche Gewebe des Grabtuchs? Wie kann es mehrere originale Häupter von Johannes dem Täufer geben? Und wie groß muss der Dachstuhl gewesen sein, an den man den Herrn genagelt hat, wenn man all die Kreuzessplitter zusammennimmt?
Wir wollen glauben und wir wollen es bitte auch sehen. Anfassen wäre noch besser, aber zumindest sehen wollen wir es. San Cucino zeigt diesen Mechanismus par excellance.

Opernball im Obst- und Gemüseladen

Josef Fendl

(Auszug aus der offiziellen Gästeliste)

… der Scheich von Kohlrabien
die Prinzessin von Petersilien
die Baronesse de Orangeat
der Chevalier von Artischoque
die Comtesse de Aubergine
Mdme. Konsulin von Sultanien
der Häuptling vom Stamm der Oregano
der Kazike von Broccoli
der Sultan von Bananien
der Großwezir von Zucchinien
der Graf von Basilikum
die Gräfin von Fressalien …

D' Hoamat

Ponzauner Wigg

Zwischen den Alpen und am Boarisch'n Woid,
Da is hoit dös Fleckerl, dös mir so guat g'foit.
D' Wies'n und Felder san eing'samt vom Holz
Und 's Bacherl im Wies'ngrund sagt 's voller Stolz:
Dös is mei Hoamat!

Wo d' Höf und die Dörferl san hing'straht im Land,
Wo Märkte und Städte im sauberen G'wand,
Wo Kirchtürme grüßen in schmucker Postur
Als Zeugen von Kunstsinn, Fleiß und Kultur,
Da is mei Hoamat!

Wo d' Leut anand grüßen und mitanand red'n,
Wo oaner den andern no sieht und no kennt,
Wo Nachbarn no helfen anand in der Not
Und wo ma gern arbat ums tägliche Brot,
dort is mei Hoamat!

Dort wo ma no hängt an herbrachte Brauch',
Wo d' Kindstauf man feiert und d' Hochzeit und d' Leich,
Wo 's Alte sich friedlich mit'm Neuen verbindt,
Und d' Jugend a no mit'n Alter zamfindt,
dort is mei Hoamat!

Wo d' Glocken no läuten in der Früah und auf d' Nacht,
Und wo man am Sonntag sein Kirchgang no macht,
Und a no a wengl an Hergott denkt
Und ihm a Gebet statt an Fluacherer schenkt –
Dort is mei Hoamat!

Dort, wo man net bloß ruachert und rennt,
Sondern a no a Geselligkeit kennt,
Und wo ma z'fried'n is mit sich und der Welt,
Dort, wo man ruhn möcht, wenn der Atem scho fehlt
In meiner Hoamat!

Ponzauner Wigg,
Rottaler Bauernbrot
Neu herausgeg. von Hans Göttler
Edition Töpfl

Was versteht man unter „Blödeln"? und was ist eigentlich „albern"??

Helmut Seitz

Wenn man seine Mitbürger und Freizeitgenossen schriftlich auffordert, das erste gelegentlich zu tun und das zweite hin und wieder zu sein, dann sollte man selber wenigstens einigermaßen genau wissen, was das heißt. Ich wusste es bisher allerdings nicht exakt.

Sie meinen, nichts sei leichter zu erklären? Na, dann erklären Sie's doch mal! Wahrscheinlich geht es Ihnen genauso wie mir:

Albern? Na ja, albern ist … äh, ja was denn gleich? Also: Albern heißt so viel wie … nein: Albern ist, wenn man … ja, zum Teufel – was ist denn nun eigentlich albern?!

Als ich mit meiner Definition so weit gekommen war, beschloss ich, ganz einfach jemand zu fragen. Und wen fragt man heute, wenn man etwas ganz genau wissen will? Den repräsentativen Bevölkerungsquerschnitt! Der repräsentative Bevölkerungsquerschnitt weiß alles, sagt alles und verschweigt beinahe gar nichts. Ganz gleich, ob es um die Marktchancen einer Zahnpaste oder um die eines Kanzlerkandidaten geht, um die Ansichten über die Gegenwart oder um die Aussichten für die Zukunft. Und deshalb legte ich einem repräsentativen Bevölkerungsquerschnitt die Frage vor: Was ist eigentlich albern?

Auf diese Frage sagte

… ein SPD-Funktionär: „Die Politik der CSU"

ein CSU-Funktionär: „Die Ansichten der SPD"

ein Berliner: „Na wat denn! Sie wolln ma wohl veralbern, wie?!"

ein Münchner: „Ja mei …"

ein Philologie-Professor: „Zur Beantwortung dieser Frage erscheint es mir zweckdienlich, ja sogar notwendig zu sein, etwas weiter auszuholen." (Was der Professor sonst noch sagte, kann hier nicht wiedergegeben werden, weil seine Antwort mindestens das halbe Buch füllen würde)

eine Studentin: „Ihre Frage"

ein Beamter: „Herr! Bitte keine Beamtenbeleidigung!"

ein Tiehnätscher: „Dzdz"

ein Straßenkehrer: „Gar nichts"

eine Toilettenfrau: „Also was is: Wolln Se oder wolln Se nich?"

ein Buchhalter: „Die Berufsbezeichnung Buchhalter"

eine Sekretärin: „Das Gebrüll meines Chefs"

ein Fernseher: „Da fragen Sie noch?"

ein Dreiviertelstarker: „Mann – Ihre Fresse!"

Nach dieser Frage gab ich es auf. Die Antworten des repräsentativen Bevölkerungsquerschnitts waren mir zu albern.

Und dann tat ich das, was ich klugerweise gleich hätte tun sollen: Ich schlug beide Begriffe im dickleibigen und sechsbändigen Duden-Wörterbuch der deutschen Sprache nach. Und zwar in alphabetischer Reihenfolge zuerst unter dem Buchstaben A (wie „albern").

Das Wörtchen „albern" bedeute – so erklärt das schlaue Buch – etwa so viel wie „dummlustig" oder „abelsch" oder auch „mall". Die beiden letzteren Wörter sind dabei keineswegs der arowakische oder hottentottische Ausdruck für „albern“, sondern stammen aus in manchen Gegenden immer noch gängigen deutschen Dialekten.

Na gut, seien wir mal abelsch und mall genug, um das ohne weitere Nachfrage einfach so zu glauben.

Nun aber zum Stichwort „Blödeln“. Das kommt freilich ursprünglich mal von blöd oder blöde, was zunächst nur gebrechlich, schwach und zaghaft bedeutet hatte, dann aber auch scheu, furchtsam und unwissend. Infolgedessen hat auch der Blödsinn nicht direkt was Erhebendes, obwohl der berühmte englische Schriftsteller und Dandy Oscar Wilde schon im vorvorigen Jahrhundert meinte:

„Wenn ein Mann etwas ganz Blödsinniges tut, so tut er's immer aus den edelsten Motiven.“

Mein Lexikon führt aber auch das Stichwort „Höherer Blödsinn“ auf und erklärt es als „Blödsinn um seiner selbst willen, ohne tieferen Hintergrund, Nonsense“.

Vom „Styl des höheren Blödsinns“ schrieb bereits anno 1856 die satirische Zeitschrift „Kladderadatsch“ – und damit sind wir nun fast hautnah an jener Verhaltensweise, zu der hier ermuntert werden soll. „Blödeln“ heißt nämlich laut Wörterbuch so viel wie „absichtlich dummes Zeug, Unsinn reden“. Was ja unabsichtlich sogar jeder Blödmann mühelos kann – und ein solcher sogar völlig mühelos und unabsichtlich. Absichtlich aber schaffen das bloß Leute mit einem mindestens durchschnittlichen oder noch besser sogar mit leicht übernormalem IQ.

Mein kluges Lexikon bietet zum Stichwort „Blödeln“ auch gleich ein paar Belegstellen aus der Literatur, so zum Beispiel von Franz Werfel, in dessen „Himmel 79“ steht: „Wir werden auch nie mehr so schön zusammen blödeln wie früher.“

Oder in einem Werk des Schweizer Autors Max Frisch: „Herbert war nicht abzubringen von seiner Blödelei.“

Aber Schluss mit der Theorie. Was Blödeln in der Praxis heißen kann, dafür bietet der folgende Witz ein sehr anschauliches Beispiel: Gott Vater und Sohn auf einem himmlisch schönen Golfplatz in Bayern. Der Senior tut einen wahrhaft göttlichen Schlag – aber wie der Ball gerade nur noch einen Zentimeter vor dem „Hole“ ist, saust eine Maus aus dem Loch und kickt die Kugel mit der Schnauze beiseite. Nun ist der Junior dran. Seinen Ball bringt aus heiterem Himmel ein Blitzschlag von der Bahn ab. Beim dritten ähnlichen Zwischenfall, diesmal wieder vom Sohn gezaubert, wird Gott Vater aber grantig und raunzt den Junior an: „Oiso, was is jetz', Bua: Schpui ma endlich gscheid Goif – oder damma blädeln?!“ (Übersetzung für Nichtbayern und Schriftdeutsche – in etwa: „Was is nu, Junge: Spieln wa endlich vernünftig Golf – oder wolln wa blödeln?“)

Nun noch ein paar Zitate, die den Unterschied zwischen bloßen Dummheiten und pfiffiger Blödelei illustrieren.

Ein Kalenderspruch stellt fest: „Lieber Blödeleien als blöde Laien“. Na ja – ein ganz nettes Wortspiel – aber so richtig schön und intelligent geblödelt ist es wohl doch nicht ganz.

Der Münchner Schriftsteller, Filmemacher und Maler Herbert Achternbusch schrieb im Programmheft zu einem seiner Theaterstücke: „Heute interessiert es mich, Blödsinn zu formulieren.“ Und dann folgt eine ganze Seite von so ernsthaft hochgestylter Prosa, dass man sich daran ohne die warnende Vorbemerkung des Autors fast Blasen im Gehirn zuziehen könnte. Das Theaterstück zu diesem Prosa-Text hat übrigens auch einen durchaus blödeligen Titel – es heißt „Der Stiefel und sein Socken“.

Ein Beispiel von ganz anderer Art: „Die Zeit ist nichts anderes als die Form des inneren

Sinnes, d. i. des Anschauens unserer selbst und unseres inneren Zustandes. Denn die Zeit kann keine Bestimmung äußerer Erscheinungen sein; sie gehört weder zu einer Gestalt oder Lage usw., dagegen bestimmt sie das Verhältnis der Vorstellungen in unserem innern Zustande." Na, ist das nicht ein herrlicher Blödeltext, der das Geschwafel mancher deutschen Philosophie-Professoren trefflich parodiert? Das könnte es zwar sein. Aber nein, dieser Passus war einst völlig ernst gemeint: Der Autor hieß Immanuel Kant und galt oder gilt immer noch als einer der berühmtesten deutschen Philosophen. Dieser Mann war wahrscheinlich ungeheuer intelligent – aber um sich selbst auf die Schippe zu nehmen? Nein, so blödelklug dürfte er wohl doch nicht gewesen sein.

Freilich, auch heutzutage (und nicht nur an Universitäten!) gibt es Leute, die unfreiwillig Komik liefern. So zum Beispiel in diesem Text:

„Ich steh hier für euch / Das Mikro in der Hand / ich steh hier meinen Mann / Tu alles was ich kann / ich stehe hier für euch / ich sag's total direkt / ich bin zwar nicht perfekt / Doch ich geh hier nicht weg / Denn wir ham keine Angst."

Also sang mal in der Vorentscheidung zum Schlager-Grand-Prix ein gewisser Zlatko, der zuvor nur als Insasse eines Fernseh-Containers Aufmerksamkeit auf sich gezogen hatte. Sein IQ dürfte für derlei Blödelei von hohen Graden vielleicht nicht ausreichen – aber den Text hatte ja nicht er selber geschrieben, und sein uns unbekannter Ghostwriter mag trotz allem ein sehr kluger Mann sein. So schlau, dass er gern auch mal Blödsinn schreibt, wenn es gewünscht und gut bezahlt wird.

Wer ein Mann ist, und wem darüber hinaus sowas Spaß macht, der könnte sich ja auf die Bekanntschaftsanzeige einer offenbar blödelwilligen Dame bewerben. Die sucht nämlich einen Partner, der Berge, Reisen mit dem Zelt und Kochen liebt – „und wenn Du auch noch Sinn für Unsinn hast, dann freue ich mich auf Deine Bildzuschrift".

Sollte sich daraufhin keiner gemeldet haben, hätte die Dame halt im selben Blatt unter der Rubrik „Bekanntschaften Herren" nachschauen sollen – da stand nämlich folgendes Inserat drin:

„Seriöser Spinner (40/190) sucht verrücktes Huhn (-35/schlank) für tiefgehenden Unsinn und Spaziergang".

Auch der folgende dialektige Inserent aus München wäre vieleicht was gewesen für jene Dame, welche einen Mann mit Sinn für Unsinn sucht:

„Gscheida Mo (59) mit gscheidem Gstell und gscheidem Sach, rationeller Wirtsch.-Dr. mit Herz, viel Sportfreizeit, gelassen souverän und mag gscheid blödeln, sucht profiliertes Weiberleut". (Und hier wieder die Ausdeutschung für Nordlichter: Mo = Mann; gscheides Gstell = stattlicher Körperbau; gscheides Sach = passables Vermögen; gescheit heißt also im Bayerischen nicht immer und unbedingt so viel wie klug oder schlau, sondern ist oft ein Synonym für gut, ordentlich, ansehnlich).

Sinn für Unsinn oder Sense für Nonsense und eine Neigung zum Blödeln darf man auch bei jenem Tanz-Team vermuten, das sich für sein Programm diesen hübschen Titel ersann: „Sowohlentwederalsauchoder … eine gegengleiche Wanderung". Sowas hat fast schon die querdenkerische Qualität eines Karl Valentin mit seinem berühmten Bekenntnis:

„Mögen hätten wir schon gewollt, aber dürfen haben wir uns nicht getraut". Oder der alberne Drohversuch in der Auseinandersetzung mit einem Chef: „Sie sind auf mich nicht angewiesen, aber ich auf Sie – merken Sie sich das!!"

Einer der geistreichsten und allerkürzesten Blödel-Aphorismen aber stammt von dem

berühmten mexikanischen Autor und Filmregisseur Louis Bunuel, der das verblüffende Bekenntnis ablegte: „Ich bin Atheist – Gott sei Dank!“
Es diesem Absurdissimum gleichzutun oder es gar noch zu überblödeln? Nein, da haben wir keine Chance – also nutzen wir sie!
Nun wissen wir es also ganz genau, was blödeln heißt, und was albern ist. Übrigens: Falls Sie diesen Ab- und Aufschnitt zu albern fanden, dann sind Sie leider noch nicht dummlustig genug, um abelsch zu sein. Und in diesem Fall möchte ich Ihnen zurufen: Seien Sie doch ein bisschen maller!
Sollte Ihnen nichtsdestotrotzdem immer noch nicht klargeworden sein, was „albern“ ist, dann lesen Sie mit innerer Sammlung und äußerster Entschlossenheit folgendes Poem, das eigentlich 222 bis viele Strophen hat. Aus Platzmangel kann hier nur eine gebracht werden – aber mehr würden Sie sowieso nicht vertragen.
Monolog eines Schnarchers

Krunchpatatapitipüh,
rachelnachelschnachel!
Krunchpatatapizpalü,
sacheltachelfachel!
Undsoweiteretceterapepe …

Jetzt wissen Sie's aber bestimmt, was albern ist, wie? Sehr richtig: dieses Gedicht!

Helmut Seitz,
Nur Gescheite können blödeln
Turmschreiber Verlag

Palare Italiano

Ferienkurs in Italienisch

Heini Almstätter

Spaghetti, Chianti,
die Göttliche Komödie is von Dante.

Pasta asciutta, Zucchini,
des is koa Opera von Pucchini.

Fare il bagno,
wannst di verkühlst singst wia da Celentano.

Frutti di mare,
heit ess ma beim Marcello für vui Diridare.

Pommeriggo chiuso,
de Plattn is so oid wia da große Caruso.

Ciao, ciao bambina,
beim Hoamfahrn tank i bei da Fina.

Finito amore,
„kann nix mehr helfen Dottore“

De Nocht mit dir vagiss i nia

Gerhard Walter

Der Doktor Walter Anschelfer
war Arzt und aa Geburtshelfer
und zo a Zeit, wo no dahoam
de Kinder oi geborn san worn.
Wia oft is er auf d' Nacht ghoid worn,
wenn wo grod d' Wehen eigsetzt ham,
und oft hod mittn in da Nocht
a kloanes Kind auf d' Welt er brocht.
Moi ham s' 'n ghoid auf d' Nocht um zehne
zom Oanadhof vom Maier Bene
über a hoibe Stund weit weg,
weil d' Bäurin in de Wehen liegt.
Er untersuacht de Bäurin g'nau
und sogt zo ihr, „mei liabe Frau,
a poor Stund z' friah habt 's ihr mi ghoid,
es is ja längst no ned so weit.
Doch 's Hoamgeh lohnt se für mi ned,
und außerdem bin i stoamiad,
's is besser, wenn i glei dobleib,
so lang bis bei dir is so weit.
Geh weiter, Bäurin, rutsch a weng,
na konn i mi zo dir neilegn."
De Bäurin, de is gscheid daschrocka,
„sie mechtn se zo mia reiflacka"
frogt sie, „des mog i aber ned,
a fremder Mo in meinem Bett."
Da Doktor sagt „iatz mach koa Gschroa,
i bin stoamiad und koid is aa,
rutsch num, lass mi a Stückerl ruahn,
und nachad werd dei Kind geborn".
Da Bauer frogt saubläd, „und i?
Wo soi denn i dawei na hi?"

Da Doktor – iatz scho leicht nervös -
deit zo da Tür und sogt ganz bäs,
„du gehst in Kuche, Wasser kocha,
zehn Liter wern mi do scho braucha."
Zwoa Stund lang hod da Doktor gschnarcht,
bloß Bäurin hod koa Aug zoagmacht.
Doch wia d' Geburt mit Weh und Ach
hod eigsetzt, war da Doktor wach.
Es is aa olles ganz schneij ganga,
des Kind war do, hod 's Plärrn ogfanga,
de Bäurin, de war richtig froh,
und weil 's a Bua war, aa ihr Mo.
D' Bäurin hod d' Hand vom Doktor packt
und hod ganz dankbar zo eam gsagt,
„de Nocht in meinem Bett mit dir,
Herr Doktor, de vagiss i nia."

Nauf, nunter, nüber, hinter

Gerhard Walter

Der Sepp, der Toni, der Max und der Willi sitzen im Wirtshaus. Jeder hod scho drei Hoibe und de Unterhoitung werd oiwei zimpftiger. Iatz geht 's grod über 's Urlaub fohrn. Bedienung bringt grod für jedn de vierte Hoibe.

Bedienung: „Zum Wohl."
Alle viere: „Vagelt 's God."

Alle vier stoßen mit dem Bier an und trinken.

Alle viere: „Prost!"
Willi: „Wia schaugt 's 'n bei eich des Johr mim Urlaub fohrn aus."
Sepp: „Heier fohrn mia noch Finnland nüber."
Willi: „Des hoaßt ned noch Finnland nüber, sondern noch Finnland nauf, weil 's im Nordn liegt. Drum sogt ma aa, noch Schwedn nauf oder noch Norwegn nauf."
Sepp: „Gscheidhaferl."
Toni: „Mia san letzt's Johr noch England naufgfohrn."
Willi: „Des hoaßt ned noch England nauf, sondern noch England nüber."
Toni: „Wiaso iatz des? England liegt doch im Nordn und desweng miassad 's 'nauf' hoaßn."
Willi: „Naa! England liegt mehra im Westn wia im Nordn, drum sogt ma do 'nüber'. Weil, wenn wos im Westn oder im Ostn liegt, do sogt ma ‚nüber', zom Beispui noch Amerika nüber, noch Ungarn nüber, oder noch Russland nüber."
Toni: „Und des Johr fohrn mia noch Griechnland nüber."
Willi: „Des hoaßt ned noch Griechnland nüber, sondern noch Griechnland nunter."
Toni: „Wiaso des iatz wieda? Griechnland liegt doch im Ostn und desweng miassad 's ‚nüber' hoaßn."
Willi: „Naa! Des is ähnlich wia mit England. Griechnland liegt mehra im Südn wia im Ostn, drum sogt ma do ‚nunter'. Weil, wenn wos im Südn liegt, dann sogt ma ‚nunter', zum Beispui noch Italien nunter oder noch Spanien nunter."
Max: „Mia fohrn wahrscheinlich noch Österreich nunter."
Willi (scho ganz nervös):
„Es hoaßt noch Österreich nüber."
Max: „Wieso des? Wo Österreich doch im Südn liegt."
Willi: „Weil ma in de direktn Nachbarländer oiwei ‚nüber' fohrt, egal, in welcher Richtung, dass s' liegn. So, wia ma aa sogt noch Frankreich nüber oder noch Polen nüber. Und außerdem, in welches Bundesland vo Österreich fohrst denn?"
Max: „Noch Kärntn nüber."
Willi (rauft se d' Hoor):
„Des hoaßt ned noch Kärntn nüber, sondern noch Kärntn nunter."

Max: „So ein Schmarrn! Wenn 's hoaßt – noch Österreich nüber, dann werd 's doch aa hoaßn noch Kärntn nüber."

Willi: „Naa! Es hoaßt zwar noch Tirol nüber, noch Soizburg nüber, noch Vorarlbarg nüber, weil dee Bundesländer direkt an Bayern grenzn. Aber weil Kärntn selber ned direkt an Bayern grenzt, aber vo Bayern aus im Südn liegt, drum sogt ma do noch Kärntn nunter."

Max (konn dem ned folgn, er is staad und trinkt vo sein'm Bier).

Sepp: „Letzt's Johr san mia noch Indien nüber gfohrn und irgendwann werdn mia aa no in d' Mongolei nüber fohrn."

Willi (werd scho rot im Gsicht und presst zwischn de Lippn vor): „Mia fohrt ned noch Indien nüber, sondern noch Indien hinter, und mia fohrt aa in d' Mongolei hinter, bsonders, wenn ma in de hintere Mongolei fohrt."

Sepp (kennt se iatz aa nimmer aus, is staad und trinkt vo sein'm Bier).
Bedienung kimmt an Tisch.

Willi: „Und wo fohrst du hi in Urlaub?."

Bedienung: „I hob eichern Dischkurs ja a bissl mitkriagt. Und i mecht ja iatz nix foisch sogn, drum sog i, i bleib dahoam. I setz mi in Keller nunter oder in Speicher nauf, zom Nachbarn nüber oder in d' Schupfa hinter, vo mir aus aa in Garag' naus, ins Prägartl füre oder in Obstgartn nei, aber i fohr in koa fremds Land nauf, nunter, nüber oder hinter."

Lieber Schweinswürstl als ein Buch?

Jutta Makowsky

„Zweimal Schweinswürstl mit Kraut, ein Weißbier, ein Spezi, zwei Tassen Kaffee – macht 36,30.“ – „Achtunddreißig.“ – Eine ganz normale Zeche für einen kleinen Mittagsimbiss, in 30 Minuten verzehrt. Aber würden Sie 38 Mark auch so lässig für ein Buch hinlegen?

Die zur Zeit in München grassierende Frühjahrsbuchwoche wirft solche Fragen auf. Auch im Café nach der Damengymnastik ist von Büchern die Rede. „Kaufen? Nie! Die krieg i immer g'schenkt. Aber wann hast denn Zeit zum das alles lesen?“– „Bei uns wachsen die Bücher auch schon zum Kamin raus. Und dann kommt immer noch das neue vom Bücherbund dazu!“ – Ja, gell, die schrecklichen Hauptvorschlagsbände, wenn man vergessen hat, was anderes zu bestellen.“ – „Mir sind Taschenbücher lieber. Die kannst leicht einstecken und unterwegs lesen.“

Tatsächlich sieht man gar nicht selten in den öffentlichen Verkehrsmitteln Leute – und vornehmlich junge –, die oft recht dicke Wälzer aus der Tasche ziehen und sogar im Stehen lesen. Stimmt also gar nicht, was sie immer unken: dass das Volk der Dichter und Denker sich zu Analphabeten zurückentwickeln würde. Oder sieht man da lauter Ausnahmen in der U-Bahn?

Wie steht es denn mit den fernsehsüchtigen Kindern und Jugendlichen? „O ja doch, sie lesen schon auch“, kommt es etwas gedehnt von zwei jüngeren Müttern. Aber von so richtig leidenschaftlichen Leseratten, die mit der Taschenlampe unter der Bettdecke schmökern, wie das früher üblich war, hört man eigentlich nichts. Ein paar wird es trotzdem noch geben – die gewinnen dann die Preise beim Lesewettbewerb.

Die Damen im Café rühmen das Moderne Antiquariat. Da kann man ganz billig gute Sachen herausfischen. Aber wie ist es mit Neuerscheinungen, die halt nicht ganz billig sind? Etwa so teuer wie ein Abendessen mit Wein beim Griechen? – Allgemeines Schweigen.

Man sollte vielleicht auch mal einen Mann fragen. Es sitzt nur ein einziger in der Ecke, natürlich zeitunglesend. „Entschuldigen Sie die Störung, aber wir hätten da eine Frage: Würden Sie 38 Mark oder mehr für ein Buch ausgeben?“ – Der Kopf, der hinter der Zeitung hervorkommt, sieht arg intellektuell aus. „Selbstverständlich“, meint er, „wenn es vom Literarischen Quartett abgesegnet ist.“ Alles klar.

Der letzte Tag im Leben des Königs und Dr. Guddens

Alfons Schweiggert

Am Pfingstsonntagmorgen, den 13. Juni 1886, erwacht der König gegen 6.00 Uhr und lässt, „noch im Bette liegend", Dr. Gudden zu sich kommen. Er nennt Prinz Luitpold einen Mitläufer, der missbraucht worden sei. Er beschwert sich, dass ausgerechnet Graf Holnstein, der bei ihm in Ungnade gefallen ist, zu seinem Kurator ernannt wurde. Gudden erklärt, wie wichtig es ist, „dass Eure Majestät viel mit Menschen zusammenkommen. Diese fortwährende Abgeschlossenheit von allen Menschen darf nicht fortgesetzt werden. Als Kavaliere für Eure Majestät sind zwei Herren bestimmt, Freiherr von Washington und Baron Malsen." Ludwig antwortet: „Mir ist schon einer zu viel. Das Schlimmste, was man mir antun kann, ist, nicht mehr alleine sein zu dürfen." Gudden beschwichtigt den König: „Die Kur erlaubt es, dass Eure Majestät oft alleine bleiben können. Nur beim Ausgehen und Ausfahren sollten Majestät Ihre Kavaliere um sich haben." Auch die Pfleger sind dem König unerträglich. Er will nur Dr. Gudden als Kontaktperson in seiner Nähe. Dann äußert er den Wunsch, in Aufkirchen den Pfingstgottesdienst zu besuchen. Gudden bedauert, ihm die Teilnahme versagen zu müssen. Es soll unliebsames Aufsehen vermieden werden.

Nun wünscht Ludwig Dr. Grashey zu sprechen. Wie es scheint, möchte der König nach und nach alle wichtigen Personen näher kennenlernen, mit denen er es künftig zu tun haben wird. Im Gespräch mit Grashey nennt Ludwig das ganze Vorgehen ein Komplott. Man hätte ihn in Kenntnis setzen müssen. Er fragt, wie lange die Sache dauern soll. Grashey weiß es nicht, betont aber wahrheitsgemäß: „Majestät sind jedoch nach wie vor der König von Bayern. Wenn einmal durch ein neues Gutachten die Genesung Eurer Majestät nachgewiesen ist, dann wird die Reichsverwesung ohne Zweifel wieder aufhören." Plötzlich also keine Rede mehr davon, dass Ludwig II. „die ganze Lebenszeit" an der Ausübung der Regierung verhindert sei, wie das im letzten Satz des Gutachtens behauptet wurde. Der König sagt: „Aber ich bin doch nicht krank. Nun gut, ich hatte früher ein paar Mal Aufregungszustände und habe wegen Schlaflosigkeit vielfach Schlafmittel gebraucht. Aber krank bin ich deshalb nicht. Was haben denn die Ärzte gegenwärtig für Vorschläge zu meiner Heilung?" Darauf Dr. Grashey: „Wir legen auf das gegenwärtige ruhige Verhalten Euerer Majestät großes Gewicht und Wert darauf, dass Majestät regelmäßig leben, wenig Spirituosen genießen und sich fleißig in frischer Luft bewegen. Sinnvoll wäre es auch, eine regelmäßige Beschäftigung zu wählen." Ludwig nickt: „Das halte ich für richtig. Bitte sorgen Sie dafür, dass mir bald die Bibliothek aus Neuschwanstein übersandt wird." Auf die Frage, warum er vor Abgabe des Gutachtens nicht untersucht worden sei, erklärt Dr. Grashey: „Majestät haben seit Jahren keinen Arzt mehr vorgelassen. Erst recht würden Majestät keinen Psychiater empfangen haben. Vor erfolgter Proklamation war also niemand berechtigt, gegen den Willen Eurer Majestät einen Arzt ins Schloss zu schicken. Ein solcher

wäre von Majestät höchstwahrscheinlich gefangen gesetzt worden." Der König lächelt auf diese Antwort und bestätigt damit, dass Grasheys Aussage zutrifft.
Nach Morgentoilette und reichlichem Frühstück bespricht der König mit Dr. Gudden den Spaziergang am Vormittag, der von 11.15 bis 12.15 Uhr im Schlosspark stattfindet. In einem Astand von 400 Schritten folgt ein Pfleger, der – wohl auf Wunsch des Königs – noch weiter zurückbleiben muss, sodass er mehrmals den Anschluss an die beiden Spaziergänger verliert. Beim Anblick eines Gendarmen fragt der König: „Nanu? Ist etwa die Anwesenheit von Sozialisten zu befürchten?" Gudden gibt dem Mann einen Wink, sich zu entfernen. Unterwegs passieren die beiden eine Bank – nicht weit entfernt von der späteren Unglücksstelle – auf der sie kurz ruhen. Wie Dr. Gudden später äußert, dreht sich die Unterhaltung vorrangig „immer um dieselbe Frage, ob man ihm [dem König] nicht nach dem Leben trachte." Was auf dem Spaziergang möglicherweise sonst noch gesprochen wird, ist nicht bekannt. Vielleicht äußert Ludwig den Wunsch, am Abend noch einmal spazieren zu gehen. Bemerkungen des Königs, die Dr. Gudden beunruhigt hätten, scheint es allerdings nicht gegeben zu haben.
Nach der Rückkehr der beiden folgt das Mittagessen. Dr. Gudden, Dr. Müller, Professor Grashey und Baron Washington speisen im Kavaliersbau, einem am See gelegenen Haus. Gudden teilt den anderen mit: „Der König hat sich wunderbar gut in seine neue Lage gefügt. Ich werde am Abend wieder mit ihm spazieren gehen, und zwar alleine, denn es ist gar keine Gefahr vorhanden, der König ist wie ein Kind." Dr. Müller mahnt zur Vorsicht, er würde das nicht tun. Gudden winkt ab und schlägt Baron Washington sogar vor: „Was halten Sie davon, Baron, selbst einmal allein mit Seiner Majestät eine Ausfahrt zu machen?" Washington wehrt ab, da er es sich nicht zutraut, mit einem Geisteskranken allein zu sein.
Am Nachmittag bittet der König Stabskontrolleur Zanders zum Gespräch, empfängt ihn „mit blitzenden Augen, energisch, lebhaft, wie in seinen besten Tagen". Er fragt, ob er länger als ein Jahr eingesperrt bleiben wird, worauf ihm auch Zanders versichert, dass es „ja vielleicht viel geringerer Zeit bedürfen werde, um Majestät von seinem Nervenleiden herzustellen, und dass ja dann kein Grund mehr sein würde, ihn in ärztlicher Behandlung zu halten." Ludwig erkundigt sich, wie viele Gendarmen im Park seien, ob sie „scharf geladen" hätten und gegebenenfalls auf ihn schießen würden, was Zanders verneint. Als der König den Stabskontrolleur in eine Fensternische zieht, als wolle er ihm etwas Vertrauliches mitteilen, erinnert sich dieser an das Versprechen, das er Dr. Gudden gab, mit dem König nicht über eventuelle Fluchtpläne zu sprechen. Er bittet deshalb, gehen zu dürfen, was der König mit misstrauischem Blick gestattet.
Danach empfängt Ludwig Guddens Assistenzarzt Dr. Müller. Auch diese etwa 45 Minuten währende Unterhaltung kreist „um dieselbe Frage, ob man ihm, dem König, denn nicht nach dem Leben trachte." Doch auch anderes interessiert Ludwig: „Gudden sagte mir, Sie wollen meine Bibliothek ordnen?" Darauf Müller: „Ich bin mit Vergnügen bereit, Majestät, und werde mich rasch zurechtfinden." Angetan ist der König davon, dass Müller etwas französisch spricht und „ein Freund der deutschen Poesie, insbesondere der lyrischen" ist und „auch schon verschiedentlich literarisch tätig" war. Wie diese Äußerungen zeigen, scheint der König bereits jetzt erste Pläne für die nächste Zeit ins Auge zu fassen. So will er von Dr. Müller – „Ihnen traue ich!" – seine Bibliothek ordnen lassen.
Inzwischen bespricht Gudden mit Dr. Grashey und Baron Washington die notwendigen bau-

lichen Veränderungen im Schloss und in der Umgebung, so etwa das Anbringen von Gittern an den Fenstern und von leichten Stangen mit Spitzendraht am Seeufer, denn die Aussicht auf den See soll erhalten bleiben. Während der baulichen Maßnahmen im Schloss wird der König im Kavaliersbau wohnen.

Nach dem Nachmittagskaffee wird um 16.30 Uhr bis etwa 17.15 Uhr dem König das letzte Abendessen serviert. Dr. Grashey verlässt um 17.15 Uhr gemeinsam mit Hauptmann Horn Schloss Berg. Sie fahren nach Starnberg, um von dort mit dem Zug weiter nach München zu reisen. Auch Gudden will nach dem Abendspaziergang nach München zurückkehren, um dort seinen Verpflichtungen als Leiter der Kreisirrenanstalt nachzukommen. Es scheint keinen Grund zu geben, weshalb Gudden und Grashey in Berg bleiben müssten.

Gottfried von Böhm kritisierte in seiner Ludwig II.-Biografie die Internierung des Königs in Schloss Berg heftig mit den Worten: „Man darf dem Kranken nicht jede Hoffnung, jede Lebensfreude nehmen, ihn mit einem Schlage mit seinen bisherigen Lebensgewohnheiten in Widerspruch setzen; man darf nicht einen König, der heute über sechs Millionen Untertanen regierte und dem ein Dutzend Schlösser zur Verfügung standen, morgen [...] als eine ‚Beute der Irrenärzte' behandeln und ihm all die konventionellen Folterwerkzeuge vor Augen führen und zum Bewußtsein bringen, die im Betrieb der Irrenhäuser üblich und nötig sind." Diese Kritik ist ungerechtfertigt. Weder wurde dem König „jede Hoffnung und Lebensfreude" genommen, noch führte man ihm „Folterwerkzeuge" vor, die Gudden als Verfechter des „No restraint"-Prinzips vehement ablehnte. Den Alltag des Königs wollte man lediglich in einen vernünftigen Ablauf bringen. Doch bis heute scheint sich diese Böhm'sche Horrorvision zu halten. So schreibt etwa Felix Sommer: „Genau das [nämlich die angebliche Folter] war es allerdings, was Ludwig II. mit der psychiatrischen Behandlung durch v. Gudden drohte und was er aus den Berichten über seinen Bruder Otto wusste." Aber genau das war es nicht. Ludwig erfuhr aus diesen Berichten nur von den immer wieder auftretenden Tobsuchtsanfällen seines Bruders in Schloss Fürstenried, worauf die Ärzte und Pfleger – allerdings ohne Folterwerkzeuge – natürlich reagieren mussten, allerdings so schonend als möglich, wie dies vom König befohlen worden war. Trotzdem wird bis heute noch immer ein angebliches Horrorszenarium in Schloss Berg kolportiert. Doch der König, der sich vernünftig verhielt, war – in den $1^1/_2$ Tagen! – nicht wie ein Tobsüchtiger in seinem zu einem vergitterten Verließ umgewandelten Lieblingsschloss eingekerkert, ständig von gewalttätigen Irrenwärtern mit Folterwerkzeugen und Schlägen bedroht, wenn er ihren Befehlen nicht gehorchte, die ihn seiner Kleider beraubten und ihn alleine im Dunkeln leiden ließen. Im Gegenteil, Ludwig II. wurde nach wie vor respektvoll als Majestät behandelt, der weiterhin seine Wünsche äußern konnte, dem man alle

nur erdenkliche Pflege angedeihen lassen wollte, um ihn von seinen Suizidgedanken und seinen Befürchtungen, man trachte ihm nach dem Leben, abzubringen. Seine geliebte Bibliothek wurde ihm nicht vorenthalten und Gudden dachte daran, ihn möglichst rasch mit ebenbürtigen Persönlichkeiten in Kontakt zu bringen, ihm nicht nur Spaziergänge im Park zu ermöglichen, sondern auch Ausfahrten mit ihm zu unternehmen, was ohne Probleme möglich gewesen wäre, da Ludwig II. ja nicht tobsüchtig war. Wer kann schon ausschließen, dass man es ihm später nicht ermöglicht hätte, immer wieder einmal auch seinen Schlössern einen Besuch abzustatten?
Um 17.30 Uhr erscheint ein Reporter einer amerikanischen Zeitung und bittet Baron Washington um ein Interview, bei dem auch Dr. Gudden zugegen ist, den er mit folgender Frage überrascht: „Ist es wahr, dass der König morgen früh, also am Pfingstmontag, in München erscheinen wird?“ Dr. Gudden winkt ab: „Dummes Zeug!“ Und Washington fragt: „Wo haben Sie denn diesen Unsinn gehört?“ Der Reporter antwortet: „Im Wirtshaus in Leoni haben es die Bauern erzählt.“ Washington und Gudden versichern dem Reporter, dass an eine Reise des Königs nach München nicht zu denken sei.
Um 18.00 Uhr wird Dr. Gudden zum geplanten Abendspaziergang befohlen, der zwischen 18.35 und 18.45 Uhr beginnt. Er hätte ihn sich „wegen des ständigen enervierenden Ausfragens durch Seine Majestät“ gerne erspart. Pfleger Mauder ist dem König beim Ankleiden behilflich. Als Dr. Gudden erscheint, schreitet der König die Treppe hinab und tritt ins Freie. Da der Regen aufgehört hat, bittet Ludwig den Pfleger: „Sind Sie so gut und rollen Sie mir den Schirm zusammen.“ Es sind dies die letzten bekannten Worte Ludwigs II. Mauder folgt dem Befehl und überreicht dem König, der dabei immer weitergeht, den eingerollten Schirm. Ungefähr vier Schritte dahinter folgt Dr. Gudden. Er hält Mauder auf und sagt leise, sodass es Ludwig wahrscheinlich nicht hört: „Es darf kein Pfleger mitgehen.“ Bei diesen Worten setzt Gudden seinen Weg hinter dem vorausschreitenden König fort. Mauder eilt zu Dr. Müller und meldet Guddens Befehl, den dieser mit der Bemerkung: „Ist gut“ quittiert. Nun sucht Mauder Pfleger Schneller, den er an der Tür trifft, und teilt ihm Guddens Befehl und Müllers Zustimmung mit, worauf Schneller in die oberen Zimmer zurückkehrt. In den regendämmrigen Frühsommerabend entschwinden Ludwigs Riesengestalt in schwarzem Mantel – immer wieder ist auch die Rede von einem hellen Sommermantel – und Dr. Gudden, der links neben ihm geht. Sie biegen in den nach Süden führenden Uferweg ein, der nahe am Wasser liegt. Beide sind allein ohne Begleitung eines Pflegers.

Berg, Schloss am Starnberger See

Alfons Schweiggert, Erich Adami

Dieses Landschlösschen am Ostufer des Starnberger Sees erfreute sich bei den bayerischen Herrschern wegen seiner Nähe zu München bereits im 17. Jahrhundert großer Beliebtheit. Auch Ludwigs Vater, König Max II., nutzte es als Frühlings- und Sommerresidenz. Als Kind hielt sich auch Ludwig gerne in diesem Gebäude mit Park und See auf. Später behielt er seine regelmäßigen Aufenthalte bei und nutzte Berg als Ausgangspunkt für seine Fahrten und Ausritte ins Gebirge. Alljährlich am 11. Mai begann er dort seine Sommerfrische. Zu den bereits vier vorhandenen Ecktürmen mit Zinnen ließ Ludwig noch den großen „Isolde"-Turm errichten, außerdem eine kleine gotische Schlosskapelle im Park. Ähnlich wie seine Berghütten war auch Schloss Berg im Vergleich zu Ludwigs prunkvollen anderen Schlössern recht schlicht ausgestattet. Im zweiten Stock war für ihn lediglich ein Arbeits-, Speise- und Schlafzimmer eingerichtet. Gelegentliche Gäste waren von der Einfachheit geradezu enttäuscht, wie etwa der Außenminister Fürst Hohenlohe, der am 5. August 1867 in sein Tagebuch notierte: „Gestern war ich um 12 Uhr nach Berg zum König bestellt … Herr von Schmertzing [der preußische Gesandte] war sehr erstaunt über das ländliche Aussehen des königlichen Etablissements. Die ganze Hofhaltung ist fast bürgerlich. Die Gänge wimmeln immer von Spülweibern und Mägden, die allerlei Gefäße tragen." Auch der badische Gesandte Robert von Mohl machte anlässlich der Abschiedsaudienz, die ihm im Oktober 1871 auf Schloss Berg gewährt wurde, folgende Beobach-

tung: „Das Schloss war klein, eng und außerordentlich einfach, namentlich das Zimmer des Königs selbst.“ Auch die Zimmer im ersten Stock des Schlosses fand Mohl „sehr einfach, keine oder nur unbedeutende und sehr gemischte Kunstgegenstände, altes Mobiliar. In den Gängen und Vorplätzen trieb sich allerlei Hausgesinde, Bediente, Küchenjungen, Zimmermädchen, in sehr wenig gewählter Kleidung umher … Kurz, die Mischung von königlicher Haltung, von klösterlicher Absperrung und von unordentlicher Junggesellenwirtschaft war höchst merkwürdig.“ Ebenso nannte Louise von Kobell die Räume in Berg „behaglich“, aber „anspruchslos, nur die Bilder und einige Figuren darin bekunden die Kunst- und Geistesrichtung Ludwigs II.“

Besonders bekannt wurde Berg durch drei Ereignisse. So empfing der König dort mehrfach den Komponisten Richard Wagner, der im nahe gelegenen Kempfenhausen die Villa Pellet gemietet hatte, die heute als Landschulheim dient. Außerdem ließ er für die von ihm verehrte russische Zarin ein prunkvolles Feuerwerk abbrennen. Und schließlich war Schloss Berg auch jener Ort, in dem er 1886 arretiert wurde und wo er am 13. Juni im See gemeinsam mit seinem Arzt Dr. Bernhard von Gudden den Tod fand, der immer noch ungeklärt ist. Heute befindet sich das Schloss im Besitz der Wittelsbacher und ist daher für die Öffentlichkeit nicht mehr zugänglich.

Alfons Schweiggert, Erich Adami,
Kleines ABC der Königsschlösser Ludwigs II.
Husum Verlag, Husum

Burg Rosenburg

Hans und Doris Maresch

Die Rosenburg, auch als Perle des Altmühltals bezeichnet, ist bei Riedenburg weithin hoch über dem Städtchen sichtbar, romantisch auf schroffen Kalkfelsen gelegen. Sie ist die besterhaltene der drei Riedenburger Herrensitze. Die Grafen von Riedenburg, deren Wappen drei Rosen zieren, gaben der Burg den Namen. Die Anfänge ihrer Entstehung liegen im 12. Jahrhundert, doch von den Wohngebäuden der mittelalterlichen Anlage blieb nichts mehr erhalten, nur die Umfassungsmauer und der Stumpf des Bergfrieds stammen noch aus dieser Zeit. Heinrich III. hatte 1155 die Niederlassung der Tempelritter in Altmühlmünster gestiftet. Die Herren von der Rosenburg, die auch Minnesänger hervorbrachten, entstammten dem Geschlecht der Babonen und übten das Burggrafenamt von Regensburg aus. Die drei Söhne Heinrichs III., Friedrich, Heinrich und Otto, zählten zu den Minnesängern und verstarben alle kinderlos. 1196 trat der bayerische Herzog Ludwig von Wittelsbach das Erbe an und die Rosenburg wurde erweitert und herzoglicher Amtssitz. Im späten 13. oder im 14. Jahrhundert wurde der Anlage ein Torzwinger hinzugefügt und etwa um 1500 die Befestigung verstärkt. Beschädigungen und Verwüstungen hatte die Rosenburg im Bauernkrieg 1525, im Dreißigjährigen Krieg 1632 und 1634 und im spanischen Erbfolgekrieg 1703 über sich ergehen lassen müssen. Von 1556 bis 1558 bekam der im Kern romanische Wohnbau von drei Geschossen mit Treppengiebeln, ohne Repräsentationsräume, eine Neueinrichtung und wurde mit verschiedenen Burgbauten zu einem einheitlichen Komplex vereint. Bemerkenswert ist die Burgkapelle im Erdgeschoss mit ihren Wandmalereien aus der Zeit um 1560, die bei Restaurationsarbeiten 1965 freigelegt wurden. Im 19. Jahrhundert war die Burg Sitz verschiedener Behörden und nach dem Zweiten

Weltkrieg Unterkunft für die amerikanische Besatzung. Zugleich diente sie der Unterbringung hochrangiger Gefangener deutscher Militärs. Im Jahre 1970 kam die im süddeutschen Renaissancestil veränderte Rosenburg zur Bayerischen Verwaltung der staatlichen Schlösser, Gärten und Seen und wurde ab 1978 renoviert. Den Besucher des Schlosses erwarten vielfältige Unterhaltungsmöglichkeiten mit dem Natur- und Jagdkundemuseum, dem Falkenhof mit Vorführungen und dem Burgkeller mit ansprechender Gastronomie.

Hohes Schloss Füssen

Ein wunderbares Panorama der Alpen eröffnet sich dem Reisenden, wenn er in Füssen einfährt, das zwischen der Landesgrenze zu Österreich und dem Forggensee liegt und den Blick auf das Hohe Schloss freigibt. Unter der Herrschaft Herzog Ludwigs des Strengen wurde 1291 eine Burg auf dem heutigen Schlossberg errichtet. Diese wurde nach der Übernahme durch den Augsburger Bischof Friedrich I. Spät von Faimingen 1322/23 er-

weitert und bereits 1363 in die Stadtbefestigung einbezogen. Eine ausgedehnte Bautätigkeit vollzog sich unter Bischof Friedrich II. von Zollern im Jahre 1489. Der Schmalkaldische Bund nahm 1546 das heutige Wahrzeichen der Stadt ein. Auch Bischof Johann Christoph von Freyberg veränderte 1680 unter Umgestaltung von Zimmern im Nord- und Westflügel sowie der Veitskapelle durch Johann Schmuzer das Schloss. In den Jahren 1798/99 diente es als österreichisches Zentrallazarett und kam 1800 in französische Hand. Der bayerische Kronprinz Maximilian nutzte den historischen Bau um 1829 zeitweise als Sommersitz. 1862/63 erfolgten wiederum Umbauten im Südflügel und die Nutzung als Amtsgericht und Gefängnis. Seit 1931 wurde im Hohen Schloss die Staatsgalerie Füssen untergebracht und 1982 die Städtische Gemäldegalerie eröffnet. Den Besuchern wurde im Jahre 2003 der Fallturm als Aussichtsturm erschlossen. Das Hohe Schloss ist eine mit drei Flügeln um einen lang gestreckten Hof angeordnete und durch eine turmbewehrte Mauer und Tore gegen Westen geschlossene Anlage von beträchtlichen Ausmaßen auf einem nach Norden, Süden und Westen steil abfallenden Plateau. Von außergewöhnlichem Umfang sind die illusionistischen, um 1499 angeblich von Fidelis Eichele nach Sgraffito-Vorlagen ausgeführten und seitdem mehrfach erneuerten Wandmalereien. In der Mitte des Westflügels steht der hohe, bis 1291 erbaute fünfgeschossige Gefängnisturm. An der Nordwestecke befindet sich der mächtige Storchenturm, ursprünglich Hohes Haus genannt, der bis 1292 erbaut und von 1322 bis 1363 mit Treppengiebeln versehen wurde. Der sogenannte Fürstenflügel wurde 1494 um das zweite Geschoss erhöht und nach Osten verlängert. In ihm befindet sich der Rittersaal mit vorzüglicher spätgotischer Holzdecke um 1500, der 1936 ursprünglich farbig gefasst wurde. An der Nordostecke steht der zwischen 1486 und 1505 erbaute Dreifaltigkeitsturm, dessen Treppengiebel schlanke Zinnen zieren und in dessen drittem Obergeschoss die Dreifaltigkeitskapelle liegt.

Wasserschloss Reichertshausen

Südlich von Pfaffenhofen an der B 13 liegt der Sitz derer von Reichertshusen aus dem 10. Jahrhundert. An den Herrn von Püttrich 1347 und später an die Freisinger ging das Burgfriedprivileg von Kaiser Ludwig als Lehen. Ab 1500 wechselte mehrfach der Besitzer. 1503 und im Dreißigjährigen Krieg wurde die Anlage teilweise zerstört. 1818 kam die spätgotische Vierflügelanlage, zum Teil von einem Wassergraben umgeben, an den Freiherrn von Cetto. Im 16. und 17. Jahrhundert wurde der Bau überformt. Der Turm des Nordflügels mit Treppengiebel enthält das Cetto-Wappen und Dachtürmchen zieren den Ostflügel. Der Westtrakt ist mit Arkadenbögen gestaltet. Im Innern befinden sich Stuckdecken um 1730 mit reicher Reliefplastik, im Südostzimmer Diana- und Jagdallegorien und im „Kapellensaal“ Cäsarenbüsten. Das Obergeschoss ist mit Nothelferkapelle und plastischer Stuckdecke und einem Engel im Halbrelief ausgestattet. Der Altar stammt aus der Zeit vor 1700. In einem Vorgebäude befindet sich ein Reiterhof.

Hans und Doris Maresch,
Bayerns Schlösser & Burgen
Husum Verlag, Husum

Albumbuidl und Himbeerguatl …

Monika Pauderer

Wenn ich den Feldkirchner Berg hinunterfahre und ‚mein' Dorf dort unten liegen sehe, gibt es mir jedes Mal einen feinen Stich. Das ist nicht mehr ‚mein' Dorf, das Dorf meiner Kindertage. Es ist größer geworden, die Häuser haben sich vermehrt. Wie die Fangarme einer Krake schieben sich bebaute Straßenzeilen dorthin, wo einmal Wiesenhänge waren. Der Bach, an dem's seinerzeit noch Vergissmeinnicht und Trollblumen – und das erste Bussl – gab, ist zubetoniert. Freilich, ich geb's ja zu, die Zeit bleibt nirgendwo stehen, das kann sie gar nicht, weil sie vom sogenannten Fortschritt vorwärtsgedrängt wird. Wohin? Aber wenn man sieht, dass das, was einem in der Kindheit vertraut war, einfach nicht mehr da ist …

Als die Raiffeisen-Bank noch unser altes Schulhaus war, über dessen Tür der Spruch stand:

„Nicht für die Schule, sondern für das Leben lernen wir", als unser ‚Pausenhof' noch der gegenüberliegende Platz vor der Kirche war, gab es auch noch den ‚Gemischtwaren-Laden Hunger', das Ziel aller Kinderwünsche, und die ‚Sparkasse' für sehr viele Brotzeit- und Taschengeldzehnerl.

Ich kann den Laden nicht mehr exakt beschreiben, da trügt mich sicher meine Erinnerung. Es ist ja auch schon zu lange her, und ich möchte nicht, dass mir irgendjemand hinreibt: „So war's doch goor ned!", aber etwas weiß ich doch noch ziemlich gut: dass es dort drin nicht besonders hell war, dass den ganzen Tag die Deckenleuchten brannten, die von einem bogenförmigen Gewölbe herabhingen. Und dass man dort allerlei kaufen konnte, wie sich das eben für einen ‚Gemischtwaren-Laden' gehörte! Stoffe, die in Ballen hinten im Laden lagen, Wolle, Nähgarn, Strick- und Häkelnadeln. Schulbedarf. Das war natürlich für uns Schulkinder von der gegenüberliegenden Straßenseite besonders wichtig. Bleistifte, Bleistiftspitzer in den abenteuerlichsten Formen. Wer sich zum Beispiel einen im Globus leisten konnte, gehörte schon zu den ‚Geldigen', zu den ‚Guatseigsamtn'. Radiergummis, Füllfederhalter. Ich brauchte mindestens einen pro Jahr, und ich kann mich noch gut erinnern, dass ich damals zwei Mark dafür bezahlen musste! Außerdem gab es, da wir noch Schönschrift und Kunstschrift lernten, Federhalter, die über kurz oder lang am unteren Ende zerkaut waren und die Anschaffung eines neuen notwendig machten, und Federn. Dazu dann hölzerne Federkästchen, in denen die ganzen Schreibutensilien Platz hatten und die mit einem bunten Bild verziert waren. Von Heften, Blöcken und derlei Papierkram ganz zu schweigen.

Besonders wichtig waren für uns, vor allem für die Mädchen, die bunten, herztausigen ausgestanzten Bildchen, die man ins Poesiealbum klebte. Da gab es Vergissmeinnicht- und Rosensträußchen, Engelsköpfchen und Herzen in allen Variationen. Außerdem waren ‚Hauchbilder' eine ganze Zeit lang ‚in Mode'. Das waren grüne oder rote Bildchen aus einer Kunststofffolie, die, wenn man sie anhauchte, sich zusammenrollten.

Doch was das Allerschönste und Allerwichtigste beim ‚Hunger' war, nicht die Butter und der Zucker, das Mehl und der Grieß, o nein, für uns war's natürlich die ‚Süßwarenabteilung'. Die Bonbongläser mit dem kleinen Schauferl drin, mit dem die begehrenswerten Herrlichkeiten in Tütchen abgefüllt wurden. Was man da schon für einen Pfennig erwerben konnte! Karamellen zum Beispiel, die immer so schön am Gaumen kleben blieben. Oder ‚Pfennigguatl'. Das waren etwa linsengroße kunterbunte saure Bonbonknöpfchen, für ein Zehnerl eine ganze Kinderhand voll! Ja, eine Handvoll, denn oft rentierte es sich nicht, den Einkauf in ein Tütchen zu packen. Stand doch schon vor der Ladentür die Meute der weniger Glücklichen, die gerade kein Fünferl übrig hatten, und bettelte: „Geh, schenk ma hoit aa oans!"

Oder denkt man einmal an das gruserlgrüne Brausepulver, in die hohle Hand geschüttet und mit spitzer Zunge aufgeleckt. Wie das prickelte! Und dann die größte aller Überraschungen, beinahe so schön wie eine Wundertüte mit allerlei Spielzeugkram: der Waffelbruch! Was man da alles drin finden konnte an zerbrochenem Gebäck! Schaumwaffelstückchen, Waffelröllchen, Haselnusswaffeln, manchmal sogar ein Schokoladeplätzchen – oder ein Stück salziges Gebäck. War das nicht beinahe schon eine kleine Vorbereitung aufs Leben? Es ist nicht immer alles süß, was du bekommst, und ein ganzes Stück vom Süßen bekommst du auch nur selten …

Unbeschwerte Kinderzeit, als wir unsere Lippen noch mit roten Himbeerguatln färbten und fasziniert von den grün- oder rotweiß-gestreiften Pfefferminzkugeln waren, die in warmen Kinderhänden manchmal so innig mit dem Papiertütchen verschmolzen, dass das anhängende Stückchen Papier gleich mit in den Mund wanderte.

Schad'!

Ich und meine Zeit sind schon aus den Kinderschuhen draußen …

Nostalgischer Wunsch

Werner Schlierf

I möcht amoi wieder, alloa,
im Woid draußn,
neba am Baamstumpf sitzn –
und in da Sonna,
bloß vo da Sonna schwitzn
und nix toa.

Wenn d Vogerl singa,
taat i mir aus Haslnussstaudn
a Pfeiferl schnitzn –
und lassat in da Sonna
mein Taschnspiagl blitzn.
Nacha taat i mi unter a Buacha nei haun
und aus da Thermosflaschn
an koitn Tee mit Zitrona dringa.

I taat zum Himmi nauf schaugn
und d Woikn zähln.
Später taat i na in a Ritzn
vo am Baam „Mia" neischnitzn.
Ganz friedlich waars in mir.
Net amoi nach ara Staunzn
taat i haun.

Drum möcht i amoi wieder, alloa,
im Woid draußn,
neba a'm Baamstumpf sitzn –
und in da Sonna schwitzn,
bloß vo da Sonna
und nix toa …

Der Schüler Stefan

Wilhelm Diess (1884–1957)

Das Schulzimmer der siebenten Klasse unseres Gymnasiums lag nach Süden und hatte Aussicht auf einen prächtig bewaldeten Hügel. Im Sommer bei scheinender Sonne war es sehr heiß. Vorhänge gab es nicht. Nachmittags zwischen zwei bis drei Uhr lasen wir zweimal in der Woche Homer bei einem Lehrer, der äußerst langweilig war. Die einzige Aufhellung der Eintönigkeit seines Unterrichts war es, wenn wir einen Witz, den er gemacht hatte, bestätigen konnten. Es war Aufmerksamkeit nötig, den Augenblick nicht zu verpassen. Den Witz selbst erkannten wir in den seltensten Fällen. Aber der Lehrer pflegte ihn mit einem kurzen trockenen Lachen zu begleiten, wobei er die Augen schloss und das Buch etwas von sich abhielt. Wenn es so weit war, lachten die Schüler, die es bemerkten, laut grölend – wie man halt lacht, wenn man nicht weiß, warum – in die Stille der Schulstube hinein, und donnernd folgte die ganze Klasse. Das freute den Lehrer. Uns freute das Lachen, das stürmische Brüllen, das wir sonst nie von uns geben durften, ohne getadelt, mit hässlichen Bezeichnungen belegt und eingesperrt zu werden.

Es war so schön, dass Schüler, die sommers in der Homer-Stunde eingeschlafen waren, von den anderen geweckt wurden, um sich am Lachen zu beteiligen. Man möchte meinen, der Lärm dieses Gelächters hätte schlummernde Schüler ohnehin geweckt. Aber Gymnasiasten im gottgesegneten Alter so um siebzehn herum haben in allen Dingen des Lebens ihre eigenen Gesetze. Ihr Schlaf in Schulstunden ist von Geheimnissen umwittert. Ich muss jedenfalls bestätigen, dass ich nie erwacht bin, wenn ich nicht geweckt wurde.

Da ist neben mir in der Bank der Schüler Stefan gesessen, ausgezeichnet durch steifen Haarwuchs und knappe, ruckweise Bewegungen, schweigsam, aber beredten Auges. Der hat einmal, tief über den Homer gebeugt, geschlafen, als er aufgerufen wird, um in der Übersetzung fortzufahren. Ich stoße ihn mit dem Ellenbogen an, er hebt ein wenig den Kopf in die Höhe, öffnet die Augen nicht, wohl aber den Mund weit, stößt ein kräftiges Ha-Ha aus und senkt mit sichtbarer Befriedigung, die Pflicht, zu lachen, nicht versäumt zu haben, den Kopf wieder auf den Arm, um weiterzuschlummern.

Der Lehrer hat nichts begriffen und hat überraschte runde Augen auf den Stefan gemacht. Die Klasse hat sich gleich ausgekannt und hat auf mich geschaut. Meine Aufgabe ist keine einfache gewesen, das haben meine Mitschüler gewusst. Ich habe den Stefan, so gut ich konnte, aufs Neue gestoßen und, als er eine unwillige Abwehrbewegung gemacht hat, ein wenig getreten. Jetzt hat er gemeint, er hat zu wenig gelacht, hat sich halb aufgerichtet, bei geschlossenen Augen mit voller Kraft einige Male Ha-Ha gebrüllt – und den Kopf wieder hineingesteckt. Da ist eine Stille in der Klasse gewesen, wie sonst gar nie. Ich habe mich nicht mehr darum gekümmert, ob der Lehrer mich beobachtet, sondern bin dem Stefan nun mit dem Stiefelabsatz an das Schienbein gefahren, dass er als Toter hätte aufwachen müssen, und habe ihm gesagt, er ist aufgerufen und muss aufstehen und übersetzen.

Da hat er sich erhoben und hat mit blutrotem Kopf den Homer zur Hand genommen und seinen Blick darein versenkt. Unterdem hat sich der Lehrer, helles Entsetzen in seinen blauen Augen, beschwörend zur stillen Klasse gewandt und hat mit leiser Stimme gesagt: „Es ist ein Wahnsinniger unter uns.“ Zum Stefan aber hat er sich freundlich gewendet: „Setzen Sie sich, es ist gut.“ Das tosende Gelächter, das sich nun erhoben hat, hat er nicht verstanden. Es hat ihn aber angesteckt, und er hat, gutmütig wie er war, schließlich mitgelacht. Der Stefan und ich auch. Der Stefan ist im Kriege gefallen.

Eine heitere Physikstunde

Hans Watzlik

Die Stunde war der Naturlehre gewidmet. Der Lehrer heftete ein Bild an die Wand und deutete mit dem Stab darauf. Er sagte: „Heute gilt es zu beweisen, dass die Luft, die uns scheinbar so leicht umgibt und keine Schwere zu haben scheint, dennoch einen geradezu entsetzlichen Druck auf alle Dinge der Erde ausübt.“

Auf dem Bilde war eine Kugel abgeschildert, mit Ringen versehen, daran acht mächtige Bauernhengste gespannt waren: vier zogen nach rechts, vier nach links, die Kugel auseinanderzureißen. Man sah, wie ihre Reiter tobten und auf die Pferde lospeitschten und wie diese die Hufe in den Grund gruben und sich stemmten und mit schmerzlicher Wucht anzogen. Aber man sah auch, dass alle ihre fürchterliche Mühe vergebens war.

„Diese Kugel ist hohl und besteht aus zwei luftdicht aneinander passenden Halbkugeln“, erklärte der Lehrer. „Aus dem Hohlraum ist die Luft gepumpt worden, und nun presst die Außenluft die Kugelhälften so fest aneinander, dass selbst acht Elefanten sie nicht auseinander brächten.“

Die Schulbuben renkten sich fast die Hälse aus. Rösser sahen sie für ihr Leben gern abgebildet. „Wüeh, wüeh!“, peitschten sie in ihren bäuerlichen Herzen mit.

Im Hintergrund des Bildes war ein Herr in altdeutscher Tracht mit gebieterischer Haltung zu schauen, Otto von Guericke, umgeben von einigen Männern, die vor Staunen sich nicht zu helfen wussten und darum die Hände ineinanderrangen oder hochhoben.

Der Lehrer holte nun mit raschem Griff aus einer Schachtel zwei messingene Halbkugeln, die er vorher nicht ohne List verborgen gehalten hatte. Er hielt sie wie ein Zauberkünstler empor. „Seht, Buben, das sind die Mag-

deburger Halbkugeln, so genannt, weil ihr Erfinder Guericke Bürgermeister von Magdeburg gewesen ist. Sie gehören zu den merkwürdigsten Stücken der naturwissenschaftlichen Sammlung unserer Schule. Merkt nun gut auf! Wir wollen den Versuch Guerickes in bescheidenem Maßstab wiederholen!"
Er legte die beiden Messinghälften aneinander und pumpte aus dem so entstandenen Hohlraum eilends die Luft und sprach dabei: „Ihr habt beobachtet, dass ich die Hohlkugeln nur lose aneinander gefügt und nicht etwa aneinander geschraubt oder irgendwie anders miteinander verbunden habe. Es ist also durchaus kein Schwindel dabei!"
Hernach winkte er dem Huis und dem Lindl, zwei besonders kräftigen Buben. Bei diesem Versuch wären Schwächlinge wenig überzeugend gewesen. Beide waren untersetzt und ungefähr gleich stark, stämmiges, rundäugiges Bauernblut. Der Huis wollte einmal Gottesgelehrter, der Lindl Naturforscher werden. Entschlossen, ihr Bestes zu leisten, traten sie an.
Sie ergriffen die Handhaben der widerspenstigen Kugel und standen einander ernsthaft gegenüber und mit dem berechtigten Stolz, erwählt worden zu sein, eine bedeutsame menschliche Erfahrung in diesem Versuch vor Augen der Zeitgenossen nochmals zu bestätigen, und sie fühlten, dass sie jetzt gewissermaßen die Bürgen eines ewigen Gesetzes sein sollten. Noch einmal schauten sie auf das Wandbild, und durch den Anblick der vergeblich sich plagenden Hengste in ihrer Überzeugung gefestigt, nahmen sie eine schräge Haltung an und begannen, an der Kugel zu zerren. Der Huis zog hin, der Lindl zog her. „Fester!", befahl der Lehrer.
Das traf wie der Peitschenhieb vor dreihundert Jahren. Ungestümer legten sich die zwei ins Zeug. Im Vertrauen auf die Ergebnisse der Wissenschaft ließen sie jede Vorsichtsmaßregel außer Acht. Ihr Ehrgeiz war erwacht. Sie wurden hochrot in den Gesichtern. Die Spannung der Zuschauer stieg. Der Versuch nahm die Form eines hitzigen Zweikampfes an. Der Lindl zog seinen Gegner samt der Kugel einen Schritt hinter sich her. Aber schon hob der Lehrer bedeutungsvoll den Finger, die Vorführung siegreich beenden zu lassen.
Da – ein dumpfer Knall! Im selben Augenblick schlug es den Lindl an die Schultafel, dass ihm der Schädel knirschte, und den Huis schleuderte es unter die Bänke, und man sah nur noch seine groben Bauernschuhe und die Bänder seiner blauen Unterhose. Beide schwangen je eine der Magdeburger Halbkugeln in der Luft.
Dem Lehrer hatte es für eine Weile die Sprache verschlagen. Dann lallte er: „Das Ventil – das Ventil –!"
Die beiden Buben klaubten sich zusammen und überreichten dem Lehrer die tückischen Halbkugeln. Sie schwebten trotz allem in einem nicht alltäglichen Triumphgefühl. Was den Magdeburger Hengsten misslungen war, sie hatten es durchgesetzt.
Die anderen Schulbuben freilich saßen starr, sie sahen die Durchbrechung eines allgemein gültigen und bewährten Naturgesetzes, die da eben vonstattengegangen, für einen schnöden Frevel an, der sofort das strafende Gericht gefunden hatte.
Der Lehrer setzte unsicher seinen Vortrag fort.
Als die zwei Buben abends in ihr Bergdorf heimgingen, trug der eine einen ansehnlichen Düppel auf dem Hinterhaupt, während die Verwundung des anderen nicht so sichtbar war.
Ihr Vertrauen an die Wissenschaft war endgültig gebrochen. Sie entsagten von jener Stunde an ihren hochfliegenden Lebensplänen.
Der Huis wurde Wirt und der Lindl Metzger.
(1963)

Das Verbrechen

Lena Christ

Bei meinen Großeltern ist es furchtbar schön gewesen.
Aber ich habe auf einmal nach München müssen, zu der Mutter.
Da ist es mir nicht mehr gut gegangen, und ich habe viele Prügel gekriegt.
Und ich wäre bald tot gewesen.
Aber sie haben das Lausdirndl doch nicht ganz totschlagen können.
Einmal ist doch etwas passiert.
Das war in der Schule.
Da muss immer eine die großen Schultafeln abwaschen.
Jede Woche trifft es eine andere.
Mich hat es auch getroffen.
Da habe ich die Kreide gefunden.
Die Kleitnerlina hat auch eine gefunden.
Am Samstag um zehn Uhr in der Pause haben es alle gesehen im Abort und haben gelacht.
Bloß die Firnstein, das Gscheiderl, hat nicht gelacht und hat gepfiffen.
Da hat das Fräulein den Zwicker aufgesetzt und hat zwei dicke Falten zwischen den Augenbrauen gemacht und hat gefragt: „Welche von euch hat sich unterstanden, die Abtritttüren in so schamloser Weise zu bemalen?"
Da haben sie es nicht gewusst, und etliche haben gelacht.
Das Fräulein hat jede durchbohrend angeschaut und hat geschrien:
„Das ist ein trauriges Zeichen der Zeit, dass die Jugend schon so vergiftet ist und keinen Respekt mehr hat vor den geheiligten Stätten der Erziehung!"
Da haben noch mehrere gelacht.
Das Fräulein hat mit großer Trauer gesagt: „Ja, lacht nur! – O es wird die Stunde kommen, wo ihr blutige Tränen der Reue vergießen werdet wegen der Freveltaten, die ihr begangen an der Schule und ihren Lehrern! – So! – und nun werde ich es dem Herrn Oberlehrer melden!"
Dann ist sie gegangen.
Die ganze Klasse hat gelacht und alle haben sich gefreut.
Die Kleitnerlina hat gesagt: „Ich möchte gern meine Kreide wegschmeißen, aber die passen alle auf."
Da habe ich gesagt: „Mir lassen sie einfach fallen."
Das haben wir getan.
Aber da ist der Herr Oberlehrer gekommen und der Herr Religionslehrer und noch ein paar Lehrer, und der Oberlehrer hat gefragt: „Welche von euch war so frech, diese schamlosen Bilder an die Aborttüren zu zeichnen?"
Und das Fräulein hat dem Herrn Oberlehrer halblaut ein paar Namen genannt, und ich habe auch den Namen Christ verstanden.
Darauf hat er gesagt: „Rufen Sie die Subjekte einmal heraus, Fräulein!"
Da haben wir hinaus müssen; die Pachmeier und die Loibl, die Kleitnerlina und ich.
Aber wir haben alle gesagt, wir haben es nicht getan.
Und die anderen Lehrer sind an unsere Plätze und haben alles visitiert.
Da haben sie die Kreide gefunden.
„Wer sitzt hier?", hat der eine Lehrer gefragt.
„Die Kleitner", hat das Fräulein gesagt.
„Da ist eine Kreide gelegen!", hat er gerufen und hat sie hinaus auf das Pult.
„Hier liegt auch eine!", hat der andere geschrien; „wer sitzt hier?"
„Die Christ", hat das Fräulein gesagt und hat mich spöttisch angeschaut.

Da haben wir wieder gesagt: „Wir haben es nicht gemacht!“

„Das wird sich beweisen!“, hat der Herr Oberlehrer gesagt. „Fräulein, geben Sie den Subjekten eine Kreide und lassen Sie jeder auf der Schultafel das Bild zeichnen. Die andern Schülerinnen sollen einstweilen in den Hof gehen.“

Da haben wir es zeichnen müssen.

Die Kleitnerlina kann es so nicht, die hat ja keinen Dunst vom Zeichnen.

Aber ich hätte es schon können.

Ich habe aber schon gewusst, warum ich es ganz anders gemacht habe; den Kopf ganz groß und rund und bloß Punkte für die Augen und die Nase.

Und einen ganz kleinen Bauch und lange Striche für die Füße und Hände.

Und den Nachthafen habe ich überhaupts nicht gemacht.

Die Kleitnerlina hat ihn schon gemacht, aber recht dumm.

Da hat der Herr Oberlehrer gesagt: „Ich glaube, wir haben uns doch getäuscht, das ist etwas ganz was anderes.“

Und der Religionslehrer hat gesagt: „In der Religion sind sie gut. Besonders die Christ weiß alles. Ich glaube es auch nicht.“

Aber das Fräulein hat gesagt: „Ja, Herr Hochwürden, das ist alles ganz schön. Aber die Kreide haben sie doch gestohlen! Dafür muss man sie doch strafen.“

Da hat der Herr Religionslehrer gesagt: „Darüber besteht kein Zweifel! Das muss exemplarisch gestraft werden!“

Und der Herr Oberlehrer hat gesagt: „Das überlasse ich Ihnen, Fräulein!“

Da hat die Kleitner eine Stunde dableiben müssen und ich auch.

Die Kleitner ist in das vierte Klasszimmer gesperrt worden und ich in das unsrige.

Und wir haben das siebente Gebot lernen müssen.

Das hab ich aber schon können.

Drum hab ich mir das Schulzimmer genau angeschaut in der Stunde; auf den Bänken, unter den Bänken und auch das Pult.

Da hab ich gesehen, dass das Fräulein nicht zugesperrt hat.

Und die Schlüssel sind gesteckt.

Ich habe schnell gehorcht, ob niemand kommt, dann hab ich hineingeschaut.

Rechts waren die Hefte. Die hab ich nicht angeschaut. Aber den dicken Pack mit den Zensuren habe ich schon angeschaut. Die waren links ganz oben.

Aber ich habe so furchtbar Herzklopfen gehabt und habe immer geglaubt, es kommt jemand.

Es ist aber niemand gekommen.

Da habe ich meinen Bogen gesucht.

Sie liegen alle nach dem Alphabet und obenauf liegt die Anwander.

Bei dem meinigen ist gestanden, dass ich nicht offenherzig bin, und von leichtfertig und gedankenlos.

Und für alle Tage ist etwas gestanden, und da habe ich mir gedacht, das kommt alles in die Noten.

Und ich habe an die Prügel gedacht.

Aber man hätte es gleich gesehen, dass er nicht mehr da ist; und die andern sind auch froh, wenn sie keine solchen schlechten Noten kriegen.

Dann hab ich schnell zugesperrt und habe die andere Schublade auch noch zusperren wollen; aber da habe ich etwas gehört.

Da hat mir das Herz wieder ganz stark geklopft und ich habe gar nicht mehr gewusst, was ich machen soll.

Es war der Hausmeister, und er hat zuerst die Kleitner herauslassen.

Ich habe mich schnell in die Schulbank gesetzt und habe ganz laut gelernt.

„Du kannst gehen!“, hat er gesagt.

Ich habe schnell meinen Hut genommen und bin davon; aber ich bin noch nicht heim.

Auf der Kohleninsel habe ich es nochmal

gelesen, dann habe ich alles in die Isar geworfen.
Wie ich heimgekommen bin, hat die Mutter schon mit dem Stecken auf mich gewartet, weil es ihr die Hugendubl gleich geratscht hat, dass ich dableiben muss.
Aber ich weiß schon, was ich ihr antue, der Scheinheiligen; wenn sie morgen auf d' Nacht wieder mit mir das Bier holt, dann muss sie der Pfeffermaxi hinschmeißen. Den kennt sie nicht.
Wie ich am Montag in der Früh in der Schule gesessen bin, habe ich mir fest vorgenommen, dass ich jetzt recht ordentlich bin, weil wir nächste Woche die erste Beicht haben.
Da hat um halb neun Uhr das Fräulein die Tafelwischerin gefragt, ob sie ihre Schlüssel nicht weiß.
Aber sie hat es nicht gewusst, und sie hat den Hausmeister kommen lassen.
Der hat es auch nicht gewusst.
„Das ist mir aber sehr peinlich", hat sie zum Hausmeister gesagt, „der Herr Oberlehrer sieht es gar nicht gern, dass etwas fehlt. – Und ich habe sie nicht mehr."
Da hat der Hausmeister gesagt, dass schon noch Schlüssel da sind, und der Herr Oberlehrer hat die seinigen auch schon einmal verloren.
Um neun Uhr, wie es geläutet hat, ist das Fräulein zum Herrn Oberlehrer, und um zehn Uhr hat sie es gesehen.
Da ist sie ganz blass geworden, und dann wieder ganz blau und rot, und hat geschrien: „Das ist unerhört! Da ist ein Verbrechen geschehen! Sieben fehlen!"
Und dann hat sie viele Tatzen hergegeben und hat uns falsche Sachen gesagt und ist ganz auseinander gewesen.
Am Nachmittag hat die Kleitner zum Herrn Oberlehrer müssen, und darnach ich.
Ich habe gezittert und habe mich zu den armen Seelen verlobt, wenn sie mir helfen.
Da hat er mich gefragt: „Warum hast du es getan? Das ist ein Verbrechen!"
Aber ich habe gesagt, ich weiß doch gar nichts, und ich bin überhaupts nicht so, bloß weil mich das Fräulein dick hat.
„Du hast zu schweigen!", hat er mich da angeschrien. „Du kannst es nicht leugnen, es steht schon auf deinem Gesicht!"
„Und ich weiß nichts! Und überhaupts hab ich noch gar nie nichts getan und muss immer alles getan haben."
„Halte deinen Mund, Subjekt! Ich weiß es schon, was ich tue!"
Am andern Tag in der Früh hat meine Mutter in die Schule kommen müssen, und dann haben sie ihr es gesagt.
Aber ich habe ganz laut geschrien, das ist nichts wahr, und meine Mutter hat gesagt: „Herr Oberlehrer, Herr Hochwürden, das muss ich mir verbitten. Meine Tochter wird sehr streng erzogen von mir; und überhaupts, wo sollt sie's denn herhabn! Mir san anständige Bürgersleut, ehrliche!"
Bei den letzten Worten hat sie geschluchzt und hat gar nichts mehr gehört und hat immer gesagt: „Mir gebn ihr nur a guats Beispiel!" Und hat furchtbar geweint.
Da hab ich auch gesagt, ich sag es ganz bestimmt, ich bin es nicht gewesen.
„Dann ist es ein Versehen, Herr Hochwürden!", hat da der Herr Oberlehrer gesagt; „ich glaube doch, Sie haben recht: Vor der ersten Beichte tun sie so etwas nicht."
Da hab ich drei Tage einen Vaterunser für die armen Seelen gebetet, weil sie mir geholfen haben.

Lena Christ,
Lausdirndlgeschichten
Husum Verlag

So ein Zirkus

Karl Valentin

Ach was gäbe ich dafür, wenn nur für einen Sonntagnachmittag meine Jugendzeit und der alte Zirkus Bavaria auf der Theresienwiese wiederkäme! Mit dem Schlag drei Uhr bretschten wir Auer Buben eine Stunde vor Beginn hinaus, jeder mit einem Zwanzgerl bewaffnet. Zwei Schwierigkeiten waren zu überwinden. Einmal kostete ein Kinderbillet zwanzig Pfennig. Da wir aber schon halbe Lackln von vierzehn bis sechzehn Jahren waren, gingen wir vor der Kasse in die Kniebeuge und bemühten uns recht kindlich zu erscheinen. Meistens bekamen wir auf diese Weise anstandslos unsere Kinderkarte. Aber nun galt es die zweite Feuerprobe beim Billetabreißer, der im Zirkusgang stand. Bei dem half keine Kniebeuge. Nur seine Laune und sein Pflichtgefühl hatte[n] zu bestimmen, ob wir als Kinder oder als Erwachsene zu gelten hatten. War er schlecht gelaunt, dann hieß es: „Machts, dass zum Teufi kemmts, ihr Schwindler, gleich gehts an d'Kasse und holts euch a anders Billet!" Dann huben wir ein Flehen und Betteln an: „Bittschön Herr Zirkusmann, lassens uns nei, mir habn bloss a Zwanzgerl dabei; mir san arme Kinder, da Vatta is krank, mir ham dahoam nix z'essen, d'Muatter is operiert worden." Kurz, was es eben an Familienunglück gab, leierten wir in der Schnelligkeit herunter und wenn wir Glück hatten, erweichten wir damit das Herz des Billeteurs und er ließ uns hinein. Manchmal hatte er aber schlechte Laune. Dann konnte ihn kein Mitleid rühren. Seine Seele blieb hart wie Granit und wir mussten mit unsrem Zwanzgerl traurig wieder den Heimweg antreten. Dann wars mit dem Zirkus für heut nix. Alles wegen dem Sauhund, weil er des net glaubt hat, dass wir no Kinder san. Hatten wir aber einmal Glück, dann bedeutete so eine Zirkusvorstellung das halbe Himmelreich. Mund und Nase offen hingen wir an der Galeriebrüstung und staunten über die tausend Künste. Am meisten gefielen uns natürlich die Hans Kasperln, die Kugelläufer, die Jongleure und Akrobaten. Und am nächsten Tage wurde alles, was wir sahen, nach der Schule nachgemacht.

Einmal habe ich zu Hause alle Zirkuskunstreiter übertroffen. Unser Rappe Maxi war

und ich wollten an einem Faschingsdienstag meinen Vater überraschen. Wir hatten nämlich im Zirkus Bavaria auf der Theresienwiese zwei Clowns gesehen, die den altbekannten Spaß vom Tellschuss aufführten, wo der „junge Tell" immer den Apfel auffrisst, ehe der alte Tell seinen Meisterschuss anbringen kann. Für mich war die Kritik der Stammgäste ein besonderer Ansporn, denn sie waren einmütig davon überzeugt, noch keinen so saudumm schauen gesehen zu haben wie den Fey-Buam.

sonst ein braves Pferd und ich schwang mich oft auf seinen breiten Rücken. Dazu kletterte ich zuerst an der Stallwand hoch und blieb oft stundenlang auf ihm sitzen. Einmal habe ich sogar meine Schulaufgaben dort oben gemacht. Aber eines Tages hatte der Maxi ein Furunkel auf dem Hals, von dem ich nichts ahnte; und ausgerechnet an dieser Stelle fasste ich ihn kräftig in die Mähne. Natürlich brachte ich das brave Ross zur Verzweiflung. Aber je mehr es um sich schlug, desto fester krallte ich mich an der verhängnisvollen Stelle ein. Dabei schrie ich aus vollem Halse, bis man mir zu Hilfe kam. Diesen Ritt habe ich bis heute nicht vergessen und wenn ich gezwungen wäre, wieder einmal einen Pferderücken zu besteigen – sei es auch nur der eines hölzernen Jahrmarktkarusellpferdes – ich würde zuerst die Mähne auf Furunkeln untersuchen.

Öffentlich bin ich zum ersten Mal am Chinesischen Turm aufgetreten. Das war 1885. Ich werde noch davon erzählen. Mein zweites Debüt fand im Gasthaus zur Lilienbrauerei in der Au anno 1890 statt. Dort tagte in der Lilienstraße der Stammtisch meines Vaters. Lauter „Dreiquartelprivatiers" kamen da allabendlich zusammen. Der Niederreither Karl

1895 waren Fallschirmabsprünge noch nicht Mode. Doch sind wir damals schon vom ersten Stock unseres Rückgebäudes auf eine alte Matratze in den Hof gesprungen. Es hat tatsächlich ziemlicher Mut dazu gehört, so einen Sprung zu riskieren. Trotz der weichen Unterlage bekamen wir manche Verletzung und einmal stieß ich mich mit dem Unterkiefer so gegen die Knie, dass ich mir beinahe die Zunge abgebissen hätte. Da kam einer von uns Buben auf die Idee, mit dem Regenschirm abzuspringen; und nun wurde die Sache ungefährlicher. Jahre später erst hörten wir von dem Fallschirmspringer Lattemann, der bei dem großen Gartenfest zu Gunsten der Pensionskasse des Gärtnertheaters im Maximilianskeller in Bogenhausen, wo heute das Prinzregententheater steht, aus einem Luftballon mit dem Fallschirm aus 500 m Höhe abgesprungen ist. Damit hatte er unseren Rekord gebrochen, denn wir sprangen nur fünf Meter. Wir waren dafür früher dran; er hat es

uns bloß nachgemacht und das ist ja schließlich keine Kunst.
Beim Karussellfahren war für uns Buben die Hauptsache das Ringziehen. Wem es gelang, beim Vorbeipassieren aus einer blechernen Hülse, in der sechs Ringe steckten, fünf eiserne und einer aus Messing, mit dem Zeigefinger den Goldring zu erwischen, der konnte ein paar Mal umsonst fahren. Das hing allerdings von der Gunst des Ringbuben ab, der vom Besitzer für den Ringziehapparat engagiert war, denn für seine Freunde hielt er den „Goldenen" zurück. So wurde schon damals geschoben.
Auch wenn es galt, in einer schönen Sommernacht irgendwo ein Feuerwerk abzubrennen – sei es im Bürgerbräu auf der Theresienwiese, in der Isarlust im Herzogpark, im Volksgarten Nymphenburg oder im Schleibinger-Keller an der Rosenheimerstraße, so waren wir Buben schon am Nachmittag zur Stelle und schauten den Pyrotechnikern zu, wie sie die Wiese pflanzten. Und wenn dann am Abend die Raketen zischten, die Feuerräder fauchten, die Bomben in der Luft platzten, da waren wir das lauteste Publikum auf den eintrittsfreien Plätzen, irgendwo auf einer Holzplanke. Einmal war ich so begeistert davon, dass ich mir in einer Buchhandlung in der Theatinerstraße das Buch „Die Kunstfeuerwerkerei" kaufte und anfing, zu Hause Feuerwerk zu machen. Da wurden Pulver gekauft, Papierrollen geleimt und Chemiekalien zurechtgerichtet, alles nach Rezept.
Manche Feuerwerkskörper gingen schon während der Fabrikation los; wunderbarerweise immer ohne Unglück. Leider ist es zu einem Programm pyrotechnischer Vorführungen in unserem Hof nie gekommen, denn vor lauter Probieren hat es bei uns so oft gekracht, dass sich die Nachbarschaft an die Polizei wandte, die uns dann die Feuerwerkerei streng verboten hat. Und da es trotz der Dunkelheit beim Abbrennen nie zu Farbeneffekten, sondern nur zu Funken und Explosionen gekommen ist, sahen wir mit der Zeit ein, dass die Pyrotechnik doch nicht so einfach ist. Trotz aller Knallerei ist a[u]ch hierbei noch kein Meister vom Himmel gefallen.
München hatte schon 1895 viele Radrennbahnen, eine im Volksgarten in Nymphenburg, eine in Perlach, eine am Schyrenplatz in Giesing und eine vielleicht sogar in Milbertshofen. Fast jeden Sonntag war „Veluziped-Rennen". Es gab auch schon Rennfahrer, wie Rabel Toni, Schildberger Hans, Fischer, Rucker, Oberberger, Opel, den späteren Direktor der Opel Auto-Werke. Heute vergöttert unsere Jugend die Fußballer. Wir machten es genauso mit den Rennfahrern. Und als wir das erste Radl geschenkt bekamen, trainierten wir an Wochentagen heimlich am Schyrenplatz, wo die Rennbahn wegen Bankrott offen stand. Dort wurde in einem Tempo gejagt, dass ich mich heute noch wundere, dass wir nicht alle die galoppierende Schwindsucht bekommen haben. Die Manege hat eben doch eine mächtige Anziehungskraft – und ganz besonders für mich.
Das muss man mir auch später direkt angesehen haben. Als ich einmal mit Liesl Karlstadt in Wien gastierte, kamen wir auf einem Spaziergang an einem Trödlerladen vorbei. Der Komiker Karl Flemisch, der Schauspieler Otto Wenninger und meine Partnerin grinsten alle über das alte Geraffel, das der Tändler auf offener Straße feilbot. Nur ich hatte einen grantigen Tag und machte ein bitteres Gesicht. Da kam der Trödler ausgerechnet auf mich zu, eine alte Klarinette in der Hand, und meinte: „Gengas zua, kaufen's mir doch dies Instrument ab, dös is was für Eahna, Sie san g'wiss a Zirkusclown." Ich war platt.

Karl Valentin,
Meine Jugendstreiche
Husum Verlag

Zenzi

Kurt Wilhelm

Wo sind sie hin, die schönen bayrischen Vornamen? Welcher Bub heißt Hyazinth, Egid, Kaspar, Melchior, Balthasar oder Bartholomäus? Welches Dirndl Walburga, Afra, Babett. Oder Creszenz, die Wachsende, auf Zenzi verliebkost? Nomen ist nicht mehr Omen. Bayernkinder heißen Boris, Marcel, Daniel, und bei den Mädchen schaut's mit Sabrina, Sylvia oder gar Heike noch finsterer aus.

Am Namen konnte man sie einst erkennen. Die ersten Kinder trugen die Vornamen der Eltern, die zweiten die der Großeltern. Andere waren nach Heiligen des Kalenders benannt. Zu dieser Zeit feierte man in Bayern ja nicht den Geburtstag, sondern den Namenstag. Darum war der Josefitag ein öffentlicher Feiertag, weil es so viele Josefs gab. Das verschuldete auch, dass man die Bayern so gern „Seppln" nannte, weil jeder dritte halt so hieß.

Besonders markant war die Namensgebung in manchen Gegenden Niederbayerns. Da hieß der erste Hans, der zweite Josef und der dritte Michel. Man wusste sofort Bescheid, ob es sich um den Hoferben oder einen Späteren handle.

Freilich, wenig Familiäres ist derart der Mode unterworfen wie die Namensgebung. Sie spiegelt geradezu die Zeit wider, in der der Täufling zur Welt kam. Vorbild ist die jeweilige Prominenz, und so mancher, der um 1934 einen Adolf verpasst bekam, war zwölf Jahre später froh, wenn er noch einen zweiten Vornamen zur weiteren Verwendung hatte. Konnte er ihn amerikanisieren, einen Joe, Jack, Charly draus machen oder einen Mike, war alles in bester Ordnung. Er war up to date.

Die Bayernwelle des vorletzten Jahrzehnts hat die Namenmode nicht erreicht. Anton Neuhäusler, Professor der Philosophie an der Universität in München, hat wehmütig der verschollenen Zenzis gedacht. Seine bayrischen Gedichte, unter dem nom de plume Franz Ringseis veröffentlicht, beweisen, in Kobells Tradition, wie zart, biegsam und vielfältig Poesie sich in unserer Sprache ausdrücken lässt.

'S Zenziliad

Franz Ringseis

Es gibt koane Zenzin mehr,
ja gibts denn dees aa?
Ja bringts nur grod Zenzin her,
sonst scham mar uns ja!

Dass heit oane Zenzi hoaßt,
dees is schon so rar.
Und wennst wo a Zenzi woaßt,
iss sechzg bis achtzg Jahr.

Dassd mit ara Zenzi gangst,
is heitzutog grod,
wia dassd an Maikäfa fangst,
wos kaum mehr oa hot.

Freind, wennst auf Reisn
bist zwischen Füssing und Füssen:
Bal du eine Zenzi siehst,
sag ich, lass sie grüßen!

Kurt Wilhelm,
Wo Gott auf Erden leben würde
Turmschreiber Verlag

So kemman d' Leid zam

Monika Pauderer

„Geh, Weiwe, hoi schnäi no a boor Brezn, bevor 's Bia kimmt!"
„Warum soid i denn da wieda furtgeeh? Dees Madl midm Brood kimmt eh glei vorbei. Da hint is scho!"
„Naa, vo dera moog i nix. Da glangt a jeda in den Korb eine und browiad, ob 's Sach frisch is. Draußd vorm Biazäid is a Schdandl. Da gehst jetz naus und hoist uns a große Brezn und a boor Soizschdangal. Bis d' zruck kimmst, isses Bia aa do."
„Woos da du oiwei eibuidst! Konsta dei Sach need säiwa hoin, wennst so gschleckig bist?"
„Jetz drens need, Weiwe. I muaß den Blooz hoitn fia uns. Wennst need so lang gredt häds, waarst scho wieda da!"
Missmutig quetscht sich Eva Angermaier zwischen den eng stehenden Stühlen hindurch, wirft ihrem Mann, dem Richard Angermaier, noch einen wütenden Blick zu, den er gar nicht sieht, weil er eifrig in seinem Geldbörsl kramt und seine Bierzeichen zählt. Zwischen den hereinströmenden Bierzeltbesuchern windet sie sich dem Ausgang zu.
„Zuageeh duads auf da Wiesn", denkt die Angermaierin. „Ma soit goornimma aussageeh. D' Platz san fast olle reserviert. Mid de Käinarinna muaßtas vaschdeeh, damids di hiesitzn lassn. Grood schnäi, schnäi deine Hendlgutscheine derfst eilösn, und wennst a zwoate Maß Bia bschdäist, na schaungs di scho schiaf oo und haun da s' aufn Diesch, dass glei a Lagga üwaschwappt. Awa zoin derfst brav. Wenn da Richard need vom Gschäft woos kriang daad, na kannts uns gschdoin bleim, de ganze Wiesn."
Am Breznstandl vor dem Bierzelt ist natürlich auch ein Mordsgedränge und Geschiebe.
„Ob's woandast bessa is?", überlegt Eva Angermaier und geht ein paar Schritte weiter, um eine Backwarenstation zu entdecken, die nicht so belagert wird.
„Herrschaftseitn waar de Wiesn sche, wenn 's need so vui Leid geem daad." Die Angermaierin verzieht schmerzhaft das Gesicht, weil ihr grad jemand auf die Zehen gestiegen ist. Fast wird sie vom wogenden Strom mitgerissen. Die Musik aus den Fahrbetrieben dröhnt in ihren Ohren. Die Stimmen der Ausrufer wollen sich gegenseitig überbieten. Ein Wirbel von Farben, Lichtern, Geräuschen und Gerüchen umgibt die Menschen. Wagenradgroße Emmentalerlaibe locken mit großen Löchern. Fischsemmeln, mit mehr Zwiebelringen als Fisch, lassen Eva das Wasser im Mund zusammenlaufen. Aus den großen Kupferkesseln der Mandelbrenner steigen süße Schwaden. Wolken von Steckerlfischduft wehen vorbei. Magenbrot, Lebkuchen und Früchtebrot steuern ihre Würze bei. Rot leuchten die glasierten Äpfel, wie lackiert glänzen die kandierten Früchte auf den Spießen.
Für ein paar Augenblicke hat Eva ihren Richard und seinen Auftrag vergessen, lässt sich hierhin und dahin schieben. Das blecherne Gedröhn einer Kindertrompete quäkt. Die glatte Haut eines Luftballons streift ihre Wange, und für Sekunden glotzen sie die Augen seines Mondgesichtes an. Während Eva also mittendrin ist in dem Gewurrle, hat Richard Angermaier seine erste Dreiquartelmaß ausgeschleckt. Mit dem Handrücken wischt er sich den Schaum von den Lippen und stellt den leeren Glaskrug zurück auf den Tisch, der schon von feuchten Ringen geziert ist.
„Wia de olympischn Ringe", denkt der Anger-

maier und malt mit dem Zeigefinger noch ein paar Kreise dazu.
„No ja, so woos ähnlichs wia d' Olympiade isses Oktoberfest aa. Da wern jeds Jahr neie Rekorde aufgschdäid, jeds Jahr werd mehra Bia gsuffa, jeds Jahr wern mehra Hendl vadruggt. Moana mecht ma, d' Leid san olle ausghungat und kriagatn da herausd 's erschte Moi wieda woos zum Essn und zum Dringa."
„Resi, de näxte Maß!"
Er erwischt die Kellnerin gerade noch am Schürznbandl. Sie nickt und ist schon vorbei. Der Angermaier sagt zu allen Kellnerinnen „Resi", zwecks der Einfachheit und weil der Name so was Resches an sich hat. Zu seiner heutigen Bierfee passt der Name allerdings nicht recht. Das ist eher schon ein etwas betagtes Muatterl mit mehr Falten im Gesicht, als seine Eva am Plisseerock hat. „Awa sie werd hoid 's Gäid braucha", überlegt Richard Angermaier und legt auf seinen Biergutschein noch ein Markl Trinkgeld drauf. „Wiesn is bloß oamoi im Jahr. Da soid ma need aufs Gäid schaung. Wo bloß 's Eval bleibt?"
Er hat sie ja nur weggeschickt, damit er die erste Maß allein und in Ruhe trinken kann. Seine Bieruhr fängt noch früh genug zu ticken an, wenn seine Frau erst neben ihm sitzt und das Mitzählen anfängt. Da kommt die nächste frische Maß. Ein bisschen besser eingeschenkt als beim ersten Mal. Oder täuscht er sich da? Jedenfalls will er jetzt langsamer trinken. Eva soll glauben, er hätte auf sie und die Brezen gewartet.
Die Angermaierin hat es aufgegeben, nach einem Brezenstandl mit weniger Kundschaft Ausschau zu halten. Sie reiht sich in die nächstbeste Schlange ein.
„Öha, da hint schbuidt d' Muse!", wird sie unsanft angefahren. „Da werd se need vorgschwindelt und bei mir scho glei goor need!" Die energische Person gibt ihr einen Rippenstoß, dass Eva noch ein paar himmlische Töne mehr zu hören glaubt, als es auf der Wiesn zu hören gibt: „Schdäins Eana doch säiwa gscheid oo. Wia Sie daschdengan, mid ihrm broadn Hintan, woaß ma ja need, wo S' hieghern!" Auch die Angermaierin ist nicht auf den Mund gefallen. Die andere dreht sich blitzenden Auges nach ihr um. Plötzlich geht ein Leuchten über ihr Gesicht. Lachfältchen lassen die kleinen, in Fettpölsterchen eingebetteten Augen fast verschwinden, und der viel zu grell bemalte Mund verzieht sich zu einem breiten Grinsen: „Ja mi hast ghaut! Bistas, oda bistas need? D' Rauscher Ev! Und oiwei no so a zaundürrs Gschdäi!"
Eva stutzt, sieht sich ihr Gegenüber genauer an, blättert hastig in ihrem Gedächtnis und dann hat sie's: „'s Soferl! Jetz soowoos! Dass i di aa moi drief, nach so langa Zeid! Und vaändat hast di üwahaupts need. Häxtns no a bissl fetta bist worn."
Die beiden schütteln sich die Hände, betrachten sich mit dem unbestechlichen Röntgenblick weiblicher Neugier, und jede denkt bei sich: „Mei, is dee oid worn!"
Es ist ja auch schon sehr lange her, seit sie sich zum letzten Mal gesehen haben. Als Lehrmädel haben sie beide im gleichen Warenhaus angefangen. Eva in der Schreibwarenabteilung und Sophie bei den Spielwaren, nebeneinander. Miteinander sind sie in der Kantine gesessen. Nach Geschäftsschluss hatten sie ein Stück des Heimweges gemeinsam. Sie waren gute Freundinnen, damals, und haben manches Geheimnis und manchen Ärger geteilt.
„Wialang warn mia midanand beim Hertie?" Sophie stellt diese Frage, und Eva antwortet: „Es wern so an die acht Jahr gwesn sei. Du bist vor mir wegganga. Warum eigendle?"
„Ach, mia hod's nimma daugt, und i hab was Bessers in Aussicht ghabt."
„Dassd na nia mehr reigschaugt hast?"
„Ja mei, wias so is. I hab dann boid drauf gheirat. Mia ham säiwa a Gschäft. Schbuizeig."
„So? Vaheirat bist? Und guad aa no. Hast na Kinda aa?"

„Naa, Kinda hab i koa. Mei Mo is genauso rund wia i. Moanst, mia san Akrobatn? Und Zeid hamma aa koane, 's Gschäft frisst oan auf. Wia schaugst bei dir aus? Hast do an Mo kriagt, oda sans olle wieda abzoong, weil se sie bei dir an Schiefa eiziang?"
„I bin aa vaheirat und hob zwoa Buam. Zwäife und zehne sans. Jessa, weil ma grood davo reen. Mei Mo wart im Biazäid auf mi. Brezn häd i bringa soin!"
„So, du aa? Da mei is vorausganga, damida an Blooz kriagt. Wo seids denn ihr?"
„Beim Augustina."
„Mia aa."
„Da kenn ma ja glei midnand geeh. Vielleicht kenna ma uns zammsitzn, mia hättn doch no so vui zum Raatschn."
„Pfundig waars scho. Awa im Biazäid kimmt ma need zum Reen, da is d' Muse so laut und d' Leid. Geh, gib ma dei Adress' und dei Telefonnumma, na ruaf i di a moi oo."
„I hab jetz nix zum Schreim dabei. Awa im Telefonbuach schdengan mia drin. Angermaier schreib i mi jetz. Richard hoaßt mei Mo."
„Angermaier, Richard? Kimmt ma irgendwie bekannt vor. Wer i ma scho merka kenna. Oiso, du herst vo mia. Vielleicht kimmst amoi zum Kaffä und bringst deine Buam mid, na kennan se se im Gschäft woos aussuacha. I muaß jetz mein Mo suacha."
„I aa. Pfiad di, Soferl. Hod mi scho recht gfreid, dass i di wieda moi gseng hab! Wia schreibst di denn du üwahaupts?" Doch Sophie hörte nichts mehr, war im Gedränge verschwunden.
„Wenn's ma need amoi ihrn Nama sagt, kon's leicht oogem mid 'kimmst zum Kaffä, und deine Buam derfan se woos aussuacha im Gschäft'. Dee hod mi scho wieda vagessn, bevors ihrn Oidn gfundn hod."
Eva drückte die Tüte mit ihren Brezen und Salzstangerln an die Brust und hielt Ausschau nach ihrem Richard. Wo war der Tisch gleich gewesen. Da drüben? Nein. Da hinten? Auch nicht. War's nicht der dort? Aber da saß ja noch jemand neben Richard auf der langen Bank. In breiter Behäbigkeit nahm ein Hinterteil in schwarzer Bundlederhose zwei Sitzplätze ein. Gerade prostete Richard dem Unbekannten zu:
„Jetz sowoos. Aso miaßn mia uns wieda dreffa! I soogs ja, auf da Wiesn kemman d' Leid zam. Prost Tone, oida Diwanfuaß! Seid fuchzehn Jahr ham mia uns nimma gseng und jetz hockst an mein Diesch. ‚Is da frei', hoda gfrogt, ganz schdeif und preißisch, und dabei isa da Stadla Tone, der oide Baraber!"
„Prost Richard! Soist' leem! I gfrei mi scho recht, dass i mein oidn Schbezl wieda droffa hab. Woaßt no, wia mia midnand zum Boxn ganga san? War scho a scheene Zeit. Warum bist du auf oamoi nimma in Club kemma?"
„I hab gheirat, und mei Frau hod de Boxerei need gern gseng."
„Is da so ganga wia mia! I war dann aa nimma lang dabei. So valiert ma se aus de Aung. Schod, war scho a pfundige Zeit."
Grad wollte sich Eva Angemaier zu ihrem Platz durchdrängen, als von der anderen Seite Sophie Stadler kam.
„Hast dein Mo no need gfundn, Soferl?"
„Freile, da isa!"
„Da? Der mei aa!"
In dem Moment hoben die beiden Männer die Köpfe.
„Da bist ja, Eva!"
„Kimmst endle, Sophie!"
Dann sahen sich aller vier verblüfft an.
„Dees is der Dei?"
„Dees is de Dei?", klang es durcheinander.
Am Ecktisch Nummer 123 wurde so laut dischkriat und gelacht, dass die Blasmusik beinah Schwierigkeiten hatte, durchzudringen.
Ja, auf da Wiesn kemman d' Leit zam!

Monika Pauderer,
Von heut und selbigsmal
Turmschreiber Verlag

Gedanken zum Tag

Der Teddy

Helmut Zöpfl

Mein erster Blick, wenn ich aufwache, fällt auf das große geschnitzte Kreuz, das ich von dem so früh verstorbenen Pfarrer Lang geerbt habe, der zweite auf meinen alten Teddybären, der auf einer Kommode seinen Ehrenplatz hat. Er ist abgewetzt und mehrmals geflickt und war wohl mein ältester Spielgefährte neben einer Puppe namens Monika, die meine Großmutter aus alten Stoffresten für mich zusammengenäht hat. Im Gegensatz zu heute, wo vom ersten Tag fast in jedem Kinderzimmer ein Plüschtierüberangebot herrscht, war in der Kriegszeit schon ein kleiner Teddy eine Kostbarkeit. Als solche habe ich ihn bis heute betrachtet, und er begleitete mich treu auf dem Gang in den Luftschutzkeller, auf unserem Evaluierungsort Erding und wieder zurück in unsere Notunterkunft bei unserer Rückkehr nach München.

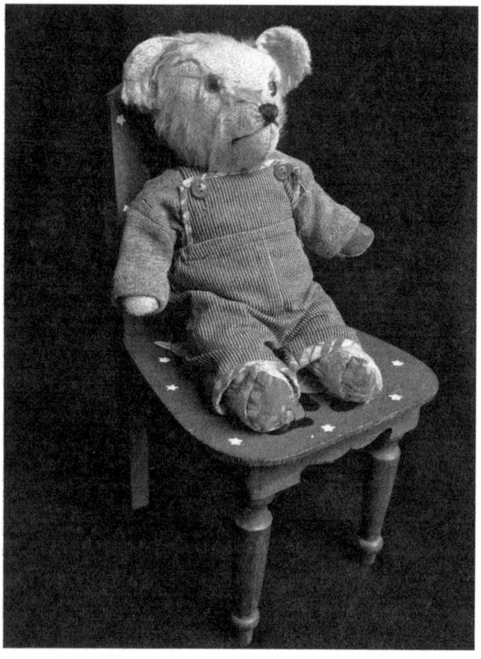

Heute ist Kindergeburtstag bei unseren Nachbarn, und ich betrachte als Gast, was die kleine Enkelin Emma alles an Geschenken bekommt, natürlich sind auch mehrere wunderschöne Plüschtiere dabei. Ob sie ein ähnliches Schicksal haben werden wie mein Teddy Egon? Ob er wohl bei der Vielzahl seiner Genossen und Genossinnen überhaupt einen Namen bekommen wird und im Falle einer „Verletzung" noch einmal so liebevoll geflickt wird wie meiner?

Mit lachendem und weinendem Auge fällt mir die wunderbare Stelle im Kleinen Prinzen ein: Der Kleine Prinz hat auf seinem Planeten bekanntlich eine kleine Rose, die er zärtlich hegt und pflegt und die schon eine kleine Verletzung hat. Nun sieht er auf seiner Reise auf die Erde plötzlich ein Feld mit wunderschönen Rosen, die wesentlich größer sind und besser duften als seine. Irgendwie überkommt ihn eine gewisse Trauer, dass es so viele schöne Rosen gibt, die ihm nicht gehören. Aber bald besinnt er sich und erklärt diesem Rosenheer: „Ihr seid nicht meine Rose, die mir ans Herz gewachsen ist, die für mich da ist und für die ich da bin, die mich braucht und die ich brauche. Ihr seid nicht meine Rose, die mir vertraut ist, meine Rose ist einzig. Höchste Zeit, dass ich mich wieder um sie kümmere und aufpasse, dass sie von dem Schaf auf meinem Stern nicht gefressen wird." Vielleicht hatte ich es in unserer armen Kindheit sogar viel besser, weil ich nicht von Spielsachen zugeschüttet wurde und noch Zeit hatte, mich mit meinem Egon und meiner Monika vertraut zu machen, so dass sie etwas Einzigartiges für mich wurden. Kann nicht nur das, das man sich vertraut gemacht hat, im Gegensatz zum Vielen kostbar werden? Und ist es nicht genauso mit Freunden? Ob die Zahl der Freunde, die man evtl. im Internet hat, den einen wirklichen Freund aufwiegt, mit dem man sich evtl. da und dort zusammengerauft hat, aber von dem man sogar laut denken darf, der einen kennt und trotzdem mag? Wie wichtig wäre es, in der Erziehung wieder so antiquiert klingende Begriffe wie Vertrautmachen und Verantwortlichkeit vor denen des Online, des Anklickens und Wischens einzubringen. Wir haben allein in Bayern zwei Ministerien, die für die Digitalisierung zuständig sind. Wo aber sollten Vertrautmachen oder Herz und Charakter, die unserer Verfassung bekanntlich oberste Bildungsziele sind, angesiedelt werden, damit unsere Kinder wenigstens irgendwo den so wichtigen Satz des kleine Prinzen kennenlernen: „Man sieht nur mit dem Herzen gut. Das Wesentliche ist für die Augen unsichtbar“.

Da warens nur noch …

Helmut Zöpfl

Ogfanga hat er im Schuichor von der Boschetsrieder Schui.
Da warns 50 Kinder.
Dann is er in Gesangsverein.
Da warns 40 Sänger.
Wia se der aufglöst hat,
is er zum Kirchenchor von St. Hedwig.
Da san ungefähr 20 gwesn.
Wia der Chordirigent in Pension ganga is,
wars Aus fürn Kirchenchor.
Na is er in den Gospelchor von St. Stephan.
Da warns immerhin no 10 Leut.
Davon san 4 aus der Kirch austreten.
Nacha warns nur noch sechse.
De ham se zu einer Stubnmusi zsamado.
Wia dann zwoa wegzogn san,
san vier übrig bliebn.
Auf des hin is der Sendlinger Viergsang entstanden.
Irgendwann san se se auf d' Nerven gangn.
Übrigblieben is des Haderer Duo.
Leider fallt jetzt der zwoate zwengs Corona aus.
Und jetzt sing i als Stahleck-Platz-Oagsang
lediglich no in meiner Badewann.

Drachen steigen lassen

Alexander Bálly

Vor der kleinen Stadt Weilheim im oberbayrischen Pfaffenwinkel liegt südlich hinter dem gleichnamigen Ausflugslokal langgestreckt das Gögerl, ein Hügel, fast schon ein Bergerl, im Oktober mit einer herbstbunten Mütze aus Mischwald. Ein angenehmer Spazierweg führt hinauf und immer wieder an die Hangkante, wo sich der Blick in die Wiesen und Wälder des Pfaffenwinkels öffnet.

Es ist eine meiner kostbaren Erinnerungen. Ich war wohl gerade fünf oder sechs. Die Mutter hat eine Brotzeit in den Korb gelegt und eine Wolldecke, Vater trug den Drachen und die Schnur. Eine gute Weile gehen wir, doch immer noch nicht haben wir eine geeignete Stelle für den Drachenstart gefunden. Dann aber, schon wieder unterhalb des Hügels, sind wir am Ziel. Am Waldrand eine schöne große Wiese, keine Leitungen weit und breit und ein stetiger Wind, der auf die Berg zu weht.

Doch noch ist es früh für Drachenflüge. Die Mutter besteht nach dem langen Marsch, der wohl ganze zwanzig Minuten gedauert hatte, auf einem Imbiss. Unter eine mächtige Eiche wird die alte Wolldecke ausgebreitet und alle stärken sich mit Schinkenbroten. Die Eltern brauchen länger als das ungeduldige Kind. Um sich die Zeit zu vertreiben, spielt es mit Eicheln, die einmal kleine Pfeifen sind, ein andermal runde Kappen auf Eichelköpfen.

Dann aber ist es so weit. Die Schnur wird am Drachen befestigt und die Startvorbereitungen werden getroffen. Es dauert nicht lange, dann haben Vater und Sohn den Drachen in der Luft und freuen sich am munteren Tanz im Wind. Weil dieses Spiel dem Buben nach einer Weile langweilig wird, sucht der Vater eine Handvoll trockener Buchenblätter. Mit dem kleinen Taschenmesser schneidet er einen Schlitz in ein Blatt und fädelt es auf die Drachenschnur auf. „Das ist ein Brief für den Drachen!“, erklärt er und schiebt das Blatt nach oben, bis es der Wind erfasst und an der Leine nach oben steigen lässt, auf den Drachen zu. Immer höher steigt das Blatt und ist bald kaum mehr zu erkennen. Einen ganzen Strom von Briefen soll der Drachen nun erhalten und manche der Botschaften müssen, wenn der Wind sie zur Unzeit von der Schnur riss, erneut versandt werden. Es war ein wunderschöner Ausflug. Ich erinnere mich, dass wir sie mehrfach machten. Manchmal, wenn ich in der Herbstsonne döse, träume ich mich wieder in meine Kindheit, an den Fuß des Gögerls zurück und schreibe in Gedanken meinem alten Drachen Briefe.

Drachen

Der eigene, selbst gemachte Drachen – da fand der uralte Traum vom Fliegen erste Erfüllung. Wenn man schon selbst nicht flog, war es doch faszinierend, ein Gerät gebaut zu haben, das gewissermaßen alles überblickte und eine bessere Sicht haben musste als jeder Kirchturm.

A Risiko is's Lebn

Werner Schlierf

Scho ois Kind muasst greisli pass'n,
wennst du nunter gehst auf d' Straß'n,
denn de Auterl, de san gfährle –
aber ehrle!

Später wennst dann auf da Bruckn
stehst und möchst auf d' Leit no spuckn;
kaannts leicht sei, dass da von hint'n –
oahne zünd'n!

Wennst an Zwick hint aus sei'm Gartn
d' Aprikos'n mopst – de hartn;
konns da wirkli leicht passier'n –
dass da oahne schmier'n!

Bindst a'm Huaberling sein' Dackl
dem vosoachtn krumma Lackl
hint ans Schwanzl hi a Büx'n –
kriagst a Schell'n – es nutzt de nix'n!

Bist dann groß und im Büro
gehts da wieder gradaso?
Wenn da Chef di auße feiert –
ob's de leicht net reiat?

Wenn di 's Unglück net vaschonat
und dei Weibe dir 's net lohnat:
di bloß hetzt mit Küwe, Bürschtl –
bist dees ärmste Würschtl!

Machst a Gschäft, dua guat volanga,
leicht kaannst a in d' Dreck nei glanga –
lasst eahm an Volauf:
zahlst bloß drauf!

Fahrst mim Auterl naus am Sonntag
woaßt net lebst du no am Montag.
Denn dees fahrn is heit a Graus:
mein Gott, lassts mi aus!

Nackte Füße

Fritz Müller-Partenkirchen

In der Glasveranda des Berghauses quirlte es von Menschen. Klappern, Lachen, Zigarettendunst und kalter Aufschnitt. Ernst schauten graue Felsenhäupter durch die Scheiben. Alles aber, den Trubel und die Berge, liebkoste heute die Sonne mit gleicher Liebe.
Kritisch schaute der alte Hüttenwart herein von seiner Küche. Alte Zeiten furchten ihm die Stirn.
„Na, Dengg", klopfte ihm einer auf die Schulter, „Betrieb, was?"
„Sagen Sie mal, Dengg", rief ein anderer, „wie oft haben Sie eigentlich die Dreithorspitze schon gemacht?"
Der Graubart zitterte leicht. „Dreihundertmal wird nicht ganz langen", sagte er ruhig.
„Da haben Sie's im kleinen Finger", mischte sich ein Dritter ein, „na, dreimal hab ich sie auch schon gemacht."
„Der Ostgipfel geht noch", sagte jemand gnädig, „aber der Westgipfel ist eine Kinderei."
„Kinderei?" Unter Dengg'schen Augenbrauen fing's zu blitzen an. „Haben Sie die Kinderei gemacht?"
„Jeden Tag, wenn's gewünscht wird", wich er aus.
Ein Mann mit Bleistift und Notizbuch nahte. „Und welche von den dreihundert Besteigungen erachten Sie als Ihre beste?"
Der Alte dachte nach. Viel zu lange für die Quecksilberei der anderen. Die waren schon zu Politik, Inflation, Streik geturnt, als er sagte: „Am schönsten war es, als ich barfuß naufg'stiegen bin, zwölf Jahr war ich."
„Was, barfuß? Was, zwölf Jahre? Das muss ich mir notieren", sagte der mit dem Bleistift. „Barfußrekord, zwölfjähriger Barfußrekord, ist ja ausgezeichnet! Wie lange brauchten Sie hinauf?"
„Weiß nimmer, mit zwölf Jahr zählt man keine Stunden."
„Am schönsten, sagten Sie? Was war schön, bitte?"
„Die zwölf Jahr, die nackten Füß, der nackte Fels."
„Hm, Gutester, was da schön sein soll, wenn man mit nackten Füßen –"
Der Alte schwieg.
„Nun sagen Sie doch endlich, warum war für Sie diese nackte Fußtour gar so schön?"
Der alte Bergführer schaute starr durch Rauch und Mäulerschwall und Tassenklirren. Zu sich selber sprach er: „Weil s' damals einigeronnen is, d' Dreithorspitz, durch die nacketen Fuß, und vierzig Jahr lang hab ich's nimmer außerbracht."
Der Bleistift schlenkerte nervös: „Einigeronnen – außerbracht? Tatsachen brauche ich, mein Lieber, Rekordtatsachen!"
„Vater, draußen steht der Maler."
Langsam ging der Alte vor die Hütte. Dort stand einer mit dem Ränzel. Unternehmend gingen seine Augen in die Runde. Dem alten Bergführer nickte er zu.
„Grüß Euch, Dengg!"
„Werdet rasten wollen?", sagte der Hüttenwart sachlich.
„Gerastet hab ich drunten, in der Höhe gilt's die Arbeit", lachte der Maler und sah nach den Bergen.
„Werden wieder unsre Felsen dran glauben müssen?", scherzte Dengg.
„Sind schon hundertmal gemalt." Dengg sah nach dem Wolkentreiben. „Dann halt die Nebelfetzen?"
„Bin kein Wolkenkuckucksheimer."
„Ebber gar mei Hüttn?"

„Hütten kann ich auch im Tal malen."
Zwei Kühe kamen angeläutet und hielten ihre Köpfe hin zum Kraulen. „Aha, meine Küh?"
„Keinen Wert – Um es kurz zu sagen, Euch selber will ich."
„Mich? Da kommt Ihr zu spät, ich führe nimmer."
„Meinen Pinsel sollt Ihr führen, malen will ich Euch – darf ich?"
„Mich? O mei, Bua, weißt nix Bessers?"
„Ihr seid der beste, Vater Dengg."
„Aber ich bin noch nie gemalt worden."
„Desto besser!"
„Also gut, dann will ich halt mein Sonntagsgewand –"
„Untersteht Euch!"
„Aber den Bart muss ich wohl ein bissei stutzen –"
„Ich male nichts Gestutztes, Dengg. Ich möcht Euch, wie Ihr geht und steht. Am liebsten, wenn Ihr unterwegs auf einer Tour seid."
„Ich hab Euch schon gesagt, ich bin zu alt, ich führ nicht mehr."
„Wenn Ihr mir beim Malen was erzählt, ist's grad so. Wenn's gut geht, mal ich Euch die Tour vom Mund weg. Aber Eure schönste muss es sein."
„Meine schönste?" Er sah plötzlich fast verdrossen aus. „Meine schönste hab ich grad verzähln wolln drinnen. Ausgelacht habn s' mich. D' Leut verstehn mich nimmer. Ich versteh sie auch net. Ich will mei Ruh. Jetzt muss ich Brennholz sägn, nix für ungut."
„Und das Bild?"
„Lasst es gut sein, Herr Maler, es wird ja doch nichts."
Der Maler lachte. „Das nenn ich grob."
„So mein ich's nicht. Dass Ihr was könnt, glaub ich schon, aber ich werd nichts – ich bin nichts mehr – ich kann nichts mehr", brach es mit Macht und Bitterkeit aus ihm, „einen alten Bergführer, der nichts mehr taugt, sollt man erschlagn – kreuzsaxendi, wo ist denn meine Baumsäg?"
„Am Stall dort. Kommt! Ich säge mit."
„Ihr?"
„Wenn man nichts zu malen hat, ist sägen auch gesund."
Sie sägten treulich eine Stunde. Den Rest des Nachmittags ist er ihm dann doch gesessen, der alte Dengg. Aber der Maler seufzte.
Dengg sah auf die Leinwand: „Sauber habt Ihr mich gemacht, Herr Maler, sauber."
„Lügt nicht, es ist ein Kitsch, ich bring die Berge nicht hinein."
„Ist das gar so schwer, die Dreithorspitz hinter meiner drauf zumalen?"
„Ach was, hinter Euch – in Euch hinein will ich sie malen!"
Dem Alten richtete es die Ohren steif: „In mich hinein? Wie meint Ihr das?"
„Aus Eurem Bergkopf soll der Berg herausschaun wie zu Eurer besten Zeit – aber natürlich, wenn Ihr nichts erzählt von Eurer schönsten Tour –"
Man sah's dem Alten an, ihn würgte was: „Da drüben auf der Veranda haben sie mich ausgelacht. Ich kann's kein zweites Mal – halt, hört Ihr nichts?"
„Kuhglocken draußen, Fremdengewieher drinnen –"
„Nein nein, das sind – sind Hilferufe – von der Schachenplatte ist es!"
Sie schauten das riesige nackte Felsgehänge hinauf.
„Ihr täuscht Euch, Dengg, Ihr selber sagtet mir, da hinauf kam keiner."
„Hinauf nicht, aber – halloo! … halloooo!"
„Hallo!", kam's schwach zurück.
„Euer Echo, Dengg."
„Herrschaftsaxendi, ich werd doch wohl mein Echo kennen – verstiegen hat sich einer von der Spitze runter!"
Auf der Glasveranda wurden sie lebhaft. Menschen liefen rufend durcheinander. Gläser glotzten auf zur Felsenkathedrale.
„Hören Sie, jetzt ruft es wieder – Gott, wie interessant …"

Der alte Dengg stand in der Tür, mit unbewegtem Gesicht: „Da droben schreit einer um Hilfe, wer geht mit?“

Mit einem Schlag war es still, grauenvoll still. In die Stille klang es diesmal deutlich aus der Höhe: „Hal-looo … Hi-ilfe!“

Denggs Augen bohrten sich in den nächsten Mann. Der zuckte ungeduldig mit den Schultern. Auf einen andren wies er: „Der da hat gesagt, er hätte die Dreithorspitze schon dreimal gemacht!“

„Und Sie“, gab der zurück, „Sie sagten was von kinderleicht –“

Der Maler sah es wie Wolkenfetzen über Denggs Berggesicht laufen. Die Finger bogen sich ihm zusammen, als wollte er den Stift erfassen. Ha, ein Stück, dachte er, ein Stück zum Bild!

„Ich rieht mich z’sammen“, rief Dengg in den wieder quirlenden und babbelnden Haufen, „macht’s aus derweil unter euch – und Ihr, Herr Maler, könntet zum Bezirksamt klingeln? Bevor man einen rettet, muss man nämlich die Erlaubnis dazu haben, das ist eine Vorschrift – wenn ich einen rette, ohne das Bezirksamt anzuklingeln, kriegt meine Frau, wenn es mich selber reißen sollte, keine Rente.“

Dem Maler riss es vor Erstaunen die Augen auf: „Und wenn der Bezirksamtmann nicht da ist, oder wenn der Draht zerrissen wäre?“

„Dann ist es Vorschrift, dass der droben umkommt.“ Humor lief ihm über seine Züge.

Ha, ein Stück, dachte der Maler, wieder ein Stück …

Aus der Glasveranda drang erregter Wortstreit: „Wenn ich dreimal sagte, geht Sie das noch lange nichts an –“

„Und ich, ich habe Kinderei gesagt, nicht kinderleicht, das ist ein Unterschied! Und überhaupt, wie können Sie sich unterstehen, auf mich Bezug zu nehmen …“

„Hal-looo – Hiii-lfee!“, kam es dünn und weit von droben …

Den Pickel in der Hand, auf dem Rücken Seil und Rucksack, stampfte Dengg ein zweites Mal zum Glashaus. Kein Streiten mehr, kein Laut.

„Wie in einer Kirche“, murmelte der Maler.

„Kein Wunder“, sagte Dengg und stieß die Tür auf. Der Saal war leer. Vom Talweg her drang eiliges Fluchtgetrappel. Zorn huschte über des Alten Gesicht, echter Bergzorn. Einen scharfen Blick warf er auf den Maler: „Und Ihr, Ihr malt jetzt –“

„Ja, mit Euch! Droben – so gut ich’s kann!“

„Hal-looo – Hiii-lfee!“ …

Die beiden stiegen von der Seite auf. Von Zeit zu Zeit standen sie still, machten die Hände hohl und riefen: „Wir kommen, wir koommen!“

Das Grüne hörte auf. Unbarmherzig dräute nackter Fels: Weg mit euch! Der da drüben ist schon mein! Aber stetig setzten sie die Eisen in den Fels, dass er knirschte und den Weg freigab, Stück um Stück …

Jetzt hörten sie keine Rufe mehr. Besorgt stand der Maler still.

„Keine Angst“, sagte der Alte, „der Schall hat sich verfangen.“
Höher stiegen sie, höher.
„Hiii-lfe!“
„Jetzt kommt’s von drunten, wir sind über ihm. Unbegreiflich, wie der Mensch sich verirren hat können bei dem Wetter, bei der Markierung!“
„Mutwillen, Leichtsinn –“
„Nein, das kenn ich besser. Hat sich in eine Abkürzung verbissen – na, ich werd ihn schon zusammenstauchen! Halloo!“
„Halloo!“, kam’s zurück.
„Wir müssen mehr nach rechts … halloo!“
„Halloo!“
„Jetzt mehr nach links – man kann nichts sehn – es ist alles überhängend – halloo, ich lasse kleine Steine runter – wenn’s stimmt, schreit: Jetzt!“
Sie gingen ein schmales Band entlang. Alle zehn Schritte hüpfte ein Steinchen hinab.
„Je-e-tzt!“, kam’s herauf. Wie erlöste Glockenklänge tönte es.
„Verflucht glattes Berggras auf der Steilwand! Halloo! Könnt Ihr abwärts?“
„Nein, nicht einen Schritt.“
„Und herauf?“
„Auch nicht, abgerutscht –“
Dengg biss die Zähne aufeinander.
„Sagen sie alle – na, wartet, wenn er erst heroben ist! Es hilft nichts, das Seil kann erst von dort hinunter – und dazwischen dieses Schlupfgras. Teifel, Teifel!“
„Wenn ich meine Schuhe auszöge?“
„Ihr? Dass ich nicht lach, Eure dünne Stadthaut! Aber ich, ich bin’s gewohnt, vom zwölften Jahr her, als ich meine erste Bergtour – meine schönste –“
Der Maler horchte hoch. Jetzt kam’s. Zweck vergaß er, Hilferuf und alles. In die Tasche fuhr er – ja, da war ein Blatt – und da ein Stift –
„Jaja“, lachte Dengg grimmig und hatte im Nu die Stiefel herunten, die Socken, „jaja, Bua, damals is s’ mir einigeronnen, die nackete Dreithorspitz, in meine nacketen Fuß – und nimmer rausbracht hab ich’s mehr seitdem – vierzig Jahr lang – na na, Ihr könnt net helfen da – is viel zu eng da – war schön von Euch, dass Ihr bis daher mit seids gestiegn – hätt’s einem Maler gar net zutraut – wenn mir ’n nunterbringen, könnt’s noch helfen genug – bleibt’s derweil nur staad sitzen auf eurem Fleck und – und malt’s derweil wegn meiner …“
Sein Körper rutschte abwärts. Wie bei einer Katze krallten sich die alten Hände, bogen, schmiegten sich die Füße. Keine Glätte ließ sie gleiten. Altvertraut liebkosten sie des Berges Runzeln. Ein Junge war er wieder von zwölf Jahren, dem der Berg durch nackte Füße in das offne Herz rann. Und auf seinem verrunzelten Gesicht lag Glück. Bergglück, wie es nur die Jugend kennt, wenn ihr die Welt am schönsten wird …
Längst lag das Blatt auf des Malers Knien, arbeitete der Stift. Jetzt – jetzt hab ich ihn – ganz – fast ganz …
Dengg hatte Haken eingeschlagen und das Seil hinabgelassen: „Ich hab’s!“, schrie’s von unten, „jetzt hab ich’s fast –“ „Fast!“, brüllte Dengg. „Ganz sollst es habn, du Depp!“
„Ganz – hab ich’s“, kam es von unten langsam, beinahe demütig, „ganz – ganz – zieht – zieht!“
Dengg zog. Die schwere Menschenlast presste ihm die Rückenfläche der Hände unbarmherzig gegen den schrundigen Stein. Die Haut ging ab. Muskelfleisch lag bloß. Er achtete es nicht. Weit rückwärts bog er sich. Jetzt krallen sich die Füße um das Seil. Auch die alten Füße ließen’s nimmer los. Gewonnen war’s so Ruck um Ruck.
Gleich musste der Kopf des Mannes an der Kante der überhängenden Wand sichtbar werden. Herrgott, wollte er den Kerl zusammenstauchen, in keinen Schlappschuh sollte er mehr passen, so würde man’s ihm sagen müssen – na, kam der Kopf noch immer nicht – und rufen könnte er doch auch –: „Halloo, so schreit doch!“

Er schrie nicht. Stumm standen plötzlich überm scharfen Felsrand Haare. Senkrecht wie von einer Bürste. Nichts sah man als die Haare. Aus ihnen aber züngelte wortlose Angst, die Todesangst, der große Berghai im Rücken könnte ihn im letzten Augenblicke doch noch schnappen: Mir gehörst du!

Und da droben zog einer, der aufs Schimpfen vergaß, den letzten Rettungsruck.

Und darüber riss einer, der aufs Zeichnen vergaß, die Augen auf und sog des Berges Seele aus dem Antlitz eines alten, bloßfüßigen Bergführers …

Sie hatten ihn zur Schachenhütte gebracht. Es war ein Arbeiter vom Bahnbau drunten. Er hatte dem alten Dengg um den Hals fallen wollen.

„Nix da", sagte der, „mein Hals kann nix dafür, eher noch die Fuß, die nackten Fuß …"

Erinnerungsverkrümmt stand der Gerettete vor einem gedruckten Paragraphenanschlag: „… § 23. Für die Rettung ist dem Führer zu bezahlen an Gebühren …"

„Ich – ich hab kein Geld mehr", stotterte er.

„Macht nix", lachte Dengg, und auf seiner Stirne lag die Heiterkeit der Berge, „macht nix, ich zahl dir a Maß Bier, die trinken wir miteinander! Prost! Jaso, der Maler! Kommt, trinkt mit! Nachher kann ich wieder, wie sagt man gleich, wenn Euch einer stillhält?"

„Braucht's nicht mehr! Jetzt hab ich Euch – jetzt hab ich auch das letzte, hurra, das Berggesicht!"

Er rannte hinaus nach seiner Staffelei.

Dengg sah ihm nach. Nein, diese Maler, lag's ihm auf der Zunge, ein verrücktes Volk! Aber dann besann er sich: Verrückt? dachte er. Bin ich's nicht selber manchmal, wenn der Berg über mich kommt – mir scheint, Maler und Bergführer sind so weit nicht auseinander.

Und dann schrie er hinaus, wo die Staffelei stand: „Prost, Malerbruder, prost!"

Das Wischperl

Hermann Franz

„No, dös lasst si' hör'n, Frau Wirtin", hat der Herr Professa g'sagt und hat sei' Urlaubskufferl auf 'n Bod'n niedag'setzt, „dös lasst si' hör'n, dass g'sund seids alle mitanand! Und was gibt's nacha alles Neu's z' Lustivogelbach?"

„Allahand um an' Kreiza", hat die ober' Wirtin g'antwurt; „vo' die Alt'n is der oadatzlad[1] Girgel g'starb'n und as kropfade Agei; der Tirolaschuasta is aa recht schiach beinandg'wes'n in Fruahjohr; der Stuffa hat üwageb'n und is in Austrag, sei' Suhn hat as Lwettner Wawei g'heirat' vo' Schwaiwiriad (aber dössell' wern S' leicht net kennt ham?). Insa Kegelbua is in d' Stadt einakemma auf d' Studi (gel, da schuag'n S'!) ... Und was denn nacha no'? ... Ja richti! Den Vitus Schreibrecht hamma halt aa ei'grab'n den voringa Hirgscht[2]!"

„Den Schreibrecht?", hat der Professa g'fragt; „den junga Schuiassistent? Geh, genga S' weida! Wo allawei a so aus 'n Häusl kemma is, wann in der Schui oans ebbas falsch g'schrieb'n hat?"

„Net alloa in der Schui! Insa Zenzl hat er aa allawei in der Reiß'n g'habt, wann s' auf der Speis'kart'n an' Bock g'schoss'n hat. Damal is er ganz narisch g'west, weil s' ‚Biflamod'[3] g'schrieb'n hat. Wo ma 's do nia net anderscht g'schrieb'n ham, und hat 's no' a jeda les'n kinna! Auf an' Wegweis a oder an' Marterl wann er an' Fehla g'fund'n hat, da is er glei selm mit 'n Farbhaferl außa und hat 'n auskarrigiert ... Hössgasnaa! D' Hauptfach' häatt' i bei oan' Haar vogess'n: A Wischperl hamma sei' aa, Herr Professa!"

„A Wischperl? Is as Kanarivögel g'wiss auskemma? Oder was is denn dös überhaupts, a Wischperl?"

„Geh, g'stell'n S' Eahna net a so, Herr Professa! Jetza san S' a halwada Daiger[4] und wiss'n net, was a Wischperl is? Also, a Wischperl, dös is, wann S' auf d' Nacht, bal 's dunkel werd, so dahi'genga und denka an nix, und auf amal macht's ‚bst ... bst!' Bald kimmt's vo' vorn und bald kimmt's vo' hint, bald vo' rechts und nacha wieda vo' links, wann S' moana, es is auf 'n Bod'n, nacha hör'n Sie 's aus der Höch'n, und es lafft newa Eahna her und tuat van grad tratz'n[5]! Dös is a Wischperl! Wiar i no' a Deandl war, hat's bei 'n Wegkreiz z' Föchaleit'n oans g'habt und bei der Feldkapell'n im Schimmimoos aa. Dös insa lasst si' aus 'n Freithof hör'n."

„So, so", hat der Professa g'sagt, „dös is a Wischperl! Aber wos hat 's denn nacha für a Biwandtnis damit? I moan, wia dass ma' si' nacha dös explizier'n tuat?"

„Dös is ja grod dös seltsam', dass da neamds net dahintakimmt!", hat d' Wirtin g'sagt; „am fimfazwanzigischt'n Oktober hat ma' 's zum erscht'nmal vernumma, und seit dera Zeit lasst sa si' hör'n. Jed'n Abend nach Betläut'n."

Dös Wischperl hat 'n Herr Professa koan' Ruah net lass'n. Glei auf d' Nacht nach Betläut'n is er dös Straßl bei'n Freithof hintreganga, und richti, er hat no' koane zwanz'g Schritt net g'macht g'habt, hat er's scho' hinta seina g'hört: ‚Bst ... bst!' hat's to'. Er hat si' umdraaht, aber da is 's wieda hinta eahm g'wes'n, und wiar er weida ganga is, is 's newa eahm herg'loffa, und weil er mit sein' Spazierstecka ins Gras g'stiert hat, hat's aus der Höch'n klunga. Akkrat, wia 's d' Wirtin vozählt hat g'habt. Schier is 's eahm a bissel ung'schmach worn und kalt über' Buckel awag'loffa.

Berg g'stand'n san; aber dös oamal is 's a Fremda g'wes'n, wo si' in über'n Stock auf d' anda Seit'n draaht hat, dass as Bettstattl kracht hat, und dös andermal is 's der Untersigl g'wes'n, dem ebbas im Bauch umanand g'fahr'n is.

Der Lehra, den er g'fragt hat, hat g'sagt, er glaubt, es san Luftblas'n, wo si' aus 'n Erbod'n außa arwad'n[6], der Weinzierl hat erklärt, er halt 's für Fledamäus', wo so g'spassi tean, und nach 'n Wies'nkonrad seina Meinigung waar'n 's Grill'n oder Heihupfa g'wes'n; der Mauramoasta hat 's a so deut', dass 's vo' die Stoaplatt'n auf der Freithofmaua herkimmt, wo si' bei'n Tag in der Wärm' ausdehna und auf d' Nacht wieda zammaziag'n; der Pfarra aber hat g'sagt, mei', es gibt allahand, gel, dös wo der Mensch mit seine armselinga fimf Sinn', wo er hat, halt net derpacka ko', und es waar net u'mögli, dass 's a arme Seel' waar', wo in der Ewi'keit no' ebbas zum abbüaß'n hat, und auf die Art und Weis' um a Battaunsa bett'lt. Und dös is aa die Ansicht vo' die mehrer'n Bauern und fürnehmli' vo' die Weiwaleit' g'wesn.

Die andern Summafrischla ham si' aa allemitananda für dös Wischperl verinteressiert. Der Dokta Hasenknopf hat g'sagt, dös muaß er rausbringa, was da dahintasteckt, und hat bei'n Wirt in Neb'nzimma sogar a schpiritistische Sitzung abg'halt'n. Aber es is nix dabei rauskemma. 's hat si' zwar, wia der Dokta den abg'schiedna Geist beschwor'n hat, zwoamal a ganz a seltsam's G'räusch hör'n lass'n, dass alle die Haar' ge'

Dem Herr Professa is der ganz' Urlaub mit den Wischperl draufganga. Am letzt'n Tag no', in der Fruah bivor er hoamg'roast is, is er no'amal auf 'n Freithof zwisch'n die Kreiz'ln und Grabstoa umanandspaziert und hat die Nama drauf g'les'n und die Vers'ln. Auf amal is er steh' blieb'n, hat sei' Brill'n außa, und die Glas'ln putzt und hat g'les'n und no'amal g'les'n. „Wischperl", hat er g'sagt, „jetzta hamma di'!" Auf densölln Taferl am Kreiz'l aber is g'stand'n:

„Hier liegt begraben
Vitus Schreibrecht,
Schulasistent
geb. den 8. Mai 1902 zu Miesbach,
gest. den 20. Okt. 1926 zu Lustivogelbach."

Soviel Zeit hat der Herr Professa grasd no' g'habt, dass er zum Mala Firnaßl umispringa hat kinna. „Firnaßl", hat er g'sagt, „kunntst mir net nachschlag'n, wannst den Vitus Schreibrecht sei' Grabkreiz'l aufg'stellt hast?" Der Firnaßl hat glei' in sein' Buach nachblattlt: „Am finfazwanzigischt'n Oktowa", hat er g'sagt. „Aha", hat der Professa g'macht, hamma 's scho'! Jetzta sei grod so freindli' und mal' no' a ‚s' auf sei' Taferl! Assistent schreibt si' nämli' mit zwoa ‚s', muaßt wiss'n, und weil dös zwoat' fehlt, drum ko' der guat Vitus die ewi' Ruah' net find'n. Ihr werd'ts es sehgn, bal dös zwoat ‚s' drobnat is, is aa dös Wischperl derlöst! Pfüadigod, und grüaß' mir no' die ober' Wirtin!" So hat der Herr Professa g'sagt, is auf'n Stellwag'n umi und furtg'fahr'n.

Acht Täg drauf hat er an' Briaf kriagt vo' der ober'n Wirtin. „Lieba Herr Pofessa!", hat s' g'schrieb'n, „dieses Mal hat 's Ihnen schön sitz'n lass'n! Der Firnaßl hat das fehlende s nachgeholt. Geholfen hat es nix, indem das Wischperl ärger tut als wie zuvor. Für den Fal es Sie intressiert, den Geschwandtner Tobias ham s' wegen Wildern eingesponnen, und das Reginerl vomn Kramer hat den Keichhusten … usw. Es grüßt Sie freindlich Ihre obere Wirtin."

Der Herr Professa war wia vor 'n Kopf g'schlag'n. Er hätt' d'rauf g'schwor'n g'habt, dass er dös Richtige troff'n hat, und es war eahm zwider, dass er do' daneb'n g'schoss'n hat. Wiar er üwa's Jahr wieda nach Lustivogelbach auf Urlaub kemma is, war sei' erschte Frag' nach 'n Wischperl. Es hat si' no' allawei' hör'n lass'n und so laut und zurni hat's aufbigehrt, dass die ehemalig'n Wischperln vo' Föchaleit'n und vom Schimmimoos net im entferntest'n dro'hi'kinna ham. Der Herr Professa hat grad sei' Kufferl an Bod'n g'stellt, nacha is er glei umi am Freithof. Er hat net lang nach dem Taferl suacha braucht. Und was hat er g'les'n?

„Hier liegt begraben
Vitus Schreibrecht
Schulasisstent
geb. den 8. Mai 1902 zu Miesbach,
gest. den 20. Okt. 1926 zu Lustivogelbach."

Der guat' Professa is dag'stand'n und hat net g'wisst, soll er zurni wer'n oder lacha. Auf der Stell' hat er dös Kreizl packt und aus 'n Bod'n außazog'n und is zum Firnaßl umi damit. No' am selbig' Na'mittag hat der Schulassistent Vitus Schreibrecht dös eam zuag'hörige orthagrafisch richtige Taferl kriagt. 's Wischperl aber hat si' vo' dera Stund' o' nia nimma hör'n lass'n.

1 einhändigen, 2 Herbst, 3 Bœuf à la mode, 4 ein halber Hiesiger, 5 necken, 6 herausarbeiten

s Kapuziner-Öchsl

Waldlerischer Bauernschwank um einen zweimal verwandelten Ochsen

Josef Fendl

Es hirgstlt scho a weng. Af dö Felder hinter Eding verbrennen se s Erdäpfikraut. D Nussbaam am Weg werdn scho langsam nackert, und der Altweibersommer tanzt über dö afgrissna Bifeng (Ackerfurchen). Der Peintinger am Gumpersberg lasst sein Ochsen rastn, der eahm scho an ganzn Tag an Pflou zojgt. Er selber setzt se aa a weng nebn d Browastaudna (Brombeergesträuch) und lasst se d Sunn afn Buckl affischein. Zwee Handwerksburschn, dö d Gostn (Hohlweg) affakemma, seghn, dass er eigschlafa is. Oaner hod a Kuttn o wej a Kapuziner.

Wejs an Peintinger nachher scho a paarmal abbeitlt hod, wird er wieder munter, – und do trifft n fast der Schlag. Denn vor eahm steht zwar sei Pflou – dös is in Ordnung –, owa mit was für am Gspann …! Der Peintinger blinzlt nach jederner Seitn. Owa nirgendwo is sei Ochs zum seghn. Dafür steht – o heilige Muattergottes vom Bognberg gib, dass s net woahr is! –, dafür steht a leibhaftiger Kapuziner im Gschirr. A Kapuziner mit Bart, Strick und Sandaln an dö Fejß. Vielleicht draamt er no? No a weng odamisch (benommen), beitlt er an Kopf, rapplt se af und geht ganz derkemma af dös seltsame Öchsl zou.

„Gell, Bauer, da schaughst!“, sagt der Kuttnpater, „wejst eigschloofa bist, is an Ochs im Gschirr gstana, und jetz is a Kapuzina draus wordn …!“

„Ja, owa wej is n dös zouganga?“, stottert der Peintinger.

„Schau, dös is a so“, erklärt der Klousterbruader, „i hob mir amol als Pater ebbs Schwaars z schuldn kemma loussn, ebbs ganz Schlimms“ – und jetz geht er ganz nahert zum Peintinger hi und sagt eahm ins Ohrwaschl ei: – „mit am Weiberleut …!“

Der Peintinger gnaukt (nickt) verständnisvoj“,

– und für dös hod mi nachher der Pater Guardian in an Ochsn verwandlt, und jetz is mei Zeit wieder um …!“
„O mei, o mei“, lamentiert der Peintinger, „dann müassn S scho entschuldign, dass i so oft grob gwen bin zu Eahna und gfluacht hob und Eahna mit m Stecka af n Buckl affighaut hob, ja, und s Fressn is aa net allerweil dös beste gwen, a Gsood halt, wej ma s bei uns do a so hod … I hob ja dös net gwusst, dass i an Kupuziner im Stoj hob, also entschuldign S vielmals, – ja, und a guate Roas hoam ins Kloster, Herr Mönch …“
Der Pater ist inzwischn aus dö Sträng gstiegn und hod se zum Geh gricht. „ – und Vergeltsgott tausndmol. . !“ schreit eahm der Peintinger no nach, owa da is der Kuttnbrunzer scho hinter m Gstaunert (Buschwerk) verschwundn.
„Sachan gibts heutzutags …!“, schüttlt der Peintinger an Kopf, wej er sein Pflou mit m Strick übern Buckl hoamzojgt.
Weil se owa d Felder schlecht ohne Ochsn richtn loussn, fahrt er am nächsten Tog af Deggndorf außi afn Vejhmarkt. Und wej er da a so zwischn dö jahrign Bummerl und dö gstandna Ochsn af und o geht, bleibt er af oamol wej angwochsn steh. „O heiliger Sankt Leonhard!“ – do steht dennerscht der Scheck, mit dem er gestern Vormittag no s Hoj zackerl g’ackert hod … Freindli zojgt der Peintinger an Hout und grüaßt hi. Owa nachher kann er s dennerscht net bleibm loussn, geht zu eahm hi und sagt: „Sie, Herr Kapuziner, Sie san owa koa besonders heiliger Mo … Dann zwinkert er a weng mit dö Augn und fragt: „Hast ebba gestern scho wieder ebbs mit am Weiberleut ghabt …?“

Von der Schwierigkeit, Lyrik an den Mann zu bringen

Josef Fendl

„Mein Freund“, hat dersell Dichter
zum altn Holzhauer gsagt,
„sahen Sie gestern Abend nicht,

wie hinter dieser Höhen Rücken
der Himmel sich wie Purpur färbte
und später dann vor Schreck erbleichte …?

Sahen Sie nicht die grauen Wolken
wilden Schwänen gleich
dahintreiben in des Abends Fluss …?“

„Na“, hat der Holzknecht gsagt
und hat an Kopf gschüttlt,
„so bsuffa bin i scho lang nimmer gwen!“

Aus dem Bayrischen Walde

Adalbert Stifter

Am Rande des Waldes ist in den Schluchten, meist in und an dem Wasser, ein Geschiebe von Granitblöcken. Sie gehen auch noch tiefer hinab, und nicht selten liegt mitten in dem Grün der Matten ein Block, so groß wie eine Waldhütte, und so dicht, dass die schönsten Werke daraus gemeißelt werden könnten. Oft stehen an solchen Blöcken schöne Bäume, besonders Ahorne, dann Birken, Eschen und andere Laubbäume mit Nadelholz gemischt, und solche Gruppen ziehen gegen den hohen Wald hinan. Und dieser Rand und das Land schimmern in einem Grün, wie man es sich kaum denken kann. Oberösterreich ist ein besonders grünes Land, und doch, wenn man von diesem Walde in seine Fluren hinab kommt, sind sie beinahe grau.

Nicht bloß gesundheitsbringend, sondern auch stillend und seelenberuhigend ist es, wenn man hier wandelt und alles auf sich wirken lässt: das Gras an dem Wege mit den tausendartigen Waldblumen und den weißen Stein darin und den ernsten Baum und die hellen Wiesen und das einfarbige Getreide der Felder und die glänzenden Dächer der Hütten und die Hügel und Wäldchen und den Duft der Ferne mit manchem weißen Punkte einer Kirche und die unermessliche leuchtende Himmelsglocke über dem Haupte. Und wenn man eine mäßige Höhe hinter dem Rosenbergerhause hinaufgeht, sieht man am südlichen Rande des Landes das ganze ungemein sanfte Band der salzburgischen und steirischen Alpen mit manchem Blicke eines Schneefeldes darinnen. Zu allem dem vernimmt man das leise Rauschen der Bäche, mitunter den Klang einer Herdenglocke von dem Walde herab, oder hoch oben das schwache Wirbeln einer Lerche. Man glaubt, die Welt ist voll Ruhe und Herrlichkeit. Und wenn man von dieser Ruhe in eine andere geht, in die des großen Waldes, so ist es wirklich wieder eine Ruhe und wirklich eine andere. Der Blick wird beschränkt, nur das Nächste dringt in das Auge, und ist doch wieder eine unfassbare Menge der Dinge. Die edlen Tannen, wie mächtig ihre Stämme auch sein mögen, stehen schlank wie Kerzen da und wanken sanft in dem leichtesten Luftzuge, und wenn der stillste Tag draußen ist, so geht in das Ohr, kaum vernehmlich und doch vernehmlich, ein schwaches erhabenes, Sausen – es ist wie das Atemholen des Waldes. Zu der Tanne gesellt sich ihre geringere, aber doch schöne Schwester, die Fichte, dann kommt die hellgrünlaubige Buche und in den Tiefen an Wässern die Erle, und es kommen andere wasserliebende Bäume. Und zwischen den Stämmen ist die Saat der Granitblöcke ausgebreitet, einige grau, die meisten mit Moos überhüllt, dann scharen sich die Millionen Waldkräuter, die Waldblumen, dann sind die vielfarbigen Schwämme, die Ranken und Verzweigungen der Beeren, die Gesträuche und es ist manches Bäumchen, das sein junges Leben beginnt. Hie und da blickt ein ruhiges Wässerlein auf oder schießt ein bewegtes durch die Dinge dahin. Wenn draußen das breite Meer des Lichtes war, so ist es hier in lauter Tropfen zersplittert, die in unzähligen Funken in dem Gezweige hängen, die Stämme betupfen, ein Wässerchen wie Silber blitzen machen und auf Moossteinen wie grüne Feuer brennen. Oft, wenn eine Spalte ist, wird das Dunkel des Waldes durch eine glühende Linie geschnitten. Die vielen Tierchen des Waldes regen und bewegen sich, und wenn die auf dem Boden durch ihre Gestalt und Lebensweise ergötzen, so erfreuen die der Höhe durch ihre Laute. Und in alles tönt das ununterbrochene Rauschen der Wässer. Und wenn man fortwandert, ändert sich alles und bleibt doch dasselbe. So kann man viele Stunden wandern, und spannt der heilige Ernst des Waldes Gemüter, die seiner ungewohnt sind, anfangs wie zu Schauern an, so wird er doch immer traulicher, und ist endlich eine Lieblichkeit wie die draußen, nur eine feierlichere.

Und wic cindringlicher und erweckender wirkt es erst, wenn man irgendein Ding zum Gegenstande seiner Betrachtung oder wissenschaftlichen Forschung macht, sei es das Leben der Himmelsglocke mit ihren Farben und Wolken, oder sei es das Leben mancher Tiergattung, oder seien es nur die verachteten Moose, die mit ihren verschiedenen Blättchen oder den dünnsten goldenen Seidenfäden den Stein überkleiden.

Da zeigt sich im Kleinsten die Größe der Allmacht.

Von den Scheuern des Rosenbergerhauses führt ein Fußpfad einem Wässerlein entgegen am Feldrande bis zu dem Walde. Dort strömt ein klarer Bach aus dem Dunkel hervor. Und von dort geht ein Weg, so trefflich dass ihn eine Frau mit Stadtschuhen begehen kann, schräge an der Walddachung zu den drei Sesseln hinan. Wenn man sehr langsam geht, kommt man in zwei Stunden an die Schneide des Waldes hinauf. Man geht beständig unter hohen Bäumen, eine Strecke unter sehr schönen Buchen. Auf der Waldschneide stehen hie und da Granitgiebel empor, die aussehen, als wären sie aus riesigen Steinscheiben gelegt worden. Wahrscheinlich sind es Reste eines ausgewitterten gewaltigen Granitrückens. Manche sind gerade so wie steilrechte aus Steintellern gelegte Säulen. Die bedeutendsten sind der Sesselfels und der Hohenstein. Man kann noch den Seeturm des Blöckensteines dazu rechnen. Von andern Blöcken solcher Art, die noch auf der Ungeheuern Schneide des ganzen Waldes stehen, ist hier nicht die Rede. In den steilrechten Sesselfels ist eine Steintreppe gehauen. Wenn man sie hinangestiegen ist, steht man auf einer waagrechten Steinfläche, auf welcher nur einige Menschen Platz haben. Man steht gerade mit seinen Fußsohlen neben den Wipfeln der hohen Bäume. Mit Sesseln hat der Fels nicht die geringste Ähnlichkeit, eher wäre er ein großer Säulenknauf. Vor mehreren Jahren standen noch an der Oberfläche des Steins drei Lehnen empor, welche Spalten zwischen sich hatten, durch die man hinaussah. Damals glich der Fels einem riesigen Predigtstuhle. Die Leute nannten die Lehnen Sessel, daher der Name. Ich wollte in dem Jahre 1855 in die nördliche Lehne wirklich einen Sitz hauen lassen, so dass man von ihm die ganze südliche Fernsicht genießen könnte; aber der Entschluss fand Verzögerungen durch Voranstalten, Umfragen und dergleichen. Indessen, waren nun die Lehnen schon seit langem locker oder ist die Auswitterung sehr rasch geschritten, es fanden sich mehrere Leute, die sich die Arbeit machten, die viele Zentner schweren Lehnen in die südliche Tiefe zu stürzen. Dort liegen sie nun unter anderem Steingetrümmer. Als sie noch standen, waren sie von ferne wie ein Würfel auf dem Waldesrande zu sehen, jetzt ist von der Ferne nichts mehr sichtbar, weil der Fels nur bis zu den Baumwipfeln reicht, außer es ständen eben Menschen auf ihm, die man dann mit Fernrohre finden würde.

Höhere Berge haben oft einen weniger lohnenden Fernblick als dieser Fels. Man sieht gegen Mittag hinab auf die Schwere des Waldes, durch den man heraufgegangen ist, und da zeigt er sie erst recht, wie es der Hinaufblick nicht vermag. Dann kommt das hügelige Land bis zur Donau mit den tief drunten liegenden grünen Schwellungen und den weißen Ortschaften, Kirchen und Häusern darauf und den unzähligen Wäldchen, Wiesen und Feldern und mit manchem dunklen Rücken, der ein großer Wald heißen würde, wenn man nicht auf dem sehr großen Walde stände. Dann erscheint der schleierige Streifen des obst- und kornreichen Landes nördlich der Alpen. Man sieht darin die Glanzfäden der Donau, des Inn und der Isar. Manche behaupten, mit Fernrohren die Türme der Liebfrauenkirche München gesehen zu haben. Ich konnte wohl die bayrische Hochebene finden, sah aber nie diese Türme. Regensburg wird durch die Wälder bei Stauf gedeckt. Endlich ist als Grenze die Krone des Ganzen, die Alpenkette vom Pinzgau bis zum Schneeberge in Unterösterreich, im zartesten gezackten Blau, dass der Kundige jede seiner Höhen und jedes seiner Schneefelder findet. Und über allem ist der feeige Duft und Schmelz der Luft, der ausgedehnte Landschaften so unsäglich anmutig macht, und den Pinsel so selten erreicht, wenn es nicht etwa Claude Lorrain gelungen ist, der aber nie so große Dehnungen gemalt hat. Gegen Nordwest, Nord und Nordost ist die Aussicht beschränkter, aber sehr ernst. Waldwoge steht hinter Waldwoge, bis eine die letzte ist und den Himmel schneidet. Großartig ist es, wenn Wolkenberge an dem Himmel lagern und mit blauen Schattenflecken dieses Waldmeer unterbrechen. Kann man eine herrliche Alpenansicht ein schwungvolles lyrisches Gedicht nennen, so ist die Einfachheit dieses Waldes ein gemessenes episches.

Nicht weit von dem Sesselfels steht der Hohenstein, auf den eine hölzerne Treppe führt, und von dem aus eine größere Fernsicht nach Böhmen ist, aber eine weit kleinere nach Süden.

Von den Sesseln kann man auf einem knorrigen, steinigen, oft sumpfigen Wege, der streckenweise, namentlich gegen das Ende, gar kein Weg mehr ist, immer auf der Schneide des Waldes ostwärts gehend in etwas mehr als zwei Stunden zu dem Blöckensteine gelangen, der höher ist als der Sesselberg, aber eine geringere Rundsicht hat. Wenn man jedoch um den Steingiebel, der den Namen Seeturm führt, links herum wendet und einige Schritte abwärts geht, steht man plötzlich auf dem Rande einer steilrecht abfallenden Felsenwand. Links sieht man gewaltige Felsen niedersteigen, rechts steigen Felsen hinab, überall gehen Wälder hinab, und auf dem Grunde dieser Nische an dem Saume eines Gewirres hinabgestürzter und bleichender Baumstämme steht ein ruhiges, starres, schwarzes Wasser, jenseits von einem schmalen dunkeln Waldbande gesäumt. Es ist der Blöckensteinsee. An sonnigen Tagen zeigt der Hinabblick in all das blaue Dämmern und Weben der hinuntersteigenden Wälder, der hinunterstehenden Felsen, des bleichen Saumes, des stahlblau und schwarz schillernden Wassers, des Uferbandes, und dann ein Blick auf das einfarbige Himmelblau etwas so zauberhaft düster Holdseliges, dass manche Gemüter davon mächtiger erfasst werden als von der Pracht des Blickes von den Sesseln aus. Ich konnte einmal einen Freund von der Felsplatte, die an der Wand gleichsam über dem See schwebt, kaum fortbringen. Man kann den See links von der Wand aus umgehen und an sein flaches jenseitiges Ufer hinabgelangen, aber der Gang ist durch die Steintrümmer, Farnkräuter, Brombeerranken und anderes Geniste und über gefallene modernde Bäume äußerst beschwerlich. Die von dem Moldautale aus den See besuchen, kommen an seinem östlichen flachen Ufer an. Man hat dort an Nachmittagen den schönsten Anblick gegen die schattige, gleichsam wie in Schleiern zitternde Seewand. Ich habe beide Anblicke, den von oben und den von unten, vielfach genossen, und weiß nicht, welcher vorzuziehen ist.

Einsiedler

Heinrich Noë

In den Partenkirchener Wäldern gibt es zwei absonderliche Einsiedler – der eine ist ein Hirsch und heißt Molli, der andere ein Taglöhner, Veitl genannt. Reden wir zunächst von dem ersteren.

Seit etwa sieben Jahren kommt alljährlich, gegen Ende Oktober, ein gewaltiger Edelhirsch in den Marktflecken herein und tut, als ob er da zu Hause wäre. Der Hirsch trägt ein Geweihe, mit dem sich an Höhe und Stärke nur wenige vergleichen lassen, obgleich er nicht unter die Sechzehn-, sondern nur unter die Zehnender gehört, und von seiner Stattlichkeit mag man sich einen Begriff machen, wenn man annimmt, dass er von allen, die ihn gesehen haben, auf drei Zentner Gewicht geschätzt wird. Niemals hat man ihn während der Schusszeit gesehen. Auch im Walde ist er nicht aufzufinden und in Gesellschaft anderer Hirsche wurde er noch niemals angetroffen. Er scheint die Menschen lieber zu haben als seinesgleichen. Wenn einmal der Schnee so tief liegt, dass er nicht mehr zum Boden gelangen kann, so legt man ihm Heu auf einen Reiserhaufen, der sich in einer Entfernung von etwa dreißig Schritten vom Forstamtsgebäude befindet. Von diesem Heu holt er sich seine Nahrung, meist während der Nacht, mitunter aber auch am Tage. Spürt er jedoch, dass andere Hirsche oder Tiere, was bei sehr arger Kälte mitunter geschieht, den nämlichen Futterplatz aufsuchen, so kommt er nicht und erscheint erst dann wieder, wenn sich die Tiere in den Wald zurückbegeben haben. Nachdem er etwas verzehrt hat, legt er sich auf das Heu, das übrig geblieben ist, und rastet darauf stundenlang.

Von Mitte Mai ab verschwindet er aller Augen. Ich weiß nicht, ob er geschont werden würde, wenn ihm ein Jäger begegnete. Er steht zwar unter dem besonderen Schütze des Forstmeisters, aber mancher seiner Untergebenen scheint weniger gut auf den wunderlichen Patron zu sprechen zu sein, und es könnte sich wohl einmal ereignen, dass ihm aus Missverständnis etwas Schlimmes zustoße. Indessen, wie gesagt, während der Zeit, in welcher die Jagd erlaubt ist, scheint er verschwunden.

Bei der Zahmheit, die er zur Schau trägt, könnte man vielleicht auf die Vermutung kommen, dass er einmal eingefangen gewesen und von irgendeinem Liebhaber in Umfriedung gehalten worden sei. Allein für eine solche Annahme fehlen sämtliche Anhaltspunkte. Niemand in der Gegend weiß davon. Wenn er aus seiner Einsamkeit hervorkommt, so sucht er sofort die Gärten auf, die um jene Jahreszeit allerdings schon ziemlich abgewirtschaftet und verödet ausschauen, in denen sich aber immerhin noch Kohlstängel, Krautköpfe und auch Obst vorfinden, wie ich denn selbst noch Ende November mehrmals die roten Äpfel an entlaubten Bäumen dort habe hängen sehen. Um in die Gärten zu kommen, was er sehr häufig am hellen Tage tut, springt er über die höchsten Zäune. Auch die Zierpflanzen, die man in Töpfen am Fenster hält, sind vor ihm nicht sicher, mehr als einmal hat er zum großen Zorn der Beschädigten junge Rosenstöcke weggefressen, und manchmal schaut er durch die Fenster in die Stuben hinein, wobei es schon einigemal geschah, dass er mit seinem Geweih die Scheiben eindrückte. Am Allerheiligentage oder in der darauf folgenden Zeit begibt er sich auf den

Friedhof und frisst die Blumen, Beeren und Kränze, mit welchen in jenen Tagen die Gräber geziert sind. Dieses Gartenfutter behagt ihm so, dass solange er solches erreichen kann, von ihm kein Heu angerührt wird. Dieses sucht er, wie erwähnt, erst auf, wenn Schneefall die Gärten zudeckt.

Bei solchem Betragen eines Tieres, das meist überaus scheu ist, kann es nicht fehlen, dass die Leute in verschiedener Weise sich dasselbe zurecht legen. Am meisten Freude daran hat natürlich die Jugend, die ihn oft staunend im Kreise umsteht, ohne dass er sich von deren Geschrei beirren lässt. Abergläubische meinen, es stecke in dem Tiere der Geist eines Verstorbenen und die Spaßvögel unter ihnen vermuten, der Molli sei am Ende gar der frühere Forstmeister, weil er den Garten und die Schwelle des Forsthauses mit besonderer Vorliebe aufsucht. Weder vor diesem Hause noch vor einem anderen scheut er das laute Sprechen der Inwohner oder das Bellen der Hunde. Vor diesen hat er überhaupt nicht die geringste Furcht. Kam ihm ja einmal einer zu nahe, so schleuderte er ihn mit seinem Geweih in die entsprechende Entfernung.

Bei der Scheu, die manche vor dem seltsamen Vagabunden haben, ist es schon zu drolligen Auftritten gekommen. So stieg einmal ein Mann von Partenkirchen auf den Berg, auf dem sich der Kreuzweg und die Kapelle des heiligen Antonius befinden, um Schafe zu suchen, die sich dort in Wald und Gestrüpp verloren haben könnten. Eben wollte er eine steile Felsplatte hinaufklettern und tastete, um nicht abzurutschen, im dichten Busch nach irgendeinem Zweig, an dem er sich festhalten konnte. Als er sich nun über die Platte mit Hilfe dieser Handhabe emporgeschwungen hatte, stand er dicht vor dem hier ruhenden Hirsche und sah nun, dass das, was er für einen Ast gehalten hatte, in der Tat der Fuß des Molli gewesen war. Dieser aber richtete sich ruhig auf und betrachtete neugierig mit unverwandten Augen seinen Mann. Solche Kaltblütigkeit des Hirsches erschreckte den Schafsucher, er rannte geraden Weges den Berg hinab, wobei er sich öfter überschlug und stürzte, so dass er mit zerrissenen Kleidern und blass vor Angst im nächsten Hause ankam, dessen Insassen er zurief, der Molli verfolge ihn.

Auch dem Nachtwächter begegnete einmal der Molli mitten in der Hauptgasse des Marktes. Der Hirsch blieb stehen und machte keine Miene auszuweichen. Das kam ihm bedenklich vor und er suchte sein Heil in der Flucht. Nichts Seltenes ist es auch, dass der Hirsch des Morgens in irgendeinem Holzschuppen gefunden wird, in welchem er furchtlos mitten unter Häusern während der Nacht geschlafen hat.

Der Veitl, ein anderer nicht viel weniger seltsamer Einsiedler, haust in der Nähe einer Bauernwohnung in Hintergraseck in der Höhlung, welche am steilen Abhang das Wurzelwerk einer großen Buche gebildet hat. Diese Höhlung hat er sich durch Bretter, Latten und Baumstämme so gut als möglich gegen Sturm und Wetter gesichert. Drinnen aber, in einem schier völlig finsteren Räume, der sein geringes Licht nur durch ein winziges Fensterscheibchen erhält, das vom Rauch nach und nach rotgelb gefärbt worden ist, wohnt der siebzigjährige Mann, seines Zeichens ein Taglöhner, der bald vom Holzfällen, bald vom Wegmachen oder anderer Hantierung seinen Unterhalt verdient. In dem Kämmerlein ist es so finster, dass der Veitl, um irgendeinen Gegenstand darin dem Besucher zu zeigen, einen Spahn anzünden muss. Das Bett neben dem Fensterchen besteht aus Lumpen, die Wände und die Decke sind dicht mit Ruß bedeckt. Zwei Menschen vermögen sich nur dann zu rühren, wenn sich der eine davon auf's Bett legt. In den Holzscheiten, die außen das Kämmerlein als innere Wand umgeben – denn zwischen den Brettern und Latten und der

Kammer zieht sich ein winziger Vorhof mit allerlei Gerumpel, mit Wilddecken, Tüchern, Lodenfetzen usw. behangen, hin – stecken namenlose Werkzeuge. Aus den Lederhosen ist der Greis seit vielen Jahren nicht mehr gekommen. Doch fehlt ihm nichts zu seiner Glückseligkeit – er freut sich seiner Wohnung, seiner Aussicht auf den tiefen Waldgrund des Raintales, auf die Ahorn-Auen und auf die hohen Berge, und stellt uns ein Zeugnis aus, wie wundersam verschieden die Ansprüche sind, welche der Mensch an die Fortuna stellt.

Die Pfatter

Josef Fendl

Im Sumpf wurzelt sie, im Unsicheren;
Schilfstängel umwuchern den nassen Leib,
der, bald breiter, bald schmaler
sich hinaufwindet zum Haupte.
Oder sind es Felder, in Riemen geschnitten,
durch Grenzmarken geteilt?
Verrinnendes Sein
am Morgen bewusster Geschichte?

Das Antlitz bietet sie dar dem Betrachter;
aber sphinxhaft, unergründlich scheint es.
Man sieht nicht hinunter
auf den schwankenden Grund.
Dicke Augenlider verwehren
den forschenden Blick in die Seele.
Verborgen, verschlossen der Mund,
verhalten das Wesen der Göttin.

Eines hochliegenden Ohrs
stumme Gebärde horcht,
den Sturmwind zu hören
und den Schrei wild ziehender Vögel,
die Stimmen der Voreltern zu ahnen
und die Weissagung der Zukunft,
die nur dieses eine weiß:
Alles Seiende fließt.

Der Duft von Schmalzgebäck

Alexander Bálly

Es war früh an einem frostigen Herbstmorgen, als ich unausgeschlafen und mit leerem Geist zur Bäckerei ging, um für später eine Brotzeit zu holen. In diesem Moment zwischen Morgenroutine und Schlummer umfing mich unvermittelt ein warmer, süßer Duft, teigig, leicht apfelig und unglaublich lecker. In weniger als einer Sekunde schickte mich meine Nase um Jahrzehnte zurück, entführte mich zu einer Dult an einen kleinen Stand. Da buken sie ganz frisch Auszog'ne und Kirchweihnudeln schwimmend im Fett. Ganz frisch, noch dampfend heiß, hatte ich damals diese Köstlichkeiten genossen. An diesem frostigen Morgen war ich nun wieder dort, zwischen all den Buden mit ihren Verlockungen.
Nur einen Wimpernschlag später tauchte eine andere Erinnerung lebensecht aus der Versenkung auf. Ich saß wieder beim Brotzeitmachen in München am Viktualienmarkt an meinem Stammplatz im Café Schmalznudel, gleich links am Eingang, und sah den Bäckern zu, wie sie eine Batterie Krapfen in der Fettwanne baden ließen, sie dann mit einem Kochlöffel anstubsten, um sie zu wenden und sie schließlich als goldbraune Köstlichkeiten zu bergen. Noch heiß wurden sie paarweise mit einer Pumpenschüssel gefüllt und in Zucker gewälzt, erst dann durfte Hertha sie verkaufen. Wenn jemand so heiße Krapfen mochte. Ich war wohl einer der wenigen Liebhaber.
Dieser wunderbare, komplexe Duft von Fett, warmem Teig, der auch die Marmelade erwärmte und in ihr alle Aromanuancen wiederbelebte, all dies, dazu der Duft von Kaffee aus der leise röchelnden Kaffeemaschine verwob sich zu einem Moment der glückseligen Erinnerung an höchsten Genuss.
Das Auge mag mitessen. Die Nase aber kann mehr. Sie schickt dich mit den Düften in eine lebendige, bunte Vergangenheit.
Was auch immer manche meinen – und am Tegernsee auch für gerichtsmäßig halten mögen –, ich selbst habe bisher die Geruchsemissionen der Bäckereien immer genossen.

Skandal!

(ein Halb-Drabbel)
Alexander Bálly

Unerhört! Porno im Garten! Und das in unserer biederen Wohngegend. Des Nachbars Wassertonne wird für frohe Swingerspiele benutzt! Man möchte die Brille absetzen, um diese Vorgänge nicht ansehen zu müssen. Völlig hemmungslos, diese Spatzen!

Ich bin ja gut zu Vögeln, die Sperlingsdamen aber wohl auch! Und sie übertreiben es.

Der Prozess

Fritz Müller-Partenkirchen

Die Tür des Sitzungssaales öffnete sich auf den Gang hinaus. Der Wachtmeister schob den Kopf heraus, schaute unbeteiligt nach der Decke, faltete die Hände überm Bauch, drehte gelangweilt einen Daumen um den andern und verkündete in das Stimmgewirr der wartenden Parteien hinein mit einer Stimme, als spräche er zu sich selber:

„Lang gegen Schneeberger!"

Eine dicke Frau, ein dürrer Mann traten ein.

„Sie sind Frau Lang?", sagte der Richter.

Die dicke Frau wollte Ja sagen. Sie konnte es nicht. Zu viel lag ihr auf dem Herzen. Monatelang hatte er sich angesammelt, der Groll gegen ihren Mieter. Hundert Dinge wollten sich zugleich entladen. Das verlangte Ja staute sich, blieb stecken. Nur nicken konnte sie, mehrmals heftig nicken.

„Schön", wandte sich der Amtsrichter an den Hageren, „und Sie heißen Schneeberger."

„Gewiss – zu dienen – mit dem größten Vergnügen", sagte der Magere eifrig und heiter.

„Sehng S', Herr Amtsrichter, so is er!", rief Frau Lang empört.

„Wie meinen Sie das, Frau Lang?"

„Wie ich das mein'?", schlegelten ihre Arme, zitterte ihr Kopf und rollten ihre Augen. „Wie ich das mein'? Wenn gegen einen Menschen so viel vorliegt wie gegen den da, so hätt er allen Grund zur – zur Dasigkeit und net zum Maulaufreißen!"

„Ich bin mir nicht bewusst", lächelte der Magere, „mein Maul aufgerissen zu haben."

„Schon allein, dass er's si' auf Hochdeutsch zerfranst, sei Maul, Herr Amtsrichter, des müssen S' selm sagn, dass des eine Verhöhnung is."

„Hm, wir könnten jetzt beginnen, wenn die Anwälte der beiden Parteien auch zur Stelle – ah, da kommen sie."

Behaglich plaudernd waren sie erschienen. Der eine lachte, und der andere nickte. Ein Herz und eine Seele schienen sie.

Frau Lang war sprachlos. Zum Richter fuchtelte sie hinauf: „Derf denn des sein! Hab i eahm dadafür zahlt, dass er mit dem Schneeberger sein Anwalt umanandaschmust!"

„Außerhalb des Prozesses", belehrte der Richter sie mit Humor, „steht es den streitenden Anwälten frei, ob sie sich die Hände drücken oder sich die Schädel gegenseitig weiterspalten wollen."

„Ah, Frau Lang, schon da?", begrüßte ihr Anwalt sie. „Ich kann Ihnen eine freudige Mitteilung machen –"

„Werd schö freudi sein", grollte sie, „wenn Sie mit der anderen Bagaschi so umanandaspeanzeln!"

„Andere Bagasch ist sehr gut", lachte der gegnerische Anwalt, „Sie gestehen damit zu, dass Sie die ‚eine Bagasch' sind."

„Ham Sie's ghört, Herr Amtsrichter", fuhr Frau Lang auf, „Bagasch hoaßt er mi – Bagaasch! – und eim solchenen gibt der mei sei Hand – gibt's dagegen gar kein Barigrafen, Herr Amtsrichter?"

„Merkwürdig, Frau Lang", lächelte der Richter, „bei den Akten liegt ein Brief von Ihnen ans Gericht, wo Sie sagen, dass Sie sich vor lauter Paragraphen nicht mehr auskennen, und jetzt verlangen Sie nach neuen?"

„Wo er Bagaschi gsagt hat –!"

„Das haben Sie gesagt, Frau Lang."

„Des hätt i gsagt? Und wenn i's gsagt hätt, nacha hätt i's zu einer Bagaschi gsagt, die wo

wirklich eine Bagaschi is, herentgegen ich eine alleinstehende Witfrau bin, die ihre ehrsamen Zimmer vermiet und von solchene Schlawiner betrogn wird, dass man meinen könnt –"
„Zur Sache", unterbrach der Richter, „Sie sprachen von einer freudigen Mitteilung, Herr Rechtsanwalt – haben Sie einen Vergleich vorzuschlagen?"
„Mehr als das – Herr Kollege", wandte er sich an den gegnerischen Anwalt, „darf ich bitten, die Erklärung selber abzugeben."
„Abkart' ham sie's", schrie Frau Lang, „verkauft ham s' mi – bstocha san s' – nix werd anerkannt, Herr Richter, schreibn Sie's auf!"
„Erst müssen wir doch hören, was nicht anerkannt werden soll, liebe Frau."
„Alles werd net anerkannt – nix werd net anerkannt – alles nix – nix alles", schnappte Frau Lang, „und mein Rechtsanwalt, der wo si von die andern abschmiern lasst, den bring i ins Zuchthaus!"
„Wenn Sie jetzt den Mund nicht halten, werde ich nicht umhin können, Sie in eine Ordnungsstrafe von zehn Mark zu nehmen."
„Was, zehn Mark! I zehn Mark? Bevor 's no angangen is! Alle helfts zsamm! 's Gricht aa! Alle bring i enk ins Zuchthaus!"
„Mich eingeschlossen?", gewann der Münchener Richter wieder seinen Humor, „aber vorher werden Sie erlauben müssen, dass der Anwalt Ihres Gegners erklären kann –"
„Ich erkläre", sagte in die einfallende Stille langsam der Gegenanwalt, „dass ich nach Rücksprache mit meinem Mandanten und mit dem Anwalt der Klagepartei –"
„Sixt es – hab i's net gsagt –"
„– die von Frau Lang für angebliche Mobiliarbeschädigung –"
„Was angeblich! Nix angeblich!"
„ – für angebliche Mobiliarbeschädigungen ihres früheren Zimmerherrn Schneeberger beanspruchten 20 Mark anerkenne, nur um meinem friedliebenden Mandanten Ruhe vor den Anwürfen zu verschaffen, und da er das Prozessieren an sich verabscheut –"
„Was verabscheut! – Wie verabscheut! – Wen verabscheut –"
Des Herrn Schneebergers Zeigefinger hatte, man sah's an einem leichten Zucken, den Wunsch, auf Frau Lang zu zeigen: Sie!
Inzwischen hatte der Richter dem Schreiber lauthals diktiert, dass der Prozess durch Schuldanerkennung beendigt sei, hatte ferner festgestellt, dass der nächste Fall erst in einer halben Stunde aufgerufen werden könne, und erhob sich um die Pause in seinem Arbeitszimmer zuzubringen.
Frau Lang verstand das alles nicht: „Was is 's nacha jetzt?", sagte sie misstrauisch.
„Vorbei ist alles", sagte ihr Anwalt vergnügt.
„Was is vorbei? Nix is vorbei!", stemmte sie die Arme in die Hüften, „angehn tut's erst!"
„Beruhigen Sie sich", sagte der andre Anwalt, „und gratulieren Sie sich, Sie haben Glück gehabt."
„Was hab i ghabt? Nix hab i ghabt! Wo mir der Schneeberger mei ganze Tapeten verruiniert hat! Und die Kratzer auf dem polierten Kleiderkasten, san die nix? Und die Kommoden, wo sein Spiritusapparat den ganzen Hochglanz versaut hat, is des nix?"
„Aber, Frau Lang, er zahlt ja alles."
„Zahlt, zahlt! – werdn davon die Kratzer anders? Und Überhaupts, da gfreuet mi ja der ganze Prozess nimmer, wenn i's eahm auf oamal nimmer hinreibn derfet, wie er einer alleinstehenden Witwe, die wo sich nicht wehren kann, ihr ganzes Mobilar aufn Hund bracht hat – is des auch noch eine Manier – und da sollet ma 's Maul halten müssen – na, na, da werd nix draus – gsagt muss 's werdn, was gsagt ghört – des war ja no schöner – für was hamma denn die Grichter – moana S', i hab den Prozess deszwegn angfangt, dass er auf amal gar waar, bevor er angfangt hat – na, na, auf solchene Manklereien, solchene hinterlistigen, lasst

si mei Muatter ihr Tochter net ein, dass Sie's wissen, meine Herrn – und jetzt red i – i – i – . . ."
Die Anwälte tauschten Blicke, sahen auf die Uhr, zuckten mit den Schultern ein stummes „Hoffnungslos"! und waren im Rücken der streitbaren Frau unauffällig verschwunden. Nicht ohne den Herrn Schneeberger am Ärmel mitzuziehen und dem schmunzelnden Wachtmeister, der ihnen behutsam die Türe öffnete, mitzuteilen, dass er die Frau nur reden lassen möge.
Das alles sah Frau Lang in ihrem Eifer nicht. Auch nicht, dass selbst der Richter fluchtartig durch die Nebentür entwischt war.
Seine hohe Richterkappe hatte er auf dem Tisch zurückgelassen. Sie blickte strenge auf Frau Lang herab. Zu ihr prasselte jetzt die losgelassene Redeflut hinauf:
„I hab eahm glei net traut, meine Herrn, dem Schneeberger – und i hab scho gwusst, warum i verlangt hab, dass er mi im Voraus zahln hat müssen – denn wo kämet man da hin, meine Herrn, wenn man solchene Leut, von dene man net amal weiß, ob s' net schon eine von ihre früheren Zimmerfraun umbracht ham oder sonstwas –"
Sie hielt einen Augenblick ein. Offenbar war sie darauf gefasst, dass man ihr bei diesem Argument in die Rede fallen könnte. Aber als nichts dergleichen erfolgte und nur der sachte eingenickte Wachtmeister hinten leise sägte, kam sie wieder in Schwung:
„Und wie i eahm den ersten Kratzer auf der Kommoden zeigt hab und eahm gfragt hab: ‚Was is denn des, Herr Schneeberger, ha!' – was meinen Sie, meine Herren, was der Mensch zu mir gsagt hat, höhnisch gsagt hat? ‚A Kratzer', hat er gsagt, ‚is des'. – Jetzt frag ich Sie, Herr Amtsrichter, braucht sich eine einsame Witwe so was z'gfalln z'lassen von einem Zimmerherrn?"
Wieder hielt sie bei dieser rhetorischen Frage inne. Befriedigt nahm sie wahr, dass kein Widerspruch erfolgte, und mit neuem Eifer fuhr sie fort:
„Natürlich hat er auch noch gsagt, der Kratzer is scho gwesen. Jetzt bitt ich Sie: Scho gwesen! Als ob ma des net kennt! Als ob net bei solchene Menschen a jeder Kratzer scho alleweil gwesen war! No, i hab's eahm bsorgt meine Herren! ‚Was', hab i gsagt, „scho gwesen?' hab i gsagt, ‚freili is er scho gwesen, so lang Sie daherin san, aber vorher net, des bitt i mir aus. Ich, die Frau Lang, i halt fei meine Möbel seit Menschengedenken so, dass i überhaupt net weiß, was a Kratzer is', sag i, hab i gsagt …"
Sie holte Atem. Dann erinnerte sie sich eines Haupttrumpfes:
„Und des is no net alls. D' Hauptsach hab i no net gsagt. Net nur meine Möbel hat der Mensch kaputt gemacht. Seine aa! Is des Überhaupts scho dagwen, frag i, dass a Mensch seine eigenen Möbel derschneidt? I glaubet's aa net, wenn i's net deriebt hätt. Also passen S' auf. In dem Zimmer war koa Kanapee. Weil er aber absolut oans wolln hat, der Herr Schneeberger, sag i: ‚Genga S' zu meiner Basen nüber am Unteranger, die is a Tandlerin, die hat Kanapee grad gnua, da können S' Eahna oans kaufen, was für oans dass S' wolln.' Also dass ich's kurz mach, er geht nüber, und am andern Tag steht a Kanapee da, ein sauberes Kanapee um und um. Und wieder einen Tag später saust der Mensch um des Kanapee herum, wie a verruckte Bremsen und fahrt mi an: ‚Ihre Base', sagt er, ‚ist eine Betrügerin!' – ‚Oho', sag i, ‚tuns Ihnen fein halten!' – ‚Da halte ich mich gar nichts sagt er, ‚wo ich doch eigens gefragt habe, ob Rosshaar drin ist, und sie hat geschworen, freilich ist Rosshaar drin.' – ‚Herr Schneeberger', sag i, ‚wenn mei Basen gsagt hat, dass a Rosshaar drin ist, dann ist a Rosshaar drin, verstanden!' –
‚Net wahr ist's!' schreit er, ‚ich habe mich selbst überzeugt –' – ‚Wie hätten S' Eahna denn überzeugt, bitte?', sag i ganz freundlich. – ‚Wie ich

mich überzeugt habe?', sagt er giftig und zeigt auf das schöne Kanapee, ,aufgschnitten hab i's – schaun S' her – und da hab ich festgestellt, dass bloß die obere Lag Rosshaar ist – schaun S' doch her, bitte, und das andre ist lauter Seegras.' – ,Was?', sag i, ,aufgschnitten ham S' des schöne Kanapee von meiner Basen? Kaufen denn Sie die Kanapee zum Aufschneiden? Sie san ja wie a kleins Kind, dem ma kei Messer in d' Hand gebn derf. Und übrigens', sag i, ,wer weiß, wenn ma Eahnern Schädel aufschneidet, da waar a bloß die obere Lage a Hirn und das andere lauter Seegras . . .'"

So ging's noch eine schöne Weile weiter. Alles redete sie sich von der Leber. Sie benutzte sogar die Gelegenheit, um sich von dem Druck eines früheren Prozesses, den sie vor Jahren verloren hatte, energisch zu befreien und festzustellen, dass sie ihn nur verlieren habe können, weil die damalige Regierungspartei, über die sie sich einmal bei der Milchfrau tadelnd ausgelassen habe, mit allen Mitteln der Justizbestechung gegen sie gewühlt habe.

Auch hier erfolgte kein Widerspruch, so dass sie in der Glorie eines Menschen dastand, der auf der ganzen Linie schwer gesiegt hatte und der nach neuen Feinden ausschaut, welche zu berennen wären. Aber solche waren nicht mehr da. Da erlahmte sie, wie ein Fechter, der ins Leere stößt mit seiner Klinge. Unsicher und ernüchtert schaute sie sich um:

„Ja, wo san s' denn hinkemma, die andern?"

„Davongelaufen", gähnte der erwachte Wachtmeister.

Mit wieder erwachendem Eifer wandte sie sich zu der Richterkappe über ihr: „Dann muss ich aber bitten, Herr Amtsrichter" –

„Der is aa davogloffen", sagte der Wachtmeister und hob die leere Kappe: „Schaung S'."

Sie verlor die Fassung: „Ja, hab i jetzt – hab i jetzt gwonnen oder hab i – hab i verspült?"

„Des kann man da oft schwer sagn", meinte der Wachtmeister und wiegte philosophisch sein juristisches Haupt, „oft ham die gwunnen, die wo verspült ham, und oft ham die verspült, die wo gwunnen ham." „Narrischer Zipfi!"

Der Wachtmeister warf sich hochdeutsch in die Brust: „Ich mache Sie darauf aufmerksam, dass Ihnen aus dieser – dieser Interjexion ein Beleidigungsprozess erwachsen könnte, falls man nicht annehmen müsste, dass Sie als eine Frau aus dem Volke, die doch nur über eine – eine lü – mü – türte Einsicht verfügt –"

„Was sagn S' – lümütürt waar i – und wissen Sie, was Sie san: a Hanswurscht san S' – jesses, jesses", ging sie unvermittelt in ein Jammern über, „und net amal z'wissen, ob ma gwunna hat oder verspült –"

„Gewonnen haben Sie", schrie der zurückgekehrte Gegenanwalt sie an, der hier in der nächsten Sache auf zutreten hatte. „Schern Sie sich zum – zum –"

„– Deifi, gelin S'?", ergänzte ihn vergnügt Frau Lang, die erst jetzt, da grob zu ihr geredet wurde, glaubte, dass die anderen zu zahlen hatten. „Warum ha S' denn vorhin net glei aa deutsch gredt – also nacha will i aa net so sein – auf a paar Maß soll's mir net ankomma – kommen S', Herr Doktor, genga mir zum Mathäser nüber – ah, da is ja der Herr Amtsrichter aa wieder – gelln S', ham S' Eahner Haubn vorhin vergessen? — aso, wenn Sie's net übel nehmen und weil jetzt nach dem Urteil koaner mehr was sagen kann, dass i Eahna bestechen will: Sie san aa eingeladen –"

Der Richter wollte auffahren. Aber der Anwalt zwinkerte ihm zu: „Schon gut, Frau Lang, gehn Sie nur voraus, und wenn's recht voll ist, heben Sie uns einen Platz auf."

Sie trabte hinaus. Sie ging hinüber zum Mathäser. Sie bestellte sich eine Siegermaß. Sie belegte noch zwei Stühle. Sie verteidigte sie stundenlang gegen andere: „Na, na, die san belegt für mein Richter und den andern Advokaten – Reesl, no a Maß!"

Sprechende Stille

Ottokar G. E. Wagner

Gelegentlich gelingt es der Stille
sich aus der Sklaverei
dröhnender Gedanken zu befreien.
Dann steigt sie empor
in eine Welt, die weder Hast
noch leere Geschäftigkeit kennt.

Die Fesseln: Taub- und Blindheit,
fallen vom Menschen ab.
Und der Aushauch der Stille:
Frieden und Harmonie, ziehen in ihn ein,
löschen den Durst seiner Seele.

Was bisher unbemerkt war,
erfährt plötzlich Beachtung,
dringt in das Bewusstsein ein.
Vermeintlich tote Bilder
beleben sich auf einmal,
erhalten Konturen, Farbe und Sprache.
Und die Sinne vernehmen Botschaften,
die der Tageslärm bisher verdrängte.

Der Mensch hört jetzt den Gruß,
den ihm der Kuckuck zuruft,
sieht, wie sich der Mohn
vor ihm im Winde wiegt.
Er riecht den Duft reifenden Korns,
nimmt die Eidechse wahr,
die sich auf dem Holzstoß am Waldrand sonnt.
Und sein Gemüt jubelt.

Wildern im eigenen Revier

Ottokar Wagner

Diese Aufzeichnungen beziehen sich auf die tatsächlichen Verhältnisse nach dem Zweiten Weltkrieg, denen die bayerische Jägerschaft ausgesetzt war. In dem lokalen Geschehen spiegelt sich die damalige paradoxe Lage während der amerikanischen Besatzung wider. Hier ein paar Kostproben über jene irrealen Auswüchse:

Da passierte es unter anderem, dass der Pächter des Reviers E. von einem eingesetzten Gendarm in seiner Jagd beim „Wildern“ ertappt wurde. Er hatte Glück und wurde nur vier Monate eingesperrt. Denn in der ersten Zeit nach der Kapitulation stand gemäß Gesetz des Alliierten Kontrollrats vom 7. Januar 1946 auf unerlaubten Waffenbesitz die Todesstrafe. Dies galt auch für die Jagdausübung im selbst gepachteten Revier.

Die Jägerschaft musste sich schweren Herzens von ihren Waffen auf Nimmerwiedersehen trennen und sie im Rathaus abliefern. Später fanden sich davon, rundum verstreut, nur noch verschiedene Einzelteile. Die besten Gewehre aber wanderten als „Souvenirs“ mit den GI's in die USA oder andere dunkle Kanäle. Das Wild indes nahm überhand und wurde für die Bauern zur Landplage.

Für den Jagdschutz im Hegering bestellten die Amerikaner den Müller F. als „Wildhüter“. Dieser wurde aber beileibe nicht mit einem Jagdgewehr, sondern einem amerikanischen Karabiner M 1, einem Halbautomaten, sowie Vollmantelgeschossen ausgestattet und hatte damit angefahrenes oder krankes Wild zu erlegen.

Natürlich hatten die meisten Jäger nicht alle Waffen abgeliefert. So fielen denn zwischendurch immer wieder einzelne Schüsse, die letztlich niemand kontrollieren konnte. War irgendwo der hohe Rehbestand nicht mehr zu vertreten oder brauchte man dringend Fleisch, so holte man sich diesen Wildhüter und jagte miteinander, wobei selbstverständlich die eigenen, jetzt „illegalen“ Waffen verwendet wurden. Tauchten dabei kontrollierende Amerikaner auf, so verschwanden die Gewehre blitzschnell, und der Wildhüter hatte dann soeben auf ein krankes Reh geschossen.

Auswüchse gab es genügend. Da zogen sich beispielsweise die deutschen Jäger der Stadt F. amerikanische Uniformen an und gingen am helllichten Tag dreist auf die Jagd. Das ging so weit, dass sie in gebrochenem Deutsch sogar lästige Bauern vom Feld nach Hause schickten.

In einem Dorf bejagten mehrere deutsche Jäger die Winterleiten (sonnenabgewandter Waldhang). Gegenüber, in der Sommerleiten, versuchten es die Amerikaner. „Doch als sie unsere Knallerei hörten, sind sie wie die Hasen davongelaufen und auch nicht mehr zurückgekehrt“, erinnerte sich noch der 99-jährige Jäger aus E. und musste darüber herzhaft lachen. Seit dieser Begebenheit ließen die Besatzer den dortigen deutschen Jägern vorsorglich freie Hand.

Auch in der Ortschaft E. schlossen sich mehrere junge Burschen zwischen 16 und 18 Jahren zusammen. Jeder besorgte sich ein deutsches Jagdgewehr. Dann wurde auf alles geschossen, was kam, egal ob Hase, Fuchs oder Reh. Das waren dann regelrechte Treibjagden.

Einer von ihnen, ein heute grauhaariger Mann, erzählte immer noch feixend, wie an einem Sonntagnachmittag der etwas naive

alte Oberförster, der selbst kein Gewehr mehr besaß, angeregt durch die viele Knallerei, kopfschüttelnd vor sein Forsthaus getreten und recht zornig darüber gewesen sei, „weil die Amis schon wieder eine Treibjagd halten". Geschossen wurde dabei mit Militärkarabinern 98 K im Kaliber 8 x 57, aber auch mit Kleinkalibergewehren und Flinten. Die Burschen sind aber auch abends oft zu zweit zum Rehdrücken raus oder haben sich auf Bäumen angesetzt.
In einem anderen Revier beobachtete ein Schlitzohr, wie der reguläre Revierinhaber „illegal" einen Bock erlegte, ihn aufbrach und versteckte. Es gelang ihm, das Reh zu stehlen und damit im Sichtbereich des wutschnaubenden Jägers davonzuziehen.
Erst am 5. Mai 1955 erhielt die neu gegründete Bundesrepublik Deutschland ihre Souveränität und damit auch die Jagdhoheit wieder zurück.

Ottokar Wagner,
Jagerische Spitzbuam
Turmschreiber Verlag

Es war eine Rehgeiß

Wie zwei Studenten eine Rehgeiß schießen, was des Stadtjägers Hunde dazu tun, und was endlich der Stadtjäger dazu zu sagen weiß

Christoph von Schmid

Die Jagd war damals ein beliebtes Vergnügen, dem die geistlichen und weltlichen Herrn der Umgegend gerne nachgingen. Auch Pfarrer Kerler liebte sie sehr. Einmal wurde er von dem nächsten Jäger ersucht, einen Rehbock zu schießen. Er ging ein paarmal in den Wald, konnte jedoch keinen auffinden. Da er aber eben eine Festpredigt, zu der er eingeladen war, machen musste, nahm er sich keine Zeit mehr dazu und gestattete zwei Studenten, seinen Neffen, den Bock zu schießen.
Laut jubelnd kamen sie mit dem Wildbret zurück – allein es war eine Rehgeiß.
Der Pfarrer war darüber höchst unwillig und sprach, sie sollten das Wild aus dem Hause schaffen; kein Bissen davon dürfe auf seinen Tisch kommen. Die Studenten packten das Reh in einen Koffer und machten darauf die Adresse von einem Anverwandten, der ein paar Stunden entfernt wohnte. Sie gedachten, er werde das Geschenk gerne annehmen und ihnen so aus der Not helfen.
Als sie mit dem Koffer auf einem Schubkarren bei Mindelheim an dem Stadttor vorüberfuhren, kam eben der Stadtjäger heraus. Seine Hunde liefen auf den Koffer zu, rochen daran und fingen an zu bellen.
Die Studenten hatten einen Todesschrecken.
Der Jäger aber sprach: „Sehen Sie, meine Herren, was für treffliche Hunde ich habe. Der alte Koffer ist mit Rehhaut überzogen; man sieht aber nur mehr wenige Härlein davon. Dennoch rochen die Hunde davon. Ja, das muss wahr sein, ich wettete darauf: Weit und breit gibt es keine besseren Jagdhunde ..."

Das Ritual

Norbert Göttler

Wütend schlug sie mit der flachen Hand auf ihren Schreibtisch, steckte sich eine ihrer Zigarillos an und nur wenige Minuten später sah man sie in Hosen, Reitstiefeln und schwerem Mantel aus dem Haus eilen. Eigenhändig sattelte sie ihr Reitpferd, einen nervösen, weißen Hengst, und gab ihm die Sporen. Schneeregen peitschte ihr ins Gesicht, aber sie spürte die eisige Nässe kaum. Nach mehreren hundert Metern bog sie in einen Waldweg ein und überließ es dem Pferd, seinen Weg zu finden. Ziel hatte sie keines und die Bewegungen des mächtigen Tieres taten ihr wohl. Tausend Gedanken kamen ihr in den Sinn. Es mochten auf diese Weise fast zwei Stunden vergangen sein, – in dem dunklen Dickicht hatte sie jede Orientierung verloren –, als sich der Wald zu lichten begann und in der Ferne die Zwiebelhaube einer Kirche sichtbar wurde. Gleichgültig lenkte Amalie Hohenester ihr Pferd darauf zu, überquerte dabei mehrere schneebedeckte Äcker und gefrorene Bächc. War es auch ein trostloses Nest, in das sie nun einritt, so konnte man in der Ferne doch eine winzige Bierschenke sehen. Obwohl die blasse Nachmittagssonne noch am Himmel stand, war die Gaststube bereits voll besetzt. Schlagartig herrschte Stille, als Amalie eintrat. Unverhohlen starrten die Männer auf die ungewöhnliche Frau, die jetzt an die rohe Wirtstheke ging und ein großes Glas Branntwein forderte. Sie schwiegen immer noch, als Amalie den scharfen Fusel in wenigen Zügen leerte, ein weiteres Glas bestellte und dem misstrauischen Wirt einige Kupfermünzen hinwarf. Dann trank sie ein zweites Mal leer, nickte kurz und verschwand lautlos, wie sie gekommen war. Hinter sich hörte sie, wie allgemeines Gemurmel und Geflüster anhob. Es kümmerte sie nicht. Sie trieb ihren Hengst zur Eile an, steuerte ihn aber einem anderen Weg zu, als den, den sie gekommen war. Auch dieser mündete bald wieder in einem Waldstück, wo er sich als schmaler Pfad fortsetzte und mehrmals verzweigte. Ohne lange zu überlegen, wählte Amalie eine der Möglichkeiten. Irgendwann würde sie wohl eine größere Straße erreichen und sich orientieren können. Angst fühlte sie keine und ob man zuhause auf sie wartete, war ihr gleichgültig. Vielleicht, wenn es Sommer gewesen wäre, hätte sie sich jetzt auf und davon gemacht, wäre stundenlang auf ihrem Pferd weitergeritten, hätte in dunklen Spelunken oder zugigen Torfhütten genächtigt, hätte den einen oder anderen Bauernburschen zu sich ins Heu gezogen, ihn verwirrt und sprachlos zurückgelassen und wäre nach vielen Tagen wieder wortlos durch den Mariabrunner Torbogen getrabt. Ja, im Sommer wäre das möglich! Aber in diesen entsetzlichen Wintertagen? Amalie zog den pelzgefütterten Mantel enger um sich. Sie spürte, wie ihr die kraftvollen Jahre der ersten Lebenshälfte zunehmend entglitten. Würde sie alt werden, vielleicht so alt wie ihre Mutter? Sie wusste nicht, ob sie das überhaupt wollte. Vor dem Altwerden hatte ihr stets gegraut, vor dem Sterben weniger. Sie kannte Schliche genug, dem Tod seinen Schrecken zu nehmen, ihn zu locken und herbeizurufen als erlösender Freund. Das Altwerden aber, das Schwinden der Lebenskräfte, die Verflüchtigung des Geistes – dagegen war kein Kraut gewachsen, das ängstigte sie. So in Gedanken versunken wäre sie fast aus dem Sattel gerutscht, als der Hengst mit einer abrupten Bewegung stehen blieb, die Nüstern blähte und unruhig auf den Hinterfüßen zu tänzeln begann. Der Wald um sie herum war kohlrabenschwarz geworden, nur mit Mühe konnte man noch den Pfad erkennen. Aber das Pferd hatte für gewöhnlich eine sichere Witterung, also musste etwas Beunruhigendes in der Nähe sein. Ein Wasserlauf? Ein fremdes Tier? Oder gar Menschen?Amalie tätschelte über die Ohren des Gaules und ermunterte ihn, vorsichtig weiterzugehen. Auch ihr Herz schlug nun schneller. Und tatsächlich zeichneten sich nach wenigen Schritten hinter dichtem Gebüsch die Umrisse einer Jagdhütte ab. Offenbar hatte sie lange nicht mehr ihrer ursprünglichen Bestimmung gedient, war doch das Dach an mehreren Stellen abgedeckt und Fensterscheiben gesprungen. Das also war es! Hinter den winzigen Fensteröffnungen bewegte sich etwas, Schattenumrisse, wie von einer schwachen, flackernden Lichtquelle gegen die Wand geworfen. Amalie überlegte, was sie tun sollte. Dem Pferd die Sporen geben und im Galopp durch das Geäst brechen, bis die Gefahr weit zurück lag? Oder sich lieber behutsam und unbemerkt vorantasten und möglichst wenig Aufsehen erregen? Verflucht noch mal, Amalie Hohenester, jüngster Spross der einschlägig bekannten Sippe Nonnenmacher, bist du jetzt schon vollends ein jämmerliches, altes Waschweib geworden? Sitzt du jetzt auch schon lieber am trockenen Kaminfeuer mit einem Buch in der Hand, als hier neugierig einen Blick hinter die Kulissen zu werfen? Mit einem Ruck war Amalie aus dem Sattel, führte den Gaul einige Schritte zurück und band ihn an eine junge Föhre. Dann schlich sie sich vorsichtig an die Hütte heran, schob ihren Kopf an eines der gesprungenen Fenster und lugte mit einem Auge in das Innere. Was würde sie erwarten? Zunächst konnte sie kaum etwas erkennen, nur das flackernde Licht einer Ölfunzel. Nach und nach wurde Amalie aber gewahr, dass der matte Schein der Lampe auf die Gesichter mehrerer im Kreis am Boden hockender Männer fiel. Es waren ältere Gesichter, graue Stoppelbärte, zahnlose Münder. Waffen sah Amalie nirgends, Wilderer waren es also entgegen ihrer ersten Vermutung nicht. Die Gestalten schienen zu sprechen, aber nicht miteinander, sondern jeder für sich, murmelnd, lautlos. Zudem hatten einige von ihnen die Augen geschlossen und wiegten sich ständig vor und zurück wie in Trance. Was ging hier vor? Jetzt fiel ihr Blick auf den groben Bretterboden, den der Kreis der Männer frei ließ. Mit Kreide hatte man darauf etwas gekritzelt. Amalie strengte ihre Augen an. Ja, es konnte keinen Zweifel geben, es war jener fünfzackige Stern, der Drudenfuß, jenes untrügliche Erkennungszeichen aller Geisterbeschwörer, Hexenmeister und Kräuterweiber! Wenn es das war, dann musste doch auch …? Amalies Augen wanderten über dem Signum in die Höhe. Tatsächlich! Exakt über dem Zentrum des Sterns baumelte in Brusthöhe der leblose Körper einer schwarzen, vermutlich soeben gehenkten Katze! Amalie nickte, es hätte auch eine schwarze Henne oder Taube sein können, sie kannte das Ritual aus Erzählungen ihrer Mutter. Sie hatte also in dieser Wildnis die nächtliche Zusammenkunft von Geister- und Dämonenbeschwörern aufgestöbert! Ihre Hände zitterten. Aber nicht vor Angst oder Kälte, sondern aufgrund der starken und zwiespältigen Gefühle, die sie solchen Handlungen seit frühester Kindheit entgegenbrachte. Im alltäglichen Leben stand sie mit beiden Beinen auf dem Boden, lachte nur über die Kartenspielertricks der Bauernfänger und handelte noch dem listigsten Pferdehändler seinen Preis herunter. Aber bezüglich magischer Erscheinungen und Ahnungen legte sie alle Vorsicht ab. Zeitlebens wurde sie von bösen, symbolträchtigen Träumen verfolgt, die sie wochenlang beschäftigten, regelmäßig befragte sie Horoskopdeuter und Weissager und fiel ihr am Morgen die Salzdose aus der Hand, behandelte sie an diesem Tag keinen einzigen Patienten. Aber einer richtigen Geisterbeschwörung hatte sie noch nie beigewohnt. Sie zitterte vor Erregung. Was würde geschehen? Drinnen versanken die Männer in immer tiefere Versenkung. Einer von ihnen, ein völlig verrunzelter Greis, murmelte offensichtlich die litaneiartig sich ständig wiederholende Beschwörungsformel vor sich hin, während die anderen bei bestimmten Passagen die Arme hoben und die Augen verdrehten. Die Bewegungen der Männer wurden immer fahriger, einige von ihnen schienen die Kontrolle über sich verloren zu haben und stießen hohe, gellende Schreie aus. Das Ritual strebte offensichtlich seinem Höhepunkt zu, der Greis war aus der Hocke in die Knie gegangen und schlug mit seinem kahlen Schädel mehrmals auf den Bretterboden.

Amalie starrte wie gelähmt auf den Vorgang, ihre Lippen bewegten sich unwillkürlich im Rhythmus der Litanei, ihr Oberkörper vibrierte – da knackte es unmittelbar hinter ihr im Gehölz. Sie konnte sich gerade noch halb umdrehen, da erstickte ihr Schrei auch schon in der haarigen Faust eines bärenstarken Mannes. Die Teufelsbeschwörer hatten also eine Wache aufgestellt, die sie seit ihrer Ankunft beobachtet und sich jetzt mühelos angeschlichen hatte! Sie hätte daran denken müssen, aber jetzt war es zu spät! Trotz ihrer heftigen Gegenwehr zerrte sie der Riese mühelos zur Türe der Hütte, riss sie auf und rief: „Aufg'hört jetz! Schaugt's, was für a Flitschn i derwischt hab!" Im Nu rumpelten alle in die Höhe, schrien durcheinander, einige waren immer noch völlig verwirrt und meinten, eine dämonische Harpyie herbeibeschworen zu haben. Die tote Katze baumelte hin und her. „Na, na de is aus Fleisch und Bluat!", beschwichtigte sie die Wache. „Spioniert hat's. Ois hat's mitkriagt, des Luada!" Die Männer machten jetzt einen Kreis um Amalie und starrten sie an. „Wos hast du da z'suacha, mitt'n in der Nacht?" Der zahnlose Greis, offensichtlich der geistige Führer der Gruppe, sah sie streng an, war mit ihrer stoßweise hervorgebrachten Antwort, auf dem Heimritt zufällig vorübergekommen zu sein, nicht zufrieden. „Des glaubt, wer mag!", knurrte er. „Verpfeif'n wuist uns, des is g'wiss." Mit diesen Worten wandte er sich seinen konspirativen Gesinnungsfreunden zu, die die Kopfe zusammenstecken und darüber tuschelten, was jetzt zu tun sei. Amalie hörte nur einzelne Wortfetzen.

„S'gibt grad oa Möglichkeit, dassd' uns ned verpfeifst: Wennst soiba mitmachst! So gseng, kimmst gar ned so ungleng. Lass di o'schaung …" – der Greis packte Amalie derb am Kinn und dreht den Kopf hin und her – „… hast aso s'Gschau vo a Hex!"
Obwohl ihr die Sache mehr als unheimlich war, sah Amalie Hohenester ein, dass es momentan am besten war, gute Miene zum bösen Spiel zu machen. In dieser aufgeputschten Stimmung waren die Männer auch in der Lage, sie umzubringen, um eine unliebsame Zeugin zu beseitigen. Man musste einfach den rechten Moment abwarten! Der Greis schien ihre Gedanken zu erraten. „Wuist obhau'n, i kenn das o! Aber ned so schnoi, Luadamadl!"
Mit diesen Worten zog er eine kleine Tonpfeife aus seiner Jackentasche, ließ sich von einem anderen einen brennenden Kienspan geben und entzündete sie fachmännisch. Dann reichte er sie Amalie.
„Da, mach a paar Züg! S'werd da guat doa."
Amalie sah keinen anderen Ausweg, als mitzutun. Sie hob die Pfeife an ihre Lippen und saugte vorsichtig. Ein beißender Geschmack erfüllte sofort ihren Mund, offenbar eine getrocknete Mischung von Klatschmohn und Meerzwiebeln. Auch anderes mag dabei gewesen sein, sie konnte es nicht identifizieren. „No g'scheid, dassd' wos dawischt!", nötigte sie der Greis.
Obwohl sich Amalie bemühte, so wenig Rauch wie möglich in ihre Lungen zu bekommen, trat die Wirkung unverzüglich ein. Die Gesichter um sie herum begannen sich zu drehen und zu verschwimmen, bleierne Schläfrigkeit stieg von den Füßen herauf, überschwemmte den Oberkörper und erreichte schließlich das Gehirn. Mit einem Stöhnen sackte Amalie zusammen. Offenbar hatte sie es doch nicht so ungeschickt angestellt, möglichst wenig des Narkotikums abzubekommen, denn als sich mit einem heftigen Stechen im Kopf ihr Bewusstsein wieder meldete, hatte das Hauptritual der Beschwörung noch immer nicht begonnen. Mit übermenschlicher Energie zwang sich Amalie, nicht wieder in die Besinnungslosigkeit abzusacken und stattdessen ihre Augen zu einem winzigen Schlitz zu öffnen. Sie blickte geradewegs auf die Bretterdecke der Hütte, denn man hatte sie offensichtlich auf den Tisch gelegt. Ihre Arme waren über dem Bauch verschränkt, die Unterschenkel hingen über die Tischkante hinab. Die Männer standen im Kreis um den Tisch. Vermutlich hatten auch sie kleine Züge aus der Pfeife genommen, denn sie schienen der Wirklichkeit weit entrückt zu sein. Viele hatten das monotone Gemurmel von vorhin wieder aufgenommen. Nur der Greis machte noch einen geistesgegenwärtigen Eindruck. Er war es auch, der sich jetzt über Amalie herabbeugte, ihr mit der einen Hand den Kopf hob, um mit der anderen eine Kordel um den Hals zu hängen, an deren unterem Ende eine amulettartige, haarige Hasenpfote baumelte. „Ein Fruchtbarkeitsritual!", schoss es Amalie durch den Kopf. Und tatsächlich machte sich der Alte an den

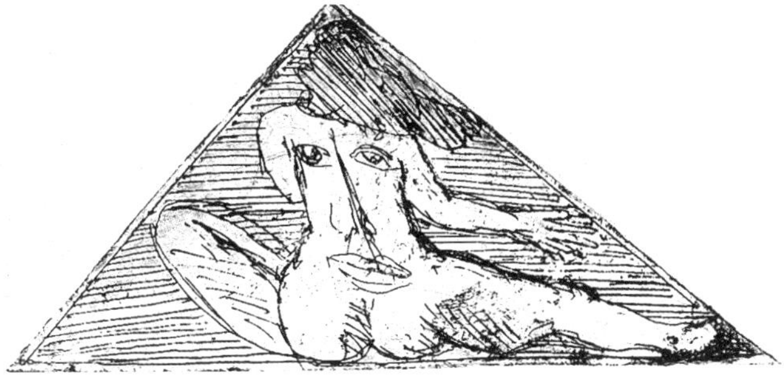

Knöpfen ihres groben Reithemdes zu schaffen. Mit zusammengebissenen Zähnen zwang sich Amalie, nicht zu zucken oder laut aufzuschreien. Aber als er sieben Knöpfe geöffnet hatte, hielt er inne und zog mit einem Ruck den Stoff auseinander, dass ihre weißen Brüste offen zu Tage traten. Einen Moment betrachtete er sein Werk und beugte sich dann zum Boden. Er nahm ein kleines Gefäß mit purpurroter Farbe, in das er einen seiner Finger tauchte. Farbtriefend malte er jetzt sorgfältig das Zeichen des Drudenfußes auf die sanft sich hebende und senkende Brust Amalie Hohenesters. Erst als er dieses Werk beendet hatte, führte auch er die Pfeife noch einmal an den Mund und nahm einen winzigen Zug. Damit reihte er sich in den Kreis der Männer ein und schloss die Augen. Offenbar bereitete er sich darauf vor, mit einer Zauberformel das Ritual einzuleiten. „Jetzt oder nie!“, durchzuckte es Amalies immer noch stark schmerzendes Gehirn. Sie spannte alle Muskeln an, stieß sich mit einem lauten Schrei von der Tischplatte ab, riss zwei der überraschten Männer zu Boden, rappelte sich selbst wieder auf und war mit einem Satz durch die Türe in der Finsternis verschwunden. Kaum einer der Männer war in der Lage, die Verfolgung aufzunehmen, sie purzelten wild übereinander, und bis sie sich einigermaßen orientiert hatten, hatte Amalie Hohenester ihren Hengst losgebunden und war mit einem Sprung im Sattel. Auch der Wächter, der von der rückwärtigen Front der Hütte herbeieilte, musste einsehen, dass er zu Fuß unmöglich die Verfolgung aufnehmen konnte. Vor seinen Augen jagte das seltsame Weib davon in die Dunkelheit. Nach mehreren Minuten wilden Galopps hielt Amalie Hohenester inne, schaute sich um und überzeugte sich, dass sie in Sicherheit war. Ihr Herz klopfte wie verrückt. Sie knöpfte sich das Gewand zu und bemerkte dabei das Hasenpfotenamulett, das nach wie vor um ihren Hals baumelte. Keuchend nahm sie es in beide Hände. „Na, du hast mir tatsächlich Glück gebracht!“, dachte sie sich. Von nun an wollte sie diesen Glücksbringer immer bei sich tragen. Sie war überzeugt davon, dass er ihr jene Kräfte geben würde, die sie in der kommenden Zeit brauchen würde. Mit einem Zungenschnalzen gab sie ihrem Hengst die Sporen…

Norbert Göttler,
Nachtstücke
Verstörende Geschichten für die dunkelsten Stunden des Tages
Turmschreiber Verlag

Ganz normal?

Heini Almstätter

In einem Sprechzimmer sitzt eine Ärztin über der Patientenkartei. Nach kurzer Zeit steht sie auf und öffnet die Tür zum Wartezimmer.

Fr. Doktor: Hr. Brandmaier bitte.

Es erscheint, gemächlich gehend, leicht gebückt, auf einen Spazierstock gestützt, ein älterer Herr.

Brandmaier: Griaß Gott Frau Doktor.
Fr. Doktor: Grüß Gott Hr. Brandmaier. Nehmen Sie bitte Platz.

Herr Brandmaier nimmt umständlich am Patientenstuhl Platz. Die Ärztin setzt sich gegenüber an den Schreibtisch.

Fr. Doktor: Herr Brandmaier, Sie wollten, bevor Sie ins Altenheim gehen, einen Generalcheck machen lassen. Schildern Sie mir bitte nun mit eigenen Worten ihren Gesundheitszustand. Na welche Probleme haben wir denn?
Brandmaier: Ha – i moan natürlich „wie bitte?".
Fr. Doktor: Welche Probleme haben wir denn?
Brandmaier: Mit de Ohrn gäht's scho o. Wenn z. B. im Gartn a Vogerl pfeift, dann merk i des oft bloß weil si da Schnabl bewegt.
Fr. Doktor: Ich könnte Sie natürlich zum HNO-Arzt überweisen. Aber ich fürchte, das bringt uns hier nicht weiter. Es ist in ihrem Alter ganz normal, dass sie die hohen Frequenzen, die der Vogel von sich gibt, nicht mehr hören.
Haben sie noch weitere Probleme, bei denen ich ihnen helfen kann?
Brandmaier: Beim Bucka kimm i nimma gscheit runta und wenn's bläd gäht, griag i no an Hexenschuss.
Fr. Doktor: Das ist in Ihrem Alter ganz normal. Vermeiden Sie halt das Bücken.
Brandmaier: Wenn ma aber ebs runterfoid?
Fr. Doktor: Dann beauftragen Sie jemanden es aufzuheben.
Brandmaier: Und wenn neamad do is?
Fr. Doktor: Dann gehen Sie in die Knie. Ich werde ihnen zeigen, wie Sie das problemlos machen.

Ärztin geht mit Patienten in die Knie.

Brandmaier: Sie, jetz kimm nimmer nauf, wegen meiner Arthrose!

Ärztin hilft Patienten in den Stuhl.

Fr. Doktor:	Verschleißerscheinungen in den Gelenken – das ist in Ihrem Alter ganz normal. Da kann man nicht viel machen. Gehn Sie viel schwimmen. Das hilft. Haben Sie noch weitere Beschwerden?
Brandmaier:	.... I konn ma nix mehr merka, Fr. Doktor.
Fr. Doktor:	Das ist in Ihrem Alter ganz normal.
Brandmaier:	Gibt's do a Pille oder Tropfa dageng? Da soll's doch was fernöstliche gem – „Feng Schui", oder so ähnlich.
Fr. Doktor:	Sie meinen wohl „Ging Seng". Aber das bringt leider nichts. Wir wollen ja nicht gleich annehmen, dass Sie „Alzheimer" haben. Ich tippe eher auf eine beginnende Verkalkung. Mein Ratschlag: lösen Sie Kreuzworträtsel und trinken Sie viel!
Brandmaier:	I trink ja so 7, 8 Halbe am Tag.
Fr. Doktor:	Damit wir uns nicht missverstehen, Herr Brandmaier. Viel trinken sollen Sie und nicht viel saufen!
Brandmaier:	Was zum Beischbui?
Fr. Doktor:	Früchtetee oder Mineralwasser.
Brandmaier:	Da wachsn ja d'Frösch im Mong.
Fr. Doktor:	Sie sind ja ein Scherzkeks, Herr Brandmaier. Sie wissen ja, Humor ist die beste Medizin.
Brandmaier:	Und kost da Krankenkasse nix.
Fr. Doktor:	Wir sind vom Gesetzgeber und von den Kassen gehalten kostengünstig zu arbeiten.
Brandmaier:	A, Fr. Doktor, dass i 's ned zum song vagiss: I hob owei Kreizweh.
Fr. Doktor:	Das ist in Ihrem Alter ganz normal.
Brandmaier:	Kenna Sie mir vielleicht a paar Massagen verschreim?
Fr. Doktor:	Das mag zwar für Sie ganz angenehm sein, aber medizinisch bringt das nichts. Da Sie nicht mehr erwerbstätig sind, würde sicher auch die Krankenkasse nicht mitspielen. Am besten wäre für Ihren Rücken, Sie würden zweimal wöchentlich Rückenschwimmen.
Brandmaier:	Weil ma grod vom Wasser redn, Fr. Dokta: beim Wasserlassn hob i aa Schwierigkeiten. Wissen s', da Druck is nimma so da.
Fr. Doktor:	Das ist in Ihrem Alter ganz normal. Ihre Prostata ist etwas vergrößert. Aber momentan sehe ich noch keinen Handlungsbedarf für weitere Maßnamen.
Brandmaier:	Dann bieslt i hoid a bisserl länga. Ja, und in da Nacht muass i aa a paar moi aufs Klo.
Fr. Doktor:	Das ist in Ihrem Alter ganz normal.
Brandmaier:	Und überhaupt hab i massive Einschlaf- und Durchschlafstörungen.
Fr. Doktor:	Das ist in Ihrem Alter ganz normal.
Brandmaier:	Kenna s' ma vielleicht Schlaftablettn verschreim?
Fr. Doktor:	Eine Schlaftablette halte ich bei Ihnen nicht für erforderlich. Denken Sie an die Nebenwirkungen! Nehmen Sie lieber abends ein warmes Fußbad. Das hilft. Als Rentner können Sie zudem den Schlaf untertags nachholen.
Brandmaier:	Sie wissen ja, ois Rentner is ma an ganzn Tog über beschäftigt.

Fr. Doktor:	Das ist in Ihrem Alter ganz normal. Ein paar Stunden sollte Ihnen Ihre Gesundheit aber schon wert sein. Und Sie entlasten damit unser Sozialsystem.
Brandmaier:	Fr. Doktor, Sie ham doch mei Bluat untersuacha lassn. Des war doch wega dem Stempe im Bonusheft von der Krankenkasse. Da griag ich doch de Nordic-Walkingstegga, wenn i 60 Punkte beinand hab.
Fr. Doktor:	Ein Stock reicht ihnen wohl nicht!
Brandmaier:	Wann ma scho amoi was ohne Zuzahlung griagt.
Fr. Doktor:	Lassen Sie mich nun einen Blick auf ihre Laborwerte werfen.

Die Ärztin blickt in die vor ihr liegenden Patientenunterlagen.

Fr. Doktor:	Die Grenzwerte sind z. T. leicht überschritten, aber ist für Ihr Alter ganz normal. Gut, die Harnsäurewerte sind überhöht. Das bekommen wir mit Mineralwasser hin. Und wie gesagt keinen Alkohol!! Hm … die Zuckerwerte sind aus dem Rahmen. Hatten sie schon früher Zucker?
Brandmaier:	Do is ma nix bekannt.
Fr. Doktor:	Dann ist es ein typischer Fall von Alterszucker. Ich rate Ihnen nichts Süßes zu essen. Hier ist eine Diät-Tabelle, an die sollten Sie sich halten.
Brandmaier:	Leider ko i de Tabelle ned lesn, bei der kloana Schrift.
Fr. Doktor:	Ein typischer Fall von Altersweitsichtigkeit. Lassen Sie sich eine stärkere Brille verschreiben!
Brandmaier:	A Bruin zoid ja d'Krankenkasse ned.
Fr. Doktor:	Was haben wir denn noch auf dem Herzen, Herr Brandmaier?
Brandmaier:	Frau Doktor, mei Puls is zu niedrig.
Fr. Doktor:	Das ist in Ihrem Alter ganz normal. Wie hoch ist der Puls denn?
Brandmaier:	So umara 40.
Fr. Doktor:	Dann wären Sie schon halb scheintot. Lassen Sie mich mal fühlen.

Die Doktorin steht auf, geht hüfteschwingend um den Schreibtisch herum und fühlt Herrn Brandmaier den Puls.

Fr. Doktor:	Herr Brandmaier, ihr Puls ist ganz normal – eher leicht erhöht.
Brandmaier:	Wenn Sie bei mir Hand oleng, geht der Puls natürlich enorm hoch.
Fr. Doktor:	Nur kein Schmäh, ihr Puls ist o.k!

Die Doktorin nimmt wieder hinter dem Schreibtisch Platz.

Fr. Doktor:	Herr Brandmaier, gestatten Sie mir, ohne Ihnen zu nahe zu treten, eine Frage. Ich würde gern wissen, ob bei Ihnen noch etwas läuft.
Brandmaier:	I trau ma's gor ned song … D'Nasn laaft manchmoi. Wissn s', as Nasntröpferl.
Fr. Doktor:	In Ihrem Alter ist das ganz normal. Durch die Hormonumstellung schwillt die Nasenschleimhaut an und es kommt zur Sekretion.

Brandmaier: Wos so weit obn? (Brandmaier zeigt auf seine Nase)

Fr. Doktor: Eigentlich wollte ich wissen, wie es mit dem Libido steht.

Brandmaier: Is des der neie Spieler von 1860?

Fr. Doktor: Da haben Sie wohl Libido mit Libero verwechselt. Nein, ich meine wie es mit dem Sexualleben steht?

Brandmaier: Frau Doktor wenn i ehrlich bin, schiabt sie do bei mir nix mehr. Sie wissen ja, as Alter …

Fr. Doktor: Ich kann 's mir denken. Aber dem Manne kann geholfen werden.

Brandmaier: Wia denn, Frau Doktor? Vielleicht durch kostengünstiges Pulsfuin.

Fr. Doktor: Ach was. Ich verschreib Ihnen Viagra.

Brandmaier: Wos Viagra!! Do macha s' aber an Gspaß! Des ko i mir doch ois Sozialrentner gor ned leistn.

Fr. Doktor: Das ist in Ihrem Alter ganz normal. Aber in Ihrem Fall zahlt hier die Krankenkasse.

Brandmaier: Wia so des?

Fr. Doktor: Da kommt Ihnen Ihr Alterszucker zugute. Laut Grundsatzurteil des Bundessozialgerichts ist Ihre Krankenkasse verpflichtet, bei medizinisch indizierter Impotenz zu zahlen. Sie sehen, unser Gesundheitssystem deckt alle lebensnotwendigen Bereiche ab.

Brandmaier: Und des is jetz normal?

Fr. Doktor: Ganz normal!

Wia ma' spare mueß

Maximilian Lingg

So mancha spart bei Tag und Nacht
Und bringt's halt doch zu nix,
Grad wie er spart und wie er's macht.
Er bringt kui' Geld in d' Büchs.

Oft nimmt mi dös grad Wunder it,
Denn 's Spare ischt a Kunst,
Und die ka' halt an jeder it,
No spart er o umsunst.

Do fällt mr allat ei' a Gschicht,
Wenn i vom „Spare" hear,
Die ischt fei' g'scheah, so wie is b'richt,
Bloaß isch scho' länger hear.

Do hat halt ui'ner o reacht g'spart,
Hot si fast nix vergunnt,
Hot g'mui't, dass er no uf die Art
O reicher weare kunnt.

Doch hot's mit deam grad it pressirt,
Und hot's g'wiss bleibe lau', –
Natürle, wenn's ui'r so probirt,
Noh ka's it anderscht gau'.

Dea' hot amol, weil's ihn grad g'freut,
Im Wirthshaus o ei'keahrt
Und hot do halt wie andre Leut
A bisle was verzeahrt.

Er lot si Bier und Brote gea',
Zwei Röggla o derzue,
's zweit Röggle zwingt a nimmameah'
Und hot scho' voarhea gnue.

Do denkt er si – us Sparsamkeit,
Dös Restle nimm i mit,
Sunst krieget's doch bloaß andre Leut,
Und zahlet mr's doch it.

No schiebt er's, wie's grad nea'mad sieht.
In d' Rocktäsch hinte nei',
„Mei' Weib wird's freue, wenn se sieht,
Dass i so sparsam sei."

De andre Tag wird's fürchteg kalt
Und zieht der Winter rei',
„Itz braucht ma warme Kleider bald,
Die alte räum i ei'."

So söt sei' Weib, nimmt Kleider ra
Und hot's in Kaschte g'henkt,
Und er hot itz – der sparsam Ma'
An's Röggle o it denkt.

Fümf Monat druf kommt's Fruehjohr meah,
Der Winter war halt lang,
'S Weib sucht die alter Kleider hea
Dob uf em obre Gang.

Do bringt s' an wüeste Kittel ra,
Verschimmlet und ganz grau,
Sie schreit vo' weitem: „Dumma Ma',
Was hoscht itz do meah' tau'?"

No hond se 'n näher untersucht,
Der Rock war sauber hi',
'S Weib schimpft ganz arg, der Ma', dear fluecht:
„Wie kommt dös?" „Was weiß i?"

Und d' Frau fang wieder a': „Do schau!
Do ischt a fürchtegs Loch,
Do müeßet d' Maus ja g'fressa hau',
Doch gwiss a ganze Woch."

Wie s'rotet lang, wie kommt dös gau'?
Kommts ihm doch in de Si', –
Doch söt er nix zu seiner Frau,
Was hilft's ? – Der Rock ischt hi'.

I frag: Ischt dös a Sparsamkeit?
Dös ka' doch gwiss it sei'.
An Kreuzer g'spart uf ui'ner Seit,
Drbei verto' glei drei.

Weißt itz, was alls zum spare g'hear?
Do braucht es zweiarlei:
Schau, spare mueßt, doch fascht no meahr –
Mörk's! – denke o debei!

kui = kein / it = nicht / vergunnt = gegönnt / g'mui't = gemeint / Röggle = Roggenbrötchen / Kaschte = Schrank / Si' = Sinn.

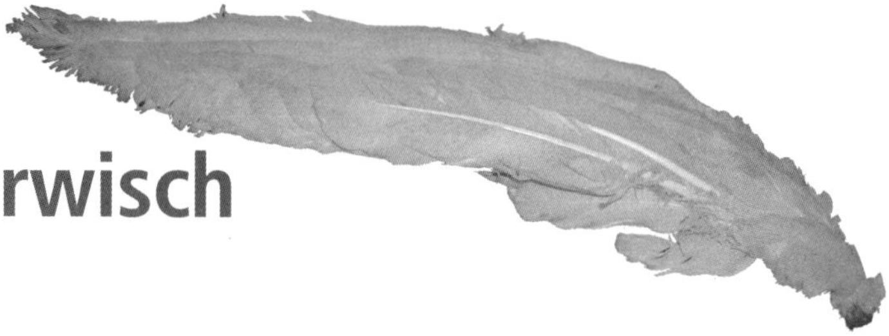

Der Flederwisch

Gerhard Walter

Mei friaras, do war 's ganz schee hart
für d' Hausweiber de Hausarbat.
In jedem Haus is dreckig gwen
und Staubsauber hod 's koan ned gebn.
Und sauber gmacht worn is 's Hauswesn
no handisch mit am Rosshaarbesn.
Und zsamkehrt host des letzt' Dreckhauferl
mi 'm Beserl und am kloana Schauferl,
oda, und des woas i ganz gwiß,
mia hod zsamkehrt mi 'm Flederwisch.
Iatz denkt se mancher vo eich gwiss,
„wos war eingle ein Flederwisch?".
Da Flederwisch war vo da Ant'
a Flügl zsamt seim Federgwand.
Und wenn a Antn gschlacht is gwen,
host zerst de Flederwisch obgschni(tt)n,
bevor de Antn dann grupft werd.
A Flederwisch, der war begehrt.
Da Flederwisch, mei der is gwesn
da ollerbeste Handkehrbesn.
Da Flederwisch war ned vakehrt,
so sauber hod koa Beserl kehrt.
Den feinstn Staub hod er mitgnomma,
und in jeds Eckerl bist neikumma.

Ob 's d' obkehrt host de Gartnbank,
ob 's d' Staub zsamkehrt host in am Schrank,
ob Spinnahäut im Eck drin warn,
mi 'm Flederwisch is sauber worn.
Am wichtigsten, do is er gwen,
der Flederwisch, beim Ofenkehrn.
Grod unterhoib da Ofenplattn,
glei überhoib vom Bratrohr dortn,
zwischn am Schiffe und da Schürn,
tuast du mi 'm Flederwisch zsamkührn,
denn do, do is so eng gwen drinna,
do bist mi 'm Beserl ned neikemma.
Aa 's Ofenrohr, des host du kehrt
mi 'm Flederwisch, 's war ned vakehrt.
Und 's Ofenrohr war wieder frisch,
host innen kehrt mi 'm Flederwisch.
Doch heitzodogs is oidmodisch,
kehrst du mit einem Flederwisch.
Für jedes zsamkehrn oanzeln werd
eikafft a eignes Kehrgerät,
dass d' kimmst in jedes Ritzerl nei
und antistatisch muaß aa sei,
dass jeder Dreck dro haftn bleibt,
des is hoid iatz der Geist der Zeit.

Lied des Alterns

Werner Schlierf

Mei Bua,
dei Lebn geht jetzt erst o.
Du hast an' ois'
no dei Entdeckerfreid,
du kennst ja fast no
koane schlechtn Leit.
Du siehgst in jed'm Stoa
a kloane Welt;
und jedes Zehnerl
is für die a Haufa Geld.
Du schaugst mit klare Augn
a'm Tag ins Gsicht –
weil dir dei Mama no
a's Zeig zammricht.
Du siehgst an Herrgott no
ois oidn Mo:
mei Bua,
dei Lebn fangt jetzt erst richtig o.

Doch kimmst dann langsam in de dreißger Jahr,
na kriagst vielleicht scho 's erste graue Haar.

Mei Bua,
du liegst im Gras
und schaugst zum Himmi nauf;
du wetzt zur Wiesn num
im Dauerlauf.
Du lasst dein Dracha steign –
a's Lebn dees lacht.
Und bist recht stolz dabei,
du hastn gmacht!
De großn Ferien dauern
fast a Jahr.
Du woaßt 'as ganz bestimmt,
's Lebn werd nie gar.
Da Tod, was is denn dees?
Du denkst net dro:
mei Bua,
dei Lebn fangt jetzt erst richtig o.

Doch steigst schee langsam in de vierzga um,
na schaugst de diamal scho recht ängstli um.

Mei Bua,
dei Hinterhof dees is dei Welt.
Du bist da „Winnetou"
und auf di gstellt.
Auf d' Nacht
wennst hoamkimmst na
bist volla Dreeg;
doch d' Mama wascht di ab,
du kriagst net Schleeg.
Na liegst im Bett
und traamst vom „Kansas Kid"
und deine Spezln nimmst
nach Texas mit.
Da wo'st a Held bist und
a groBa Mo:
mei Bua,
dei Lebn fangt jetzt erst richtig o.

Doch plötzlich schaugst und bist scho fuchzge boid,
na ziagst an' Kopf ei und werst langsam oid.

Mei Bua,
doch heit da schpuist
no drunt im Hof,
und schreibst an d' Wand mit Krei'n:
„da Schorsch is doof."
Du bist beim Fangsterl
oiwei no recht schnell;
und schpuist mit deine Freind
Himmel und Höll.
Du schreist zum Fenster nauf:
„bittscheen a Brot!"

– Du hast ja d' Eltern no
und leidst koa Not.
Und d' Kiesgruabn is für di
a's Paradies.
Du kennst aa jede Straß,
de z' Giasing is.
Und derfst auf d' Gassen geh,
na bist erst froh:
mei Bua,
dei Lebn geht jetzt erst richtig o.

Und plötzlich merkst es is scho greisli spät,
da woaßt' as dann, wia schnell dass d' Zeit
vogeht.
De junga Jahr de ko da neamd mehr gebn:
de schönste Zeit, de war 'as Buamalebn. ...

Moosboisterl für Allerheilign

Gerhard Walter

A guade Woch vor Allerheilign is mei Großmuadda oiwei ins Hoiz ganga und hoid Moosboisterl gsuacht, und i hob do oiwei mitgeh derfa. Mit dene Moosboisterl is dann kurz vor Allerheilign des Grob dekoriert wordn, so dass des Grob an Allerheilign selber dann bsonders schee ausgschaugt hod.

Manchmoi hod mei Großmuadda de Moosboisterl aa beim Bau'n von am Gsteck hergnomma, des dann z' Allerheilign auf 's Grob gstellt wordn is.

Scho des Suacha vo de Moosboisterl war a ganz gnaue Arbad. Do is ned jeds Moosboisterl gnomma word. De Moosboisterl ham scho oisam irgendwia zsampassn miassn. Do hod ned oans vui größer, kleaner oder dicker sei derfa wia de andern. Außerdem ham s' farblich zsampassn miassn, denn es hod scho oa gebn, de erheblich heller warn wia de andern und sich deswegn beim Auslegn dann vo de andern farblich obghobn hättn.

Des Brocka vo de Moosboisterl war aa a Arbad, bei der ma guat aufpassn hod miassn. Mia hod oa oda olle zwoa Händ unter des Moosboisterl drunterschiabn und so des Moosboisterl vom Bodn weglösn miassn. Dabei host aufpassn miassn, dass dir des Moosboisterl ned in der Mittn ausananda brocha is, denn dann hod ma 's nimma hernehma kinna.

Und wennst dann des Moosboisterl sauber vom Bodn obglöst ghabt host, is 's mit der Hand ganz grob obputzt wordn, aber so vorsichtig, dass eam nix passiert is. Und dann is de nächste Prozedur kema, des Neilegn in den Kretzn. Manchmoi hod mei Großmuadda a oide Zeitung dabei ghabt und noch jeder Schicht Moosboisterl a Blattl Papier draufglegt, dass koa Erdn von der Unterseitn vom Moosboisterl auf de scheene Oberseitn vo dem drunter liegadn Moosboisterl draufkema is.

Wenn ma koa Papier dabei ghabt ham, dann hamma im Wechsl oiwei oa Schicht mit der Unterseitn noch untn und de nächste Schicht mit der Oberseitn noch untn in den Kretzn neiglegt. Dann is oiwei Oberseitn auf Oberseitn und Unterseitn auf Unterseitn glegn, und de scheene Oberseitn vo de Moosboisterl is ned dreckiger wordn, ois wia s' sowieso scho war.

Mei Großmuadda hod oiwei ganz guad aufpasst, dass i ja koa Moosboisterl verkehrt in Kretzn neiglegt hob, und wenn doch, dann hod s' es sofort wieder rausgnomma, leicht obputzt und wieder richtig neiglegt.

Wenn mia so vui Moosboisterl beinand ghabt ham, dass s' uns zom Grobdekoriern an Allerheilign gwiß glangt ham, samma mit unserm Kretzn wieder hoamganga.

Dahoam is dann de richtige und lang dauernde Arbad oganga, des Putzn vo de Moosboisterl. Do hob i dann aa oiwei mithelfa derfa.

Ois ersts san von der Oberseitn vo de Moosboisterl olle Fichtnnodl und kloane Hoizzweigerl rauszogn wordn. Dann is mit der flachn Hand oder mit a ra ganz feiner Bürstn der feine Dreck no obkehrt wordn, so lang, bis koa Bröserl Dreck mehr drauf war. Und iatz ham mia no mehra drauf aufpassn miassn, dass beim Putzn koa Moosboisterl kaputt ganga is.

Jeds saubere Moosboisterl is iatz wieder genauso in an Kretzn neiglegt wordn, wia beim Brocka im Hoiz draus, entweder jeweils zwischn zwoa Lagn a Blattl Papier, oder oa Schicht mit der Oberseitn noch obn und de nächste Schicht mit der Oberseitn noch untn.

Dann war oiss so weit vorg'arbad, dass ma am Godsacker mit de Moosboisterl 's Grob ganz schee dekoriern ham kenna. Do hob i dann aa no mithelfa derfa und meiner Großmuadda de Mossboisterl zom Auslegn zuaglangt.

Herbstblätter

Franz von Pocci

Nur Blätter sind es, die, im Herbst gefunden,
Ich hier zu einem Kranz hab' gewunden;
Denn gold'ne, reiche Früchte euch zu reichen
Sei anderen gewährt – nicht meinesgleichen.
Nicht meinesgleichen, der sich wohl bewusst,
Dass nicht des eig'nen Schaffens Drang und Lust
Genüge dem berechtigten Begehren,
In Mannes Herbst zu schau'n der Weisheit Lehren.
Ich gab ja nur die eigenen Gedanken,
Wie sie in mir sich regen oder ranken:
Herbstblätter bot ich in bescheid'ner Hülle,
Mögt selbst Ihr pflücken Euch der Früchte Fülle.

Brief an die Eltern

Johann Nepomuk von Ringseis

Hören Sie, was mir erst neulich begegnete: Es war der 12. des Monats, der kälteste Tag dieses Jahres, – eine schreckliche Kälte mit durchdringend schneidendem Wind. Tags zuvor versprach ich, am genannten Tag nach Waidhaus zum kranken Metzger K. zu reiten, und wollte den Weg über Pleystein nehmen, weil ich bemerkt hatte, dass gute Bahn sei. Die ganze Nacht, in welcher sich Sturm erhob, konnte ich nicht schlafen, denn ich empfand einen unruhigen, unwiderstehlichen

Drang, mich zum Landgerichtskutscher zu verfügen, – denken Sie nur! Früh am Morgen war, um dieser inneren Stimme zu folgen, mein erster Gang zum Kutscher; damit ich hierfür doch eine scheinbare Veranlassung hätte, ließ ich meinen ans Kreiskommissariat zu schickenden Bericht absichtlich zu Hause liegen und bat den Kutscher, denselben als vergessen mir zu holen. Da der Mann vernahm, welchen Weg ich reiten wolle, rief er erschrocken: „Um Gotteswillen! In der Nacht hat es stark geschneit, dort finden sie nicht Weg noch Steg, können sich verirren, versinken, zugrund gehen in den Schneemassen. Sie müssen auf der Poststraße bleiben, wo der Schnee fortwährend ausgeschaufelt wird.“ Er selber wollte zu Fuß nach Waidhaus, ich sagte ihm, wenn er führe, könnte er mich im Schlitten mitnehmen. Gern – nur müsse ich noch $1^1/_2$ Stunden warten. Durch diese Verspätung bekam ich einen Mantel, den mir einige Minuten vor der Abreise der mich besuchende Herr Kooperator aufdrängte. Ich versäumte, ehe ich auf den Schlitten stieg, den Rock oben zuzuknöpfen, nach 2 Minuten auf dem Schlitten war ich mit meinen gefühllos starren Fingern nicht mehr dazu imstand, und trotz fünffacher Hülle auf dem Leib, zwei Paar Handschuhen an den Händen und Filzschuhen an den Füßen waren Füße, Hände und Leib bei meiner Ankunft in Waidhaus so erstarrt, dass ich erst nach $1^1/_2$ Stunden recht zum juckenden, brennenden Gefühl meiner Glieder gelangte. Auf dem kurzen Weg bis zur Poststraße fiel das Pferd öfter bis zum Bauche in den Schnee. Wäre ich geritten, so wäre ich ohne Mantel und Filzschuhe entweder erfroren, oder, da ich den Weg nach Pleystein eingeschlagen hätte, zuverlässig auf dem dreistündigen Ritt in Schneehaufen versunken, denn dorthin war der Weg ganz verweht, und auch nur eine Viertelstunde in solcher Lage wäre höchst misslich gewesen. Auf dem Schlitten sitzend, ward ich nun plötzlich inne, was der unwiderstehliche Drang, zum Kutscher zu gehen, bedeutet habe. Sagen Sie dies nicht jedermann!

Der vergessene Bua

Monika Pauderer

„Geh, Bernhard, nimm doch an Benedikt heut' mit in d' Stadt. I hab so vui zum doa, da waar i ganz froh, wenn er mir ned im Weg umgeht. Und für den Buam waar's doch aa ganz schee. Gestern ham s' an Christkindlmarkt aufgmacht, da kanntst eahm was zoagn!"
So sagte die Stanglin zu ihrem Mann, der sich für einen Gang aufs Amt zusammenrichtete.
„I konn doch dort ned mit am kloana Kind okemma!", grummelte der Bernhard. Aber als er bemerkte, wie erwartungsvoll ihn sein Bub ansah – „Mitm Papa in d' Stadt zum Christkindlmarkt!", funkelte es in seinen hellen Kinderaugen –, da konnte der Vater nicht widerstehen. „Oiso, in Gotts Nama, na wicklt ma'n warm ei, damit er ned friat am Motorradl", sagte er zu seiner Frau, die dem Benedikt schon die warmen Winterstiefel anzog und ihm den Schal um den Hals legte.
So fuhren Vater und Sohn auf dem klapprigen Motorrad in die Stadt, und der Bene umklammerte den Papa von hinten und drückte seine kleine Gestalt fest gegen den breiten Rücken, der Schutz vor Fahrtwind und Kälte gab.
Am Marienplatz, wohin sie das Motorrad durch die Fußgängerzone geschoben hatten, der Benedikt immer an die Fersen des Vaters geheftet, damit der ihn in dem Gedränge nicht verlor, sagte dieser zu dem Fünfjährigen: „Horch zua, Bene, mit aufs Amt konn i di ned nehma, da daad i mi ja lächerlich macha mit so am kloan Bambsn an da Hand. Du bleibst jetzt da und wartst auf mi." „Und passt aufs Motorradl auf!", fügte er noch hinzu.
Der Bub hatte nur Augen für die glitzernde Pracht des Christkindlmarktes. Es war zwar erst heller Vormittag, aber die Buden hatten schon geöffnet. Es funkelten die Glaskugeln, es roch nach Lebkuchen und gebrannten Mandeln, es sprühten die Wunderkerzen und es dampfte der Glühwein.
„Hernach", sagte der Papa, „wenn i fertig bin, gehn mir mitnand übern Christkindlmarkt, und wennst brav warst, derfst da was aussuacha!"
Benedikt hörte gar nicht richtig hin. Er nickte nur ernsthaft mit dem Köpferl, dass die dicke, rote Wollbommel auf seiner Mütze hin und her wackelte.
Da stellte ihn der Papa kurzerhand in das steinerne ehemalige Schilderhäuschen vor dem Rathaus, lehnte sein Motorradl dagegen und sagte: „Da bleibst jetzt, bis i z'ruckkimm, hast verstanden?"
Wieder nickte der Bene. Auf den Papa warten und aufs Motorradl aufpassen, eine Kleinigkeit! Und noch dazu in einem Häuschen, das wie für ihn gemacht schien, wo ihm der Schneewind, der vereinzelte Flocken über die Budenstraße trieb, kaum etwas anhaben konnte.
Der Vater ging ins Rathaus, der Bub blieb stehen, brav wie eine Schildwache, mit rot überhauchten Backen, ein bisschen von der Kälte und ein bisschen auch von der Erwartung all der Herrlichkeiten, die er jetzt so ganz nahe betrachten durfte, aber noch nicht nahe genug, um alles deutlich zu sehen.
Die Zeit verging. Es fror ihn an den Füßen. Er stampfte ein bisschen auf und ab, lief wohl auch einmal um das Schilderhäuschen herum, um sich dann sofort wieder hineinzustellen. Er musste ja aufs Motorradl aufpassen!

Der Papa kam nicht.
Der hatte Ärger dort droben in einer der vielen Amtsstuben. Nicht genug damit, dass schon eine ganze Reihe von Leuten vor ihm wartete, war er auch noch an der falschen Stelle, wurde woanders hingeschickt, musste wieder warten …

Die Maronifrau war die Erste, der der Bub mit der roten Wollmütze auffiel, der nun schon fast eine Stunde mit einem ebenso roten Näschen und roten Backen im Schilderhäuschen stand, um den sich niemand zu kümmern schien.

Sie packte ein paar ihrer heißen Kastanien in ein blaukariertes Tütchen und verließ ihren Stand, ging zu Benedikt hinüber. „No, Kloana“, sagte sie, „wartst auf wen?“

„Ja, auf mein’ Papa“, nickte der Benedikt und sah sie aufmerksam an. Sie hatte Runzeln im Gesicht und das dunkle Kopftuch tief über die Stirn gezogen. Ob das eine Hexe war, so wie die aus dem Märchenbuch?

Sie zog das Tütchen aus ihrer Rocktasche. „Da. Magst a paar hoaße Maroni?“

Benedikt zögerte. Hexen waren anfangs immer so freundlich … Aber er war ja nicht allein. Es waren viele Leute ringsum, und der Papa würde sicher auch bald kommen. Außerdem, so ein paar heiße Maroni, das wäre schon gut für die kalten Hände, und auch sonst: Er hatte kaum gefrühstückt, vor lauter Aufregung, in die Stadt, auf den Christkindlmarkt zu kommen.

Und wenn sie doch verzaubert waren, die heißen Maroni? Vielleicht würde aus ihm so ein hässlicher Zwerg Nase werden wie im Märchen?

Er schüttelte heftig den Kopf – und sah doch voll Verlangen auf das karierte Tütchen. Der Papa würde ihm sicher Maroni kaufen, wenn er zurückkam.

Die Maronifrau lächelte, als hätte sie seine Gedanken erraten. „Guad“, sagte sie, „wennst welche magst, i steh’ da drüben. Kannst dir a paar abholen, wenn’s di friert.“

Sie ging zurück an ihren Stand, sprach aber vorher noch mit dem Lebzelter, der auch sehr aufmerksam zu dem Buben hinübersah, und blieb am Stand der Schnitzereienverkäuferin stehen, die ebenfalls ihren Kopf zu Benedikt herdrehte.

So hatte der Kleine die Aufmerksamkeit der Standlleute auf sich gezogen. Schon wartete er fast zwei Stunden, wie der standhafte Zinnsoldat in dem Schilderhäuschen, und niemand schien sich um ihn zu kümmern.

Dann kam der Lebzelter zu ihm her und hielt ihm einen braunen Lebkuchen mit weißen Mandeln in allen vier Ecken vor die Augen. „Du muaßt doch Hunger haben, Büberl! Was machst denn so alloa da?“

„I wart auf mein’ Papa“, piepste Benedikt und sah mit begehrlichen Augen auf den braunen Lebkuchen. Durfte er ihn annehmen? Hatte ihn die Mama nicht oft genug vor den angeblichen „guten Onkeln“ gewarnt,

die die Kinder mit Zuckerzeug zum Mitgehen überredeten und ihnen dann sehr wehtaten?
„I muaß z'ruck zu meim Standl", sagte der Lebküchner und drückte Bene den Lebkuchen in die Hand. „Schau, da drüben bin ich, wennst noch mehr willst, kommst halt rüber."
Jetzt stand der Benedikt da, den braunen Lebkuchen in den Fingern – und zerbröselte ihn langsam, ohne ein Bröckerl davon in den Mund zu stecken. Bald hatten sich ein paar Tauben eingefunden, die eifrig um ihn herumpickten. – Und keine fiel tot um. Der Lebkuchen war also nicht vergiftet gewesen, und Benedikt tat es leid, dass er ihn nicht selber gegessen hatte. Papa würde ihm schon einen kaufen, er hatte es ja versprochen, wenn er wiederkam.
Bernhard Stangl war inzwischen im vierten Amtszimmer, endlich an der richtigen Stelle. Da stellte sich heraus, dass er ein paar wichtige Unterlagen nicht mithatte, dass sein ganzer Behördengang vergeblich gewesen war, dass er am anderen Tag wiederkommen musste.
„Sackl Zement, Sackl Zement", dachte er wütend, und weil er so einen Grant hatte, musste er gleich in den Ratskeller gehen, sich eine Brotzeit und eine Halbe Bier und einen Schnaps bestellen, damit er seinen Ärger vergessen und hinunterspülen konnte. Seinen Buben, den Benedikt, der noch immer brav im Schilderhäuschen wartete, hatte er auch vergessen …
Inzwischen war unter den Standlleuten auf dem Christkindlmarkt eine leichte Unruhe entstanden. Alle, in deren Blickfeld der Benedikt stand, sahen sich immer wieder an. Das war ja unverantwortlich, das Kind so lange in der Kälte stehen zu lassen! Wer weiß, ob ihn der Vater nicht ausgesetzt hatte! Man hörte ja heutzutag so viel.
Die Christbaumkugelverkäuferin sagte laut, was die anderen nur gedacht hatten: „Da miaß ma was do, da miaß ma d' Polizei verständigen!"
Die Funkstreife kam auch. Zwei Polizisten gingen auf Benedikt zu, der eine besah sich das Motorrad, der andere hockte sich vor Bene hin: „Wia hoaßt'n, Kloana?"
Seinen Namen wusste Benedikt natürlich und auch seine Adresse, und vor der Polizei brauchte man keine Angst zu haben, das hatte ihm die Mama gesagt. Aber vielleicht war es verboten, das Motorradl in die Fußgängerzone zu bringen, und der Papa würde deswegen Schwierigkeiten bekommen? Darum schwieg er und sah die Polizisten nur an, die kleinen, kalten Hände zu Fäusten geballt und in die Hosentaschen geschoben.
Da, endlich kam der Papa!
Mit hochrotem Kopf stürzte er aus dem Ratskeller. Drunten war ihm ganz plötzlich, grad als er ein Stückl Schweinswürstl in den Mund schieben wollte, sein Benedikt eingefallen, der oben vor dem Rathaus auf ihn wartete. Hoffentlich noch immer wartete und nicht schon längst davongelaufen war und sich am Ende gar verlaufen hatte!
Aber der Bene war da! Und die Polizei war da, und eine Menge von Leuten hatte sich um das Schilderhäuschen herumgeschart, so dass der Bernhard Stangl nur mit Hilfe der Ellenbogen zu seinem Buben vordringen konnte.
Und dann war alles gut. Mit einem hellen Aufschrei war Benedikt dem Vater an den Hals geflogen.
Die Polizei stellte eine Menge Fragen, und er hatte einen Schnaps getrunken, und die Leute schimpften böse auf ihn ein. Aber die Hauptsache war doch, dass das Kind noch da war, dem jetzt von allen Seiten Süßigkeiten zugesteckt wurden, die es mit strahlenden Augen entgegennahm. Der Papa war wieder zurück, ihm konnte nichts mehr passieren!

Der alte Kumpf

Joseph Maria Lutz

Fast stets, wenn man den Weg von der kleinen Stadt zur Sägemühle hinausging, begegnete man einem Fuhrwerk, welches, hoch mit Brettern beladen, von zwei auffallend stattlichen Gäulen gezogen, zur Station des Ortes hinüberfuhr. Neben dem Gespann, oft auch ein kleines Stück ihm voraus, ging ein kleiner, untersetzter Mann, der von Zeit zu Zeit seinen Pferden ein paar freundliche, aufmunternde Worte zurief: „Hüah, meine Buam! – Aufpassen, meine Buam! – So, meine Buam!“

Die Pferde folgten dem Mann aufs Wort. Man sah, hier war einer, der mit ihnen umzugehen verstand. Dies Gefährt gehörte zur Sägemühle, und der Mann war der Kumpf. Ob er wirklich so hieß oder ob seine kleine, etwas stumpfe Figur ihm diesen Namen eingetragen hatte, wusste niemand und fragte niemand mehr. Der Mann, sein Name und seine Pferde waren längst als altgewohntes freundliches Bild in den friedlichen Kreis der Umgebung hineingewachsen.

Begegnete man dem Kumpf auf seinem Wege und blieb ein bisschen bei ihm stehen, so drehte sich das Gespräch alsbald um die beiden Gäule, und wenn man dann gar von ihnen anerkennend sprach, so tat der Mann beschämt, als ob man ihn selbst sehr gelobt hätte. Er machte sich dann an den Tieren zu schaffen, strich dem einen die Haare schön zwischen den beiden Ohren in die Stirne, lockerte dem andern einen Riemen oder zog ihn fester an – aber sein altes Gesicht strahlte in kindlicher Freude. „Dö hab i' aufzog'n“, erzählte er dazu meist, „dö hab i' mir selber g'richt, dö zwoa — das san guate Ross, sag i' eahna!“ Nun folgten noch ein paar dankbare Liebkosungen: „Gell, der Scheck, des is' halt oaner, mei' Scheck! Ja, ja, und der Bräunl aa, des is' halt oaner, mei' Bräunl!“ Und dann ging das Gefährt seinen alten gewohnten Weg weiter: „Hüah, meine Buam! – So, meine Buam! – Aufpass'n, meine Buam!“ Man wusste es nicht anders und man dachte es sich nicht mehr anders – und doch sollte es rasch anders kommen. Die Zeiten wurden schwer und schwerer, man sprach von großen billigen Holzlieferungen aus Russland, und der Kumpf fuhr immer seltener seinen Weg zur Station hinüber. Wie ein dumpfer Druck lag die Zeit auf allen, und eines Tages kam das Gerücht in die Stadt: die Sägemühle sei auf der Gant.

Der Konkursverwalter ging nun durch die Mühle, rechnete, schätzte ab und ordnete an, was alles zu Geld gemacht werden müsse. So erhielt auch der Kumpf eines Tages den Befehl, seine Pferde auf den Hof zu führen. Ein paar Männer standen da, beschauten die Tiere von allen Seiten, ließen sie laufen, wieder stehen und wieder laufen, um dann eindringlich miteinander zu reden. Der Kumpf hielt mit ängstlichem Gesicht seine Pferde, redete mit ihnen und streichelte in nervöser Unruhe unablässig ihre Nasen. Mit furchtbarem Schrecken war ihm klar geworden, dass es sich hier um einen Verkauf handelte. Er hörte und sah die Umgebung kaum mehr – in seinem Hirn arbeiteten schmerzhaft die Gedanken. Als er aber endlich die Tiere in den Stall zurückführen konnte, stand ein Entschluss bei ihm fest. Die Männer waren ins Haus getreten, aber der Kumpf wartete, nachdem er die Pferde versorgt hatte, geduldig vor der Tür. Als der Mann, den er als Käufer

vermutete, endlich das Haus verließ, näherte sich ihm der Kumpf.
„An kloan Augenblick, Herr“, redete er ihn bittend an.
Ein bisschen ungehalten drehte sich der Angesprochene um: „Und was ist’s?“ Da nahm der alte Kumpf die ganze Kraft seiner Seele zur Bitte zusammen: „Wenn S’ mi’ halt mitnehma tat’n, mit dö Ross! Sehn S’, i hab’s aufzog’n, i ’hab ma s’ selber g’richt, dö zwoa, des san guate Ross, können’s mir ’s glaab’n, Herr – i’ tat s’ g’wiss guat behandeln.“
Der Käufer war durch die Kraft solcher Bitte selber ein wenig verlegen geworden. Er schaute den Kumpf eine Zeitlang nachdenklich an.
Der Kumpf ließ nicht nach: „I taat ehna um an jed’n Lohn arbat’n, sehng S’ – i’ ko net weg vo’ dö zwoa Ross!“
Dies Geständnis klang wie ein Aufschrei.
„Ja, da wer’n ma halt do’ nix macha könna“, sagte der andere wieder und fügte noch wie eine Entschuldigung dazu: „I bin ja a Händler – i’ woaß ja selber no’ net, wo d’ Ross hi’kemma.“
„Sie wiss’n net amal, wo s’ hi’kemma, meine Buam?!“ Trostlos sanken die Arme des Kumpf herab.
„I kann ja schaug’n, vielleicht lasst sich was macha“, sagte der Händler noch im Weggehen, aber es klang leer, es war nur so hingesagt, um eine bessere Gelegenheit zum Abgang zu finden.
Lange stand der Kumpf und schaute ihm nach – dann ging er zum Herrn in die Stube hinein und trug ihm sein Leid vor. Der saß still vor seinem Tisch, starrte blicklos vor sich hin und hatte eigene schwere Sorgen.
„Des is’ iatzt scho’ wias is“, sagte er nur, „moanst mi’ freut ’s, wenn dö zwoa Ross morgen fürt müassen.“
„Morg’n – also morg’n scho“, sagte der Kumpf ein ums andere Mal, als er schwer und wankend dem Stall zuschritt.
Am nächsten Morgen in aller Frühe ging er allein den Weg zur Stadt – er hatte eigens seinen schwarzen Sonntagsanzug zu diesem Gang angezogen.
Eine Stunde wartete er schon vor dem Büro des Bürgermeisters, bis dieser endlich erschien.
„Ja, was will denn der Kumpf scho’ in aller Früah bei mir?“, begrüßte der Bürgermeister, ein Handwerker aus der kleinen Stadt, freundlich den Kumpf.
„Heut kemmas fürt“, sagte dieser nur.
„Ja, muaßt mir scho’ z’erst sag’n, wer?“, meinte der Bürgermeister.
„Meine Ross, halt – und der Händler woaß net amal, wohin!“
„So“, sagte der Bürgermeister sachlich bedauernd, „habt’s iatzt d’ Ross aa scho’ verkaffa müaß’n?“
Da hob der Kumpf seine verarbeiteten Hände: „Herr Bürgermeister, i’ bitt’ eahna um alles in der Welt, legen S’ a guats Wörtl ein für mi’, dass i’ mitderf – i’ ko net weg von dö Ross!“
Der Bürgermeister schaute auf den alten Mann und verstand.
„Ja, schau, Kumpf, ja freili’, ja das is’ wohl trauri, ja, des versteh i’ durchaus“, stotterte er selber ergriffen, „aber, lieber Kumpf, da wer’n mir halt trotzdem nix macha könna mitnand.“
„Nix macha?“, stieß der Kumpf hervor.
„Na“, erklärte der Bürgermeister, „des geht mi’ nix o, woaßt, da derf i’ mi’ net dreimischen, so gern als i’s taat – da muaßt halt drüber wegkemma.“
„Soso, jaja, drüber wegkemma“, echote der Kumpf müde, aber es lag keine Hoffnung und kein Glaube in diesen Worten.
„Es werd scho’ geh“, tröstete der Bürgermeister den alten Mann noch im Weggehen, „und wennst sonst was brauchst, recht gern – es is’ halt a Kreuz, heutzutag’.“
Kurze Zeit darauf stand der Kumpf in einer

andern Amtsstube: „I taat Eahna halt herzli' bitt'n, lassen S' mi' mit, Herr Bezirksamtsmann …"

Aber auch der Bezirksamtmann bedeutete ihm freundlich, dass amtsseits ein Einschreiten nicht veranlasst und deshalb nicht möglich sei. Kumpf verstand das nicht: „So was derf do' net sei' – so was derf 's do' net geb'n!", beschwor er immer wieder den Beamten, um von diesem freundlich und eindringlich die Unmöglichkeit seines Ansinnens erklärt zu bekommen.

Kumpf hörte kaum hin, in seinem namenlosen Schmerze vergaß er selbst die Zeit und verfiel auf eine neue Idee: „Und wenn Sie 's dem König schreiben taaten, Herr Bezirksamtmann – der König lasst so was net zua, des woaß i' g'wiss!"

„Lieber Herr Kumpf", sagte der Beamte, „wir haben doch keinen König mehr, und wenn wir einen hätten, könnte er da auch nichts tun."

Damit schob er endlich den Mann zur Türe hinaus. Kumpf ging die Treppe hinunter, aber vor dem Gebäude musste er sich auf den Randstein setzen, so schwindlig und so elend war ihm zumute. Seine ganze Welt war zusammengebrochen. Man konnte ihm das Liebste nehmen und niemand, auch die Großen nicht, konnten ihm helfen. Im Unglück war man also ganz verlassen. Ein paar Bekannte gingen vorbei, grüßten ihn und fragten ihn, ob ihm nicht gut sei. Er antwortete nicht und schaute sie nur mit leeren Augen an.

„Jaja, wir ham koan König – natürli', wir ham do' koan König", sagte er nur von Zeit zu Zeit und wiederholte schließlich diese Rede geistesabwesend gleichförmig, als ob dies ein Trost wäre.

Plötzlich fiel ihm jedoch ein, dass ja die Pferde fortgeführt werden sollten. Er sprang auf und lief in atemloser Hast zur Sägemühle hinaus. Als er gerade den Hof erreichte, zog ein fremder Knecht die beiden Pferde, welche nur unwillig gingen, zur anderen Seite hinaus.

„Meine Buam!", stöhnte Kumpf, „meine zwoa Buam!" Dann verließen ihn die Kräfte. Die Pferde hatten den Ruf gehört; sie wandten die Köpfe und wieherten freudig. Aber als der Kumpf nicht zu ihnen kam, klang dies Wiehern aus der Ferne vom altgewohnten Weg zur Station herüber immer ängstlicher und schmerzlicher. Man brachte den Kumpf in seine Kammer und pflegte ihn, so gut es bei der Sorge des ganzen Hauses eben ging. Aber das Schicksal war noch gnädiger als die Menschen – ein leichter Schlaganfall hatte Kumpf gestreift, seine Sinne blieben umnachtet. Als der Bürgermeister des Städtchens den Fall erfuhr, erinnerte er sich des bittenden Mannes und ordnete seine Überführung ins Armenhaus des Ortes an. Da saß nun Kumpf, der ein Greis geworden war, teilnahmslos und wortlos die langen Tage hindurch; er ließ alles mit sich geschehen, aber nahm an allen Geschehnissen keinen Anteil mehr.

Nur eine der Pflegeschwestern schaute er, sooft sie seine Stube betrat, eindringlich und seltsam an, als wollte er mühsam ein Erinnern zurückrufen. Und eines Tages schien es, als habe er dies entschwundene Band des Erinnerns wieder gefunden. Seine Blicke hellten sich auf und gruben sich tief in die auffallend großen dunklen, samtenen Augen der Frau. „Du hast Augen wie a Ross!", sagte er dabei. Die Schwester aber missverstand diese Äußerung des Greises und lief eilig und ängstlich aus dem Zimmer. Dieser blickte der Entfliehenden mit schiefem Kopfe nach, ein paar Tränen rollten über seine Wangen, seine Hände vollführten eine erbarmungsvoll entsagende Bewegung, dann sank aufs neue Apathie über ihn.

Monate waren vergangen, die Flocken wirbelten, und das Armenhaus rüstete zur alljährlichen Weihnachtsfeier für seine Insassen.

Die Leute der Stadt hatten Geschenke geschickt, um zu gleicher Zeit auch arme Kinder zu erfreuen. Der Abend der Bescherung war herangerückt, und als man die Kranken und Armen zur Feier in den großen Saal des Hauses holte, kam jemand auf den Gedanken, auch den alten Kumpf, der fast vergessen war, mitzunehmen. Teilnahmslos gutmütig, aber unbewusst der Vorgänge, folgte er. Plötzlich aber, ins Singen des Weihnachtsliedes hinein, schrie eine Stimme, eine einzige jubelnde, unsagbar erlöste Stimme: „Meine Buam!“ Und Kumpf stürzte wimmernd vor Glückseligkeit an den Gabentisch, vor dem zwei geschnitzte Pferde standen, die er nun mit unbeholfen zärtlichen Händen liebkoste. „Meine Buam, seid’s wieder kemma, meine Buam!“ Er drückte seinen alten Kopf, so gut es ging, an die hölzernen Hälse. „Der Scheck, ja, des is’ halt oana, mei’ Scheck. Jaja, und der Bräunl aa, des is’ halt oaner, mei’ Bräunl!“ Immer wieder, in unbeschreiblicher Aufregung, fand er Ausdrücke seiner Zärtlichkeit und seines Glückes. Niemand wehrte ihm, niemand nahm ihm den holden Trug. Eine Schwester führte ihn endlich aus dem Saal. Die beiden hölzernen Pferde hinter sich herziehend, folgte er lächelnd. „Dö hab i’ aufzog’n, dö hab i’ selber g’rieht, des san guate Ross, dö zwoa“, erzählte er auf dem Weg in seine Stube.

Noch spät in der Nacht, hörte die wachende Schwester seine alte gute Stimme mit den Pferden reden: „Hüah, meine Buam! – So, meine Buam! — Aufpassen, meine Buam!“ Lächelnd ging sie an der Tür vorüber.

Als sie aber am Morgen eines strahlenden Weihachtstages die Stube leise betrat, da lag der Greis tot im Bette. Die beiden hölzernen Pferde waren dicht an sein Lager gestellt. Und wunderlich: ihre gemalten Augen hatten nun wirklich etwas vom samtenen Licht jener rätselvollen Traurigkeit und Güte echter Pferdeaugen. Und selbst ihre unbeholfen geschnitzten Körper schimmerten in einer Wärme, als hätte das Wunder solcher Liebe sie für die Stunden dieser Weihnacht zu einem geheimnisvoll beglückenden Leben erweckt. So standen sie und sahen auf ihren Toten, dessen Antlitz unbeschreiblich glücklich und unbeschreiblich schön in den armen Kissen ruhte.

📖 Hans Göttler (Hrsg.),
Der Dori geht zum Herrn
Echte Advents- und Weihnachtsgeschichten aus Altbayern
Edition Töpfl

Stammbaum der Menschheit

Weiß Ferdl

Ich las einmal eine Abhandlung, über den „Stammbaum der Menschheit“. Es gibt keinen Zweifel mehr – die Wissenschaft hat es jetzt endgültig geklärt: wir stammen vom Affen ab.
Öfter schon las ich in der Zeitung, die vergleichende Anatomie, die Chromosomenlehre und anderes haben immer neue „Hormonalbrücken“ hervorgebracht.
Über einige kleine Fragen bestehen noch verschiedene Ansichten bei den Gelehrten. Zum Beispiel, ob der Gorilla oder der Schimpanse eine nähere Verwandtschaft zu uns Menschen hat. Doch wie gesagt, darüber wollen wir uns nicht streiten. Äff ist Äff – und es steht unwiderruflich fest, dass wir daher stammen. Aus! – Wir haben uns von unten nach oben entwickelt, die Affen, die Ur-Affen, die heute noch auf den Bäumen hausen, werden das Gegenteil behaupten. Die werden nicht ganz mit Unrecht sagen, wir haben uns von oben nach unten entwickelt. Das war immer so, die Alten und die Jungen haben stets verschiedene Ansichten.
Es ist für einen kultivierten Menschen, der täglich sein Bad genommen, sich die Nägel manikürt und sich in jeder Weise gepflegt hat, schon etwas peinlich. Daher ist es verständlich, dass ihm das andere, was wir in der Schule gelernt haben: „Gott formte Adam aus Lehm und hauchte ihm eine unsterbliche Seele ein“, lieber wäre – selbst wenn er aus Sparsamkeitsgründen zum Beispiel keine Kirchensteuer mehr bezahlt – als diese durch und durch verflohte Verwandtschaft.
Aber die Hormonalbrücken sind da – wir müssen uns damit abfinden. Bitter, aber wahr! Wir robusten Mannsbilder werden noch leichter darüber hinwegkommen. Als Schulbuben haben wir uns gegenseitig als „Äff, saudummer“ bezeichnet, ohne uns besonders darüber aufzuregen.
Aber das schöne Geschlecht! Sie werden in ihrer Eitelkeit schwer getroffen sein. Stellen sie sich eine schöne, elegante Frau vor, vom Friseur aufs sorgfältigste geschnörkelt, schön geschminkt, so ein süßes, ätherisches Wesen, an das man gar nicht hinkommen darf – das soll sich einst von einem Ast zum andern geschwungen haben? Unvorstellbar!
Da fällt mir eben eine neue Hormonalbrücke ein. (Sie fällt mir nicht ein, ich baue sie auf). Wir Männer kennen alle dieses spöttische, verächtliche Herabziehen der Unterlippe bei den Frauen, wenn der Mann ihr erzählt, er hätte die letzte Trambahn versäumt oder er hätte ihr so gern für Weihnachten einen schönen Nutriamantel geschenkt – leider habe er aber nichts gefunden, was ihm schick genug gewesen wäre für seine Frau. Dieses verächtliche Kräuseln der an sich so schönen Unterlippe der Frau bringt uns Männer zur Raserei. Sehr tüchtige, gescheite Naturforscher haben festgestellt, dieses Fallenlassen der Unterlippe sei nichts anderes als das Überbleibsel des früheren Zähnefletschen der Affenweibchen. Ob man will oder nicht, man kann diesen scharfsinnigen Forschern die Achtung nicht absprechen. Nachdem die Sache nun schon einmal so ist, müssen wir uns damit abfinden. Wir wurden aufgeklärt und haben unsere Konsequenzen zu ziehen.
Also Menschen, ehret das Wesen, aus dem wir uns entwickelt haben! Das Wort „Äff“ soll als Schimpfwort in Zukunft nicht mehr existieren – auch für Juristen wichtig.

Federzeichnung aus dem Skizzenbuch des F. Symon de Carneville, Major im Königlich Bayerischen Infanterie-Regiment König Ludwig, München 1884

Es ist nicht am Platz, Affenhaare als Kleider oder Hutschmuck zu tragen. Es wäre doch höchst geschmacklos, sich den Vollbart vom Großvater auf den Hut zu stecken. Auch die Bezeichnungen „Affenschande“ und „Affenhitze“ sollen durch andere ersetzt werden! Fort mit diesen Geschmacklosigkeiten!
Ich finde es auch nicht richtig, Menschenaffen in Tiergärten zu zeigen. Es sind immerhin Verwandte von uns – wenn auch entfernte. Wenn wir nichts dagegen tun, zählen wir uns auch zu den Viechern.

Natürlich gibt es bissige Witzbolde, die diese Angelegenheit mit beißender Ironie übergießen. Das hat alles keinen Zweck – die Wissenschaft hat es bewiesen, und wir müssen es glauben. Damals, in der Not der Zeit, als es Kleiderkarten gab, sprengte ein giftiger, boshafter Miesmacher das Gerücht aus, es gebe bald Bezugsscheine auf Haarwuchsmittel an Stelle von Kleiderkarten – so sehr glaubte er, dass der Mensch vom Affen abstammt.

Gottvater hatte genug

Wie die Ur-Schrift gefunden wurde: Auszüge aus dem Verlagstagebuch

Fritz Fenzl

17. Mai

Um 9.30 Uhr erreichte uns ein Telex unseres oberbayerischen Redakteurs Elmar Schneider, in dem er uns mitteilte, dass in der Abbausaline „Luise“ des Salzbergwerks Bad Reichenhall Schriftrollen gefunden wurden, die vermutlich sehr alt sind, aber über deren Inhalt und Bedeutung noch nichts Genaueres gesagt werden kann. Bereits zwei Stunden später war Dr. Fritz Fenzl aus München in unserem Auftrag nach Bad Reichenhall unterwegs, um eine erste Besichtigung und Wertung der Schriftrollen vorzunehmen. Noch am Abend desselben Tages äußerte er die vorsichtige Vermutung, dass es sich um Schriftstücke handeln könnte, deren Ursprung weit vor dem aller uns bekannten Schriften liegt.

18. Mai

Dr. Fenzl hat dic Nacht durchgearbeitet und am frühen Morgen sehr aufgeregt um die Mitarbeit von Theologen, Archäologen und Chemikern gebeten.

Als am späten Nachmittag die ersten Laboranalysen vorlagen, bahnte sich eine Sensation an. Die Halbwert-Verfallzeit der Pergamente ergab, dass die Schriftrollen lange vor den uns bekannten, ältesten Bibelausgaben, verfasst wurden. Wir hatten somit die ältesten Aufzeichnungen der Bibel in unseren Händen. Nachfolgende Analysen von Mitarbeitern des Max-Planck-Institutes in München bestätigten das Alter der Schriftrollen.

19. Mai

Wieder wurde die Nacht durchgearbeitet. Am Nachmittag war die Sensation perfekt.

In der ersten Verlagsbesprechung am Fundort legte uns Dr. Fenzl die ersten Seiten der Schriftrollen vor und wir konnten uns selbst davon überzeugen, dass es sich um die Urschrift der Bibel handelt und die Texte in Altbayrisch geschrieben sind.

Noch am selben Tag wurden Naturwissenschaftler, Geisteswissenschaftler und Theologen aus aller Welt in eine Arbeitsgruppe berufen, um die Texte zu deuten. Die Leitung dieses Gremiums übernahm Dr. Fenzl.

20. Mai

Die ersten übersetzten Seiten liegen im Verlag, aber für eine voreilige Deutung ist das Material noch zu dürftig. Dass die Urschrift zeitlich vor allen uns bekannten Bibel-Niederschriften einzuordnen ist, steht aber bereits jetzt fest.

29. Mai

Die Wissenschaftler haben schier Übermenschliches geleistet. 160 Seiten sind überarbeitet und eine erste Inhaltsanalyse kann gemacht werden: Die uns bekannten Bibel-Ausgaben sind Übersetzungen der Ur-Schrift. Sie wurden aus dem Altbayerischen ins Hebräische, später ins Griechische, dann ins Lateinische und sodann in alle Sprachen der Welt übersetzt.

Allein die deutschen Übersetzungen widersprechen sich mehrfach in ihren Lesarten.

Die Schriften vor Luther, dann Luthers gewaltiges Sprachwerk und heute die Vielzahl der von evangelischer oder katholischer Tradition geprägten Übersetzungen sind nur ein Beispiel.

So und nicht anders erklären sich einige

Unverständlichkeiten, die sich durch die Theologiegeschichte und die Textauslegungen, die „Exegese“, bis heute ziehen. Mit der Ur-Schrift lassen sich nun viele Missverständnisse der uns bekannten Heiligen Schrift erklären.

Die Ur-Bibel ist in einer schlichten Einfachheit, Ehrlichkeit und Schnörkellosigkeit geschrieben. Sie beginnt lange vor der Genesis und steckt voller Prophetien, die bis ins heutige Jahrhundert reichen. Sie ist eine Bibel zum Freuen! Sie ist im wahrsten Sinne des Wortes eine frohe Botschaft. Die Ur-Schrift sät keine Zweifel an der uns bisher bekannten Heiligen Schrift – sie erklärt, führt zu den Quellen zurück und berichtet über die göttlichste aller göttlichen Eigenschaften: Den Humor.

16. Juni

Wir halten es für unsere Pflicht, den Inhalt der bereits restaurierten Schriftrollen sofort zu veröffentlichen, auch wenn die Restaurationsarbeiten noch nicht abgeschlossen sind. Das Gesamtmaterial ist viel umfangreicher. Wir werden das Übrige, nach einer gewissenhaften Renovierung, selbstverständlich ebenfalls der Öffentlichkeit zugänglich machen.

Viel Vergnügen mit Ihrer Ur-Schrift

Aus dem Alten Testament
Die Erschaffung der Erde „Umgoodswuin!“

Der liebe Gott sah das Chaos und sagte:
„Umgoodswuin …!“ (*Um Gottes willen*)
Er hätte eigentlich sagen müssen:
„Umichswuin!“

Aber lange schon hatte er die Gewohnheit, sich selbst beim Namen zu nennen. Es war ja, außer ihm, niemand da vor der Schöpfung.

Dieses „Umgoodswuin“ ist nur in der Ur-Schrift überliefert und lebt heute noch fort in der Bayerischen Sprache. Es beweist, dass Gott, der allmächtige Vater, erschrak angesichts der Unordnung und, dies ist wichtig: Dass die Schöpfung ein Willensakt war und ist. Sie geschah durch Gottes Willen, um Gottes Willen wegen. Deshalb: Umgoodswuin!

Der erste Tag: „I siech nix!“

Der liebe Gott sah also die Unordnung, das heißt, er sah, außer der Unordnung, nichts.
Nichts Ordentliches. Nur Un-Ordentliches.
Da sagte er: „I siech nix!“ (*Ich sehe nichts*)
Hier liefert unsere Ur-Schrift den Schlüssel zum Gedanken der Schöpfung:
„I siech nix!“
Spätere Übersetzungen haben diesen Satz mit „es werde Licht …“ erklärt. Denn der liebe Gott, der die Ordnung liebt, wollte diese Ordnung auch sehen, wenn er sich schon die Mühe machte, sie zu erschaffen.
Er erschuf das Licht, und, da er wusste, dass die Menschen bald wieder die Unordnung haben wollen würden –, ließ er der Finsternis den gebührenden Freiraum. Licht und Finsternis zusammen aber ergaben ein gar zu schummriges Licht, deshalb schied Gott das Licht von der Finsternis.
Und er nannte das Licht Tag und die Finsternis nannte er Nacht.
Und diese Nacht braucht er jetzt, denn er war müde nach dem ersten Tag. Er legte sich hin und schlief sofort ein.

Der zweite Tag: „Himmel …!“

Er erwachte am Morgen des zweiten Tages, wie er noch nie erwacht war.
Denn helles, zauberhaftes Licht blendete ihn, das Licht des Morgens, Licht, das er gestern erst erschaffen hatte. In freudiger Erregung rief Gottvater:
„Himmel …!“
Und siehe da, er hatte den Himmel erschaffen. Denn alles, was er in dieser schöpferischen Woche aussprach, das verdichtete sich augenblicklich zum Geschaffenen.
Er sah den Himmel, sah, dass der Himmel gut war, wählte diesen als seinen Wohnsitz und gab sich einem himmlischen Schlummer hin: Das war der zweite Tag.

Der dritte Tag: Da bekam Gottvater einen unglaublichen Durst

„Ich sitze ja ganz auf dem Trockenen“, dachte er sich, und er sprach:
„Das Wasser unter dem Himmel sammle sich an einem Ort, dass das Trockene sichtbar werde.“
Und es geschah also.
Da er immer noch auf dem Trockenen saß, nannte er das Trockene Land und die Ansammlung der Wasser nannte er Meer, und er sah, dass es gut war, aber Durst hatte er trotzdem.
Und es ward Abend und ward Morgen: Ein, Gott sei Dank, kurzer dritter Tag.

Der vierte Tag: „Wasser und Wasser is zwoaraloa!“

Da Gottvater die Ansammlung des Wassers „Meer“ genannt hatte, – gab es nur Meerwasser um ihn herum.
Kein Süßwasser.
So saß er zweimal auf dem Trockenen. Er saß auf dem vom Wasser geschiedenen Land, hatte genug Salzwasser, das ihn umgab …, aber kein Wasser zu trinken.
Da erinnerte er sich an den „zweiten Tag“ und das, was er vorgestern erschaffen hatte.
Unsere Ur-Schrift berichtet:
„Wasser und Wasser is zwoaraloa. – Trinkwasser, wie alles Gute, kommt von oben!“
Dies wurde später übersetzt mit:
„Gott machte die Feste und schied das Wasser unter der Feste von den Wassern über der Feste. Und Gott nannte die Feste Himmel.“

Wieder einmal kann die Ur-Schrift eine offene Frage der Genesis erklären:
Warum Wasser oben und Wasser unten? Manche Siebeng'scheite haben dies mit dem „alt-orientalischen Weltbild" zu erklären versucht.
Stimmt alles nicht.
Gottvater hatte das Trinkwasser erschaffen, ohne dies zunächst selbst zu bemerken.
Später, am dritten Tag, und jetzt, zu Beginn des vierten Tages, da ihn ein mächtiger Durst plagte, fiel es ihm wieder ein.
Er ließ es tüchtig regnen und trank und trank und trank. „– Göttlich …! Dies frische Wasser!", freute er sich.
Eigentlich hätte er „… Ich-lich!" sagen müssen. Aber er vermied und vermeidet das „Ich …", weil Gott das Gegenteil von einem Egoisten ist, der immerzu „ich …" sagen muss. Das sollte später ein anderer tun, sein oberster Licht-Engel, und alle, die sich von ihm anstecken lassen würden …, doch davon später. –
Gottvater freute sich über das frische Wasser so sehr, dass er Sonne, Mond und Sterne erschuf. Er freute sich deshalb, weil er wusste, wie sich andere darüber freuen würden, eben, weil Gott kein Egoist ist und immer an andere denkt.
Es war schwer, an andere zu denken, weil noch keine anderen da waren.
Aber Gott in seiner Göttlichkeit dachte an andere.
Und er beschloss, die anderen zu erschaffen in den nächsten Tagen.
Jetzt aber dachte er erst mal an die Gestirne:
Und Gott setzte die Gestirne an die Feste des Himmels, dass sie auf die Erde leuchten und Tag und Nacht beherrschen und Licht und Finsternis scheiden.
Und Gott sah, dass es gut war.
Er nahm einen Abendschluck frischen Wassers und es ward Abend und ward Morgen.
Ein vierter Tag.

Der fünfte Tag: „Wie ein Fisch im Wasser …"
Der liebe Gott erwachte am fünften Tag, genoss die herrlichen Strahlen der Morgensonne, wünschte dem Mond eine gute Nacht und den Sternen auch. Er trank von dem frischen Süßwasser, das er am Vortage erschaffen hatte und dachte voll Freude: „Heute fühle ich mich wie ein Fisch im Wasser …!"
– Ein Fisch? –
In der Ur-Schrift, – und nur da! – steht: „Wie ein Fisch im Wasser …"
Da war er: Der erste Fisch. Er sah Gott mit großen Augen an und schwamm im Kreis herum. Warum war er da? Weil Gottvater das Wort „Fisch" gedacht hatte. Alles Gedachte wurde in diesen sechs Tagen Schöpfung.
Grünzeug für den kleinen Fisch brauchte Gott nicht mehr zu erschaffen, das hatte er schon am dritten Tage getan.
In allen uns bekannten Bibeln steht: „Die Erde lasse sprossen junges Grün: Kraut, das Samen trägt, und Fruchtbäume, die nach ihrer Art Früchte tragen auf der Erde, in denen ihr Same ist. Und es geschah also …"
Und jetzt kam so ein kleiner, gerade erst erschaffener Fischer daher und nannte das alles „Grünzeug". Gottvater freute sich so sehr über den kleinen frechen Kerl (*Gott sei Dank dachte er nicht: „Frechdachs", sondern bloß „frecher kleiner Kerl"; sonst wäre auf der Stelle der Dachs erschaffen gewesen, jedoch die Landtiere kamen später dran …!*) im Wasser, dass er „Grünzeug" auch unter Wasser wachsen ließ.
Der Fisch fraß und sah, dass es gut war.
Er fraß so viel, dass er kräftig wuchs und dann sagte:
„Ich habe das ewige ‚Grünzeug' satt!"
„Was soll das heißen?"
„Ein großer Fisch wie ich braucht andere, kleine Fische, die er fressen kann!"
„Wirklich?"
„Das ist der Lauf der Welt", sagte der große kleine Fisch.

Da sagte Gott: „Sei duats was!" (*So ist es*)
Und weil er den Fisch, den er als kleines Fischlein und als erstes Lebewesen der Schöpfung kannte und liebgewonnen hatte, da tat er ihm den Gefallen.
Er sprach:
„Es wimmle das Wasser von lebenden Wesen …"
Er schuf die großen Seetiere und alles, wovon das Wasser wimmelt.
Aber ein wenig traurig war er doch.
Die großen Fische fraßen die kleinen und die kleinen Fische hatten Angst. Sie wollten überleben und groß werden und andere kleine Fische fressen. Die kleinen Fische hatten so viel Angst, dass es ihnen die Sprache verschlug. Sie redeten nicht mehr so fröhlich wie das erste kleine Fischlein. Sie schwammen um ihr Leben. Und die großen Fische fraßen und sprachen nicht. Deshalb sind die Fische stumm bis heute.
Und Gott sah dieses Treiben und dachte irgendwann zu diesem Zeitpunkt an den Menschen.
Er ließ die Fische Fische sein und schlief ein.
Ein fünfter Tag.

Der sechste Tag: „Das Urviech"
Und Gott sprach:
„Die Erde bringe hervor lebendiges Getier, ein jedes nach seiner Art: Vieh, Gewürm und Tiere des Feldes, ein jedes nach seiner Art."
Und es geschah so.
Und Gott machte die Tiere des Feldes, ein jedes nach seiner Art und alles Gewürm des Erdbodens nach seiner Art.
Und Gott sah, dass es gut war.
Er sprach:
„Viecher habe ich genug erschaffen. Jetzt brauche ich nur noch ein Ur-Viech, das glauben soll, über allen anderen Lebewesen zu stehen."
Und Gott erschuf das Urviech.
So erklärt uns die Ur-Schrift, wie das Urviech entstand: Der Mensch …
Noch heute sagt man in Bayern zu einem ordentlich geschaffenen Menschen: „… so ein Urviech …!" Spätere Heilige Schriften übersetzen: „Und Gott erschuf den Menschen …"
Darüber ist viel erzählt und geschrieben worden. Man braucht sich die Schöpfungsgeschichte nur durchzulesen. Gott wollte ein Ur-Viech erschaffen. Was ihm auch gelang!
Als er es erschaffen hatte, sah er es lange an, fragte sich, ob es gut sei und hatte für immer genug von der Schöpferei.

Der siebte Tag: „Mei Ruah mecht i ham …!" (*Ich möchte meine Ruhe haben*)
Als Gottvater das Urvieh sah, und sah, wie undankbar es war … da langte es ihm!
Er legte sich auf sein Himmelbett und sagte:
„Mei Ruah mecht i ham …!"
Genau das sagt unsere Ur-Schrift. In anderen, späteren aus der Ur-Schrift abgeleiteten Bibeln steht:
„Und so vollendete Gott am siebenten Tage seine Werke, die er machte, und ruhte am siebenten Tage von allen seinen Werken, die er gemacht hatte. Und Gott segnete den siebenten Tag und heiligte ihn, weil er an ihm ruhte von allen seinen Werken, die Gott geschaffen und gemacht hatte."
Unsere Ur-Schrift aber sagt:
Gottvater hatte genug.

Fritz Fenzl,
Am Anfang war der Humor
Die bairische Urbibel
Turmschreiber Verlag

Gebackene Weihnachten

Bernhard Ücker

Immer zu Beginn der Adventszeit neckten wir unsere Mutter mit der Frage, was denn jetzt ihr Wunschtraum wäre. Und lieferten sogleich die Antwort mit: Sie nämlich, die tugendreiche Hausfrau, sähe sich nun am liebsten umgeben von einem unerschöpflichen Sack Weizenmehl, von einer gleichermaßen stets randvollen Zuckertüte, und garniert wäre diese bäckerische Grundausstattung mit Schüsseln von Nüssen, Mandeln, Rosinen, Sultaninen, Zitronat und Eiern.
Unsere Mutter schmunzelte zu dieser Vorstellung und widersprach ihr keineswegs, denn sie war eine geradezu leidenschaftliche und ausgezeichnete Bäckerin, die jeweils so um die vier Wochen vor Weihnachten eine wahrhaftige Backorgie zelebrierte. Und aus verständlichen Gründen haben weder wir zwei Brüder noch unser Vater diese Passion jemals auch nur irgendwie gedämpft, weil hier doch jeder Therapieversuch uns selber auf zuckerarme Diät gesetzt hätte.
Ab Dezember also brauchten wir eigentlich keinen Kalender mehr, weil jede der zahlreichen Gebäcksorten in überlieferter Reihenfolge Tag um Tag gebacken wurde, und wenn die letzten dieser schier himmlischen Gebilde und ihr Duft die Wohnung durchwehte, dann wussten wir auch, dass der Heilige Abend an die Tür klopfte. Und hier wäre noch anzumerken, dass unsere Mutter ihre süßen Meister-

Weihnachtsbäckerei in der „Guten Stube", um 1900

Tortenform für Marzipan, um 1925

werke nicht mit Gas oder Strom, sondern im unergründlich finsteren Backrohr eines klassisch gemauerten Küchenherds gebacken hat. Und dieser Herd nun mit seiner ihm innewohnenden Kohlenglut verlangte besonderen Respekt, wenn man vermeiden wollte, dass er grantig wurde und boshaft entweder nur bleiche Teigbatzen lieferte oder je nach Laune auch Gebäck, das den zuvor in die Feuerung geschobenen Briketts verteufelt ähnlich sah. Doch unsere Mutter beherrschte diesen eigenwilligen Kumpan virtuos, und nur höchst selten geschah es, dass ein paar eher bloß angesengte als angebrannte Stückln auf dem für solchen Ausschuss bereitgestellten Teller landeten. Und auch das war vermutlich mehr Absicht als Bäckerpech. Denn in unserer Familie war es Ehrensache, dass von dem ganzen in großen Blechdosen unverschlossen aufbewahrten Weihnachtsgebäck am Heiligen Abend schließlich kein einziges Stück fehlen durfte. So waren eben besagte angesengte Exemplare alles, was wir während der Adventszeit vom weihnachtlichen Backwerk zu schmecken bekamen, und unsere Mutter hat diesen zwar mangelhaften, aber doch vorfreudigen Trost wohl mit voller Absicht so produziert. Und die pädagogisch wertvolle Nebenwirkung war: Ab dem Heiligen Abend schmeckte das Weihnachtsgebäck so gut, dass wir – Vater voran – schon während der Tage bis Sylvester sichtlich anschwollen und mein Bruder und ich respektlos bemerkten, das väterliche Haupt habe nun – münchnerisch gesagt – das Format eines Gschwoidls angenommen.

Den Anfang des gebackenen Kalenders machten die Lebkuchen für den Nikolaustag. Die waren mit weißer Zuckerglasur überzogen und verziert mit farbigem Streuzucker. Er hatte einen heute fast vergessenen, doch uns in lieber Erinnerung verbliebenen Kosenamen: Wir nannten ihn Engeleshatzi. Dass nämlich die meist ziemlich nackert dargestellten Weihnachtsengerl auch mal einen Schnupfen bekamen, dann aber statt einer bazillösen Tröpfcheninfektion bunte Zuckerkrümel in die himmlische Backstube niesten, war eben eine dem Christkindl angemessene Vorstellung.

Als nächste Gebäcksorte – gleich nach Nikolaus – kam das Marzipan an die Reihe, auch Springerle genannt. Ein launisches Backwerk, dessen Herstellung sogar unsere ansonsten fromme Mutter mit etlichen unchristlichen Verwünschungen kommentierte. Denn zunächst einmal musste der Teig eine volle Stunde lang per Handbetrieb gerührt werden, und nach entsprechender Kräftigung meiner Bubenarme wurde ich hier zur Assistenz herangezogen. Da war es kaum ein Trost, wenn Mutter erzählte, dass die Köchin ihrer Kinderjahre diese langweilige Rührzeit nicht nach der Uhr, sondern nach Vaterunsern berechnet habe. Weil nämlich: Ein Paternoster konnte man ja langsam oder auch schnell herunterbeten, die Küchenuhr dagegen ließ eine derart individuelle Gestaltung dieses lästigen Zeitablaufs mitnichten zu.

Doch schon darum musste das Marzipan gebacken werden, weil die alten Holzmodeln halt gar so schön waren – die ältesten in unserem Familienbesitz sind über einhundertzwanzig Jahre alt und kleine Kunstwerke – und nicht minder schön unsere Gutselteller schmückten – ja, wenn dieses Backwerk gelungen war! Heutzutage wissenschaftlich hinterfragt ist dieses Gelingen sicherlich von einem optimalen Zusammenspiel zwischen relativer Luftfeuchte, einer günstigen Mondphase, backfreundlichem Barometerstand, passender Zimmertemperatur und absolut konstanter Backofenhitze abhängig. Wir jedoch konnten uns lediglich darüber wundern, dass im einen Jahr besagtes Marzipan mit gestochen scharfen Bildern brillierte – das fliegende Christkindl beispielsweise glich dann einem Meisterwerk –, im nächsten Jahr aber trotz gleicher Sorgfalt die Bilder eingesunken und obendrein so steinhart waren, dass beim Hineinbeißen die Splitter nach allen Seiten flogen, womit vermutlich dann der Name Springerle zusammenhängt.

Es würde zu weit führen, nun alle folgenden Gebäcksorten im einzelnen und außerdem kalendarisch zu besprechen. Ich kann sie nur aufzählen und meinen Zuhörern empfehlen, herzlich ein Stück trockenes Brot zu kauen oder wenigstens intensiv daran zu denken, weil ihnen bestimmt das Wasser im Mund zusammenläuft. Da gab es also noch Kokosmakronen, Haselnussbrötchen, Husarenkrapfen, Zimtsterne, Spitzbuben, Buttergebäck, Spekulatius und Mandelstollen – alles nach altehrwürdigen, meist handgeschriebenen Rezepten gebacken.

Das Ende all der adventsseligen Mühsal und ihres gebackenen Kalenders aber: Das waren Mutters Elisenlebkuchen und ihr Kietzenbrot. Diese Lebkuchen waren größen- und kalorienmäßig so kalibriert, dass nur ein einziges Exemplar schon als Marschverpflegung für einen ganzen Tag dienen konnte. Das Kietzenbrot aber – in seiner raffinierten Zusammensetzung aus gedörrten Zwetschgen, Birnen und Feigen, aus Nüssen und Zitronat –, dieses fast schon medizinisch wirksame Kietzenbrot also machte dann immer wieder gut, was all das andere Weihnachtsgebäck an unserem physischen Innenleben gesündigt hatte: Es verschaffte uns nämlich Tag für Tag die große Absolution – allgemein auch als gute Verdauung bekannt.

Und was ist geblieben von jenen Adventswochen, von so vielem auch, was nicht mehr gebacken wird? Nun, die Erinnerung wohl an eine Zeit, die noch wahrhaftige Feste feiern konnte, weil sie nicht alles und jederzeit gefeiert hat. Und geblieben ist die Erinnerung an jene eigentlich duftende Vorfreude als Wegweiserin zur hellen Freude dann. Wir könnten dieses Geschenk Gottes an die Menschen immer noch von neuem entdecken für unsere Zeit, die an allem nur noch Spaß zu haben hat. Der nämlich, dieser Stiefbruder der Freude, hat in den Schatztruhen der Erinnerung keine Heimat gefunden.

Bernhard Ücker,
Stille Zeit – Heilige Zeit
Turmschreiber Verlag

Lebkuchen, Honigkuchen, Pfefferkuchen

Torkild Hinrichsen

Honig- oder Lebkuchen ist mit Honig gesüßtes feines Gebäck. In ganz Europa verbreitet, ist es von Land zu Land unter den verschiedensten Bezeichnungen bekannt, die sich teilweise über Jahrhunderte zurückverfolgen lassen. Auch in Deutschland gibt es innerhalb der Länder und Städte verschiedene Namen für denselben Kuchentyp. Von „Lebkuchen“ sprechen wir im Norden, Westen und Süden. Im östlichen Deutschland kennt man ihn als „Pfefferkuchen“. Der Streit über die Herkunft und ursprüngliche Bedeutung des Namens ist nicht wirklich zu lösen, mit „Leben“ aber hat er gewiss nichts zu tun. Wahrscheinlich stand das lateinische libum, der Fladen, Pate oder die alte Bezeichnung Laib, also Brotlaib, denn nichts anderes ist dies Backwerk als ein gebackenes süßes Brot, ursprünglich auch von gleicher Form und Mächtigkeit. Die Merkbücher des Klosters Günthersthal bei Freiburg beschreiben ausführlich, wie die dortigen Zisterzienserinnen zu Neujahr die kirchliche und politische Obrigkeit mit Lebkuchen beschenken, um sie für das ganze Jahr milde zu stimmen: „Anno dom 1508 han ich lepküchen gemacht, 13 besteckter (verzierte), darunter einer von 6 Pfund, zu unseres Herren 12 Pfund, item 22 unbesteckter, darunter einer von 6 Pfund, item 34 lange. Davon einer zu 3 Pfund, item sinwele (runde) von 1 Pfund, item 10 kleini von $^{1}/_{2}$ Pfund, summa 89 klein und groß.“ Dazu verbrauchten sie über 40 Maß Honig, 51 Lot Ingwer und 51 Lot Pfeffer, wobei letzterer der Sammelbegriff für die übrigen Gewürze sein dürfte. Insgesamt waren es 300 Pfund Teig.

Ebenfalls 1508 erschien in Straßburg von der Hand des berühmten Predigers Johann Geiler von Kaysersberg eine Sammlung von Fastenpredigten, „Fragmenta Passionis Domini“, in der er Lebkuchen als Fastenspeise empfiehlt und die Schritte seiner Herstellung als bildhaften Vergleich zur Passion Christi beschreibt:

Das Mehl stand für die Ewige Gottheit, die Süße des Honigs für Christi Barmherzigkeit.

Der Lebkuchner. Christoph Weigel: Die gemeinnützlichen Hauptstände

Die Marter entspricht dem Lebkuchen, der „gestupft und gestochen" wird, mit Gewürzen besteckt wie mit Dornen. In der dreizehnten Predigt wird der warme Honigkuchen in ein weißes Tuch geschlagen und an einen kühlen Ort gebracht, so wie man Jesu Leichnam verhüllte und in die Gruft legte. Die achtzehnte Predigt schließlich beschreibt, wie der Brotlaib in Stücke geschnitten und wie beim Heiligen Abendmahl als Leib Christi an die Menschheit ausgeteilt wird.

Formen und Backen, Pulsnitz

Vom Teig

Das eigentliche Geheimnis eines guten Lebkuchens ist das Reifen des Teiges. Der Lebküchler stellt zunächst aus Honig und feinem Weizenmehl zu gleichen Teilen den Grundteig her, der ohne weitere Zutaten dann zwei bis drei Monate ruhen muss. Es setzt dabei eine Art von sachter Eigengärung ein. Vor dem Backen wird alles noch einmal gut durchgeknetet, mit zusätzlichem Treibmittel, Hirschhornsalz, Backsoda oder Backpulver, vermengt sowie eventuell mit Fruchteinlagen und den Gewürzen, deren feines Aroma über die Lagerzeit gelitten hätte. Dann folgen die Formung und das Backen. Je nach den Zuckerpreisen, Honigpreisen und dem daran haftenden Sozialprestige ist der Anteil an echtem Honig größer oder kleiner, werden Ersatzprodukte wie Sirup oder brauner Zucker verwendet.

Portionieren des gelagerten Teiges, Pulsnitz

Allerlei Formen

Wurden die großen Lebkuchenlaibe in Scheiben geschnitten wie Brot, hat man kleinere Exemplare mitunter passend zum Anlass, ähnlich wie Gebildbrote, aus dem ausgerollten Teig in Form geschnitten, etwa als Kuchenmann. Als rationeller erwies sich jedoch die bis heute verwandte Methode, mit geschärften Stechformen aus Blech den Teig zu einer ganzen Serie von gleich ausgeführten Figuren auszustanzen. Häufige Formen sind

Schiff, Holzmodel, um 1700 (?)

runde, herzförmige oder Menschenfiguren. Nicht nur der einfache Lebkuchenmann, sondern wiedererkennbare Gestaltschemen vornehmlich von Heiligen, zu deren Festtagen (Nikolaus) oder an deren Wallfahrtsstätten. Ungewiss ab wann und wo, entstehen aber vertieft (im Negativ) geschnitzte Holzformen (Modeln) für die Abformung sehr detaillierter Reliefbilder jeglicher Gestalt. Diese haben ein weites Verbreitungsgebiet von Norddeutschland nach Süddeutschland, Österreich, Schweiz, Polen, Tschechien, Ungarn usw. Sie sind eine authentische kulturgeschichtliche Spur der Motive und Anlässe des Schenkens der kostbaren Backwerke, die mit allerlei Applikationen oder farbiger Gestaltung sich im Aufwand noch steigern ließen. Kleinere, flachere Modeln für einen etwas anderen, grafisch sauberer abzeichnenden Teig sind für „Printen" (also „Abdrucke") nach niederländischer oder Aachener Art sowie Springerle (mit Anisgeschmack) verwendet worden. Das Altonaer Museum verfügt über eine alte, sehr breit gefächerte Kollektion verschiedener Arten solcher Formen, die bis ins ausgehende 17. Jh. zurückreichen.

Diese Modeln sind von spezialisierten Schnitzern, den Formschneidern, hergestellt worden, die offenbar von Ort zu Ort gezogen sind, sodass der Formenschatz sich überregional sehr ähnelt, was natürlich auch am

Festliches Paar, Model und Ausformung (re.), um 1700

Pferdekutsche, Holzmodel, um 1700 (?)

Austausch von Mustern untereinander liegt, wie man es von Stoffdruckstöcken für den Blaudruck kennt, von Musterbüchern und Gesellenwanderung sowie Verwendung von Holzschnitten und Kupferstichen als Vorlagen. Die Schnitzer haben wahrscheinlich in gleicher Technik der Negativform auch Mulden für Reliefserien anderer Materialien hergestellt, z. B. für Gefäßkeramik, etwa das Siegburger Steinzeug, Wachsreliefs für Votivbilder und Wallfahrts-Andenken, Papierreliefs aus eingeklopftem, eingeweichtem Papier für halbplastische fromme Bildchen, die aufwendig bemalt werden konnten. Neben dem Backwerk gab es auch die Verwendung für Marzipanausformung, die kostbarste Leckerei überhaupt, deren Bestandteile Mandeln, Zucker und Rosenwasser sämtlich von weit her importiert werden mussten.

Einige Innungsordnungen schrieben aber offenbar vor, dass der angehende Meister als Probestück auch selbst eine Model-Form herzustellen hatte, was wohl nur in Ausnahmefällen zu einem geglückten Schnitzwerk geführt haben dürfte. Allerdings erzählt der Maler Heinrich Wilhelm Tischbein (geb. 1751) von seinem Großvater, der in Haina (Hessen) Bäcker im Hospital war und für die Weihnachtsbäckerei offenbar keinen Aufwand scheute: „Mein Großvater hatte die Formen dazu in Holz geschnitten. Da waren Hähne, die Augen mit Weiß gemalt, Hasen, Gemsen, Eichhörnchen, Hirsche, Reiter zu Pferde, Jungfern mit Reifröcken, Herren mit Degen und Braut und Bräutigam, die Arm in Arm gingen; einzelne Herzen und zusammengefügte Herzen, auch schöne Blumen in allen Farben. Lange bewunderte ich diese schönen Blumen und zeichnete sie nach. Wir Kinder hatten eine ganze Sammlung, womit wir monatelang den Winter hindurch spielten, bis es gegen Ostern kam, wo Kunstwerke anderer Art erschienen, Eier mit Figuren in Gelb, Rot und Blau gezeichnet …“

Die gebackenen Bilder waren aber in einer bilderarmen Zeit ein so großer Zierrat, der Überreichungs-Anlass oft ein herausragendes persönliches Ereignis, dass man sich vorstellen muss, dass die gebackenen Kunstwerke zu schade zum Essen waren. Man hat sie wohl oft aufgestellt oder an die Wand gehängt. Die Pfefferkuchen-Doggen, also Puppen, für die Mädchen waren, obgleich essbar, aufwändiges Spielzeug, ebenso wie Pferd oder Reitersmann für die Knaben.

Viele deutsche Landschaften und Städte haben seit dem Mittelalter eigenständige Lebkuchengebäcke entwickelt, deren jeweilige Form oder Geschmacksrichtung begrifflich eng mit dem Ort ihrer ursprünglichen Herkunft verbunden sind, inzwischen aber, wo fast überall alles zu bekommen oder beschaffbar ist, teilweise Typenbezeichnungen meint, wie „Wiener Würstchen“ oder „Kasseler Kotelett“.

Nürnberg

Bis heute ist Nürnberg Hochburg des Lebkuchens in Deutschland und Europa. Der

Altdorfer Gelehrte Christoph Wagenseil hat 1697 in seiner „Geschichte der Reichsstadt Nürnberg" geschrieben: „Die rechten guten Nürnberger Lebküchlein oder Pfefferkuchen, welche angenehm von Geschmack und eine rechte Magenstärkung, auch angenehm beim Trunk sein, haben doch niemals, wo man sich darum bemühet, anderwärts können nachgemacht werden, ob man gleich Nürnberger Lebküchner und all ihre Zutat und Werkzeug dazu gebrauchen und verschrieben hat."

Mehr als 2000 Menschen produzieren viele Millionen Kuchen im Jahr in drei großen und zwanzig kleinen Betrieben. Allein bei Haeberlein-Metzger durchlaufen täglich 700 000 Stück die drei Backstraßen, unter Verwendung von 30–40 Tonnen Zutaten. Von Juni bis November werden dort 10 000 Tonnen Lebkuchen gebacken. Nürnberg bot durch seine Lage ideale Bedingungen für das Lebküchnerhandwerk. Der benötigte Honig kam aus den Reichswäldern der Umgebung, „des Heiligen Römischen Reiches Bienengarten". Hier sammelten Zeidler, Spezialisten für Honig und Wachs, die wilden Bienenvölker. Vom Kaiser eingesetzt, siedelten sie rundum in 50 Zeidlerdörfern. Nürnberg als Handelszentrum hatte die Verbindungen zum Gewürzhandel des Mittelmeerraumes, das Benötigte in Menge zu beschaffen: Anis, Ingwer, Kardamom, Koriander, Muskat, Nelken, Piment, Zimt, Orangeat und Zitronat. Die Messen boten Gelegenheit für den Absatz großer Mengen, ebenso wie der haltbare Lebkuchen sich für den Transport zu Zielen des Nürnberger Fernhandels eignete.

Die Spezialisierung der Lebküchner von den gewöhnlichen „Grobbäckern"geschah in den einzelnen Herstellungszentren mit jahrhundertelangen Unterschieden. Während die Münchener Innungsordnung von 1474 datiert, lässt sie wegen vieler Schwierigkeiten in Nürnberg bis 1642 auf sich warten. Lebküchner in Oppeln und Frankfurt hatten da schon seit zweihundert Jahren eine eigene Zunft. Große Namen und Firmen bestimmen heute die Nürnberger Produktion.

München: Künstlerlebkuchen

Dem Phänomen Künstlerlebkuchen begegnen wir nicht nur um 1900 im Katalog der Lebkuchenfabrik C. & A. Schröppel in Bamberg mit mehr als 100 Sorten.

Erfunden sind sie offensichtlich in München, wo die Lebzelterei Mathias Ebenböck seit 1898 von Münchner Künstlern entsprechende Entwürfe fertigen lässt. Vorlagen für Figurenlebkuchen und Dekorationen im Maßstab 1 : 1 lieferten Franz Ringer, Ludwig Hohl-

wein und Adelbert Niemeyer sowie Stockmann und Josef Erlacher. Es haben sich neben illustrierten Preislisten über 300 solcher Zeichnungen erhalten (Münchener Stadtmuseum). Das Kunstgewerbehaus zeigte diese Ebenböck'sche Mustersammlung 1903 in einer Ausstellung und der Schriftsteller Otto Grautoff schreibt darüber (Kunst und Handwerk 1903): „Es ist ein Triumph des modernen Stils, daß er sich sogar das leckere Naschwerk erobert hat, so daß unsere weihnachtlichen Lebkuchen jetzt nicht nur schmackhaft sind, sondern auch Mittel zur künstlerischen Erziehung bilden. Die Form wird durch den Lebkuchenteig bestimmt, und der Zuckerüberguss ist seinem Charakter entsprechend verarbeitet; die gegebenen Mittel sind geschickt und echt künstlerisch vollkommen ausgenutzt, so daß wir diese Arbeiten als kleine Meisterwerke süßen Kunstgewerbes anerkennen dürfen."
Anlässe für künstlerische Souvenirkuchen boten Massenereignisse, die großen Absatz versprachen, wie das Deutsche Bundesschießen 1906 mit Lebkuchenentwürfen von Josef Erlacher oder die Ausstellung München 1908 mit Entwürfen von Josef Mauder. Selbst als die Hofwachslichterfabrik und Lebzelterei Mathias Ebenböck ihr Gewerbe offiziell aufgibt, wird in der Privatwohnung am Sendlinger Platz ab 1927 in kleinem Maßstabe eine „Kunstgewerbliche Werkstätte" betrieben, die unter Nutzung der reichen Entwurfkollektion Künstlerlebkuchen fertigt.
Die Lebzelterdynastie Ebenböck beginnt mit Johann Paul Ebenböck, der 1806 nach München kam, selbst einer Lebzelterfamilie aus Dingolfing entstammte und nun in die Familie Lindnerfein einheiratete, deren Betrieb durch stete Fortführung in der Familie sich auf den Lebzelter Hans Staudhamer, 1558, zurückführen lässt, stets im selben Haus in der Sendlinger Straße. Immer war die Lebküchnerei mit Wachsziehen, Wachsbleichen und Metherstellung kombiniert.

Münchener Kriegs-Pfefferkuchen

„Auch der Lebkuchen oder Pfefferkuchen steht dieses Jahr im Zeichen des Krieges, jedenfalls sofern er nach gutem alten Brauch durch Bilder und Gestalten jung und alt erfreuen möchte. Stets pflegten in den letzten Jahren unsre Bildenden Künstler sich mit besonderer Vorliebe auch des Pfefferkuchens anzunehmen, dessen Ausschmückung früher der nicht immer geschmackvollen Fantasie des jeweiligen Verfertigers überlassen war. Besonders in München pflegt es den Künstlern großen Spaß zu machen, für das so flüchtige Gebilde des würzigen Kuchens Figur und Farbe zu entdecken. Die meisten sind, wie das ja in der Natur der Sache liegt, durchaus volkstümlich gehalten. Es ist begreiflich, daß unsere Gegner sich's vor allem gefallen lassen müssen, in Gestalt von Pfefferkuchen verspeist zu werden. Selbstverständlich nimmt dann der Feind zumeist den Typus an, unter dem er im Volksbewußtsein zu leben pflegt. Da haben wir den Russen mit mächtiger Wodkaflasche, den Engländer als verstörten Citykaufmann und Times-Leser, einen Bruder Italiens mit dem Wahlspruch ‚fest steht und treu', einen Franzmann, von dem wir zwar nur die Kehrseite sehen, dessen Figur uns aber eine auffallende Ähnlichkeit mit dem Generalissimus Joffre zu haben scheint, endlich auch Freund Nikita in Opanken, den Handschar im Gürtel, den Tschibuk in den Zähnen … Eine andere Gruppe bilden die heimatlichen, die patriotischen Gestalten, vor allem natürlich unsere heldenmütigen Krieger. Und da könnte man freilich Bedenken tragen, einen Pfefferkuchen zu verspeisen, der uns einen Feldgrauen mit verbundenem Arm zeigt. Und ebenso wenig möchte man damit einverstanden sein, wenn unsere Feldherren, wenn ein Hindenburg, ein Mackensen und andere große Männer in Kuchengestalt in den Magen sollen … Solche Pfefferkuchen sind aber auch nicht zum Essen da – die sollte man sich aufheben als Erinnerung an eine Zeit, deren Größe auch in solchen kleinen Entgleisungen noch den Späteren fühlbar sein müßte. Dann sehen wir den deutschen Michel in der vertrauten, treuherzig lustigen Bauerngestalt, wie er vergnügt ein Säckchen oder eher einen Sack zusammenschnürt, auf dem wir die vielsagende Inschrift lesen: ‚England, Rußland, Frankreich'. Auch die ‚fleißige Berta' darf nicht fehlen, in etwas stilisierter Scherzgestalt, den großen Kehrbesen in den starken Händen. Ein kerngesunder dicker Soldat schleppt eine Riesengranate herbei, ein anderer spielt gefühlvoll Ziehharmonika …" (aus: Familien-Zeitschrift 1916).

Die wirtschaftlichen Bedingungen zwischen 1914 und 1918 verursachten durch Zwangsbewirtschaftung der Rohstoffe Schwierigkeiten der Hersteller. Das den Honigkuchenfabriken zwischen 1917 und 1919 von der Reichsgetreidestelle gelieferte Mehl musste zu Zwieback und Nudeln verarbeitet werden und es gab nur Erlaubnis für geringe Mengen „Kriegslebkuchen".

Weißenstadt: Leupoldt

Im Fichtelgebirge Oberfrankens gelegen, war die Stadt früher für ihre bedeutenden Granitbrüche bekannt. Hier ließ sich 1905 Adam Leupoldt nach Wanderjahren und Meisterprüfung als Konditor und Lebküchner nieder. Nach seiner Überzeugung würde er nur mit herausragender Qualität sich gegen das übermächtige Nürnberg durchsetzen können. Sein Sohn Heinrich vollzog in den 1930er- und 1940er-Jahren den Wandel zu mechanischen Formen, der Enkel Franz unternahm den letzten Schritt zur vollautomatischen Fertigung. An den erfolgreichen Traditionsrezepten wurde festgehalten, Änderungen nur vorgenommen, wenn sie der Qualitätssteigerung dienten. Durch den Einsatz von Vollkornmehl konnten jüngst Geschmack und Haltbarkeit weiter verbessert werden.

Originalbogen Lebkuchenbilder um 1950

Adventserinnerungen

Ponzauner Wigg

Es hat zwar zu meiner Kinderzeit noch keinen Adventskranz gegeben, doch Kathrein war bereits die erste Ankündigung für die besinnliche Zeit des Advents. „Kathrein – stellt den Tanz ein!", hat's geheißen, und die Leute haben sich noch daran gehalten. Wenn zwischen Kathrein (25. November) und dem ersten Adventssonntag noch ein paar Tage frei waren, wurden diese noch für Tanz und Hochzeiten genützt, denn das war die sogenannte „Kathrein-Faschingszeit", in der es oft noch recht lustig zugegangen ist. In meiner Kinder- und Jugendzeit hat es ja noch keinen Mähdrescher gegeben, sondern die Ernte wurde im Stadel eingelagert und im Herbst mit der Dreschmaschine – oder wie man volkstümlich gesagt hat – „mit dem Dampf" gedroschen. Das ging oft bis kurz vor Weihnachten. Das Dampfdreschen war aber auf fast allen Höfen mit einer abendlichen Lustbarkeit, der sogenannten „Drischleg", verbunden, wo neben Unterhaltungsspielen natürlich auch getanzt worden ist. Weil aber ein Bauer, der auf den christlichen Ruf seines Hauses etwas gehalten hat, das Tanzen im Advent nicht duldete, wollte halt jeder schon vor Kathrein dreschen.

's Weihnachtsgschenk

Ponzauner Wigg

Zwe Spezln ham vo Weihnacht gredt,
Dass oiss so teia waa!
Seit letztn Jahr is oiss so gstiegn –
De Christbaam sicha aa.
Am nächstn Tag da steht da oa
Beim andan vor da Tür.
„I hab", sagt er, „für di zun Fest
An scheena Baam bei mir.
Wennst magst, dann kannstn ghoitn glei,
Du brauchstn aa net zoin.
I hab, weilst du mei Spezi bist,
A glei für di oan gstoin!"

Ponzauner Wigg,
Rottaler Bauernbrot
neu herausgeg. von Hans Göttler
Edition Töpfl

Interview über „Stille Nacht"

Walter Rupp

Reporterin: Wir verdanken Ihnen, Herr Gruber, das ‚Stille Nacht', das beliebteste Weihnachtslied, das nahezu alle Länder erobert hat und in 300 Sprachen und Dialekte übersetzt wurde. Es eroberte sogar die Kaufhäuser und wurde Österreichs Exportware Nummer eins.
Gruber: Wirklich? Diesen Erfolg hätte ich nicht im Traum erwartet. Natürlich freue ich mich darüber. Aber ich muss Sie korrigieren: Ich bin nicht der Autor des Textes, ich habe nur die musikalische Begleitung geschrieben. Den Text verdanken wir Pfarrer Mohr.
Mohr: Ich schrieb diesen Text 1816 in Mariapfarr im Salzburger Bezirk Lungau in Form eines Gedichtes und bat dann Herrn Gruber, dazu eine Orgelbegleitung zu schreiben. Das ‚Stille Nacht' haben wir dann 1818 erstmals in der Schifferkirche St. Nikola in Oberndorf bei Salzburg uraufgeführt.
Reporterin: Sie beide, ein Arnsdorfer Volksschullehrer, und Sie, ein Dorfpfarrer, haben damit die Welt erobert. König Friedrich Wilhelm IV. von Preußen (1795–1861) liebte dieses Lied besonders, und machte es bekannt. Franklin Roosevelt und Winston Churchill sangen 1941 gemeinsam mit den versammelten Menschen im Garten des Weißen Hauses ‚Silent Night'. 2011 wurde das Lied in die Liste des Immateriellen Kulturerbes Österreichs aufgenommen.
Beide: Unglaublich, wunderbar. Wir hätten nie gedacht …
Reporterin: Seit der ersten Einspielung auf Schallplatte 1905 gehört dieses Weihnachtslied zu den meistverkauften weltweit. Viele Millionen Exemplare wurden davon verkauft.
Beide: Uns hat man von dem Millionengewinn nichts überwiesen. Urheber gehen meist leer aus. Damit werden wir uns wohl abfinden müssen.
Reporterin: Wie kamen Sie dazu, dieses Lied zu komponieren, obwohl es doch schon eine Menge wunderschöner – manche meinen – sehr viel wertvollere Weihnachtslieder gab, die man heute kaum noch kennt. Sie haben sie verdrängt.
Beide: Das lag uns fern, die vielen alten und wertvollen Weihnachtslieder zu verdrängen. Was können wir dafür, wenn die Leute an unserem Lied mehr Gefallen finden? Wir können doch den Geschmack der Leute nicht bestimmen.
Mohr: Ich habe einfach niedergeschrieben, was mir gerade einfiel.
Gruber: Und ich habe auf meiner Orgel he-

rumgespielt und nach einer Melodie gesucht, die zu Herzen geht.
Reporterin: Das ist Ihnen gelungen. Ich habe in manchen Weihnachtsmetten sogar Ungläubige gesehen, die dieses Lied mit feuchten Augen mitgesungen haben.
Mohr: Das fiel mir schon bei der Erstaufführung auf: Dass die Gottesdienstbesucher, die ja sonst bei den Gebeten cool bleiben und keine Emotionen zeigen, plötzlich so emotional berührt werden.
Reporterin: Führen Sie das auf den Text oder auf die Melodie zurück?
Gruber: Natürlich auf die Melodie.
Mohr: Man wird beides nicht trennen können.
Reporterin: In Ihrem Text schreiben Sie: Alles schläft. Wen haben Sie damit gemeint? Etwa die Christenheit von heute?
Mohr: Die kannte ich ja noch nicht. Ich meinte, dass schon zur Zeit der Geburt Jesu die Umwelt schlief und nicht verstand, was da geschah.
Reporterin: Sie schreiben weiter: Der „Knabe im lockigen Haar", der lacht. Kinder haben doch bei ihrer Geburt noch keine Haare. Und Neugeborene lachen nicht. Sie weinen.
Gruber: Ich glaube, Sie übersehen, dass die Leute beim Singen darüber nicht nachdenken. Sie wollen etwas für ihr Gemüt, für ihre Stimmung.
Mohr: Ich wollte dartun, dass eben bei Jesus schon von Beginn an alles anders war.
Reporterin: Und warum fordern Sie das Jesuskind auf: Schlaf in himmlischer Ruh'. Es hat ja auf die himmlische Ruhe verzichtet, um unter den Menschen in unserer unruhigen Welt zu sein.
Mohr: Ich glaube, wir beide haben mit diesem schlichten Lied mehr Bekehrungen zum Christentum erreicht als alle Katechismen.
Gruber: Das glaube ich auch.
Reporterin: Aber leider jedes Jahr nur für eine Nacht.
Mohr: Wenn dieses Lied Gläubige wie Ungläubige verbindet, sind wir zufrieden.
Reporterin: Pfarrer Mohr, Herr Gruber, ich danke für das Gespräch.

Das Datum ist wichtig

Alfons Schweiggert

Wenn man den lieben Mitmenschen Kartengrüße schreibt, dann darf man keinesfalls das Datum vergessen, sonst kann es einem ergehen wie jenem Mann, der an Karl Valentin einen Weihnachtsgruß geschickt hatte und von ihm prompt ein Dankesschreiben erhielt, in dem zu lesen stand:
„… ein unblöder Mensch, für den Sie sich halten, wird, wenn er wirklich einem anderen fröhliche Weihnachten wünscht, unbedingt die Jahreszahl … hinter ‚Fröhliche Weihnachten' schreiben, da sonst der, der das Schreiben empfängt, sich es nicht enträtseln kann, welches Weihnachten der Entsender meint …"

Alfons Schweiggert,
Mama hat gesagt, es gibt keinen Weihnachtsmann
Husum Verlag

Christbaam stehln mi 'm Opa

Gerhard Walter

Jeds Johr, wenn 's auf Weihnachtn zuaganga is, is da Opa mit seine zwoa Enkl ins Hoiz ganga zom Christbaum stehln. Ganz hoamle ham sa se aus 'm Haus gschlicha, dass d' Oma nix mitkriagt hod und san an knappn Kilometer bis zom Hoiz ganza. Im Hoiz ham s' dann so lang gsuacht, bis s' a scheene Fichtn gfundn ham.
Da Opa hod dann den Fuchsschwanz, den er unterm Mantl vasteckt ghabt hod, rauszogn und zo de Enkl gsagt, „Kinder, i schneid iatz den Baam um und es passt 's guat auf, dass uns koana beim Christbaamstehln dawischt. Jeder vo eich specht in a andre Richtung, und wenn er ebban kema sigt, dann sogt er des ganz schneij, dass ma uns oisam guat vastecka kinna."
Und wia da Opa den Baam umgschnittn hod, ham de Kinder ganz brav Ausschau ghoitn, ob ebba kimmt. Aber es is Gott sei Dank koana kema.
Zo dritt ham s' dann den Christbaam hoamtrogn, da Opa am Stamm und de zwoa Enkl an der Spitzn. Und aa beim Hoamtrogn ham de Enkl ganz fest aufpasst, dass sie koana gseng hod, schließlich war der Christbaam ja gstoin.
Wos de Enkl allerdings ned gwisst ham, war, dass da Opa des Christbaamstehln scho vorher mit dem Bauern, dem des Hoiz ghört hod, ausgmacht ghabt hob und den Baam scho im Voraus zoit ghabt hod.

Bei Meister Hildebrand

Benedikt Hirschbold

Als ich noch ein Münchner Bub war, besuchte ich gerne den alten Glasermeister Hildebrand am Rindermarkt. Er hatte seine Werkstatt im Haslinger-Durchgang. Der senkte sich vom Rindermarkt zum Rosental hinunter und mag wohl das engste Gaßl der Stadt gewesen sein. So nah standen sich die Mauern gegenüber, dass nur ein schmaler Streifen Himmel hereinschaute. Ja, man konnte sogar mit einem Spazierstock das Nachbarfenster auf der anderen Seite aufstoßen. Über einem kleinen Hof baumelte die Wäsche an den Stricken, die von einer Hauswand zur anderen gespannt waren.

Verkaufsstellen für Milch, Bürsten und Besen, Pelze und Holzwaren duckten sich unter die gewölbten Durchlässe. Wenn es nicht gerade Sommer war, steckte die Milchfrau am Morgen die Petroleumlampe an und blies erst vor dem Schlafengehen die Funsel hinter dem Zylinder wieder aus. Ein Schlüsselgießer, die grantige Kranzlbinderin und mein alter Freund Hildebrand werkelten in den dämmerigen Handwerkerstuben der beiden Höfe.

Seine Wohnung hatte der Glasermeister im Nachbarhaus der Drei Rosen. Wie eine Alt-Münchner Stube schaute sein Wohnzimmer aus. In alle Fenster hatte er bunte Butzenscheiben eingesetzt. Das gemütliche Kanapee, der viereckige Eichentisch und die samtbezogenen Stühle füllten die Ecke am Fenster aus. Gegenüber nahmen eine schöngeschweifte Kommode mit Glasaufsatz und ein bequemer Ohrenbackensessel die halbe Wand ein. Über der Ofenbank standen auf einem Wandbrett allerlei Glasfigürchen und geschnitzte Kostbarkeiten. Der gläserne, grüne Hirsch und das Ziegenböckchen mit seinen sechs Hörnern entzückten mich besonders. Vorne im Erker piepste ein Kanarienvogel und unter der Ofenbank gurrte eine zahme Turteltaube in ihrem Käfig. An den Wänden hingen Bilder von Meister Spitzweg und aus dem alten München: der Marienplatz ohne Neues Rathaus, der Rindermarkt vor ein paar hundert Jahren und Alt-Münchnerinnen mit der Riegelhaube. Zur Weihnachtszeit stellte er im Erker eine große Krippe auf. Weit wölbte sich der Himmel von Bethlehem über dem Stall mit der Geburt Christi. Vom tiefblauen Sternenzelt leuchtete der Vollmond auf die holzgeschnitzten Hirten und Herden hernieder. An der Rückwand war eine papierne Scheibe angebracht. Mit der durfte ich die Gestalt des Mondes verändern. Wenn der Meister einen neuen Ziehbrunnen oder Eselskarren gebastelt hatte, schenkte er mir die alten Stücke für meine Krippe.

Einmal zeigte er mir auch sein Heiligtum, eine alte, wertvolle Truhe. Es war Heiliger Abend und meine Mutter, die Milchfrau vom Haslinger-Durchgang, schickte mich schon am Nachmittag zu Meister Hildebrand. Dort sollte ich warten, bis das Christkind gekommen wäre. Diese Stunden werde ich nie vergessen. Behutsam steckte mein väterlicher Freund den Schlüssel mit dem kunstvollen Bart ins Schloss und hob den Deckel hoch. Er zeigte mir die kostbar gestickte Riegelhaube seiner Mutter und die klirrende Talerkette seines Vaters. Dann nahm er einen Stoß vergilbter Blätter heraus und sagte: „Setz di her, Bub, dann zeig i dir meine Bildl vom alten München!“ Nun fasste er meine Hand und wir setzten uns in die gemütliche Ecke aufs Kanapee. Dann erzählte er:

„So kloa is d' Stadt einmal g'wesn. Siehgst die Tore? Draußen rinnt d' Isar, da is d' Ludwigsbruckn und der Gasteig mit dem Siechenhäusl und alles andre san Wiesen und Felder. So hat München vor 300 Jahren ausgschaut – und so vor 100 Jahr: Von Schwabing aus war nix wie d' Landstraß bis zum Siegestor rauf. Wie dann der König Ludwig die Straß baut hat, hab'n d' Münchner gsagt: Unser Kini spinnt a bissl! Was brauch'n mir die mordsbreite und lange Straß da drauß vor der Stadt? Häuser baut a aa no naus dazu. Na sowas? – Und jetz wär s' schier z' kloa."

„Kennst die Türm', Bub? Die Ludwigskirch mit ihre zwoa Spitzn, die Kuppel von der Theatinerkirch, dahinter der Alte Peter, daneb'n die Maßkrüghaub'n Unserer liebn Frau, das hohe Schiff von Sankt Michael und der Spitzturm von der Kreuzkirch!" Dann schauten wir die Bilder von der Wirtschaft zum grünen Baum und vom Pulverturm vor dem Isartor, den Schönen Turm und eine Ansicht der Stadtmauer an der Blumenstraße an. „Dös Bildl hat der Maler Lebschee g'macht. Der hat im selben Haus g'wohnt, wo i jetzt mei Werkstatt hab", sagte stolz der Meister.

„O mei, wie schaugt denn da der Stachus aus? Ein langer Gartenzaun, ein paar niedere Häuserl, ein Gespann mit einem Mistkarren, kein Pflaster, keine Trambahn! Und erst der Bahnhof: wie ein langer Stadel mit einem großen Tor."

Wieder kramte der Gute in seiner Truhe und zog ein neues Bilderbündel hervor. Die erste Eisenbahn von München nach Augsburg, der Brand des Hoftheaters, das Talbrucktor mit dem Alten Rathaus, der Marienplatz mit den Marktstandln und der Schranne – wie ein buntes Bilderbuch zog die alte Stadt an mir vorüber.

Zu allem wusste der Meister etwas zu erzählen. Lebhaft schilderte er mir das große Unglück, wie beim Hochwasser die Isarbrücken eingestürzt sind: „Bub, i sag dir's, i hör heut no dös Krach'n von der Brück'n und dös Schrei'n von alle Leut, die 's Wasser mit g'riss'n hat. Gut, dass i auf'm Ufer und net auf der Brück'n g'standn bin, sonst wär i elend z'grund ganga. – Aber jetzt kommt was Lustigs! Gell, dös kennst selber!" Ich nickte; das Bild stellte den Schäfflertanz dar.

Als letztes legte er einen alten Kupferstich vom ersten Oktoberfest auf die Tischplatte: „Damals war d' Stadt hinter der Wies'n z'end. Heut no steht der Grenzstoa am Hang auf der Sendlinger Seitn. Wie i no a kloaner Bua war, hat bloß d'Au, Giesing, Haidhausen und Harlaching zur Stadt g'hört. Und wie is's heut? Moosach und Bogenhausen, Sendling und Oberföhring lieg'n scho im Burgfried'n! Wenn dös so weiter geht, dann frisst München no den Starnberger See und's Dachauer Moos auf. Dös derleb i gottseidank nimmer. Aber ob's nachher no grad so schö is, unsre alte Münchner Stadt?"

Wir traten schweigend an die Krippe und der Meister zündete die Kerzen im Hirtenfeuer und am Stall an und hängte ein Petroleumlämplein hinter das Sternenzelt mit dem Vollmond. Da klingelte die Bimmelglocke und meine Mutter rief zur Türe herein: „'s Christkindl is komma!" Schnell drückte mir der liebe alte Mann noch ein Kletzenlaibl und ein Zwetschgenmandl in die Hand und lächelte gütig: „Dös hat's bei mir für dich scho abgeb'n!"

Benedikt Hirschbold,
Weihnachtsgeschichten aus München
Husum Verlag

Weihnachtshase

Elisabeth Schinagl

„Fertig! Jetzt habe ich mir aber eine schöne Tasse Kaffee und ein paar Minuten Ruhe verdient."

Zufrieden betrachtete Marianne den geschmückten Christbaum. Sie freute sich schon sehr auf das Fest. Heuer würden sie gemeinsam mit ihrer Tochter Julia und deren Familie, ihrem Mann Ralf und ihren Kindern Leonie und Florian feiern. Ein Heilig Abend mit den Enkeln war doppelt schön, fand sie. Die Vorfreude der Kleinen aufs Christkind, ihre strahlenden Augen und ihre Freude beim Auspacken der Geschenke machten Weihnachten doch erst richtig zu Weihnachten. Julia hatte die Geschenke für die Kinder bereits vor einigen Tagen vorbeigebracht, Marianne hatte sie nun liebevoll unter dem geschmückten Baum arrangiert. So gut wie alles war bereit, fehlten nur noch ihre eigenen Päckchen für die Kinder. Die würde sie nach dem Kaffeetrinken in Ruhe einpacken, bis zur Bescherung waren ja noch ein paar Stunden Zeit.

Es war schon leicht dämmrig, als sie ihre Pause beendete. Höchste Zeit, sich wieder an die Arbeit zu machen! „Bringst du mir bitte das Geschenkpapier?", rief sie ihrem Mann zu.

„Wo ist es denn? Ich finde es nicht", tönte Walters Stimme nach einigen Minuten aus dem Wohnzimmer.

„Na, eigentlich im Schrank wie immer."

„Aber da ist es eben nicht."

„Also wenn es da nicht ist, hast du's vielleicht noch im Auto."

Walter kam zu ihr in die Küche. „Wie kommst du denn auf die Idee?"

„Ganz einfach: Du solltest es schließlich besorgen. Vielleicht hast du es nach dem Einkauf einfach im Auto vergessen."

Mist! Jetzt fiel es ihm wieder ein, er sollte ja Papier besorgen! Das hatte sie ihm vor einigen Tagen aufgetragen. Aber zwischen all der vorweihnachtlichen Hektik im Büro und diversen Weihnachtsfeiern hatte er es völlig verpennt und jetzt war es zu spät. Die Geschäfte hatten bereits geschlossen. Jetzt war guter Rat teuer.

„Tut mir leid, ich hab's vergessen."

Walter konnte förmlich hören, wie seiner Frau die Luft wegblieb.

„Wir könnten die Geschenke doch auch einfach unverpackt unter den Baum legen", schlug er vorsichtig vor. „Oder wenn du willst, könnten wir sie auch in Zeitungspapier einwickeln. Den Kindern ist das egal, die reißen sie sowieso nur achtlos auf."

Ein vernichtender Blick war die Antwort. Eine Idee, er brauchte dringend eine Idee! Nein, nicht dringend – dringendst, wenn er diesen besonderen Abend noch retten wollte. Aber dazu musste er erst einmal Zeit gewinnen …

Endlich war es so weit. Wie jedes Jahr sang die Familie zwei Weihnachtslieder vor dem geschmückten Baum, bevor es an die eigentliche Bescherung ging. Florian und Leonie traten schon ungeduldig von einem Fuß auf den anderen. Sie wollten endlich zu den verlockenden Päckchen, die das Christkind für sie unter den Baum gelegt hatte! Kaum war die letzte Strophe verklungen, stürzten sich die Kinder auf die Geschenke und rissen voller Vorfreude auf die ersehnten Gaben achtlos die liebevoll gestalteten Verpackungen auf. Herrlichkeiten kamen zum Vorschein: ein riesiges Lego-Set, Bücher, ein Puzzle, ein Kuschelbär …

Aber lagen da überhaupt alle Päckchen? Nein.

Ihre eigenen Geschenke für Florian und Leonie fehlten, wie Marianne besorgt feststellte. Was hatte Walter bloß mit denen angestellt? Er hatte ihr doch versprochen, sich darum zu kümmern. Erst hatte er das Papier vergessen – und nun waren sie ganz verschwunden… Fragend schaute sie ihren Mann an. Aber der schien ihre Blicke nicht zu bemerken, sondern betrachtete nur zufrieden lächelnd seine Enkel, die mittlerweile alle Geschenke ausgepackt hatten und nun endlich die Zeit fanden, jedes einzelne genauer zu würdigen. Alles schien bestens. Nur Marianne konnte sich nicht richtig freuen. Sie bemühte sie sich tapfer, ihre Enttäuschung zu verbergen, doch wenn die Gäste weg waren, würde ihr Mann etwas zu hören bekommen. Wie konnte er nur alles so vermasseln?!

Gerade wollte sie die Familie zum Abendessen bitten, als Walter plötzlich sagte: „Leonie, Florian, ich glaube, das Christkind hat noch etwas für euch."

Die Kinder blickten ihn erstaunt an.

„Nein, Opa, schau, doch, da liegt nichts mehr unter dem Baum", erklärte Leonie bestimmt.

„Nein, unter dem Baum liegt nichts mehr …" Walter lächelte verschmitzt. „Aber weißt du, das Christkind hat sich heuer etwas Neues ausgedacht. Es wollte nicht einfach nur alle Geschenke brav hinlegen wie jedes Jahr, sondern auch einmal etwas verstecken."

„Verstecken? Du meinst, so wie der Osterhase?", fragte Florian ungläubig.

Sein Opa schmunzelte. „Ja, genau, so ähnlich wie der Osterhase. Leonie, was meinst du, probier's doch mal in der Richtung – und du, Florian, geh doch mal da rüber und such' dort!"

Diskret bugsierte Walter die Kinder in entgegengesetzte Ecken des Raums. Mit Feuereifer machten sich die Kleinen auf die Suche, während der Rest der Familie ihnen verblüfft zusah. Es dauert nicht lange, schon rief Florian jubelnd: „Ein Feuerwehrauto!"

Kurze Zeit später hörte man Leonie ebenso begeistert: „Ein Arztkoffer!"

Freudestrahlend zeigten beide ihre Funde. Walter blickte lächelnd zu seiner Frau.

„Zufrieden?", flüsterte er.

Sie nickte und blickte dabei ihren Walter zärtlich an. Der war doch wahrhaftig immer für Überraschungen gut! Nach der Anspannung und Aufregung der letzten Stunden genoss sie den festlichen Abend jetzt umso mehr. Die Kinder hatten sich gleich nach dem Essen wieder zu ihren neuen Schätzen begeben und spielten, während die Erwachsenen sich angeregt unterhielten. Schließlich war es für Julia und ihre Familie Zeit aufzubrechen. Es war schon spät und die Kinder mussten ins Bett. Sie waren schon an der Haustür, als Florian plötzlich begeistert ausrief: „Das war das schönste Weihnachten, das wir je hatten. Das Suchen hat mir am meisten Spaß gemacht. Hoffentlich spielt das Christkind nächstes Jahr für uns wieder Weihnachtshase!"

Drei Kamele berichten

Walter Rupp

Die drei Kamele, die mit den drei Weisen nach Bethlehem gereist waren und mit ihnen nun die Heimreise antraten, waren darüber erleichtert, dass sie das schwere Gold, das die Weisen für das Jesuskind zurückgelassen hatten, nicht mehr schleppen mussten. So konnten sie, ohne Angst zu stolpern oder ermattet zusammenzubrechen, den Gesprächen der Weisen lauschen. Es fiel ihnen auf, berichten sie, dass die Stimmung auf dem Rückweg anders war. Auf der Hinreise waren wir und unsere Herren voller Erwartung, was uns wohl bevorsteht? Wie der neugeborene Messias wohl aussieht, wie er uns empfängt und was er uns sagen wird? Auf der Heimreise aber lag eine Spannung in der Luft, ja es kam unter den Weisen plötzlich zu einem heftigen Streit, weil Melchior und Baltasar unbedingt nach Jerusalem wollten, um Herodes zu berichten, was sie erlebt und wo sie den neugeborenen König gefunden hatten, Kaspar sich jedoch weigerte. Er wandte dagegen ein, Herodes sei ein Heuchler. Melchior und Baltasar hielten ihm entgegen: „Wir, auch du, haben ihm versprochen, dass wir ihm auf dem Rückweg berichten. Versprechen muss man halten oder willst du wortbrüchig werden?“ Kaspar aber sagte weiter trotzig: „Nein! Ihr könnt gehen, ich gehe nicht mit!“

Wir blieben stehen und waren gespannt, erzählten die Kamele, was nun geschieht. Melchior suchte zu vermitteln: „Wir müssen Herodes ja nicht den Ort nennen, wo sich das Kind gerade aufhält.“ Und Baltasar fügte hinzu: „Wir werden uns so ausdrücken, dass er mit unserer Aussage nichts anfangen kann. Wir könnten zum Beispiel sagen …“ Da schrie Kaspar wutentbrannt: „Ich hasse faule Kompromisse.“ Dann sprang er von seinem Kamel und sagte: „Nehmt Sheila, mein Kamel! Euch alles Gute! Ich gehe nicht mit! Ich fürchte um das Leben des neugeborenen Königs.“
Melchior war ratlos und Baltasar bat Kaspar, der schon ein Stück weggelaufen war, bitte, komm zurück und erkläre uns, warum du Herodes – er ist immerhin ein König – einen Heuchler nennst? Da erwiderte Kaspar, während wir zitternd in der Kälte standen: „Seid ihr taub und blind? Habt ihr wirklich nicht bemerkt, wie seine Stimme zitterte, als er versprach, auch er werde hingeben und das Kind anbeten, wie er das Wort „‚anbeten‘ aussprach?“ Melchior nickte, merkwürdig war das schon. „Wenn nur das Versprechen nicht wäre, das wir ihm gegeben haben“, warf Baltasar ein. „Ich konnte letzte Nacht nicht schlafen“, sagte Kaspar. „Ich hatte einen Traum. Da warnte mich ein Engel. Ich verstand nicht, was er sagte, ich sah nur, wie er vor dem Palast des Herodes stand, wild gestikulierte und mir ein Schild mit der Aufschrift ‚Flieht!‘ entgegenhielt. “

„Ein Engel ist dir erschienen", fragte Melchior, und Baltasar stotterte: „Das bedeutet, dass wir weiterziehen sollen. Engeln muss man gehorchen. Steigt auf, wir reiten weiter." Sheila wieherte und hüpfte, und wir freuten uns, dass wir die Reise nicht unterbrachen, denn auch wir mochten diesen König nicht, der uns kaum beachtet hatte, nicht begrüßte und uns nicht einmal Wasser bringen ließ. Wer mit Verachtung auf uns Kamele schaut, schaut nicht anders auf seine Untertanen.

Bei unserer Weiterreise wurde die Stimmung wieder fröhlich und gelockert. Kaspar erzählte, dass er häufig Träume habe und meinte: „Viele nehmen Träume nicht ernst. Sie halten sie für ein Nachtkino, das uns irgendwelche Unterhaltungsfilme zeigt und die Langeweile der Nacht vertreibt." „Träume können so schön sein", schwärmte Melchior, „dass man enttäuscht erwacht, weil man sie gerne noch länger geträumt hätte. Sie können uns aber auch Angst einjagen." Er sei einmal schweißgebadet aufgewacht, weil sich der Stern, dem wir gefolgt waren, mit rasender Geschwindigkeit auf ihn stürzte. Kaspar bemerkte dazu: „Mancher Traum hat es darauf abgesehen, uns nicht schlafen zu lassen oder uns tagsüber zu verfolgen." Melchior bedauerte, dass die Menschen unserer modernen Zeit – das könne man überall im Römischen Reich erfahren – nicht mehr während des Schlafes träumen, sondern am Tag, bei Vorträgen, während der Predigt in den Synagogen oder beim Baden in den Thermen. Sie phantasierten sich dabei in eine realitätsferne Welt hinein. Die moderne Zeit habe Träume erfunden, die man am Tag träumen kann: den Traum von der Karriere als Provinzprokurator oder Konsul in Rom, von der pax romana, der großem römischen Weltgemeinschaft, in der alle glücklich und in Frieden leben. Sie erliegen Illusionen, die – wie das Wort illudere sagt – ihren Spott mit ihnen treiben.

Baltasar, der lange geschwiegen hatte, ergriff plötzlich wieder das Wort und sagte, er habe in einer Zeitschrift für Traumforschung gelesen, der Traumforscher Sigmund Freud habe herausgefunden: Das Unterbewusste wisse mehr als das Bewusstsein. In Träumen könne man mehr Einsichten erhalten als im Wachzustand, weil sie uns vor Augen halten, was wir im Verborgenen wünschen, was wir uns verschweigen und nicht wissen wollen, obwohl wir es wissen sollten. Sie machen uns mit unserem verborgenen Ich bekannt und nützen den Schlaf, wo wir uns nicht wehren können, für seine Belehrung. „Wenn das so ist", sagte Melchior, „sollte man nie traumlos schlafen, sondern sich stets freuen, wenn uns ein Traum des Nachts besucht."

Nach langem Schweigen sagten die Weisen: „Nicht nur Engel muss man ernst nehmen, auch die Träume." Dann waren wir zuhause angekommen. Die Weisen stiegen ab und führten uns in unsere Ställe. Aber wir waren von den Reiseeindrücken so aufgewühlt, dass wir nicht einschlafen konnten. Wir unterhielten uns deshalb die ganze Nacht und sagten zueinander: Die Menschen sind doch merkwürdige und rätselhafte Wesen. Sie scheinen der Meinung zu sein, wir Kamele hätten keine Träume. Sie haben Mühe das zu begreifen, was selbstverständlich ist: dass man Träume nicht ignorieren darf und achten muss. Schließlich fielen wir in einen tiefen Schlaf und träumten, dass Herodes in seinem Palast umherlief und hysterisch schrie: Ich soll ein Kind anbeten? Ich, ein König? Sucht diesen Knaben, der so etwas verlangt, damit ich ihn zum Schweigen bringe! – Als Sheila wach geworden war und uns mit sanften Tritten weckte, stand die Sonne schon im Zenit. Der Stallknecht brachte uns das Frühstück: getrocknetes Palästina-Gras mit Olivenzweigen und nicht destilliertes, lauwarmes Jordanwasser. Beim Wiederkäuen ging uns immer nur der Gedanke durch den Kopf: hoffentlich müssen wir nicht noch einmal eine so weite Reise antreten, und hoffentlich müssen wir nicht noch einmal den Herodes sehen.

Ein Herbergsvater rechtfertigt sich

Walter Rupp

Meine Herberge ist ein beliebtes und preisgünstiges Hostel. Reisende aus aller Welt suchen es gern auf, auf ihrem Weg nach Bethlehem, wegen seiner gepflegten Atmosphäre. Ich als Herbergsvater lege großen Wert darauf, dass man unseren Gästen einen guten Service bietet. Ich muss mich deshalb entschieden dagegen verwahren, dass man diesen guten Ruf seit Jahrhunderten ruiniert und überall in aller Welt, vor allem in der Weihnachtszeit, Jahr für Jahr das Gerücht verbreitet, ich hätte Maria, eine Frau aus Nazareth, die schwanger war, und ihren Mann nicht aufgenommen. Man stellt mich, den Herbergsvater als herzlos dar, ohne die wahre Situation zu kennen, und beschuldigt mich, dass ich als gesetzestreuer Jude, das Gebot der Nächstenliebe missachtet habe. Ich weise diesen Vorwurf jedoch mit Entschiedenheit zurück. Jeder, der mich kennt, kennt meine soziale und humane Gesinnung.

Vor einiger Zeit nahm ich einen unter die Räuber Gefallenen auf, der halbtot liegengeblieben war und den ein Kaufmann zu mir brachte. Der Kaufmann versicherte mir: „Ich werde dir alles bezahlen, und wenn du außerdem noch Auslagen haben solltest, werde ich sie dir ersetzen, sobald ich wieder vorbeikomme.“ Aber dieses Versprechen gab mir dieses Paar aus Nazareth nicht. Sie erwarteten von mir, weil sie angeblich nicht in der Lage sind, den wahrlich bescheidenen Preis für die Unterbringung, den bisher jeder Gast zahlen konnte, nicht aufbringen können, dass ich sie kostenlos unterbringe. Meine Herberge ist eine seriöse Unterkunft. Wenn ich darauf nicht achte, wird meine Herberge bald ein Heim für Obdachlose, Landstreicher oder Bettler. Für Notleidende sind die örtlichen Behörden zuständig, die Wohltätigkeitsvereine und die Caritas.

Ich bin nicht, wie man mir vorwirft, herzlos. Ich habe die schwangere Frau und ihren Mann auch nicht einfach weggeschickt, sondern ihnen den Weg zu einem nahe gelegenen Stadel gezeigt, in dem sie eine Nacht verbringen konnten. Man sollte, wenn man für seine Lebensbedürfnisse nicht aufkommen kann, keine großen Ansprüche stellen und für eine Unterkunft in einem Schuppen, der vor Wind und Regen schützt, dankbar sein. Wo Tiere hausen, friert man nicht. Auch auf Stroh kann man gut schlafen. Ich habe getan, was möglich war und habe mir nichts vorzuwerfen.

Dieser Knabe, der in diesem Schuppen geboren wurde, wurde – wie ich später erfuhr - ein berühmter Wanderprediger, der umherzog und nie wusste, wohin er sein Haupt legen soll. Mich wundert das nicht. So ist es meist im Leben: Die in der Gesellschaft unten stehen, bleiben meist unten und schaffen es nicht, sich hoch zu arbeiten und einen Lebensstandard zu erreichen, von dem sich gut leben lässt.

Am Vorabend des Dreikönigstags

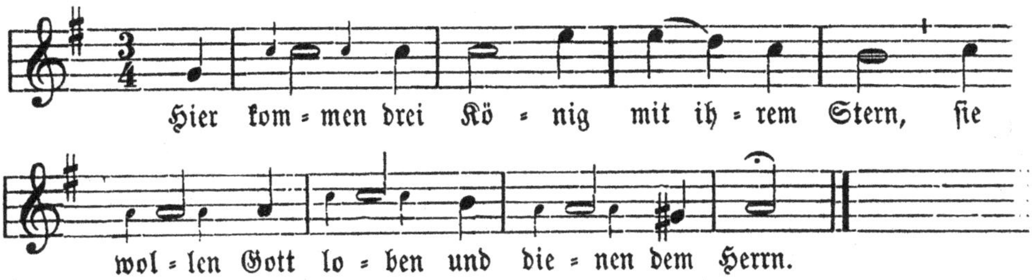

Hier kommen drei König' mit ihrem Stern,
Sie wollen Gott loben und dienen dem Herrn.

Wir kamen vor Herodes Tür.
Herodes sprach: „Wo wollt ihr hin?"

„Nach Bethlehem steht unser Sinn,
Nach Bethlehem steht unser Sinn."

Wir fanden das Kindlein wohl nackt und bloß
Und legten' Maria wohl auf den Schoß.

Wir gaben dem Kindlein auch unser Geschenk'
Dass uns der liebe Gott auch wieder gedenk'.

Ihr habt uns auch eine Verehrung gegebn;
Gott lass euch dies Jahr in Freuden erlebn.

In Freuden, in Freuden auch immerdar,
Das wünschen wir euch zum nächsten Jahr.

Das wünschen wir Vater und Mutter und Kind
Und allen, die im Hause sind.

Wer auf den lieben Gott vertraut,
Der hat auf festen Grund gebaut.

Hrsg. von Diethard H. Klein,
Wie's früher war zur Weihnachtszeit
Verlag der Nation

Autoren

Erich Adami, geboren 1947, widmet sich seit vielen Jahren der Erforschung des Lebens von König Ludwig II. und schuf ein umfangreiches privates Archiv mit Büchern, Zeitschriftenartikeln und Medien zur Thematik.

Heini Almstätter, geboren 1941 in München, war im Hauptberuf Ingenieur und hat erst spät begonnen, Gedichte zu schreiben. Als Laiendarsteller u. a. in der Fernsehserie „Dahoam is dahoam", mit Beiträgen in Büchern und Zeitungen ist er einem breiten Publikum ebenso bekannt wie als Gastleser u. a. bei der Münchner Bürgerzunft „Altmonachia", den Mundarttagen und den Turmschreibern.

Alexander Bálly, geboren 1964 in Mannheim, absolvierte zunächst eine Buchhandelslehre und studierte schließlich Kunstgeschichte und Theologie in München. Heute schreibt er unter anderem Krimis, Kurzgeschichten und Weihnachtsgeschichten.

Lena Christ (1881–1920) ist mit ihrer 1912 erschienenen Autobiografie „Erinnerungen einer Überflüssigen" bekannt geworden, bei deren Publikation ihr Ludwig Thoma half. Weitere bekannte Werke sind ihre „Lausdirndlgeschichten" sowie die Erzählung „Die Rumplhanni".

Lujo Deininger, die in Schwabing aufwuchs und deren Vorfahren aus dem Rottal stammten, verfasste Publikationen, die sich mit der bayerischen Mentalität und Historie auseinandersetzten.

Susan Dentel, geboren 1979 in Rodewisch/Vogtland, studierte Jura in Bayreuth und widmet sich neben dem Berufsleben dem Schreiben von Koch- und Backbüchern.

Wilhelm Diess (1884–1957), geboren in Bad Höhenstadt, studierte Jura in München. Er war Ministerialrat im Bayerischen Justizministerium, später Generaldirektor und Leiter der Bayerischen Staatstheater, Mitglied an der Bayerischen Akademie der Schönen Künste und Vorsitzender des Bayerischen Landesvereins für Heimatpflege.

Josef Fendl, geboren 1929 in Niederbayern, ist studierter Pädagoge und wirkte fast 40 Jahre als Gemeinde- und Stadtrat. Zudem schreibt er Gedichte und Erzählungen und ist als Herausgeber tätig. Seine Schwänke und Sprüche sind in zahlreichen Anthologien vertreten.

Fritz Fenzl, geboren 1952 in München, war Leiter des Münchener Literaturarchivs „Monacensia", verfasste Kolumnen für die Süddeutsche Zeitung und publizierte zahlreiche Bücher. Heute arbeitet er als Lehrer für katholische Theologie und Deutsch.

Weiß Ferdl, eigentlich geboren als Ferdinand Weisheitinger (1883–1949) in Altötting, begann seine Karriere als (Gesangs-)Humorist in Regensburg. Ab 1906 wurde er am Platzl in München engagiert, wo er über 35 Jahre, letztlich auch als Direktor, tätig war.

Hermann Franz (1877–1953), geboren in München, studierte Ingenieurswissenschaften und lebte 1824 als Oberpostrat in München. 1930 wurde er dort zum Oberpostdirektor ernannt. Sein Werk umfasst Erzählungen, Lustspiele, Lyrik und Märchen, es wendet sich an große und an kleine Leser. Viele Texte von Hermann Franz haben einen regionalen Bezug zu Oberbayern und insbesondere München, wo er mit 77 Jahren stirbt.

Ludwig Ganghofer (1855–1920) wuchs als Sohn eines Försters in Bayern auf und wurde vor allem für seine Heimatromane bekannt, von denen viele im Berchtesgadener Land angesiedelt sind. Daneben verfasste er Erzählungen und Bühnenstücke.

Günter Goepfert (1919–2017) veröffentlichte Beiträge in Anthologien und Hörspiele. Zudem wirkte er als Herausgeber bzw. Biograf von Franz von Kobell, Franz von Pocci, Karl Stieler und Lena Christ. Von 1984 bis 1989 war er Schriftleiter der Zeitschrift „Bayerland".

Hans Göttler, geboren 1953 in Simbach am Inn, war seit 1998 Akademischer Direktor im Fachbereich Germanistik an der Universität Passau. Neben der Veröffentlichung eigener Publikationen veranstaltet er öffentliche Lesungen, vorzugsweise der bairischen Literatur, um Leser und Autoren „zusammenzubringen".

Norbert Göttler, geboren am 9. August 1959 in Dachau. Studierte in München Philosophie, Theologie (Dipl.) und Geschichte. 1988 Promotion in Wirtschafts- und Sozialgeschichte bei Prof. Dr. Wolfgang Zorn. Lehrbeauftragter für Publizistik an der Hochschule für Philosophie SJ, München. Freier Publizist (SZ), Schriftsteller und Fernsehregisseur (BR, ARD, 3sat, arte). Kreisheimatpfleger des Landkreises Dachau. Schreibt Romane, Lyrik und Kurzprosa. Mitglied des PEN-Clubs, des Münchner Presse-Clubs und der Europäischen Akademie der Wissenschaften und Künste.

Franz J. Grieshofer, geboren 1940 in Bad Ischl, studierte Volkskunde und war 1995 bis 2004 Direktor des Österreichischen Museums für Volkskunde in Wien.

Ludwig Gruber (1922–2005), geboren in Niedernkirchen, besser bekannt als der **Ponzauner Wigg**, wuchs auf dem Ponzaunerhof auf, den er 1950 selbst übernahm. Überregionale Bekanntheit erlangte der hauptberufliche Bauer als bayerischer Mundartdichter, unter dessen verlegten Werken sich neben zahlreichen Gedichten auch Prosa findet.

Torkild Hinrichsen, geboren 1948 in Hamburg, studierte in seiner Heimatstadt Kunstgeschichte, Vor- und Frühgeschichte sowie Archäologie. Als Kunsthistoriker und ehemaliger Direktor des Altonaer Museums in Hamburg widmet er sich in seiner Arbeit und seinen Büchern historisch-volkskundlichen Themen. Ein breites Feld nimmt dabei die Forschung rund um das Thema Weihnachten ein.

Benedikt Hirschbold war als Rektor an einer Münchener Volksschule tätig. Zentral für seine Werke war die Region Oberbayern, insbesondere München.

Helmut Hüfner, geboren 1935 in Groitzsch bei Leipzig, studierte Grafik und Malerei in München, wo er seine Vorliebe für alpenländische Wandmalereien entdeckte und, davon angeregt, systematisch Haussprüche vom Berchtesgadener Land bis zum Bodensee zu sammeln begann.

Franz von Kobell (1803–1882) schrieb Erzählungen in oberbayerischer Mundart. Seine berühmteste ist die 1871 erschienene Geschichte vom Brandner Kasper, die später mehrfach verfilmt wurde. Kobell ist der Urургroßonkel des Regisseurs und Autors Kurt Wilhelm.

Ernst Krammer-Keck, geboren 1938 in Südmähren, war für verschiedene Verlage in München tätig, bevor er 1993 gemeinsam mit Kurt Wilhelm den Turmschreiber Verlag gründete.

Maximilian Lingg (1842–1930) studierte an der Universität München Philosophie, Theologie und Rechtswissenschaften. Nach seiner Priesterweihe wirkte er als Erzieher der bayerischen Prinzen Ludwig Ferdinand und Alphons, zugleich erlangte er auch als Mundartdichter erste Bekanntheit. 1902 wurde er zum Bischof von Augsburg ernannt.

Joseph Maria Lutz (1893–1972). Sein größter Erfolg war die Dramatisierung der Kobell-Novelle „Brandner Kaspar" 1934. Auch andere Stücke wie „Der Geisterbräu" oder „Birnbaum und Hollerstauden" haben ihn als Theaterdichter bekannt gemacht. Sein wesentlichstes Schaffen indes ist in seinen Gedichten und Erzählungen, seinen kleinen sinnlichen Betrachtungen zu finden („Der Käse und der Kaas").

Jutta Makowsky (1928–2013) arbeitete als freie Journalistin für Presse und Rundfunk, hauptsächlich auf dem Gebiet der Glosse und Satire, und veröffentlichte zahlreiche Bücher.

Hans und Doris Maresch, geboren 1947 bzw. 1949 in Thüringen, verfassten gemeinsam zahlreiche Bücher zum Thema „Schlösser und Burgen" in Deutschland. Seit 2007 arbeitet Herr Maresch zudem als freier Mitarbeiter der Tagespresse Meininger Tagesblatt, für das er zahlreiche Artikel über das gesellschaftliche Leben und Geschehen in der Rhönregion verfasste.

Emerenz Meier (1874–1928), geboren in Schiefweg, gilt als wichtigste niederbayrische Dichterin. Sie schrieb schon zur Zeit ihrer Kindheit und Jugend, veröffentlichte 1896 ihr einziges Buch und Beiträge für Zeitschriften wie den Simplicissimus oder die Fliegenden Blätter. 1906 zog sie nach Chicago, wo sie zweimal heiratete und schließlich im Alter von 53 Jahren starb.

Heinrich Noë (1835–1896) studierte Naturwissenschaften und vergleichende Philologie und war als Bibliothekar und Reiseschriftsteller tätig. Daneben schrieb er u. a. Erzählungen und Romane.

Fritz Müller-Partenkirchen (1875–1942) war Buchhalter und studierter Rechtswissenschaftler. Er schrieb humoristische Erzählungen und Roman; sein erfolgreichster Roman, „Kramer & Friemann. Eine Lehrzeit" erschien 1920.

Monika Pauderer, geboren 1940 in Engelsberg/ Nordmähren, wuchs in Bad Aibling auf. Seit den 1970er-Jahren literarisch tätig, veröffentlichte sie bisher über 30 Bücher.

Franz von Pocci (1807–1876) ist bis in die heutige Zeit berühmt für sein Schaffenswerk als Grafiker. Daneben arbeitete der Zeichner, Komponist und Musiker aber auch als Autor. Insgesamt verfasste von Pocci über 40 Stücke für Marionettentheater mit dem Themenschwerpunkt Sagen und Märchen, weshalb er auch der „Kasperlgraf" genannt wurde.

Ponzauner Wigg, siehe **Ludwig Gruber**

Franziska zu Reventlow (1871–1918), geboren in Husum, hat als Schriftstellerin, zeitweise wohnhaft in München, ein umfassendes literarisches Gesamtwerk hinterlassen, dass u. a. ein wertvolles kulturgeschichtliches Zeugnis der Schwabinger Bohème abbildet. Ihr Erstlingsroman „Ellen Olestjerne" (1903) trägt autobiografische Züge.

Birgit Ringlein, geboren 1956 in Bayreuth, ist als Lehrstuhlsekretärin bei der Universität Bayreuth beschäftigt und widmet ihre Freizeit dem Schreiben von Koch- und Backbüchern.

Franz Ringseis (1919–1997), mit bürgerlichem Namen Anton Neuhäusler, studierte Philosophie und verfasste Gedichte, die ihn zu einem der beliebtesten bayerischen Mundartdichter machten.

Johann Nepomuk von Ringseis (1785–1880), geboren in Schwarzhofen, studierte in Landshut Medizin und Philosophie, wo er unter anderem in Kontakt zu Clemens und Bettina Brentano kam. Er war Ordinarius des Münchener Spitals und Reisebegleiter sowie Leibarzt des Kronprinzen Ludwig. Von 1825 bis 1871 war er Obermedizinalrat und Medizinalreferent im Innenministerium.

Walter Rupp, geboren 1926 in Würzburg, war Leiter des Akademiker-Centrums München und veröffentlichte zahlreiche Bücher sowie Rundfunk-, Fernseh- und Bühnenbeiträge gesellschaftskritischen und satirischen Inhaltes.

Elisabeth Schinagl, geboren 1961 in München, ist Gymnasiallehrerin a. D., Referentin und Autorin eines historischen Kriminalromans, zweier Ratgeber sowie literarischer Porträts.

Werner Schlierf (1936–2007) verfasste Gedichte, Erzählungen, Romane und Theaterstücke. Sein bevorzugtes Thema ist die Nachkriegszeit.

Christoph von Schmid (1768-1854), römisch-katholischer Priester und Schriftsteller, entwickelte schon vor seinem Studium der Theologie ein pädagogisches und erzählerisches Talent. Sein Gesamtwerk umfasst zahlreiche Kinder- und Jugendschriften sowie bekannte Kirchenlieder wie „Ihr Kinderlein kommet".

Herbert Schneider, geboren 1922 in München, ist Münchner Turmschreiber, schreibt Feuilletons und Mundartgedichte und verfasste mehr als 30 Bücher.

Alfons Schweiggert, geboren 1947 in Altomünster, veröffentlichte Erzählungen, Lyrik, einen Roman, Biografien, satirische Bücher, Theaterstücke, Sachbücher, Kinder- und Jugendbücher sowie pädagogische Werke.

Helmut Seitz, geboren 1931, ist freier Journalist und Schriftsteller in Deisenhofen bei München. Er arbeitet regelmäßig für die Süddeutsche Zeitung und den Bayerischen Rundfunk und veröffentlichte zahlreiche Bücher.

Achim Sperber, geboren 1950 in Geesthacht / Kreis Herzogtum Lauenburg ist seit 1977 freiberuflich tätig als Fotograf und Fotodesigner für Agenturen, Verlage und diverse Magazine (Merian, Geo, Stern). Er ist Mitbegründer der Bildagentur „Bilderberg" sowie des Berufsverbands der Magazinfotografen „Freelens" und war zehn Jahre im erweiterten Aufsichtsrat der VG Bild-Kunst tätig.

Adalbert Stifter (1805–1868) Epiker, Novellist, Maler und Pädagoge, wuchs in der Böhmerwaldlandschaft auf, die ihn zeitlebens fesselte. Nach einem abgebrochenen Jurastudium arbeitete er als Privatlehrer, bis ihm mit der Veröffentlichung seiner Erzählung „Der Condor" der literarische Durchbruch gelang. In den letzten Jahren seines Lebens litt Stifter zunehmend unter den Auswirkungen einer Leberzirrhose und fügte sich zuletzt mit einem Rasiermesser eine Schnittwunde am Hals zu. Zwei Tage später verstarb er.

Arno Surminski, geboren 1934 in Ostpreußen, wuchs nach der Deportation seiner Eltern in die Sowjetunion in Schleswig-Holstein auf. Er ist Autor zahlreicher Romane, Erzählungen und Sachbücher, viele über Ostpreußen und die Folgen des Krieges. Für sein literarisches Werk erhielt er verschiedene Auszeichnungen.

Ludwig Thoma (1867–1921) war gelernter Rechtsanwalt und später Chefredakteur der satirischen Zeitschrift „Simplicissimus". In bayerischer Mundart schilderte er Alltagsgeschehnisse und politische Ereignisse seiner Zeit. Seine „Lausbubengeschichten" wurden verfilmt.

Gerd Thumser, Journalist und Medienberater, schrieb Bühnenstücke und beschäftigt sich in seinen Veröffentlichungen intensiv mit dem Leben und Werk von Ludwig Thoma. Bei einer Aktion zur Rückholung jüdischer Mitbürger unterstützte er den Münchner Oberbürgermeister Hans-Jochen Vogel publizistisch. Noch bis kurz vor seinem Tod im Sommer 2017 verfasste er kleine Geschichten für die Abendzeitung.

Bernhard Ücker (1921–2015) arbeitete als Reporter, Redakteur und Landtagskorrespondent mehr als 30 Jahre für den Bayerischen Rundfunk.

Karl Valentin (1882–1948) wurde in München als Valentin Ludwig Fey geboren. Nach dem Besuch der Volkschule machte er eine Schreiner- und Tischlerlehre. Schon zu dieser Zeit hatte er erste öffentliche Auftritte als Volkshumorist. 1911 lernt er Elisabeth Wellano kennen, die als „Liesl Karlstadt" seine Bühnenpartnerin wird. Eine Zeit des Erfolgs beginnt. 1912 richtet Valentin ein eigenes Filmstudio ein, er ist Darsteller in vielen nach seinen Vorlagen gedrehten Stumm- und Kurzfilmen. 1931 eröffnet er ein eigenes Theater. Die kritische Auseinandersetzung mit dem Nationalsozialismus führt dazu, dass Karl Valentin von 1941–1947 keine öffentlichen Auftritte mehr hat. 1948 stirbt er an Lungenentzündung in München.

Ottokar Wagner (1935–2018), geboren in Königsberg/Preußen, war Dezernatsleiter und Pressesprecher, später Journalist und Stadtchronist von Greding, und verfasste 18 Bücher.

Gerhard Walter, geboren 1955 in Pfaffenhofen/Ilm, ist Diplominformatiker, schreibt aber auch Gedichte, Kurzgeschichten und Märchen in bayerischer Mundart.

Hans Watzlik (1879–1948), geboren in Unterhaid, besuchte eine Lehrerbildungsanstalt in Prag und unterrichtete als Unter- und Volksschullehrer im Böhmerwald. Ab 1925 lebte er als freier Schriftsteller. Sein literarisches Schaffen wurde vielfach ausgezeichnet, unter anderem mit dem Tschechoslowakischen Staatspreis für deutsche Literatur.

Peter Wensierski, vielfach prämierter Journalist, Schriftsteller und Dokumentarfilmer, begann seine Arbeit 1978 mit Berichten, Reportagen und Büchern aus der DDR. Ab 1986 arbeitete er als ARD-Fernsehjournalist und konnte in der Sendung KONTRASTE mithilfe heimlicher Videoaufnahmen von DDR-Oppositionellen zahlreiche Filme über DDR-Tabuthemen machen. 1993 wechselte er zum SPIEGEL.

Kurt Wilhelm (1923–2009) war Theaterregisseur, aber auch für Rundfunk und Fernsehen tätig und erhielt für sein Theaterstück „Der Brandner Kaspar und das ewig' Leben" den Bayerischen Verdienstorden. Sein literarisches Werk umfasst zudem Romane und Essays.

Helmut Zöpfl, geboren 1937 in München, studierte Klassische Philologie, Philosophie, Pädagogik und Katholische Theologie und ist emeritierter Universitätsprofessor. Er verfasste Belletristik, Kinderbücher und Kolumnen und ist auch als bairischer Mundartdichter bekannt.

Inhalt

Bildnachweis

Fotografen, Maler und Zeichner

Altonaer Museum, Hamburg: S. 216, 217 oben

Archiv Erich Adami, Kleinwallstadt: S. 131, 133

Archiv Dr. Wolfgang Gudden, Freising: S. 132

Archiv Franz Hubmann, Wien: S. 113

Austrian Archives/Müller & Koch, Wien: S. 108, 111

Klaus Eberlein, München: S. 184, 185

Geheimes Hausarchiv, München: S. 112

Hans Göttler: S. 116

Torkild Hinrichsen: S. 218 oben

Helmut Hüfner: S. 28–32

Hans und Doris Maresch: 135–138

Paul Neu: S. 54, 55, 57, 61, 62, 63, 74, 155

Günter Pump: 103, 104, 105

Pixabay: 5, 7, 9, 11, 13, 15, 17, 19, 21, 23, 25, 27, 70, 73, 127, 154, 157, 174, 190, 195, 198, 207

Regiowiki: S. 96, 97

Achim Sperber: S. 98–102

Wikipedia: S. 36, 37, 75, 79, 91, 93, 134, 192, 223, 232

Alle anderen Abbildungen, soweit nicht direkt am Bild bezeichnet: Verlagsarchiv

Umschlaggestaltung Vorderseite unter Verwendung einer Zeichnung von Wilhelm Maier-Solgk sowie von Motiven aus dem Buch
Rückseite: Federzeichnung aus dem Skizzenbuch des F. Symon de Carneville, Major im königlich bayerischen Infanterie-Regiment König Ludwigs, München

Bibliografische Information der Deutschen Nationalbibliothek

Die Deutsche Nationalbibliothek verzeichnet diese Publikation in der Deutschen Nationalbibliografie; detaillierte bibliografische Daten sind im Internet über http://dnb.dnb.de abrufbar.

Herausgeberin: Alix Paulsen

Gesamtherstellung: Husum Druck- und Verlagsgesellschaft
Postfach 1480, D-25804 Husum – www.verlagsgruppe.de

ISBN 978-3-938575-57-4